Bücher von Tina Folsom

Samsons Sterbliche Geliebte (Scanguards Vampire – Buch 1)

Amaurys Hitzköpfige Rebellin (Scanguards Vampire – Buch 2)

Gabriels Gefährtin (Scanguards Vampire – Buch 3)

Yvettes Verzauberung (Scanguards Vampire – Buch 4)

Zanes Erlösung (Scanguards Vampire – Buch 5)

Quinns Unendliche Liebe (Scanguards Vampire – Buch 6)

Olivers Versuchung (Scanguards Vampire – Buch 7)

Thomas' Entscheidung (Scanguards Vampire – Buch 8)

Ewiger Biss (Scanguards Vampire – Buch 8 1/2)

Cains Geheimnis (Scanguards Vampire – Buch 9)

Luthers Rückkehr (Scanguards Vampire – Buch 10)

Brennender Wunsch (Eine Scanguards Hochzeit)

Blakes Versprechen (Scanguards Vampire – Buch 11)

Schicksalhafter Bund (Scanguards Vampire – Buch 11 1/2)

Johns Sehnsucht (Scanguards Vampire – Buch 12)

Ryders Rhapsodie (Scanguards Vampire – Buch 13)

Damians Eroberung (Scanguards Vampire – Buch 14)

Graysons Herausforderung (Scanguards Vampire – Buch 15)

Geliebter Unsichtbarer (Hüter der Nacht – Buch 1)

Entfesselter Bodyguard (Hüter der Nacht – Buch 2)

Vertrauter Hexer (Hüter der Nacht – Buch 3)

Verbotener Beschützer (Hüter der Nacht – Buch 4)

Verlockender Unsterblicher (Hüter der Nacht – Buch 5)

Übersinnlicher Retter (Hüter der Nacht – Buch 6)

Unwiderstehlicher Dämon (Hüter der Nacht – Buch 7)

Ace – Auf der Flucht (Codename Stargate – Band 1)

Fox – Unter Feinden (Codename Stargate – Band 2)

Yankee – Untergetaucht (Codename Stargate – Band 3)

Tiger – Auf der Lauer (Codename Stargate – Band 4)

Ein Grieche für alle Fälle (Jenseits des Olymps – Buch 1)

Ein Grieche zum Heiraten (Jenseits des Olymps – Buch 2)

Ein Grieche im 7. Himmel (Jenseits des Olymps – Buch 3

Ein Grieche für immer (Jenseits des Olymps - Buch 4)

Der Clan der Vampire (Venedig 1 – 5)

Begleiterin für eine Nacht (Der Club der Ewigen Junggesellen – Buch 1)

Begleiterin für tausend Nächte (Der Club der Ewigen Junggesellen – Buch 2)

Begleiterin für alle Zeit (Der Club der Ewigen Junggesellen – Buch 3)

Eine unvergessliche Nacht (Der Club der Ewigen Junggesellen – Buch 4)

Eine langsame Verführung (Der Club der Ewigen Junggesellen – Buch 5)

Eine hemmungslose Berührung (Der Club der Ewigen Junggesellen – Buch 6)

Die Augenzeugin

Ein Thriller

Tina Folsom

1

Maryland – 15 Jahre zuvor

Emily hätte bei der Kollision sterben sollen, doch sie überlebte.

Eine Woche vor dem Unfall, der ihr Leben für immer veränderte, war Emily fünfzehn Jahre alt geworden und ihre Akne gerade abgeklungen. Das sah sie als gutes Zeichen. Sie schwärmte wie verrückt für Kevin, einen Jungen in ihrer Schule, und sie hatte ihn dabei ertappt, wie er sie während des Unterrichts beobachtete. Allerdings wurde ihr

Traum, von ihm geküsst zu werden, nicht erfüllt. Sie sah ihn nie wieder. Tatsächlich sah sie keinen ihrer Mitschüler und Freunde je wieder. Und das alles nur, weil zwei Autos auf einer Kreuzung zusammenstießen. Eines raste bei Rot über die Ampel, das andere hielt sich an die Verkehrsregeln.

Die rote Ampel war das Letzte, was Emily sah, bevor der Gurt in ihre Brust schnitt und ihr den Atem raubte. Glas zersplitterte um sie herum. Das Geräusch des Zusammenstoßes hallte durch die Nacht. Der Seitenaufprall schlug sie bewusstlos. Als sie wieder zu sich kam, fragte sie sich einen Augenblick lang, ob sie tot war. Sie fühlte sich taub, als hätte sie keinen Körper mehr. Doch dann schalteten sich die Schmerzempfänger in ihrem Gehirn ein und ihr wurde bewusst, dass sie immer noch angeschnallt war und dass eine klebrige Flüssigkeit ihre Augen bedeckte. Stechender Schmerz durchfuhr sie schlimmer als jegliche Migräne, während ihr Körper zwischen Metall, Plastik und Polsterung eingequetscht war. Sie war gefangen und konnte sich nicht bewegen.

Emily konnte weder die Blinklichter der Krankenwagen und Polizeiwagen noch die Taschenlampen der Sanitäter sehen, die versuchten, die Situation einzuschätzen. Sie hörte nur die Sirenen und die Stimmen der Polizisten und Sanitäter, die sie beschwichtigten und ihr versprachen, dass sie sie herausholen würden. Dass alles gut sein würde.

Sie wollte ihnen glauben.

Emily spürte eine Bewegung und hörte, wie Metall verbogen oder geschnitten wurde. Dann stöhnte jemand und sie erkannte, dass sie nicht die Einzige war, die überlebt hatte. Bevor sie vor Erleichterung aufatmen konnte, flüsterte ein Sanitäter leise zu seinem Kollegen, als wollte er nicht, dass Emily ihn hörte: „Ich kann keinen Puls finden."

Ihr Herz stand einen Moment lang still. Für eine Ewigkeit blieb die Zeit stehen. Doch dann reagierte ihr Körper auf die schreckliche Nachricht, die sie nicht wahrhaben wollte. Tränen vermischten sich mit der zähen Flüssigkeit in ihren Augen. Das Blut war so dick, dass kein Licht es durchdringen konnte. Sie wollte es wegwischen, doch ihr Arm steckte fest. Sie wusste noch nicht, dass es nichts gebracht hätte. Das Blut blieb, wo es war. Keine Menge an Tränen konnte es wegwaschen.

Tief drinnen wusste sie, was das bedeutete, selbst wenn sie es in dem Augenblick nicht wahrhaben wollte. Wie eine Stoffpuppe befreiten die Sanitäter sie aus dem Wrack. Das Morphium, das sie ihr in der Ambulanz gaben, lullte sie in einen unruhigen Traum und half ihr, die Erinnerung an den Unfall aus ihren Gedanken zu verdrängen.

Im Krankenhaus hörte Emily die Stimmen der Notfallärzte und Krankenschwestern, die sie behandelten. Sie sagten, es sei ein Wunder, dass sie am Leben war.

Sie wusste, dass sie dankbar sein sollte. Doch wie konnte sie dankbar sein für das Nichts, das sie begrüßte, als sie ihre Augen öffnete? Ihre Zukunft würde ganz anders sein als alles, wovon sie je geträumt hatte, seit sie sich erinnern konnte. Nichts würde je wieder sein wie vorher. Ihr altes Leben war vorbei. Ein neues, eines, das sie sich nicht gewünscht hatte, hatte begonnen. In ihrem neuen Leben gab es kein Licht mehr und diese Dunkelheit schien alles um sie herum wie ein schwarzes Loch zu verschlingen.

Ja, sie hatte überlebt.

Doch das Wunder hatte einen Preis.

Sie war blind.

2

Washington D.C. – Gegenwart
23. Mai

Eric Bolton bog mit seinem silbernen Mercedes in den Parkplatz, der dem Eingang der Notfallabteilung des Krankenhauses am nächsten lag. Er sprang aus dem Auto und lief hinein. Er sperrte das Auto nicht einmal ab. Sein Herz schlug wie ein Presslufthammer, doch er wusste, dass er keinen Herzinfarkt hatte. Für sein Alter – er war neunundsechzig – trug er kaum ein extra Pfund um seinen Bauch und er war so gesund, wie man es von einem einflussreichen Mann, der mehr Mahlzeiten in schicken Restaurants als zuhause zu sich nahm, erwarten konnte.

Im Krankenhaus orientierte er sich und fand schnell ein Stationszimmer. Er durfte keine Zeit verlieren.

„Wo ist meine Tochter? Madeline Bolton. Sie wurde mit einem Krankenwagen hier eingeliefert."

Die Frau hinter dem Tresen sah ihn an. „Wie heißen Sie?"

„Eric Bolton. Ich bin ihr Vater. Wo ist meine Tochter?", fragte er gehetzt, während er sich halb über den Tresen beugte, als würde die Frau ihm so schneller antworten.

„Bitte beruhigen Sie sich, Sir", sagte sie und tippte etwas auf ihrer Tastatur.

Sich beruhigen? Wie konnte er sich denn beruhigen? Seine Tochter war verletzt, schwer verletzt nach dem, was er aus Lucias verzweifeltem Telefonat heraushören hatte können. Madelines Haushälterin hatte geweint und ihre Stimme war von vielerlei

Gefühlen getränkt gewesen. Sie hatte betrübt, alarmiert und verängstigt geklungen. Es hatte ihn wie einen Schock durchfahren und das Adrenalin, das daraufhin durch seine Adern geflossen war, hatte ihm geholfen, ohne in einen Unfall verwickelt zu werden, zurück in die Stadt und ins Krankenhaus zu fahren.

„Miss Bolton wurde in den Traumaraum zwei gebracht", sagte die Krankenschwester schließlich. „Bitte nehmen Sie dort drüben Platz." Sie deutete zum Wartezimmer.

Doch Bolton setzte sich nicht. Er konnte es nicht. Er musste wissen, was geschehen war und in welchem Zustand sich Maddie befand. Er musste an ihrer Seite sein, ihr sagen, dass alles wieder gutwerden würde, dass ihr Daddy hier war, um dafür zu sorgen, dass sie die beste Behandlung bekommen würde. Also ignorierte er die Anweisung der Krankenschwester und eilte auf die Doppeltüren zu, die zu den Schockräumen führten.

„Sir, Sir! Sie können dort nicht rein!", rief sie ihm hinterher.

Doch er ignorierte sie, selbst als sie über die Lautsprecher den Sicherheitsdienst rief. „Sicherheitsdienst bitte sofort zum Traumazentrum, Korridor B."

Auf der anderen Seite der Doppeltüren eilte Bolton den Korridor entlang, der von einer Vielzahl medizinischer Geräte gesäumt war, die Herzschlag, Blutdruck, Blut-Sauerstoff und viele andere lebenswichtige Funktionen überwachten, sowie von Defibrillatoren, die ein Herz wieder zum Schlagen bringen konnten, und Herz-Lungen-Maschinen, die für einen Patienten die Atmung übernehmen konnten. Er hörte verschiedene Pieptöne sowie hastig ausgetauschte Anordnungen zwischen Ärzten und Krankenschwestern. Der sterile Geruch von Desinfektionsmitteln schlug ihm entgegen und erinnerte ihn an das letzte Mal, als er in einem Krankenhaus gewesen war – als Rita Madeline zur Welt gebracht hatte. Damals hatten ihm die Gerüche und die vielen lebenserhaltenden Geräte nichts ausgemacht. Heute erweckten der Anblick und die Gerüche die schlimmstmöglichen Vorstellungen.

Mehrere Räume mit großen, deckenhohen Fenstern entlang des Korridors lagen rechts und links von ihm. Hinter einigen Fenstern waren die Vorhänge zugezogen, um Privatsphäre zu schaffen. Viele der Türen standen offen, andere waren geschlossen.

„Sie dürfen hier nicht rein", sprach ihn ein Mann von hinten an.

Bolton ignorierte den Tadel und ging weiter, während er die Schilder an den Türen las. Trauma fünf, las er und ging weiter den Korridor hinunter. Doch er kam nicht weit. Der Sicherheitsbeamte legte seine Hand auf Boltons Schulter und zwang ihn, anzuhalten und sich umzudrehen.

„Sir, Sie müssen gehen oder ich lasse Sie von der Polizei verhaften", warnte ihn der große, schwarze Mann in der dunkelblauen Uniform.

„Sie verstehen nicht", flehte Bolton. „Meine Tochter ist hier. Sie ist verletzt. Ich muss zu ihr." Er versuchte, sich aus dem Griff des Mannes zu befreien, doch es gelang ihm nicht. Also erhob er seine Stimme. „Madeline, Madeline, Baby, dein Daddy ist hier."

„Kommen Sie", befahl der Sicherheitsbeamte und zerrte ihn in Richtung der Doppeltüren.

Bolton machte es ihm nicht einfach und setzte seine ganze Kraft gegen den Mann ein. „Verdammt nochmal! Lassen Sie mich los! Ich muss zu Madeline." Er sah über seine Schulter und rief in Richtung Schockraum zwei: „Madeline! Maddie!"

Plötzlich erschien eine schwarze Frau mittleren Alters im weißen Kittel in der Tür. Mit der Bestimmtheit einer Ärztin, die schon alles im Leben mitgemacht hatte, sah sie ihn direkt an. „Mr. Bolton?" Dann richtete sie ihren Blick auf den Sicherheitsbeamten und gab ihm ein subtiles Zeichen, indem sie ihren Kopf zur Seite bewegte.

Der Sicherheitsbeamte ließ von Bolton ab. Bolton machte ein paar Schritte auf die Ärztin zu, dann stoppte er. Es stand ihr ins Gesicht geschrieben – die Nachricht war nicht gut.

Sie kam ihm entgegen. „Es tut mir leid."

Ihre Augen waren voller Mitgefühl. „Ihre Tochter hat es nicht geschafft."

Jegliches Leben floss aus Boltons Körper und einen Moment lang stand die Welt still. Die Unfallchirurgin sprach immer noch. Worte wie Hirnblutung und Schwellung des Gehirns hallten im Korridor wider. Bolton hörte kaum etwas.

Madeline war nicht mehr da.

Jemand führte ihn zu einem Stuhl, wo er wie betäubt vor Trauer und Schmerz saß. Um ihn herum trat eine Stille ein. Und in der Stille des Trauerschmerzes wurde ihm bewusst, dass all das, was er in seinem Leben erreicht hatte, alles, wofür er gearbeitet hatte, nichts bedeutete. Er spürte, wie Tränen in seine Augen quollen und drängte sie zurück. Er durfte nicht zusammenbrechen, durfte sich nicht erlauben, schwach zu sein. Er musste stark bleiben, für seine Familie und sich selbst. Wenn er sich jetzt gehenließ, wenn er der Trauer erlaubte, ihn zu verschlingen, dann hätte Rita, seine Frau, mit der er seit vierzig Jahren verheiratet war, niemanden, der sie tröstete.

Doch wie konnte er Rita trösten, wenn er selbst mehr Leid verspürte als je zuvor?

Er wusste nicht, wie lange er schon dort irgendwo im Krankenhaus gesessen hatte, als sein Handy klingelte. Automatisch zog er es aus der Tasche und sah auf das Display. Er wusste nicht, warum er den Anruf annahm, wo er doch kaum sprechen konnte, doch er tat es trotzdem.

Die vertraute Stimme klang heiter. „Guten Morgen, Eric, wie weit bist du noch entfernt? Die Pferde sind schon gesattelt. Wir wollen den Morgen nicht verschwenden."

„Mike", sagte Bolton und seine Stimme versagte.

Mike Faulkner, der Stabschef des Präsidenten, war sein Freund, seit sie beide Mitglied derselben Studentenvereinigung gewesen waren. Obwohl ihre Karrierewahl sie zuerst in verschiedene Richtungen und Orte gezogen hatte, hatte dies ihre Freundschaft nur noch gestärkt, bis sie schließlich beide bei der Regierung gelandet waren, Faulkner in der Exekutive, Bolton als Unternehmer in der Rüstungsindustrie mit

Verbindungen zu Lobbyisten und als wichtiger Parteispender.

„Hast du's vergessen?"

„Mike ..." Bolton sammelte all seine Kraft, um die nächsten Worte über die Lippen zu bringen, ohne zusammenzubrechen. „Maddie ... sie ist tot. Mein kleines Mädchen ist tot." Ein Schluchzer riss sich aus seiner Brust. Es spielte keine Rolle, dass Maddie zweiunddreißig Jahre alt war und in ihrem eigenen schicken Reihenhaus in Georgetown lebte. Sie würde immer sein kleines Mädchen sein. Und jetzt war sie weg. Ihr ansteckendes Lächeln weg. Ihr Lachen weg.

„Oh mein Gott, was ist passiert?"

Bolton drückte den nächsten aufkommenden Schluchzer zurück. „Ich weiß es nicht. Lucia hat mich angerufen. Sie hat Maddie gefunden, als sie heute morgen im Haus ankam. Sie haben sie ins Krankenhaus gebracht, aber es war zu spät. Sie ist ..." Dieses Mal sank die Realität noch tiefer ein und er konnte das Wort nicht über die Lippen bringen. Das Bild war zu grausam, zu schmerzhaft.

„Eric, ich kann mir nicht einmal vorstellen, was du und Rita jetzt durchmacht."

„Rita weiß es noch nicht. Sie ist zuhause." Seine Stimme versagte, doch er riss sich zusammen. Er holte Luft. „Ich weiß nicht, was ich tun soll."

„Ich bin für dich da, Eric. Was auch immer du brauchst. Du musst es mich nur wissen lassen. Du musst jetzt für Rita stark sein und ich kann für dich stark sein."

Ein Schluchzer entkam Boltons Brust. „Vielleicht kannst du etwas für mich tun. Die Polizei ... Sie werden ermitteln wollen, was passiert ist. Und ich muss es auch wissen. Ich muss erfahren, was geschehen ist und warum. Aber ich will nicht, dass die Polizei ihren Namen durch den Dreck zieht."

Obwohl er Maddie mehr als sein eigenes Leben liebte, war er nicht blind. Sie war in ihren Zwanzigern eine Wilde gewesen und hatte mit Drogen experimentiert. Ihre Liebhaber waren über die ganze Welt verstreut. Und nicht alle waren gute Männer. Er wollte nicht, dass das ihr Erbe war.

„Mach dir um nichts Gedanken. Lass mich

das abwickeln. Ich sorge dafür, dass sie gut behandelt wird. Ich lasse meine eigenen Leute ermitteln", versprach Faulkner.

„Den Secret Service? Kannst du das machen?"

„Normalerweise nicht. Aber ich kann ein paar Gefallen einlösen, damit die DC Police diese Ermittlung nicht leiten wird. Der Secret Service wird dafür sorgen, dass nichts herauskommt, von dem du nicht willst, dass es an die Öffentlichkeit gelangt. Und sie werden gründlich sein. Das verspreche ich dir. Das ist das Mindeste, was ich für meine Patentochter tun kann."

„Ich weiß nicht, wie ich dir danken soll."

„Du musst mir nicht danken", sagte Faulkner. „Kümmere dich um Rita. Sie braucht dich jetzt mehr als je zuvor."

Bevor Bolton sich nochmals bedanken konnte, legte Faulkner auf und schob sein Handy in die Hosentasche.

Faulkner blieb bei der Stalltür stehen. Er hatte sich darauf gefreut, mit Bolton auszureiten. Er bekam nicht oft die Gelegenheit, seine Pferde zu reiten, seit er vor über zwei Jahren Präsident Robert Langfords Stabschef geworden war. Tatsächlich konnte er nur ganz selten auf seinem Pferdegut im ländlichen Virginia Zeit verbringen. Stattdessen verbrachte er seine Tage und Nächte in seinem Haus in Washington D.C. Es lag nahe genug am Weißen Haus, sodass er – wenn es der Verkehr zuließ – innerhalb von fünfzehn Minuten im Oval Office sein konnte.

Manchmal fragte er sich, warum er den Job angenommen hatte. War es, weil er die Macht liebte, die ihm diese Position gewährte? Oder das Prestige? Oder hatte er das Angebot des Präsidenten angenommen, weil sie seit dem Studium miteinander befreundet waren? Genauso wie Bolton, hatte auch der Präsident sich derselben Studentenverbindung verbürgt wie Faulkner. Vielleicht war es auch keiner dieser Gründe. Vielleicht hatte er nach immer höheren Herausforderungen gestrebt, weil er nach dem unerwarteten Tod seiner Frau, als ihr Sohn noch ein Kind gewesen war, nicht wieder geheiratet hatte. Er war nicht dazu geeignet gewesen, einen rebellierenden und vom Kummer getroffenen Sohn im Teenageralter großzuziehen und hatte sich stattdessen lieber in die Arbeit vergraben.

„Morgen, Mr. Faulkner", sagte der Stallknecht.

Robert Woolf sah aus wie ein barscher alter Seemann. Sein Gesicht war durch die Zeit, die er bei jedem Wetter draußen verbrachte, ledrig geworden und seine Hände waren von der schweren Arbeit, die er klaglos verrichtete, schwielig.

„Morgen, Robert."

„Ist Ihr Gast hier?", fragte Woolf.

„Leider musste er absagen. Es ist etwas dazwischengekommen. Und ich muss auch sofort nach Washington D.C. zurück."

Woolf seufzte. „Hmm. Der Präsident lässt Sie wirklich schwer arbeiten, wenn Sie mir die Bemerkung gestatten. Er erlaubt Ihnen nicht einmal, wenigstens Ihren freien Tag zu genießen."

Faulkner stieß ein bitteres Lachen aus. „Normalerweise würde ich Ihnen zustimmen, doch dieses Mal muss ich einem alten

Freund helfen." Er strich mit der Hand über das Pferd, das Woolf bereits gesattelt hatte. „Vielleicht können Sie mit Caleb ausreiten. Ich werde ihn anrufen und fragen, ob er vorhat, zum Gut zu kommen."

Bevor er nach seinem Handy greifen konnte, winkte Woolf schon ab. „Glaube ich nicht. Er war gestern hier."

„Caleb? Gut." Obwohl sein einziger Sohn nicht so verrückt nach Pferden war wie Faulkner und seine verstorbene Frau, zeigte er ab und zu doch Interesse.

„Er ist mit keinem der Pferde ausgeritten. Dafür war er nicht lange genug hier. Ich wollte ihm gerade Lucky satteln, aber er sagte, dass er keine Zeit hätte."

Faulkner runzelte die Stirn. „Warum war er dann hier?"

Woolf zuckte mit den Schultern. „Er sagte, er hätte etwas vergessen, als er das letzte Mal hier war."

„Tja, vielleicht sollten Sie dann Lucky ausreiten. Und vielleicht kann der Junge, der ab und zu hier aushilft, die Stute reiten. Das macht mir nichts aus. Er scheint verantwortungsvoll genug zu sein."

„Machen wir, Sir."

„Danke, Robert."

Faulkner wandte sich um und verließ den Stall, zog sein Handy aus der Tasche und scrollte durch seine Kontaktliste.

3

Vor dem niedlichen zweistöckigen Reihenhaus in Georgetown gab es keinen Parkplatz, als Detective Adam Yang und sein Partner, Detective Simon Jefferson, ankamen. Das war zu erwarten gewesen. In diesem Stadtteil von Washington D.C. gab es nie einen Parkplatz. Und heute war es sogar noch schlimmer: Ein Auto war bereits in zweiter Reihe geparkt.

Yang wechselte einen Blick mit Jefferson, seinem schwarzen Partner, mit dem er schon seit zwei Jahren zusammenarbeitete. Sie waren beide mit

Anfang zwanzig dem Washington Metropolitan Police Department beigetreten und zusammen die Karriereleiter hochgeklettert. Fast zeitgleich waren sie beide zum Detective befördert worden. Doch damit endeten auch schon die Gemeinsamkeiten. Jefferson war Teil der schwarzen Mehrheit der DC Police, in der etwa sechzig Prozent aller Polizisten schwarz waren und nur etwas über zwei Prozent asiatischer Herkunft.

Obwohl Yang sich in der multikulturellen Behörde wie zuhause fühlte, war er trotzdem eine Besonderheit. Genauso wie er in seiner chinesischen Großfamilie eine Besonderheit war. Seine Geschwister, zwei Schwestern und ein Bruder, sowie seine vielen Cousinen und Cousins waren Profis in ihrem Fach: Anwälte, Ärzte, Steuerberater. Seine Eltern hatten sich erhofft, dass er deren Beispiel folgte, doch er hatte kein Interesse an Medizin oder Buchhaltung. Das Rechtswesen hatte ihn interessiert, doch nicht in der Art und Weise, wie seine Eltern gehofft hatten. Ein Anwalt oder Richter in der Familie hätte ihre

Ambitionen für ihn befriedigt, doch Yang hatte die Polizei gewählt.

„Park einfach hinter dem schwarzen Auto", sagte Jefferson schulterzuckend.

Normalerweise hätte sich Yang etwas mehr bemüht, einen richtigen Parkplatz zu finden, doch nach einem frühmorgendlichen Telefongespräch mit seiner baldigen Ex-Frau, in der sie sich wegen des finanziellen Aspekts ihrer Scheidung – die sich für seinen Geschmack schon viel zu lange hinzog – gestritten hatten, hatte Yang keine Energie für eine weitere Auseinandersetzung.

Ohne ein Wort schaltete Yang den Motor ab und sprang aus dem Auto. Jefferson war bereits auf den Stufen, die zur Eingangstür führten. Diese stand offen und Jefferson ging hinein. In der gut eingerichteten Diele holte Yang ihn ein.

„Tolle Bude, was?", meinte Jefferson leise.

„Es stinkt nach Geld." Genau wie die halbe Stadt. Doch für Yang war es sein Zuhause. Er konnte sich nicht vorstellen, irgendwo anders als innerhalb des Beltways zu leben. Es hatte etwas für sich, im

Nervenzentrum der Nation zu leben, obwohl er nicht Teil des politischen Gefüges war.

Als Yang Stimmen aus Richtung einer nur angelehnten Tür hörte, ging er darauf zu. Doch bevor er und Jefferson diese erreichten, trat ein schwarzer Mann in einem dunklen Anzug heraus und blockierte den Eingang zum Zimmer.

Yang und Jefferson zeigten ihre Ausweise vor. „Detectives Yang und Jefferson, DC Police. Und Sie sind?"

Als der Mann, schneller als ein Magier tricksen könnte, seinen Ausweis zückte, konnte Yang bereits den Ärger spüren, der in der Luft lag. Der dunkle Anzug und der gleichgültige Gesichtsausdruck des Mannes wiesen auf seine Stellung hin.

„Agent Banning, Secret Service." Banning deutete über seine Schulter und blockierte weiterhin den Eingang zum Wohnzimmer. „Mein Kollege Agent Mitchell und ich sind der Sache gewachsen. Sie werden nicht gebraucht. Bitte verlassen Sie das Haus."

„Das können wir leider nicht. Laut unserer Information handelt es sich hier um einen verdächtigen Todesfall, und das liegt in unserer Gerichtsbarkeit", sagte Yang, ohne eine Sekunde vergehen zu lassen. „Also, außer es handelt sich hier um einen Fall von Geldfälschung oder Bankbetrug, schlage ich vor, dass Sie das uns überlassen."

Banning bewegte sich nicht. Hinter ihm kam Agent Mitchell ins Blickfeld. Er war das Ebenbild seines Kollegen, nur dass Mitchells Haare kürzer und seine Schultern breiter waren.

„Das ist ein Fall für das Metropolitan Police Department, nicht den Secret Service", sagte Yang.

„Sieht so aus, als hätte er das Memorandum nicht erhalten", meinte Agent Banning selbstzufrieden.

Yang öffnete den Mund für eine Erwiderung, als sein Handy klingelte.

Agent Mitchell deutete zu Yangs Jackentasche, aus der das Klingeln kam. „Ich würde rangehen, wenn ich Sie wäre. Könnte wichtig sein."

Yang traf Mitchells Blick, dann tauschte er

einen Blick mit Jefferson aus. Jefferson zuckte mit den Schultern.

Es war offensichtlich, dass der Secret Service Agent etwas wusste, was Yang nicht wusste. Er griff in seine Tasche und zog sein Handy heraus. Er drückte es ans Ohr und antwortete: „Detective Yang."

„Yang, Lieutenant Arnold." Wann immer seine Vorgesetzte, Lieutenant Latochia Arnold, anrief, war es wichtig.

Jefferson trat näher, um mitzuhören.

„Lieutenant, Ma'am. Ich wollte Sie gerade anrufen, um –" Er kam nicht dazu, seinen Satz zu beenden.

„Sind die Secret Service Agents bereits vor Ort?", unterbrach sie ihn.

„Ja, woher –?"

Wieder unterbrach sie ihn. „Gut. Überlassen Sie ihnen den Tatort. Ich ziehe Sie und Jefferson von dem Fall ab."

„Bei allem Respekt, Ma'am, aber das ist unser Zuständigkeitsbereich", sagte Yang so ruhig, wie er konnte, während er die zwei Secret Service Agents anstarrte. „Sie können doch nicht –"

„Das war nicht meine Entscheidung, Yang. Mir sind die Hände gebunden."

Yang grunzte unmutig.

„Hören Sie zu, Yang", sagte Arnold etwas sanfter. „Der Befehl kommt von jemandem weit über meiner Gehaltsklasse. Der Bürgermeister hat dem Polizeichef Druck gemacht. Es hat irgendetwas damit zu tun, dass das Opfer mit jemandem aus der Regierung eines anderen Landes in Kontakt war. Der Secret Service behauptet, dass die Nationale Sicherheit betroffen ist. Das ist eine absolute Ka– ähm, mir gefällt es auch nicht, aber so ist es eben. Also, tun Sie mir einen Gefallen und machen Sie keinen Aufstand. Gehen Sie einfach und überlassen Sie die Sache dem Secret Service."

„Jawohl", sagte Yang steif und legte auf.

Er versuchte, die selbstgefälligen Gesichtsausdrücke der zwei Agenten zu ignorieren und sagte: „Es ist Ihr Fall."

Im Auto wandte sich Yang zu Jefferson. „Kannst du diesen Scheiß glauben? Um was zum Teufel geht es da?"

„Tja, wenn man bedenkt, wer das Opfer ist ... oder war ...", sagte Jefferson.

„Was soll das heißen? Wer war sie?"

„Madeline Bolton. Sie gehört zur High Society von D.C." Jefferson zuckte mit den Schultern. „Ihr Vater ist ein großes Tier in der Politik oder so was Ähnliches. Er ist anscheinend mit dem Präsidenten befreundet."

Yang traute seinen Ohren nicht. „Woher weißt du das?"

Jefferson schüttelte den Kopf. „Wie weißt du sowas nicht? Ich lese Zeitungen."

„Zeitungen oder Klatschheftchen?"

„Egal, zumindest bin ich auf dem Laufenden, was in dieser Stadt vor sich geht. Es kann nicht schaden, zu wissen, wer wer ist."

Yang seufzte und ließ den Motor an. „Lieutenant Arnold hat wirklich keinen Scherz gemacht, als sie sagte, dass das über ihre Gehaltsgruppe hinausgeht."

„Arnold macht nie Spaß, außer sie ist nicht im Dienst. Abgesehen davon, willst du wirklich in einen Fall verwickelt sein, bei dem die Familie des Opfers dir ständig auf die Pelle rückt und nach Fehlern sucht, die du machst? Du weißt doch, wie reiche Leute sind."

Yang murrte, immer noch verärgert.

„Es stinkt dir nur, dass der Secret Service auf unser Revier übergreift", sagte Jefferson.

Yang warf ihm einen Seitenblick zu. „Ich nehme an, das ist der Unterschied zwischen uns zwei: Ich will Fälle lösen und du willst sie abschließen."

Jefferson lachte leise. „Diese zwei Dinge schließen einander nicht aus. Das ist dir doch bewusst, oder nicht?"

4

26. Mai

Emily spürte, wie sie ihre Glieder wieder bewegen konnte, als ihr Körper das taube Gefühl der Betäubungsmittel, die die Infusion in ihre Venen transportiert hatte, abschüttelte. Während der Operation hatte sie geglaubt, Satzfragmente von Dr. Milton Harlands Stimme zu vernehmen, als dieser seinem kleinen Team Befehle erteilte. Vermutlich hatte sie das nur geträumt, um ihre eigene Realität zu erschaffen, während ihr Leben wieder in den Händen eines anderen lag. Der Gedanke spendete ihr Trost, doch auch Angst. Allerdings verspürte sie weder Schmerz noch das Gefühl, dass Zeit verstrichen wäre.

Irgendwann hörte sie das Geräusch eines Krankenbettes, das über den Linoleumboden gerollt wurde, und bemerkte, wie jemand ihr Bett in einen Raum schob. Das Setzen der Bremsen verursachte ein kratzendes Geräusch und Emily begriff, dass sie in einer Kabine angekommen war. Die Manschette um ihren rechten Oberarm wurde enger, als sie sich mit Luft füllte. Der Druck löste sich langsam, während ein Herzmonitor gleichmäßig piepte.

„Hundertdreiundvierzig zu fünfundachtzig", sagte Tiffany, die Krankenschwester, die ihr geholfen hatte, sie für die Operation vorzubereiten, mit sanfter Stimme. Eine warme Hand berührte Emilys. „Immer noch etwas hoch, aber alles sieht gut aus, meine Liebe. Der Arzt kommt bald. Ruhen Sie sich in der Zwischenzeit aus."

Emily öffnete ihren Mund, um ihr zu danken, aber ihre Kehle war wie ausgetrocknet und sie konnte kein Wort herausbringen. Stattdessen schluckte sie schwer.

„Ich bringe Ihnen etwas Wasser."

Ihre Augenlider waren zu schwer, um sie anzuheben, und sie schrieb dieses Gefühl den Betäubungsmitteln zu, die sie erhalten hatte. Sie kam aus einem schlafähnlichen Zustand heraus und kam sich desorientiert vor. Selbst wenn sie ihre Augen hätte öffnen können, wagte sie es nicht, denn sie fürchtete sich vor dem, was sie begrüßen würde. Dunkelheit? Intensives Licht? Nichts? Sie wollte nicht nachgrübeln, denn das würde nur zu ihrer Besorgnis beitragen.

Emily spürte kühles Wasser ihren Mund benetzen und ihr wurde klar, dass die Krankenschwester zurückgekommen war, ihr einen Becher in die Hand gedrückt und den Strohhalm zu ihren Lippen geführt hatte. Sie konnte sich nicht daran erinnern, den Becher entgegengenommen zu haben, genauso wenig, wie sie sich erinnern konnte, wie Tiffany ihr den Becher wieder abgenommen hatte, nur dass plötzlich eine andere Hand die ihre sanft berührte.

Wieviel Zeit war vergangen, seit sie einen Schluck Wasser genommen hatte, bis eine Hand die ihre drückte? Sie wusste es nicht.

„Es ist alles gut verlaufen." Die Stimme zog sie aus ihrer Benommenheit. Sie gehörte Dr. Milton Harland, dem Chirurgen, der die Operation ausgeführt hatte. „Obwohl es etwas länger gedauert hat, als wir angenommen hatten."

Etwas in seiner Aussage sandte Unbehagen durch ihren Körper.

„Wie bitte?", schaffte sie zu murmeln.

Wieder verspürte sie ein Drücken ihrer Hand, das sie beruhigen sollte. „Nichts, worüber Sie sich sorgen müssen. Die Stammzellen haben sich gut integriert und haben anscheinend die Atrophie des Sehnervs, die man vor einigen Jahren bei Ihnen diagnostiziert hatte, gut repariert. Noch vor fünf Jahren hätte man diese Art von Operation nicht durchführen können, doch die Medizin hat sich um einiges weiterentwickelt. Wie ich Ihnen in unserem Gespräch vor der Operation schon erklärte, ist diese Art von Therapie brandneu und noch experimentell, aber ich bin davon überzeugt, dass es funktioniert. Und durch die Hornhaut, die wir Ihnen heute implantiert haben, werden Sie letztendlich wieder hundertprozentiges Sehvermögen erlangen."

Emily fokussierte sich auf das Wort, das der zuversichtlichen Aussage des Arztes widersprach. Das konnte sie gut: Worte aufschnappen, die nicht ganz passten, denn nach dem Unfall hatte sie sich mehr als je zuvor auf ihren Gehörsinn verlassen müssen. „Letztendlich?"

„Na, lassen Sie uns mal sehen."

Sie spürte, wie sich die Luft zwischen ihnen bewegte und erkannte, dass Dr. Harland sich näherbeugte.

„Tiffany, dimmen Sie bitte das Licht."

Eine warme Hand berührte ihr Gesicht und Finger strichen über ihre Schläfe. Dann hörte sie, wie ein Klebestreifen von ihrer Haut gerissen wurde, obwohl sie keinerlei Unbehagen verspürte. Bis jetzt hatte sie nicht einmal gewusst, dass ihre Augen mit etwas bedeckt waren, mit einer dünnen Schicht Mull.

Zu ihrer Linken nahm Emily plötzlich eine Helligkeit wahr, deren Existenz sie schon beinahe vergessen hatte. Ihr Herz begann voller Aufregung zu donnern, während gleichzeitig das Piepen aus dem Herzmonitor schneller wurde. Dann bemerkte sie dieselbe Helligkeit zu ihrer Rechten.

„Öffnen Sie jetzt ganz langsam die Augen", forderte Dr. Harland.

Als sie ein paar Sekunden lang zögerte, fügte er hinzu: „Keine Sorge. Hier sind keine grellen Lichter, vor denen Sie sich fürchten müssten."

Sie konnte die Sache nicht länger hinauszögern. Es war Zeit, sich der Realität zu stellen. Fünfzehn Jahre lang hatte sie im Dunkeln gelebt. Heute würde sie herausfinden, ob das Licht wieder Teil ihres Lebens sein würde.

Emily entkam ein zittriger Atemzug. „Also dann." Langsam hob sie ihre schweren Augenlider ein paar Millimeter. Etwas, das sie schon viel zu lange nicht mehr gesehen hatte, strömte herein, als hätten sich die Schleusen eines Dammes geöffnet: Licht. Mit einem

Keuchen schloss sie die Augen vor Angst, das Licht könnte diese verbrennen.

„Haben Sie Schmerzen?", fragte Dr. Harland.

Sie schüttelte den Kopf. „Es ist so hell."

Ein sanftes Lachen rollte über die Lippen des Arztes. „Das ist ein gutes Zeichen. Wir machen es langsam, okay?"

Sie zögerte. Sie wollte nicht enttäuscht werden. Das war schon einmal geschehen. Damals war die Operation gescheitert.

„Versuchen Sie's nochmal", ermutigte Dr. Harland sie geduldig.

Dieses Mal zwang Emily sich, ihre Augen weiter zu öffnen, und erlaubte mehr Licht hineinzuströmen. Anfangs war die Helligkeit überwältigend, doch dann sammelte sie all ihren Mut zusammen, um dieses Mal nicht der Angst zu erliegen, und ließ ihre Augen offen.

„Das ist gut." Die Stimme des Arztes war voller Lob. Oder vielleicht hörte sie nur das, was sie hören wollte? „Nur noch ein bisschen mehr."

Emily erlaubte ihren Augenlidern ganz

nach oben zu schwingen und stellte sich dem Licht, als wäre sie eine Surferin, die sich in die Bahn einer Welle stellte. Die Belohnung folgte nur ein paar Augenblicke später. Das Licht wurde klarer. Gestalten prägten sich, Schatten erschienen, und Farben sprangen wie aus dem Nichts heraus. Der Schattenriss einer Person zeichnete sich von dem hellen Hintergrund ab. Es war immer noch verschwommen, wurde jedoch mit jeder Sekunde deutlicher.

„Grün", murmelte sie. „Ihr Kittel ist grün."

Jemand, der rechts von dem Schatten stand, atmete erleichtert aus: die Krankenschwester, Tiffany. Emily wandte ihren Kopf zu ihr und fokussierte ihren Blick. Es dauerte ein paar Augenblicke, bis das Bild scharf genug wurde, damit sie die Umrisse einer zierlichen, in Rosa gekleideten Frau ausmachen konnte. Emily richtete ihren Blick nach oben und konzentrierte sich auf den Kopf und die Haare, doch dort erschien alles wie ein schwarzes Loch, eine Stelle ohne jegliches Licht. Gab es ein Problem mit den Hornhäuten, die ihr implantiert worden waren? War da ein Riss, ein Fleck, ein Mangel, der verursachte, dass das Licht plötzlich verschwand?

„Nein", murmelte sie, während Panik ihr die Luft zum Atmen abschnitt.

„Stimmt was nicht?" Die Stimme des Arztes ließ sie ihren Kopf in seine Richtung drehen.

Erst jetzt erkannte sie ihren Fehler. Ihre Hornhäute zeigten keine Mängel auf: Dr. Harlands Silhouette erschien ohne Flecken oder Schatten. Um ihre Erkenntnis zu bestätigen, sah sie Tiffany wieder an. Mit jeder Sekunde gewöhnten sich ihre Augen mehr an das Licht, und die Schatten vor ihr wurden klarer und zeigten die Krankenschwester jetzt genauer. Ihre dunkle Haut setzte sich von dem rosa Kittel ab. Emily kam sich töricht vor, dass sie nicht sofort erkannt hatte, dass Tiffany schwarz war. Stattdessen hatte sie fälschlicherweise das Schlimmste angenommen.

„Nein ...es ist alles in Ordnung." Das war die Wahrheit. „Ich kann sehen." Sie zögerte. Sie wollte sich nicht beschweren oder jemanden kritisieren, doch eine Sorge kam hoch. „Es ist nur …"

„Ihr Sehvermögen ist noch nicht scharf. Es ist immer noch verschwommen", erriet Dr. Harland.

„Woher wissen Sie das?"

„Es war zu erwarten. Wenn wir heute nur die Hornhäute implantiert hätten, wäre Ihr Sehvermögen sofort wieder hundertprozentig. Doch da wir auch den Sehnerv reparieren mussten, dauert dieser Prozess etwas länger. Ihr Gehirn muss wieder neue Synapsen bilden, um die Signale, die von ihrem Sehnerv kommen, verarbeiten zu können."

Erleichterung überkam sie. „Wie lange?"

„Das kommt darauf an. Bei manchen Patienten dauert es eine Woche, bei anderen mehrere. Doch auf jeden Fall wird Ihr Sehvermögen jeden Tag besser werden."

„Danke." Emily wandte ihren Kopf Tiffany zu, um auch sie miteinzubeziehen. „Ich weiß nicht, wie ich Ihnen und Ihrem Team danken soll." Ihr kamen plötzlich die Tränen und ließen ihren Blick verschwimmen. „Und der

Familie des Spenders oder der Spenderin auch. Ihnen will ich auch danken.“

„Wir sind froh, dass wir Ihnen helfen konnten“, sagte Dr. Harland. „Nicht wahr, Tiffany?“

„Sie waren eine Musterpatientin, Miss Emily“, erwiderte Tiffany. „Lassen Sie mich Ihre Begleitung anrufen, damit sie Sie heimfahren kann, wenn Sie soweit sind.“

„Danke.“ Doch Tiffany wandte sich bereits um und entfernte sich aus ihrem Sichtfeld.

„Und die Familie des Spenders?“, fragte Emily und sah wieder den Chirurgen an. Sie konnte jetzt sehen, dass er grau meliertes Haar hatte, doch andere Einzelheiten erkannte sie noch nicht. „Ich möchte sie anrufen.“

Dr. Harland öffnete eine Akte und seufzte. „Tut mir leid, Miss Warner, aber hier steht, dass die Familie des Spenders anonym bleiben will.“

„Oh.“

Diese Nachricht war enttäuschend, aber in gewisser Weise verstand sie sie. Vielleicht wollten sie nicht an ihren kürzlichen Verlust erinnert werden. Emily wusste, wie es sich anfühlte, an einen Verlust erinnert zu werden. Leider hatte sie nie die Wahl bekommen, ob sie sich erinnern wollte oder nicht. Jeden Tag der letzten fünfzehn Jahre wurde sie daran erinnert, was sie verloren hatte: nicht nur ihr Augenlicht, sondern auch die Person, die sie am meisten geliebt hatte. Ihr Herz hatte es nicht geschafft, der Person, die daran schuld war, Gnade zu gewähren. Stattdessen hatte sie mit der Wut eines fünfzehnjährigen Mädchens dafür gesorgt, dass er für seine Tat bezahlte.

5

„Ich kann gehen", sagte Emily, doch Tiffany zwang sie, sanft und doch bestimmt, sich in den Rollstuhl zu setzen.

„Krankenhausregeln", sagte sie. „Also, ich habe Ihnen bereits den Nachfolgetermin bei Dr. Harland gemacht. Ich habe das Datum und die Uhrzeit auf Ihren Entlassungspapieren notiert. Lassen Sie mich die schnell holen."

Bevor Emily weitere Fragen bezüglich des Termins stellen konnte, hatte Tiffany auch schon den Rollstuhl gestoppt, die Bremsen gesetzt und war zum Stationszimmer marschiert, um nach der Akte zu suchen.

„Verdammt nochmal, Arleen, wo sind denn die Entlassungspapiere für meine Patientin hingekommen? Ich habe sie doch erst vorhin da hingelegt."

„Name?", fragte eine der Krankenschwestern, vermutlich Arleen.

„Emily Warner."

„Hab ich nicht da. Susan hat gerade einen Stapel Akten mitgenommen. Vielleicht hat sie versehentlich deine erwischt. Sie ist ins Verwaltungsbüro gegangen."

Verärgert schnaufend ging Tiffany weg.

Emily konnte nichts anderes tun, als wie eine Topfpflanze dazusitzen. Als das Plappern der Krankenschwestern verstummte, drang das Geräusch des Fernsehers, der an der gegenüberliegenden Wand hing, zu ihr.

„Eine Gedenkfeier mit Beisetzung ist in Planung, an der mit großer Wahrscheinlichkeit viele in- und ausländische Würdenträger sowie prominente Mitglieder der High Society von Washington D.C.

teilnehmen werden. Die kürzlich bekanntgegebene Verlobung von Senator Pullers Tochter mit dem Sohn seines Gegenkandidaten Kurt Altman wirft die Frage in der Washingtoner Gesellschaft auf, ob die Hochzeit diese zwei bitteren Rivalen vereinigen kann. Bald mehr davon. Und nach der Werbung: Wer wurde kürzlich im brandneuen Nachtclub SWANK mit seiner Exfreundin gesehen? Das werden Sie nicht glauben."

„Hier ist es", sagte Tiffany hinter Emily.

Emily riss ihre Aufmerksamkeit weg vom Fernsehgerät und griff nach der Akte, die Tiffany in ihre Hand drückte.

„Also, der Termin steht für Ende nächster Woche."

„Um wieviel Uhr? Ich unterrichte bis –"

„Keine Sorge, meine Liebe. Ich dachte mir schon, dass Sie das sagen würden. Sie haben den Termin am späten Nachmittag."

„Danke. Normalerweise würde es mir nichts ausmachen ... aber ich habe in diesem Schuljahr schon ein paar Tage verloren, und ich will nicht, dass meine Schüler zu viel verpassen.“

Tiffany schnalzte mit der Zunge. „Sich ein paar Tage freizunehmen, ist nicht verkehrt. Eine Operation wie Ihre sollte man nicht auf die leichte Schulter nehmen. Sie müssen sich viel ausruhen.“

„Es ist ja ein langes Wochenende. Dr. Harland sagte, dass ich am Dienstag wieder arbeiten darf.“

„Meine Liebe, Dr. Harland ist ein Workaholic. Natürlich wird er Ihnen erlauben, nach drei Tagen Ruhe wieder zur Arbeit zu gehen, weil er genau dasselbe tun würde. Ich sage Ihnen nur, dass Sie sich, wenn Sie noch mehr Ruhe brauchen, einfach freinehmen sollen. Und vergessen Sie nicht, anfangs noch Ihre Sonnenbrille zu tragen, um Ihren Augen Zeit zu geben, sich an helles Licht zu gewöhnen. Es kann anfangs grell sein.“

„Das mache ich. Ich verspreche es Ihnen.“

Emily hatte nicht die Absicht, ihre Genesung aufs Spiel zu setzen. Außerdem fühlte sie sich hinter einer dunklen Brille wohl. Für den Großteil von zwei Jahrzehnten war diese ihre Verteidigungsmauer gewesen, ein Schutzschild, hinter dem sie sich verbergen konnte, wenn das Leben zu überwältigend war. Und zusammen mit ihrem Stock und ihrem Blindenhund Coffee signalisierte sie ihrer Umwelt, ihr aus dem Weg zu gehen. Jetzt würde sich all das ändern. Und diese Veränderung machte ihr Angst, obwohl sie mehr als alles, was sie sich vorstellen konnte, willkommen war.

„Hier sind wir", sagte Tiffany plötzlich und schob den Rollstuhl durch die Automatiktüren am Haupteingang des Krankenhauses. „Bevor ich es vergesse: Die Apotheke liefert Ihnen heute Nachmittag noch Ihre Medikamente ins Haus. Nehmen Sie sie den Anleitungen entsprechend ein. Die werden dabei helfen, dass Ihr Körper die Hornhäute nicht abstößt."

„Ich weiß. Dr. Harland hat mir das vor der Operation erklärt." Er hatte sie gewarnt, dass ihr Körper das Gewebe des Spenders als fremd ansehen und es abstoßen könnte, doch dass das bei Hornhäuten sehr selten vorkam.

Emily ließ ihren Blick schweifen. Ihr Sehvermögen war jetzt etwas klarer als direkt nach der Operation, doch sie kam sich immer noch vor, als blickte sie durch eine dicke Glasscheibe, die alles dahinter verzerrte.

„Wie sieht Ihre Freundin aus?", fragte Tiffany.

„Sie ist Asiatin, mit dunklen Haaren und schlank."

Der einzige Grund, warum Emily dies wusste, war, weil ihre Nachbarin Vicky Hong ihr Aussehen beschrieben hatte, als Emily in das niedliche Wohnhaus im Columbia-Heights-Viertel von Washington D.C. eingezogen war. Sie waren buchstäblich zusammengestoßen, als Vicky aus ihrer Wohnung im ersten Stock geeilt war, während Emily versucht hatte, die Tür ihrer Wohnung – oder was sie für ihre Wohnung hielt – aufzusperren. Leider hatte sie sich bei ihren Schritten verzählt und war stattdessen vor Vickys Wohnung stehengeblieben. Was immer auch der Grund war, Vicky hatte sich mit ihr befreundet und sie unter ihre Fittiche genommen. Emily wusste, dass Vickys Beweggrund, ihr zu helfen, aus einem Gefühl des Mitleids und vielleicht auch der Neuheit stammte, eine Freundin zu haben, die so ganz anders als sie war. Doch obwohl sie so unterschiedlich wie Tag und Nacht waren – oder vielleicht gerade deswegen –, war die schrullige Computerspezialistin ihre beste Freundin geworden.

Ein Hund bellte und zog Emilys Aufmerksamkeit in seine Richtung. „Coffee!" Sie spürte, wie sich ihre Lippen nach oben bogen. Vicky hatte Emilys Blindenhund mitgebracht. „Komm, mein Junge!"

Ein großer schokoladenbrauner Labrador rannte auf sie zu. Emily streckte ihre Hand nach Coffees Kopf aus, griff aber daneben. Ihre Tiefenwahrnehmung war eindeutig noch nicht sehr gut. Eine Sekunde später drückte Coffee seine nasse Nase in ihre Handfläche und schleckte sie mit seiner Zunge, bevor er seinen Kopf in ihren Schoß schmiegte.

„Mein braver Junge", gurrte sie, streichelte seinen Kopf und kraulte ihn hinter den Ohren, während sie in seine Augen schaute. Er sah genauso gut aus, wie sie es sich immer vorgestellt hatte.

Als ein Schatten das Licht vor ihr verdunkelte, sah sie hoch. „Heh, Vicky." Ihre Freundin war kunterbunt gekleidet. Vicky hatte wahrlich nicht gescherzt, als sie gesagt hatte, dass sie sich gerne auffallend kleidete.

„Heh, Mädel." Ein Lächeln schwang in Vickys Worten mit. „Bist du soweit, dein neues Leben anzufangen?"

Emily hielt ihren Blick auf Vickys Gesicht gerichtet und lächelte ebenso. „Ich hoffe, du musstest nicht zu lange warten."

Vicky machte eine wegwerfende Handbewegung. „Ich habe mir die Zeit damit vertrieben, mit meinen früheren Kollegen im dritten Stock zu quatschen."

„Sie haben hier gearbeitet?", fragte Tiffany von hinter dem Rollstuhl.

„Ja, etwa sieben Jahre lang. In der Verwaltung. Jetzt arbeite ich freiberuflich, medizinische Transkription und Computerarbeit", antwortete Vicky. Was Vicky beiläufig Computerarbeit nannte, war eigentlich Programmierarbeit. Sie entwickelte raffinierte Computerprogramme für Apps und Webseiten. Vicky deutete zu Emilys Schoß. „Sind das deine Entlassungspapiere? Die nehme ich. Mein Auto steht dort im Parkverbot." Sie sah über ihre Schulter und grunzte verärgert.

„Heh, Mann", rief sie in Richtung ihres geparkten Autos.

Emily fokussierte ihre Augen auf die Stelle und sah einen Mann in Uniform neben einem heruntergekommenen VW Käfer stehen.

„Hier dürfen nur Krankenwagen parken", sagte der Polizist mit strenger, lauter Stimme.

„Ich hole eine Patientin ab, verdammt nochmal! Zeigen Sie doch etwas Mitgefühl. Sie können doch nicht eine Behinderte diskriminieren. Es gibt doch Gesetze." Sie deutete auf Emily. „Können Sie denn nicht sehen, dass die Frau blind ist?"

Emily unterdrückte ein Kichern. Sie war schon öfters Zeugin von Vickys Versuchen, sich aus einem Strafzettel herauszureden, geworden. Nicht alle ihrer Versuche waren erfolgreich gewesen. Tatsächlich hatten nur ein paar geklappt. „Ich bin nicht mehr blind", flüsterte Emily.

Vicky wandte sich halbwegs zu ihr und flüsterte zurück: „Ja, aber *er* weiß das ja nicht. Du trägst deine Sonnenbrille und du hast einen Blindenhund mit einer Weste, auf der das auch steht, also spiel einfach mit. Vielleicht machst du ein bisschen auf Stevie Wonder, du weißt schon, so wie er seinen Kopf von einer Seite zur anderen bewegt."

Emily riss sich zusammen, um nicht in Lachen auszubrechen, und selbst Tiffany konnte ein Kichern nicht unterdrücken.

„Das ist aber eine Freundin", sagte Tiffany ganz leise.

„Tja, ich war wohl blind, als ich sie mir ausgesucht habe."

„Sehr lustig. Okay, jetzt gehen wir aber", sagte Vicky und ging Richtung Auto. „Wir kommen schon."

„Coffee", befahl Emily ihrem Hund. „Vorwärts." Der Hund drehte sich um und ging entlang des Rollstuhls, während Tiffany diesen in Richtung von Vickys Auto schob.

„Ich möchte mich für meine Freundin

entschuldigen, Officer", sagte Emily, als sie das Auto erreichten, wo der Polizist immer noch stand. Sie streckte ihre Hand nach ihm aus und bewegte diese von links nach rechts, um vorzugeben, dass sie nicht wusste, wo genau der Polizeibeamte stand. „Bitte geben Sie mir den Strafzettel. Ich bezahle ihn. Sie ist nur gekommen, um mich abzuholen. Es ist meine Schuld."

Der Polizist schüttelte den Kopf. „Ist schon in Ordnung, Ma'am. Ich stelle dieses Mal keinen Strafzettel aus. Sorgen Sie nur dafür, dass Ihre Freundin das nicht nochmal tut. Ihr Auto ist kein Krankenwagen." Er warf Vicky einen Blick zu.

„Danke, Officer, das ist sehr nett von Ihnen", sagte Emily.

Mit einem Nicken wandte er sich um.

In dem Moment, als er außer Hörweite war, kicherte Vicky. „Du schaffst es immer noch."

Augenblicke später saß Emily auf dem Beifahrersitz und Coffee hatte sich auf der Rückbank ausgestreckt, während Vicky den Motor anließ und ihn aufheulen ließ. Auf der anderen Straßenseite wirbelte der Polizist herum.

Emily legte ihre Hand auf Vickys Arm. „Verärgere ihn jetzt nicht auch noch."

Vicky steckte ihren Kopf aus dem Fenster. „Tut mir leid, Officer, altes Auto. Ich bin froh, dass es überhaupt noch läuft." Bevor er antworten kannte, fuhr sie aus dem illegalen Parkplatz und fädelte in den Verkehr ein.

„Eines Tages ...", begann Emily, doch ihre Freundin unterbrach sie: „Ich weiß, ich weiß, aber wenn ich jemanden sehe, der aussieht, als hätte er einen Besen verschluckt, dann kann ich einfach nicht anders. Gut, dass ich immer noch meine Du-kommst-aus-dem-Gefängnis-Karte habe."

„Und was soll die sein?"

Einen Augenblick lang nahm Vicky ihre Augen vom Verkehr. „Eine blinde Freundin, die Sympathie erweckt. Das funktioniert immer wie am Schnürchen."

„Ja, da wir gerade davon sprechen." Emily deutete zu ihrem Gesicht. „Nicht mehr blind."

Ein unverfälschtes Lächeln leuchtete in Vickys Gesicht auf. „Ich weiß. Ich freue mich so für dich." Dann sah sie in den Rückspiegel und deutete über ihre Schulter. „Wirst du Coffee sagen, dass du ihn nicht mehr brauchst?"

Emily schüttelte den Kopf. „Ich brauche ihn noch. Mein Sehvermögen ist noch nicht hundertprozentig. Außerdem habe ich ihn schon seit sechs Jahren. Ich könnte ihn nie hergeben. Ich glaube, er muss einfach in Rente gehen und bei mir bleiben."

„Blindenhunde gehen in Rente?"

„Natürlich. Und Coffee hat es verdient."

Sie sah über ihre Schulter und blickte ihren Hund an. Er hatte ihr eine gewisse Unabhängigkeit verschafft, die ein Stock allein nicht hätte liefern können. Coffee war ihr zweiter Blindenhund. Der erste hatte sein Leben für sie gegeben und sie davor bewahrt, von einem Auto überfahren zu werden. Die Lehrer in der Blindenschule in Baltimore, wo sie mehrere Jahre verbracht hatte, hatten die Schüler regelmäßig gewarnt: Es geht nicht darum, *ob* du von einem Auto, Bus oder Rad überfahren wirst, sondern *wann*. Sie hatten absolut recht gehabt.

„Alles in Ordnung?", fragte Vicky.

Emily nickte automatisch. „Es ist viel zu verarbeiten. Und ich bin immer noch etwas betäubt von den Medikamenten."

„Mach einfach deine Augen zu und mach ein Nickerchen." Scheinbar mühelos navigierte Vicky das Auto durch den dichten Verkehr.

„Ich möchte meine Augen nicht zumachen. Es gibt so viel zu sehen." Sie deutete zu den Gebäuden, die erschienen, als flitzten sie am Auto vorbei, zu den Leuten auf den Bürgersteigen und den Autos, die ihnen entgegenkamen. „Ich dachte, Washington sei eine Großstadt." Doch sie sah keine Wolkenkratzer. Alles sah so niedlich wie in einer Kleinstadt aus.

„Ist es, aber jeder Stadtteil ist wie ein kleines Dorf. Du wirst schon sehen. Es wird dir gefallen. Wir machen Entdeckungsgänge, wenn du dich erholt hast."

„Du tust so viel für mich."

„So viel ist es nicht und so verlasse ich wenigstens ab und zu das Haus. Außerdem, mich an einem Freitag dem Verkehr von

Washington D.C. zu stellen, ist wie Kontaktsport. Ich liebe die Herausforderung.

Emily musste kichern. „Du bist komisch.“

„Gut komisch oder schlecht komisch?“

„Kein Kommentar.“

Emily sah aus dem Seitenfenster, doch die Geschwindigkeit, mit der die Bilder vorbeiflogen, machte sie schwindelig, also wandte sie ihren Kopf wieder nach vorne und schaute stattdessen durch die Windschutzscheibe. Das war besser. Sie konzentrierte sich auf die Gebäude, die weiter entfernt waren, und erfasste deren Formen und Farben. Ein riesiges weißes Gebäude mit einer Rotunde erhob sich in der Ferne. Sie erinnerte sich an die Fotos, die sie gesehen hatte, bevor sie erblindet war.

Emily zeigte in die Ferne. „Ist das das Capitol?“

„Ja.“

„Es sieht größer aus, als ich es mir vorgestellt habe.“ Plötzlich blitzte etwas vor ihren Augen auf und blendete sie einen Augenblick lang. Sie wirbelte ihren Kopf in

Vickys Richtung. Ihr Herz begann plötzlich zu rasen. „Was war das?"

„Was war was?"

Sie deutete nach vorne. „Der Blitz."

„Da war kein Blitz", sagte Vicky langsam und eine Menge Besorgnis schwang in ihrer Stimme mit. „Soll ich dich wieder ins Krankenhaus zurückfahren?"

„Nein, nein. Ich ... ähm, mir geht's gut, wirklich. Vielleicht hat die Sonne sich auf irgendetwas gespiegelt", log sie, denn sie wollte nicht, dass sich Vicky sorgte und sie wieder zum Krankenhaus zurückbrachte.

Trotzdem war sie sich sicher, dass es nicht ein Licht war, das sich auf einer glänzenden Oberfläche widergespiegelt hatte. Sie hatte eindeutig einen Kamerablitz aufleuchten sehen. Um den Blitz herum war es dunkel gewesen, obwohl es im Moment gerade Tag war. Was sie gesehen hatte, war physisch unmöglich. Doch was vor ihren Augen aufgeblitzt war, hatte sich so echt angefühlt wie der Verkehr, durch den Vicky das Auto mühelos steuerte.

Etwas stimmte nicht, und das brachte sie

trotz des warmen Wetters zum Frösteln. Ein unbehagliches Gefühl, das sich wie Übelkeit anfühlte, legte sich in ihren Magen. Das konnte sie jedoch nicht den Medikamenten zuschreiben, die sie heute erhalten hatte. Nein, das war keine Übelkeit, sondern etwas anderes. Beklommenheit machte sich breit.

6

Nachdem Vicky Emily in ihrer Wohnung abgeladen hatte und sie dann alleine ließ, ging Emily ins Badezimmer. Genügend Licht strömte durch das kleine Fenster herein, sodass sie die Lampe nicht anschalten musste. Mit zögernden Schritten trat sie zum Waschbecken. Dies war der einzige Raum in ihrer Wohnung, der einen Spiegel hatte. Das kleine Medizinschränkchen, das über dem Waschbecken hing, war bereits da gewesen, als sie eingezogen war. Obwohl sie darin Medikamente wie Aspirin, Allergiepillen und Salben für Verletzungen und Brandwunden aufbewahrte, hatte sie den Spiegel noch nie benutzt. Dafür hatte es nie einen Grund gegeben. Bis jetzt.

Langsam nahm Emily ihre dunkle Brille ab und legte sie auf den Tresen neben dem Waschbecken, wo ihre persönlichen Schönheits- und Hygieneprodukte ganz ordentlich ausgebreitet waren. Als Teenager war sie nie ordentlich gewesen, doch nachdem sie erblindet war, hatte sie lernen müssen, ordentlich zu sein. Nachdem sie eine Juckreizsalbe anstelle der Zahnpasta genommen hatte, um sich die Zähne zu putzen, hatte sie ihre Lektion schnell gelernt. Jetzt hatte alles seinen vorbestimmten Platz.

Emily legte ihre Hände auf die Kante des Waschbeckens und machte sich auf die Wahrheit gefasst. Sie wusste, dass der Unfall Narben hinterlassen hatte. Sie konnte sie mit ihren Fingerspitzen fühlen, die kleinen Erhebungen und winzigen Beulen dort spüren, wo sie einst glatte Haut gehabt hatte. In den Monaten nach dem Unfall hatte sie ihre Ärzte und Krankenschwestern gefragt, wie schlimm ihr Gesicht aussah. Sie waren nicht ehrlich zu ihr gewesen und hatten behauptet, dass man die Narben kaum sehen könne. Also hatte sie aufgehört zu fragen. Doch sie hatte nie aufgehört, sich zu wundern.

Es war an der Zeit, es selbst zu sehen. Sich der Angst, dass sie hässlich war, zu stellen. Sie wusste, dass es oberflächlich war, sich um körperliche Schönheit zu sorgen, doch das hielt sie nicht davon ab, besorgt zu sein. Es war eine Sache, dass sie von Männern übergangen wurde, weil sie blind war, jedoch eine ganz andere, weil sie hässlich war.

„Zeit, dich der Wahrheit zu stellen", murmelte sie zu sich selbst.

Mit einer langen, hinausgezogenen Bewegung hob sie ihren Kopf und sah direkt in den Spiegel. Sie brauchte eine oder zwei Sekunden, bis ihr Spiegelbild scharf wurde. Sie starrte es an und nahm auf, was sie sehen konnte. Sie hatte keine sichtbaren Narben, jedenfalls keine, die *sie* sehen konnte. Nur als sie sich dem Spiegel näherbeugte, bemerkte sie ein paar Stellen, wo ihre Haut etwas dunkler war, doch ein beiläufiger Betrachter könnte diese für Sommersprossen halten. Die Haut um ihre Augen herum war etwas rot und aufgeschwollen von der Operation, doch ansonsten unversehrt. Ihr langes dunkelbraunes Haar war glatt und umrandete ihr Gesicht wie ein Samtvorhang.

Erleichtert lächelte Emily ihr Spiegelbild an. Sie war nicht hässlich. Sie trat etwas zurück, um eine andere Perspektive einzunehmen. Sie erinnerte sich, wie sie als junger Teenager ausgesehen hatte. Sie hatte sich durch regelmäßige Visualisierungsübungen, die sie ihr in Baltimore beigebracht hatten, an diesem Bild festgehalten. Genauso wie sie sich an andere Bilder geklammert hatte, doch während der vielen Jahre ihrer Blindheit waren diese Bilder verblasst. Und als sie jetzt in den Spiegel blickte, sah sie nicht das Mädchen, das sie einmal gewesen war. Spuren davon waren noch vorhanden, doch so vieles hatte sich geändert. Sie war erwachsen geworden.

Ihr langes Haar war immer noch

kastanienbraun wie während ihrer Kindheit, obwohl jetzt die Farbe noch satter zu sein schien. Ihre Iris waren immer noch braun, immer noch unscheinbar, doch gleichzeitig anders, wissbegieriger, nachdenklicher. *Sie* hatte sich verändert. Sie war erwachsen und zur Frau geworden.

Das Spiegelbild, das sie nun anblickte, war nicht das einer Fremden. Es war das einer Frau, die sie kannte und liebte. Sie hatte keine Ahnung gehabt, wie sehr sie wie ihre Mutter im selben Alter aussah.

„Mom", flüsterte sie und streckte ihre Hand nach dem Spiegel aus, als könnte sie sie berühren.

Das Spiegelbild verschwamm vor ihren Augen und ihr wurde bewusst, dass Tränen ihre Wangen hinabliefen. „Ich vermisse dich so sehr."

7

Adam Yang betrat den Pausenraum des Polizeireviers. Außer Cindy, einer neuen Kollegin, war dieser leer. Das überraschte ihn nicht. Viele Angestellte gingen am Freitagnachmittag gern früher nach Hause, wenn sie nicht zu viele Fälle zu bearbeiten hatten. Mit einem kurzen Gruß würdigte er Cindys Anwesenheit und ging zur Kaffeemaschine. Er goss sich eine Tasse ein. In letzter Zeit hatte er an Nachmittagen, an denen er Papierkram erledigen musste, mehr als nur einen Kaffee benötigt, um wach zu bleiben. Er schlief nicht gut. Das war auch kein Wunder. Seine sechsjährige Ehe war vorüber und die Scheidung zog sich länger hin, als sein Bankkonto durchhalten konnte.

Yang gab etwas Sahne in seinen Kaffee und rührte um, als er Simon Jefferson hereinkommen sah.

„Heh, da bist du ja", sagte Jefferson und ging auf den Tresen zu. „Oh, Donuts!" Er schnappte sich einen, biss hinein und kaute. „Probier einen. Arnold hat sie mitgebracht."

Yang warf einen Blick auf die Donuts. „Frittierter Zucker? Dir ist doch hoffentlich klar, dass das reines Gift ist, oder?"

Jefferson zuckte mit den Schultern. „Schmeckt gut."

„Nein danke. Was ist überhaupt der Anlass? Es ist doch nicht ihr Geburtstag." Es war Tradition, dass Polizisten an ihrem Geburtstag Gebäck und andere Süßigkeiten mitbrachten.

„Weiß ich nicht. Ist mir auch egal", sagte Jefferson zwischen zwei Bissen.

„Also, hast du nach mir gesucht?"

„Ja, meine Quelle hat mir mitgeteilt, dass ein paar Botschaftsempfänge anstehen, bei denen extra Sicherheitspersonal gebraucht wird. Hast du noch Interesse daran?"

Yang setzte seine Tasse ab. Das waren ausgezeichnete Neuigkeiten. Da es Dutzende von großen Botschaften in Washington D.C. gab, waren oft private Sicherheitsjobs zu besetzen. Jedoch konnten nur diejenigen diese begehrten Jobs ergattern, die die richtigen Beziehungen hatten. Und Jefferson hatte die richtigen Beziehungen.

„Absolut!", sagte Yang, bevor Jefferson jemand anderem den Job anbieten konnte. „Das extra Geld kann ich gebrauchen. Die Anwälte rauben mich aus."

„Ich dachte, es sei alles schon geregelt. Ihr habt doch keine Kinder, nichts, worüber man streiten kann."

„Nichts, worüber man streiten kann? Sag das Barb. Im Moment kämpft sie um meine Rente. Kannst du das glauben? Ich muss noch mindestens zwanzig Jahre arbeiten, bis ich überhaupt daran denken kann, in Rente zu gehen, aber sie hält jetzt schon die Hand auf."

„Da wird sie nie gewinnen. Ihr wart doch

nicht so lange verheiratet. Komm schon, lass dich nicht so stressen."

Yang seufzte. „Manchmal wird mir das einfach zu viel. Du glaubst, du kennst eine Person, und dann zeigt sie dir plötzlich, wie sie wirklich ist."

„Willkommen in meinem Leben. Es lebt sich viel einfacher als Single." Jefferson nahm einen zweiten Donut und biss hinein. Dann warf er einen Blick auf die junge Polizistin, die gerade von ihrem Stuhl aufstand und zur Tür ging. „Heh, Cindy, wie geht's denn?"

Cindy murmelte etwas Unverständliches, während sich ihre Wangen plötzlich röteten, und eilte aus dem Raum. Jefferson folgte ihr mit seinem Blick. Dann wandte er sich wieder Yang zu und grinste.

Yang schüttelte den Kopf. „Bitte! Sie ist viel zu jung für dich."

„Komm schon, ich habe doch nur Spaß gemacht."

„Das will ich auch hoffen."

Jefferson wandte sich zur Tür und wäre beinahe mit Lieutenant Latochia Arnold zusammengestoßen. Sie war eine sehr attraktive schwarze Frau mit kurviger Figur und einem lauten Lachen, wenn sie außer Dienst war. Als alleinerziehende Mutter zweier Söhne, beide mittlerweile Anfang zwanzig, war sie durch Beharrlichkeit und harte Arbeit die Karriereleiter bei der Washingtoner Metropolitan Police hinaufgeklettert. Allerdings hielt sich hartnäckig das Gerücht, sie habe von einer Verbindung zum Büro des Bürgermeisters profitiert. Yang war egal, wie sie es zu ihrer Position geschafft hatte. Wichtig war, dass sie eine gute Vorgesetzte war.

„Lieutenant", sagte Jefferson und verließ den Pausenraum.

„Jefferson." Sie nickte und ging zur Kaffeemaschine. „Yang."

„Ma'am", sagte Yang.

Sie deutete zu seiner Kaffeetasse. „Wie wär's mit einem Donut dazu?"

„Sie wissen doch, dass ich nicht sehr auf Süßes stehe." Ganz im Gegensatz zu mindestens der Hälfte der Mordkommission.

„Gut für Sie." Sie schenkte sich eine

Tasse ein und wandte sich der Schachtel mit den Donuts zu. „Ich wünschte, mir ginge es auch so."

Auf diese Aussage gab es wirklich keine richtige Antwort. Yang war schlau genug, nicht in dieses Fettnäpfchen zu treten. Lieutenant Arnold kämpfte ständig mit ihrem Gewicht, obwohl sie nicht dick aussah.

„Gibt's was Neues in dem Bolton-Fall, den mir der Secret Service vor der Nase weggeschnappt hat?", fragte Yang stattdessen.

Sie warf ihm einen Seitenblick zu, dann schaute sie wieder auf die Donuts. Nach ein paar Sekunden seufzte sie und wandte sich ihm zu, ohne einen Donut zu nehmen. „Warum interessiert Sie das?"

Diese Frage fand Yang sonderbar. „Warum nicht? Der Fall liegt in unserem Zuständigkeitsbereich und falls sich da ein Verbrechen zugetragen hat, dann würde normalerweise unsere Abteilung darauf bestehen, zu ermitteln."

„Aber wir ermitteln nicht."

Er konnte die Sache nicht vergessen. „Warum?"

„Wie ich schon sagte, war es die Entscheidung des Polizeichefs." Arnold nahm einen Schluck von ihrem Kaffee. „Der Secret Service ist absolut in der Lage, Ermittlungen in Sachen Miss Boltons Tod anzustellen. Und wir haben keinen Grund anzunehmen, dass es sich dabei um ein Verbrechen handelt."

„Eine zweiunddreißigjährige gesunde Frau stirbt alleine in ihrem Haus und das sieht in Ihren Augen nicht verdächtig aus?"

Arnolds Augenbrauen hoben sich. „Sie haben recherchiert?"

„In meiner Freizeit, ja", sagte Yang schnell, bevor sie ihm vorwerfen konnte, dass er Arbeitszeit verschwendete. „Es gibt genug Informationen über Miss Bolton im Internet."

„Na, dann haben Sie vermutlich auch von Miss Boltons Vergangenheit erfahren."

Er nickte. „Anfang zwanzig mit Drogen zu experimentieren bedeutet nicht unbedingt, dass sie ein Junkie war. Aus der Phase ist sie herausgewachsen."

„Ist sie das?“ Arnold schüttelte den Kopf. „Das können Sie nicht wissen.“

„Und Sie können das Gegenteil auch nicht wissen.“

Als sie ihre Lippen fest zusammenpresste und langsam ausatmete, sah Yang etwas in ihren Augen.

„Sie wissen es, oder nicht?“

„Dieses Gespräch ist beendet“, sagte Arnold. „Wenn Sie nicht genügend Fälle zu bearbeiten haben, dann gebe ich Ihnen gerne mehr.“

Arnolds strenger Gesichtsausdruck bedeutete ihm, dass er schon zu weit gegangen war.

„Das ist nicht nötig.“

„Gut“, sagte sie und schnappte sich im Hinausgehen einen Donut.

Die Tatsache, dass sie den süßen Donuts nicht widerstehen konnte, deutete darauf hin, dass auch Arnold frustriert war über die Situation.

Kaufte er Arnold die Erklärung ab?

Er schüttelte den Kopf. Er hatte noch nie Informationen   einfach   als   echt hingenommen, ohne selbst die Fakten zu überprüfen. Und er wusste genau, wo er damit anfangen würde.

Zurück an seinem Schreibtisch sah Yang sich um. Nur die Hälfte aller Polizisten der Mordkommission war in ihren jeweiligen Bürokabinen. Die anderen waren draußen im Einsatz. Er konnte Jefferson nirgends sehen. Die Kabine neben Yangs war leer.

Yang hob das Telefon ab und wählte eine interne Nummer. Augenblicke später antwortete eine freundliche weibliche Stimme.

„Sind Sie das, Sophie? Ich bin's, Detective Yang", sagte er heiter.

„Oh, hi, Detective. Ja, ich bin's. Was kann ich für Sie tun?"

„Ich wollte mich mit dem Polizisten in Verbindung setzen, der am dreiundzwanzigsten bei dem Todesfall von Madeline Bolton in Georgetown als Erster vor Ort war. Könnten Sie bitte nachsehen, wer das war?"

„Natürlich, Detective."

Er hörte, wie Sophie auf ihrer Tastatur tippte.

„Hier hab ich's. Officer Cabbot. Sie war die Erste vor Ort."

„Ausgezeichnet. Ich spreche mit ihr. Danke, Sophie."

„Kein Problem. Aber mit Officer Cabbot werden Sie kein Glück haben."

„Warum nicht?" Hatte der Secret Service ihr verboten, Informationen über den Tatort, zu dem sie gerufen worden war, preiszugeben?

„Sie ist in den Flitterwochen. Ist gestern abgereist. Tahiti! Können Sie sich das vorstellen?"

Yang zwang sich, begeistert zu klingen. „Wow! Da freue ich mich für sie. Keine Sorge, es kann warten. Danke nochmals, Sophie."

Er legte auf.

„Was machst du?" Jefferson steckte seinen Kopf plötzlich an der Abtrennung vorbei, die ihre beiden Kabinen trennte. Yang hatte ihn nicht zurückkommen gehört.

„Was meinst du?"

Jefferson flüsterte: „Stell dich nicht doof,

Adam. Ich habe mitgehört. Hör auf nachzuforschen. Es ist nicht unser Fall."

„Ja, weil ihn uns der Secret Service weggenommen hat."

„Ich bin mir sicher, die hatten ihre Gründe."

„Bist du denn nicht wenigstens ein kleines bisschen neugierig?"

Jefferson schüttelte den Kopf. „Nein. Und weißt du, warum?"

„Warum?"

„Weil ich in diesem Job weiterkommen will. Und man wird nicht befördert, wenn man Leute, die Macht haben, verärgert. So einfach ist das."

„Tja, in dem Fall werde ich für immer Detective bleiben, während du irgendwann mal mein Vorgesetzter wirst."

„Du bist ein hoffnungsloser Fall. Das ist dir doch bewusst, oder?"

Yang stieß ein freudloses Lachen aus. „Die Wahrheit zu suchen ist nicht falsch."

Egal, was diese Wahrheit ans Licht brachte.

8

Die Geräusche wurden lauter und aufdringlicher. Emilys Kopf schmerzte bereits und das Aspirin, das sie genommen hatte, schien nicht zu wirken, um den dumpfen Schmerz zu vertreiben. Dr. Harland hatte erwähnt, dass etwas Kopfschmerzen während der ersten Tage nach der Operation nicht ungewöhnlich waren. Schließlich hatte ihr Gehirn viel zu verarbeiten und machte Überstunden.

Ein Klopfen, dieses Mal näher, ließ sie hochschrecken. Sie versuchte, sich zu orientieren und bemerkte, dass sie auf der

Couch gelegen hatte. Wie lange hatte sie geschlafen? Ihr Blick schweifte zu den Fenstern, doch das wenige hereinströmende Licht half ihr nicht, zu erraten, wie spät es war – die Jalousien waren geschlossen und sie erinnerte sich jetzt, dass Vicky sie heruntergelassen hatte, damit Emily sich ausruhen konnte. Und selbst wenn die Jalousien nicht geschlossen gewesen wären – sie hätte sowieso nicht zwischen Mittagssonne, Nachmittagssonne und Abendsonne unterscheiden können.

Coffee setzte sich plötzlich in seinem Hundebett wachsam auf.

Emily erhob sich und streckte ihre Hand nach dem kleinen Tischchen neben dem Sofa aus. Neben einer ausgebrannten Lampe, die sie von ihrem Vorbewohner geerbt hatte, stand eine Uhr. Ihre Finger fanden den richtigen Knopf sofort.

„Sechzehn Uhr siebenunddreißig", kündigte die mechanische Stimme an.

„Hallo?"

Coffee sprang hoch.

Emily wirbelte ihren Kopf in die Richtung

der männlichen Stimme. Ein großer dunkler Schatten ließ sie zurückweichen, und ihre Kniekehlen stießen gegen die Kante des Wohnzimmertisches.

„Au!"

Doch der flüchtige Schmerz war nicht, was ihr Sorgen machte. Es war ein Eindringling in ihrer Wohnung. Ein Einbrecher bei hellem Tageslicht? Ihr Herz donnerte mit einer Geschwindigkeit an ihren Brustkorb, die ihre Panik widerspiegelte. Wie sollte sie sich verteidigen? Der Weg zur Küche war durch den Eindringling abgeschnitten. Sie würde es nicht zur Schublade mit den Messern schaffen. Sie besaß keine Schusswaffe, nicht einmal einen Baseballschläger, mit dem sie den Einbrecher abwehren konnte.

„Was wollen Sie?", fragte sie. Ihre Stimme versagte und ihre Knie schlotterten, kurz davor einzuknicken. „Wer sind Sie?"

Sie konzentrierte sich auf den Schatten, holte tief Luft und bereitete sich darauf vor, sich mit ihren bloßen Fäusten zu verteidigen, doch der Schatten war ganz plötzlich weg.

Wie in Luft aufgelöst. Sie atmete tief ein, dann nochmals.

„Miss Warner? Ich habe hier eine Lieferung für Sie", rief eine männliche Stimme.

Coffee bellte und tapste auf sie zu. Endlich wurde Emily klar, woher die Stimme kam: von außerhalb ihrer Wohnung.

Sie machte ein paar Schritte auf die Tür zu und öffnete diese. Draußen im Flur stand ein schlaksiger Teenager mit einer Baseballmütze.

„Sie müssen hier unterschreiben", sagte er und deutete auf eine Stelle auf seinem Klemmbrett.

„Was ist das?"

„Eine Lieferung von der Apotheke. Die lassen mich die Medikamente nicht ohne Unterschrift abliefern."

Erst jetzt sah Emily die Papiertüte in seiner anderen Hand.

Sie hatte ganz vergessen, dass Dr. Harland Medikamente für sie bestellt hatte. „Oh, sorry. Ich hoffe, Sie mussten nicht zu lange warten."

Er gab ihr einen Stift und sie tat ihr Bestes, dort, wo er hindeutete, zu unterschreiben. Sie musste ihre Augen schließen. Es half ihr dabei, sich daran zu erinnern, wie sie gelernt hatte zu unterschreiben, ohne hinzusehen. Denn zuzusehen, wie die Tinte Worte formte, während sie Schleifen und Striche machte, verwirrte sie nur und führte dazu, dass sie von der Stelle abkam.

„Danke", sagte sie, als sie fertig war.

Der junge Mann übergab ihr die Papiertüte mit den Medikamenten. „Alles klar."

Er schlenderte den Gang hinunter. Einen Moment lang stand Emily nur da und folgte ihm mit ihren Augen, bis er um eine Ecke herum verschwand. Mit einem Seufzer drehte sie sich um – und blieb wie angewurzelt stehen.

Am gegenüberliegenden Ende des Ganges, nur ein paar Schritte von ihr entfernt, zeichnete sich die Silhouette eines großen Mannes gegen das Licht, das durch ein Fenster hinter ihm hereinfiel, ab.

Ihr Herz blieb stehen. Ihre Nerven waren überstrapaziert.

Nein, bitte nicht. Lass das nicht nochmal geschehen. Bitte, lass es dieses Mal nicht so enden.

„Miss Warner, geht's Ihnen gut? Ich wollte Sie nicht erschrecken."

Sie war erleichtert, als sie die Stimme des Hausmeisters erkannte. „Mr. Oberman?"

„Ja, tut mir leid. Ich habe gerade ein paar Reparaturen in der Wohnung neben Ihrer erledigt, als ich etwas hörte."

„Nur eine Lieferung", sagte sie ruhig, während er auf sie zukam. Und obwohl sie versuchte, gelassen zu klingen, klang sie in ihren Ohren angespannt. Der Schatten von eben und der Kamerablitz während der Nachhausefahrt hatten sie nervös gemacht.

„Miss Hong hat mir erzählt, dass sie Sie heute vom Krankenhaus abgeholt hat." Oberman deutete zu ihrem Gesicht. „Es ist alles gut verlaufen, nehme ich an. Sie sehen mich direkt an. Ich glaube, das ist das erste Mal, dass ich Sie ohne Sonnenbrille sehe." Er räusperte sich. „Sorry, ich wollte Sie nicht in Verlegenheit bringen."

„Tun Sie nicht", sagte sie schnell. „Es ist nur alles noch so neu."

Er lächelte sie an. „Na, lassen Sie mich einfach wissen, wenn ich irgendwas für Sie tun kann."

„Danke, Mr. Oberman. Sie sind sehr nett."

Doch so sehr Emily auch sein wohlgemeintes Angebot zu schätzen wusste, war sie entschlossen, sich nicht mehr auf die Güte Fremder zu verlassen. Von jetzt an würde sie danach streben, wirklich unabhängig zu werden. Und keinerlei noch so häufige unerklärbare Schatten vor ihren Augen würden sie davon abhalten. Nein, dieses Mal nicht.

9

27. Mai

Es war eine stressige Woche gewesen. Tatsächlich war es eine der schlimmsten Wochen seines Lebens gewesen.

Der Mörder nippte von seinem Drink vor sich und lehnte sich zurück in seinen Sessel, während er auf die Lichter der Stadt hinausblickte. Er mochte Washington D.C. bei Nacht lieber als bei Tage. Nachts erschien alles so viel schöner und sauberer, weniger hektisch. Und dunkler. Das mochte er am liebsten.

Er konnte in der Nacht, ohne gesehen

oder erkannt zu werden, umherwandern. Und was er tat, verschaffte ihm nachts so viel mehr Genuss. Seine Sinne waren verschärft, seine Erregung auf dem Höhepunkt, seine Bedürfnisse an dem Punkt, wo er es kaum erwarten konnte, diese zu befriedigen. Er genoss es auszutesten, wie lange er sich verweigern konnte, wonach ihm verlangte, denn wenn er sich endlich seinen Gelüsten hingab, war die Befriedigung noch besser. Das war sie immer.

Leider war er in der Woche zuvor zu weit gegangen. Er war so wahnsinnig geworden, dass er jegliche Zurückhaltung vergessen und nicht darauf geachtet hatte, dass jede Tür verriegelt war, bevor er sich seinem Lieblingsspiel hingegeben hatte. Das war ihm teuer zu stehen gekommen.

Jetzt gab es jemanden in Washington D.C., der sein Geheimnis kannte und ihn ruinieren konnte. Am ersten Tag nach dem Vorfall hatte er darauf gewartet, dass die Polizei an seine Tür klopfte, um ihn zu verhaften, doch nichts dergleichen war geschehen.

Sein Geheimnis war immer noch gewahrt. Doch für wie lange? Würde die Person, die von seinen Neigungen wusste, letztendlich den Mut aufbringen, zur Polizei zu gehen? Oder hatte er wieder einmal Glück, wie schon so oft in den letzten Jahren? Je mehr Zeit verstrich, desto klarer wurde ihm, dass er verschont bleiben würde. Schließlich hatte er alle Spuren beseitigt. Die einzige Person, die nahe daran gewesen war, ihn zu enttarnen, war tot, und obwohl die andere immer noch verschwunden war, wusste er, dass diese zu viel Angst vor ihm hatte, um es mit ihm aufzunehmen. Dafür hatte er gesorgt. Das war Teil seines Spiels. Er war schlau, jedem überlegen. Er genoss das Gefühl zu wissen, dass er alle überlisten konnte.

Er trank das Glas aus und stellte es ab. Dann nahm er seine Autoschlüssel und verließ das Gebäude. Es war an der Zeit, seinen Bedürfnissen nachzukommen, bevor seine Gier zu stark wurde, um sie zu zügeln. Er konnte sich nicht noch einen Fehler leisten.

10

Von ihrer Wohnung in Columbia Heights zu der internationalen Schule in Georgetown, wo Emily Musik unterrichtete, zu gelangen, war nicht einfach. Sie musste die U-Bahn bis zur Haltestelle Shaw-Howard U nehmen und dann auf einen Bus umsteigen, der sie in die dorfähnliche Gegend, die sie nur an ihren Geräuschen und Gerüchen erkannte, fuhr. Ein kurzer Spaziergang, nur zwei Blocks lang, führte sie zu den Toren der exklusiven Privatschule, wo Töchter und Söhne von Botschaftern Schulter an Schulter mit den

Kindern von reichen Lobbyisten und Politikern unterrichtet wurden.

Zuerst hatte Emily gezögert, sich um die Stelle zu bewerben da sie dachte, sie würde nicht dazupassen, doch als ihr Berufsberater ihr erzählt hatte, dass die Schule mehrere blinde Kinder unterrichtete, die davon profitieren würden, eine blinde Lehrerin zu haben, hatte sie die Bewerbung abgeschickt. Sie hatte gedacht, dass alle blinden Kinder auf eine Blindenschule gingen, so wie sie das in Baltimore getan hatte, doch es stellte sich heraus, dass der District von Columbia keine Blindenschule hatte und deshalb blinde Kinder in ihren regulären Klassen integrierte. Diese Herangehensweise hatte etwas für sich. Schließlich lebten die Kinder in einer Welt der Sehenden, warum sollten sie also nicht in den Klassenzimmern der Sehenden auf ihr Leben vorbereitet werden?

Während des langen Wochenendes hatte sich Emily an den Rat ihres Chirurgen gehalten und eine Sonnenbrille getragen, um ihre Augen vor zu viel Licht zu schützen, und war nur mit Coffee an ihrer Seite und ihrem zusammenklappbaren Stock nach draußen gegangen. Sie hatte diesen nicht gebraucht. Ihre Sehkraft war mit jedem Tag schärfer geworden, doch von Zeit zu Zeit waren Schatten erschienen. Emily schrieb diese der Ermüdung zu und hatte sie aus ihrem Geist verdrängt.

Heute fühlte sie sich erholt und aufgeregt. Zum ersten Mal würde sie ihre Kollegen und ihre Schüler sehen und sich nicht mehr nur auf ihren Gehörsinn verlassen müssen, um diese zu erkennen. Es war wieder wie ihr erster Schultag. Allerdings wusste sie, dass es ein langer Tag sein würde, und dass sie schließlich ermüden würde, also brachte sie Coffee mit sich, so wie sie es jeden Tag, seit sie zu unterrichten begonnen hatte, getan hatte. Die Kinder schienen es zu mögen, dass der Hund ruhig neben ihrem Pult lag und beim Unterricht zusah, obwohl sie ihn nicht streicheln durften. Schließlich war Coffee ein Diensthund und kein Haustier.

Am Tor zur Schule blieb Emily stehen. Sie richtete ihren Blick auf den eingezäunten Schulhof auf einer Seite der Grundschule, wo

Kinder im Alter von sechs bis zwölf Jahren ihre Mitschüler begrüßten und über ihre Abenteuer während des langen Wochenendes plauderten. Sie vernahm ein paar Fremdsprachen und erkannte die Stimmen mehrerer ihrer Schüler. Endlich würde sie den Stimmen Gesichter zuordnen können.

„Guten Morgen, Emily." Die Stimme gehörte John Gonzalez.

Sie wandte sich um und sah, wie dieser von seinem Fahrrad kletterte und es an den Fahrradständer kettete.

„Guten Morgen, John." Hinter ihrer dunklen Brille konzentrierte sie sich auf ihn. Sein dunkles Haar war kurz, sein Körper stämmig und muskulös, seine Kleidung leger. Als Sportlehrer passte dieser Stil. Und da er auch noch Biologie unterrichtete, wo er seine Hände oft schmutzig machen musste, machte diese Kleidung Sinn.

„Sie sind früh dran. Ich dachte, dienstags unterrichten Sie in der ersten Stunde nicht." Gonzalez nahm seine Schultasche vom Gepäckträger seines Rades und deutete auf Emily. „Tatsächlich hatte ich gedacht, dass

Sie die ganze Woche frei hätten nach der … Sie wissen schon." Er zeigte auf ihre Augen und fügte hinzu: „Es ist doch nicht etwa verschoben worden, oder?"

„Nein, nein. Es ist alles in Ordnung." Sie ging direkt auf ihn zu. „Es hat funktioniert. Ich kann sehen. Aber ich muss noch langsam machen." Sie deutete zum Himmel. „Die ersten Tage keine grellen Lichter."

Er lächelte. „Na, das ist ja ausgezeichnet." Er öffnete die Doppeltüren und hielt sie für sie auf.

Sie akzeptierte die Geste und schritt hinein, während sie Coffees Laufgurt hielt und dieser ihr etwas vorausging.

„Guten Morgen, Miss Warner", sagte der Sicherheitsbeamte, der in der Eingangshalle stand, nickend.

„Guten Morgen, Todd", erwiderte sie dem riesigen Mann und sah ihn direkt an. Er trug eine blaue Uniform, die ihn als Sicherheitspersonal identifizierte, jedoch keine Jacke. Sein kurzärmeliges Hemd entblößte beeindruckende Oberarme sowie seine dunkelbraune Haut.

„Guten Morgen, Mr. Gonzalez", begrüßte Todd den Sportlehrer, der hinter Emily eingetreten war.

Emily ging bereits in Richtung des Lehrerzimmers. Coffee führte sie ganz automatisch und so hatte sie Gelegenheit, ihren Blick schweifen zu lassen und den Korridor kennenzulernen, den sie schon seit fast drei Jahren entlangging.

Emily öffnete die Tür zum Lehrerzimmer und trat in den großen, gut beleuchteten Raum ein, wohin die Lehrer zwischen ihren Stunden oder während ihrer Freistunden flüchteten, um Kaffee zu trinken, Aufgaben zu korrigieren oder sich für die nächste Stunde vorzubereiten, und um die Nachrichten anzusehen, die aus dem alten Fernseher in der Ecke rieselten. Es war auch ein sehr guter Ort, um Gerüchte über Schüler, deren Eltern und andere Lehrer auszutauschen. Und angesichts der Tatsache, dass viele der Eltern sehr prominent waren, gab es stets jede Menge Gerüchte.

Mehrere Lehrer befanden sich im Raum. Einige sahen hoch, als sie eintrat, andere fuhren mit dem fort, was sie gerade taten, ohne ihre Anwesenheit wahrzunehmen.

„Guten Morgen, Emily." Eine schöne Rothaarige, deren Stimme sie als Isabelle Treadway identifizierte, ging auf sie zu. Ihr Gesicht würde sie sich sehr einfach einprägen können. Ihre lange, rote Mähne leuchtete prächtig und ihr Gesicht war blass wie Porzellan.

„Guten Morgen, Isabelle."

Als Isabelles Blick auf Coffee fiel, sagte sie: „Ach du liebe Güte, ist es nicht gut gelaufen?" Sie verringerte schnell die Distanz zwischen ihnen und legte ihre Hand auf Emilys Arm. „Es tut mir so leid."

Emily schüttelte den Kopf. „Das muss es nicht. Alles verlief gut." Sie deutete zu ihrer Sonnenbrille und dann zu Coffee. „Aber ich bin noch am Genesen und bis mein Sehvermögen hundertprozentig ist, will mein Arzt, dass ich weiterhin meine Sonnenbrille trage und Coffee an meiner Seite ist."

Isabelle atmete erleichtert aus. „Puh! Einen Moment lang hast du mir einen Schrecken eingejagt."

Es klingelte. Noch fünf Minuten bis zur ersten Schulstunde.

Einige der Lehrer standen auf und packten ihre Sachen zusammen.

„Ich muss los. Wir unterhalten uns während der Mittagspause, okay?", sagte Isabelle und schnappte sich ihre Aktentasche von einem Tisch. Ohne auf Emilys Antwort zu warten, eilte sie bereits zur Tür.

Emily wandte sich um und ging auf ihren Lieblingsplatz, das Sofa, zu, als sie einen Mann dabei ertappte, wie er sie anstarrte. Er saß an einem Tisch, der nahe genug war, dass er ihre Unterhaltung mit Isabelle hatte mithören können. Ihr Sehvermögen war gut genug, um zu erkennen, dass er einen höhnischen Gesichtsausdruck trug, doch sie hatte keine Ahnung, wer er war. Er erhob sich und schnappte sich seine Dokumente.

„Nicht mehr behindert, wie?", meinte er mit einem Blick auf Emilys Hund und ging an ihr vorbei zur Tür. Die Stimme gehörte Carl Littleton, dem Englischlehrer. „Na dann Gratulation."

Sie wusste, dass er es nicht ernst meinte.

Littleton hatte sie noch nie gemocht, sie nie willkommen geheißen. Ein paar Monate, nachdem sie ihren Job bei der Schule begonnen hatte, hatte sie erfahren, warum. Isabelle hatte ihr das große Geheimnis offenbart: Littletons Ehefrau hatte sich ebenfalls um die Stelle als Musiklehrerin beworben, hatte jedoch Emily gegenüber den Kürzeren gezogen. Littleton hatte behauptet, dass Emily die Stelle bekommen hatte, weil sie im Gegensatz zu seiner Frau blind war. Behindert. Littleton hatte behauptet, dass Emily aufgrund ihres Behindertenstatus ausgewählt worden war. Seine Frau musste jetzt täglich zu einer Schule in einer schlechten Gegend pendeln. Und diesen Zorn hatte Littleton sie tagtäglich spüren lassen.

Schließlich hatte Emily mit der Schulleiterin gesprochen, nicht um sich über ihn zu beschweren, sondern um zu erfragen, warum sie und nicht Littletons Frau eingestellt worden war.

Die Schulleiterin, Mrs. Remmington, eine Frau Anfang sechzig, hatte gelächelt. „Emily, wir wollten keine Quote erfüllen, falls Sie sich deshalb Sorgen machen. Das Behindertengesetz hatte nichts damit zu tun, dass wir Sie anstellten. Aber wir haben fünf blinde Schüler, die Schwierigkeiten haben, sich zu integrieren. Wir dachten uns, dass, wenn wir eine blinde Lehrerin anstellen würden, diese Schüler endlich jemanden hätten, der sie versteht. Und es hat sich herausgestellt, dass die Kinder Ihretwegen jetzt besser zurechtkommen. Weil Sie ihnen zuhören. Sie sind für diese Kinder die bessere Lehrerin. Lassen Sie sich also von niemandem einreden, dass Sie es nicht verdienen, hier zu arbeiten."

Ein zweites Klingeln unterbrach Emilys Erinnerungen.

Sie seufzte und bemerkte, dass das Lehrerzimmer jetzt leer war. Sie ging auf das Sofa zu, legte ihre Tasche darauf ab und setzte sich. Coffee legte sich zu ihren Füßen hin. Von ihrem Platz in der Ecke konnte sie den ganzen Raum sehen. Sie machte sich jetzt visuell damit bekannt. In Lehrerzimmern ging es generell immer chaotisch zu. Nichts schien konstant zu sein. Sie erinnerte sich an die vielen blauen Flecken, die sie sich hier eingehandelt hatte, da immer irgendjemand in der Vorbereitung für verschiedene Meetings Tische und Stühle umstellte. Es hatte Monate gedauert, bis ihre Kollegen begriffen hatten, dass es für ihre blinde Kollegin risikoreich war, wenn die Möbel ständig wahllos umgestellt wurden.

Emily lehnte sich in das Polster zurück und zog ihr Handy aus der Tasche. Sie drückte auf einen Knopf und sagte: „Spiel *The Girl from Ipanema*."

Augenblicke später erklang leise die betörend schöne Musik, gespielt von Stan Getz und Astrud und João Gilberto. Sie schloss die Augen und nahm ihre Brille ab und legte diese neben sich auf die Couch. Sie rieb ihren Nasenrücken und gab sich ganz der Musik hin. Musik war ihr halbes Leben lang ein Fluchtort gewesen und für sie so wichtig wie das Atmen geworden. Jungen, beeindruckbaren Kindern diese Schönheit zu offenbaren, hatte ihr eine Bestimmung gegeben, die sie davor bewahrt hatte, tiefer in das dunkle Loch zu sinken, in das sie sich nach dem Verlust ihres Augenlichts verkrochen hatte. Musik hatte sie hochgehoben, ihr Hoffnung gegeben und sie aufrechterhalten. Musik hatte sie gelehrt, die Schönheit mit den Ohren anstatt den Augen zu sehen. Es war eine Rettungsleine gewesen.

Das laute Zuschlagen einer Tür erschreckte sie mehr, als es hätte sollen, und sie wirbelte ihren Kopf in die Richtung des Geräusches. Seit der Operation stimmte etwas nicht. Sie war nicht sie selbst. Sie war nicht mehr die gelassene, nüchterne Frau, die sie sich während des letzten Jahrzehnts so bemüht hatte zu werden. Jegliches Geräusch machte sie nervös und jeder neue Anblick machte ihr Angst.

Ein Hausmeister stapfte mit einer Leiter in den Raum. Die Leiter schlug gegen einen Stuhl, sodass dieser umfiel. Er fluchte. Dann landeten die Augen des Hausmeisters auf Emily.

„Tut mir leid. Ich wusste nicht, dass jemand hier ist." Er deutete zur Decke. „Ich muss nur schnell die Lichtröhre austauschen. Das macht Ihnen doch nichts aus, oder?"

„Nein, nein, machen Sie nur", sagte Emily und machte die Musik aus.

„Lassen Sie sich nicht von mir stören. Ich lasse Sie auch gleich wieder allein."

Er verschwendete keine Zeit, sondern positionierte die Leiter unter einem der Oberlichter und trat auf die erste Sprosse. Dann schien er sich an etwas erinnert zu haben, denn er stieg wieder herunter, ging zur Tür und legte den Lichtschalter um, um alle Lichter im Raum auszuschalten. Genügend Licht strömte noch durch die Fenster herein.

„Ich will mir ja keinen Stromschlag einfangen", sagte er mit einem Blick in Emilys Richtung, bevor er mit seiner Arbeit weitermachte.

Emily beobachtete ihn, als er auf der obersten Sprosse stand und die Arme über seinen Kopf streckte, um das Gehäuse des Oberlichts abzunehmen. Er entfernte die ausgebrannte Lichtröhre und hielt sie mit einer Hand fest, während er sich mit der anderen an der Leiter festhielt und langsam rückwärts herabstieg. Ganz plötzlich schlug sein Bein nach hinten aus, als hätte er einen Krampf, der seine Muskeln nutzlos machte.

Kalte Angst ergriff sie und ihre Augen schossen zu der Stelle, wo er hinfallen würde. Statt eines Holztisches, der einen Augenblick zuvor dort gestanden hatte, stand dort jetzt ein niedriger Tisch aus dickem Glas, der messerscharfe Kanten hatte. Entsetzen gefror das Blut in ihren Adern. Der Hausmeister würde sich das Genick brechen.

„Passen Sie auf!", schrie Emily, während sie gleichzeitig von der Couch aufsprang und auf die Leiter zuraste. Sie erreichte sie nicht rechtzeitig. Das Glas zerschmetterte und der Lärm zerstörte beinahe ihr Trommelfell. Sie kniff die Augen zusammen, denn sie wollte das Unglück und das Blut nicht sehen.

„Miss? Miss?" Jemand packte sie an den Oberarmen und schüttelte sie. „Ist alles in Ordnung?"

Emily zwang sich, die Augen zu öffnen, und starrte in das Gesicht des Hausmeisters. Ungläubig ließ sie ihren Blick über seinen Körper schweifen und suchte nach Verletzungen. Doch sie fand keine.

„Ich bin in Ordnung. Aber die Leiter ...“ Sie deutete zu dem besagten Objekt. „Sie sind heruntergefallen.“

Er sah sie komisch an und schüttelte den Kopf. „Ich bin nicht heruntergefallen.“ Er ließ von ihr ab. „Sind Sie sicher, dass es Ihnen gut geht, Miss?“

Sie sah zu der Stelle, wo der Glastisch zerschmettert war. Dort war kein Glas. Kein zerschmetterter Tisch, kein Anzeichen eines Unfalls, nur ein Holztisch mit mehreren Stühlen.

Und während sie sagte, „Alles ist in Ordnung“, wusste sie, dass es das nicht war. Denn sie hatte ganz eindeutig das Glas zerschmettern sehen, als jemand von einer Leiter heruntergefallen war. Sie fürchtete, was das bedeutete. Sie sah wieder Dinge. Dinge, die nicht echt waren.

Sie wollte sich in ihrem Schrank verkriechen, in dem Versteck, wo sie sich immer verkrochen hatte, als nach ihrem Unfall vor fünfzehn Jahren alles über sie hereingebrochen war. Genau wie damals wollte sie die Welt um sich herum aussperren, denn sie war weder gewillt noch bereit, sich ihren Ängsten zu stellen. Doch war es dieses Mal schlimmer. Damals hatte sie nicht gewusst, was sie erwartete. Doch dieses Mal wusste sie genau, was auf sie zukam.

11

„Hier, das wird dir helfen." Vicky reichte ihr ein Glas Rotwein.

„Ich trinke normalerweise nicht", protestierte Emily.

„Dann hilft es sogar noch besser. Und du brauchst auch nicht so viel. Vertrau mir." Sie drückte das Glas in Emilys Hand. Dann griff sie nach ihrem eigenen und setzte sich neben Emily auf die Couch.

In dem Moment, als Emily aus der Schule zurückgekehrt war, hatte sie an Vickys Wohnungstür geklopft, noch immer erschüttert über den Vorfall im Lehrerzimmer, und hatte ihr davon erzählt. Wie sie es geschafft hatte, noch fünf Stunden zu unterrichten, wusste sie nicht.

„Vielleicht bist du eingenickt und hast es nur geträumt", sagte Vicky jetzt. Ihre Stimme klang eher hoffnungsvoll als überzeugt. „Das war es vermutlich. Glaub mir, ich hatte schon die verrücktesten Träume und manchmal waren die so echt, dass ich hätte schwören können, dass ich es mir nicht eingebildet habe."

Widerwillig nahm Emily einen Schluck von ihrem Wein. „Aber ich weiß, dass es kein Traum war. Ich habe gesehen, was ich gesehen habe. Jemand ist auf den Glastisch gefallen und hat ihn zerschmettert."

„Den Glastisch, der nicht da war?" Vicky seufzte. „Emily, die letzten paar Tage waren eine riesige Umstellung für dich. Du machst etwas sehr Stressiges durch, selbst wenn es eine gute Art von Stress ist. Warum nimmst du dir nicht ein paar Tage frei? Ich bin mir sicher, dass Schulleiterin Remmington das verstehen wird."

„Aber es war kein Stress. Das weiß ich.

Ich habe wieder Halluzinationen." Und das machte ihr Angst, denn sie erinnerte sich nur allzu gut, wie es das letzte Mal geendet hatte. Das konnte sie nicht noch ein zweites Mal durchstehen.

„Halluzinationen? Mach dich doch nicht selbst fertig."

„Aber es ist wahr." Sie sah Vicky in die Augen. „Das ist schon mal passiert."

„Wie? Wann denn?"

„Als ich das erste Mal eine Hornhauttransplantation hatte. Vor fünfzehn Jahren."

Vickys Mund klappte auf. „Du hast nie erwähnt, dass du schon mal eine Transplantation hattest."

Emily sank tiefer in die Polsterung des Sofas und führte das Glas an ihre Lippen. Dieses Mal nahm sie einen längeren Schluck. Eigentlich eher einen riesigen. In die Stille, die sich zwischen ihnen ausbreitete, drängten sich die Erinnerungen dessen, was ihr im Alter von fünfzehn Jahren widerfahren war, und drohten, sie zu überwältigen. Doch das konnte sie nicht zulassen. Sie musste sich ihnen stellen, egal wie sehr sie sich davor fürchtete.

„Kurz nach dem Unfall, bei dem ich mein Augenlicht verlor ..."

„Der Unfall, bei dem deine Eltern umkamen?", fragte Vicky. Emily hatte es erwähnt, als das Thema Familie aufgekommen war.

Sie nickte. „Ja. Als ich noch aufgrund meiner anderen Verletzungen an Arm und Bein in der Reha war, hat man mir mitgeteilt, dass mein Augenlicht wiederhergestellt werden könnte. Die Transplantation wurde durchgeführt und alles sah gut aus. Das dachten sie jedenfalls." Sie blinzelte.

Vicky legte ihre Hand auf Emilys Unterarm. „Was ist passiert?"

„Ich fing an zu halluzinieren, weißt du, ich sah Schatten, Dinge, die nicht da waren. Ich dachte, ich verliere den Verstand. Die Ärzte glaubten, es wäre eine Nebenwirkung der Medikamente, die ich nehmen musste, damit mein Körper die Hornhäute nicht abstieß. Oder dass es vielleicht durch das psychische Trauma verursacht wurde, das ich bei dem

Unfall erlitten hatte." Emily schüttelte den Kopf. „Es war weder das eine noch das andere."

„Was war es dann?"

Emily entgegnete dem besorgten Blick ihrer Freundin. Es war nicht leicht, darüber zu sprechen, doch sie musste es loswerden. „Ich wurde wahnsinnig. Ich konnte nicht mehr zwischen Realität und Fantasie unterscheiden. Es wurde so schlimm, dass sie mich einweisen mussten ..." Sie zögerte, denn die Worte, die sie aussprechen musste, trugen ein Stigma mit sich. Eines, das sie nicht abschütteln konnte. Nicht einmal nach fünfzehn Jahren.

„Dich einweisen? Wo?"

Als Emily stumm blieb, schien Vicky plötzlich zu verstehen. „In die Psychiatrie? Sie haben dich ins Irrenhaus gesteckt?"

Emily erschauderte. Sie bereute sofort, Vicky von ihrer Bekanntschaft mit einer Geisteskrankheit erzählt zu haben. War es wirklich nur eine flüchtige Bekanntschaft gewesen? Konnte eine Geisteskrankheit wirklich nach ein paar Jahren verheilen, oder war dies das Zeichen, dass sie diese Krankheit nicht überwunden hatte?

„Es ein Irrenhaus zu nennen, macht es nicht weniger traumatisch ... nur, dass du das weißt."

„Tut mir leid. Das meinte ich nicht so. Aber glaub mir, du gehörst nicht in ein ... psychiatrisches Krankenhaus. Du bist so normal wie ich."

„Ich fühlte mich nicht normal. Und mir ging es auch nicht besser bis ..." Sie atmete lange aus, denn sie wusste nicht, wie sie weitermachen sollte. Es stimmte. Sie hatte sich nie wirklich normal gefühlt. Sie hatte diese Gefühle versteckt, indem sie ein tapferes Gesicht aufgesetzt und versucht hatte, immer beschäftigt zu sein und als blinde Lehrerin einen Sinn im Leben zu finden. Doch hatte sie dadurch hinter der Fassade einer ausgeglichenen Frau nur vertuscht, wie es wirklich in ihr aussah? „Ich habe noch nie darüber gesprochen."

„Du kannst mir alles erzählen. Wir sind beste Freundinnen, oder?"

Langsam griff Emily nach der Erinnerung,

die sie zusammen mit anderen Teilen ihrer Vergangenheit weggeschlossen hatte. „Eines Nachts konnte ich es nicht mehr ertragen. Die Dinge, die ich sah, waren zu fürchterlich. Ich verließ mein Zimmer und auf dem Flur sah ich jemanden. Ich rannte los und jemand verfolgte mich. Ich erreichte die Treppe, wollte fliehen, weißt du …"

Selbst jetzt fiel es ihr schwer zu erzählen, was geschehen war, obwohl sie die gruseligen Einzelheiten wegließ, da sie diese nicht in Worte fassen konnte. Doch sie erinnerte sich an alles, als wäre es gerade erst geschehen. Sie hatte einen dunklen Mann gesehen, der sie im Korridor verfolgte. Sie hatte über ihre Schulter gespäht, versucht, ihm zu entkommen, doch er war schneller. Und er war bewaffnet. Das Messer in seiner Hand glitzerte im Schein des spärlich beleuchteten Ganges und der Gesichtsausdruck des Mannes zeigte ihr, dass er es gegen sie benutzen würde und dass er es genießen würde, ihr wehzutun.

„Sie fanden mich ein paar Stunden später unten am Treppenaufgang."

„Hast du versucht ... ich meine ...“

Sie wusste, was Vicky wissen wollte. Sie konnte es ihr nicht übelnehmen. Die Ärzte hatten das Gleiche vermutet. Und selbst Emily konnte nicht mit Sicherheit sagen, dass sie nicht versucht hatte, den einfachsten Ausweg zu nehmen.

„Selbstmord zu begehen? Es zu beenden? Ich weiß es nicht. Ich erinnere mich nur an das Gefühl, verfolgt zu werden. Ich weiß nicht, ob es echt war oder ob ich mir alles eingebildet hatte. Und wie es geschehen ist ...“ Sie zuckte mit den Schultern. „Ich weiß nicht, ob ich mich die Treppe hinuntergestürzt habe oder ob ich ausgerutscht bin ...“

Oder ob der imaginäre Mann, der sie verfolgt hatte, sie hinuntergestoßen hatte. Sie hatte eine Hand auf ihrer Schulter gespürt und gewusst, dass der Mann sie eingeholt hatte. „Als sie mich fanden, blutete ich am Kopf ... aus den Augen ...“ Sie machte eine Pause. „Mein Körper stieß die Hornhäute ab. Ich wurde wieder blind. Nur war es dieses Mal schlimmer: Der Sturz verursachte ein größeres Trauma. Es wurden Teile geschädigt, die damals noch nicht geheilt werden konnten. Das schloss eine weitere Transplantation aus. Nicht, dass ich eine gewollt hätte, nicht nach dem, was ich durchgemacht hatte."

Vicky nickte langsam. Verständnis schwang in ihrer Stimme mit, als sie sagte: „Du musstest warten, bis die Medizin weit genug fortgeschritten war ... und bis du mutig genug warst, es noch einmal zu versuchen."

Emily bestätigte die Worte ihrer Freundin mit einem Nicken. Sie nahm einen Schluck aus ihrem Weinglas. „Ich habe Angst, Vicky. Was, wenn es mir nicht bestimmt ist, wieder zu sehen? Was, wenn sich das alles wiederholt?"

Vicky drückte ihre Hand. „Das wird es nicht."

„Ich kann diese Halluzinationen nicht einfach wegwünschen."

„Das ist genau das, was du machen wirst. Lass dich davon nicht kontrollieren. Du hältst die Zügel in der Hand."

„Ich fühle mich gerade nicht, als hielte ich die Zügel in der Hand."

Vicky legte ihre Finger unter den Stiel von Emilys Weinglas und drückte es hoch in Richtung Emilys Mund. „Diese Halluzinationen wirst du jetzt ertränken."

„Das ist deine Lösung?"

„Vertrau mir, das funktioniert bei vielen Dingen."

„Und was, wenn es nicht funktioniert?"

Vicky legte ihren Arm um Emilys Schultern. „Dann hast du immer noch mich, um deine imaginären Monster zu verscheuchen."

12

Die Argentinische Botschaft befand sich in einem beeindruckenden Gebäude mit einer prunkvollen Fassade nur ein paar Blocks entfernt von Dupont Circle und war von zahlreichen anderen Botschaften in genauso schönen Villen umgeben. Emily kam schon seit zwei Jahren hierher, um Catalina, der zehnjährigen Tochter des Botschafters, private Klavierstunden zu geben. Botschafter Santiago Pacheco war Witwer. Manchmal war er charmant, andere Male distanziert und verschlossen. Es konnte nicht einfach sein, seine Pflichten als Botschafter zu erfüllen und gleichzeitig alleinerziehender Vater eines behinderten Kindes zu sein. Botschafter Pacheco hätte jeden Musiklehrer für seine Tochter wählen können – Geld spielte sicherlich keine Rolle –, doch die Tatsache, dass Emily etwas Wichtiges mit Catalina gemeinsam hatte, hatte ihm die Entscheidung leicht gemacht. Catalina war blind und das schon seit ihrer Geburt.

Nach dem Krebstod seiner Frau war Botschafter Pacheco aus seinem Haus in einem noblen Vorort von Washington D.C. ausgezogen und in die Residenz umgezogen, die sich im obersten Stockwerk der Botschaft befand. Nachmittags und abends, wenn Catalina von der Schule zuhause war, arbeitete er oft in seinem Büro in der Residenz, damit er sein Kind im Auge behalten konnte. Obwohl sich das Kindermädchen und die Haushälterin um Catalina kümmerten, konnten sie ihr nicht geben, was sie brauchte: einen Elternteil, der für sie da war.

„Zeit für Catalinas Unterricht, Miss

Warner?", fragte der Sicherheitsbeamte, griff nach ihrer Tasche und legte diese auf das Screening-Gerät, das dem in einem Flughafen ähnlich war, während Emily mit Coffee durch den Metalldetektor ging.

„Ja, wir müssen viel aufholen. Ich musste eine Stunde ausfallen lassen, weil ich krank war."

„Ich hoffe, jetzt ist alles wieder in Ordnung", sagte der Wächter höflich, doch ohne Interesse. „Genießen Sie Ihren Nachmittag."

„Danke", sagte Emily und ging auf den Aufzug zu.

Sie kannte das Prozedere. Der Sicherheitsbeamte stellte per Fernbedienung ein, auf welchem Stockwerk der Aufzug anhalten sollte, und die Türen würden sich nur dort öffnen, damit sie nicht zu den Stockwerken gelangen konnte, wo die Botschaftsangestellten arbeiteten und wo vertrauliche Dinge besprochen wurden. Anfangs hatte sie immer ein Wachmann zur Residenz begleitet, doch nach einiger Zeit hatte das aufgehört. Sie wusste, dass die

Botschaft eine gründliche Hintergrundüberprüfung durchgeführt hatte, bevor sie anfangen durfte, Catalina zu unterrichten, doch sie hatten trotzdem darauf bestanden, ein Auge auf sie zu halten, bis sie sich sicher waren, dass sie weder eine Gefahr für den Botschafter noch für dessen Tochter darstellte.

Im obersten Stock angekommen, öffneten sich die Aufzugstüren, während ein sanftes Pingen erklang. Emily trat in die kleine Eingangshalle, in der es nur zwei Türen gab. Eine war ein Notausgang, der zu einer Treppe führte, die andere führte in die Residenz. Die Tür ging auf, bevor Emily sie erreichte.

Catalina erschien lächelnd in der Türschwelle. „Miss Warner?"

„Hallo, Catalina."

Emily ließ ihre Augen über das Mädchen schweifen. Die hübsche Zehnjährige mit den dunklen Locken und der olivfarbenen Haut hielt keinen Stock in der Hand, sie hatte gelernt, sich in der Botschaftsresidenz zurechtzufinden, genauso wie sie sich ohne Stock in ihrem früheren Zuhause zurechtgefunden hatte. Trotz der vielen Dinge, die das Kind schon durchgemacht hatte, ihre eigene Behinderung, die Krankheit und dann der Tod ihrer Mutter, schien sie endlich ausgeglichen zu sein und hatte sich von einem zurückgezogenen, trauernden Kind in ein glückliches Mädchen mit großer Neugierde und dem Eifer, es allen recht zu machen, entwickelt.

„Sie haben Coffee mitgebracht", sagte sie in die Richtung des Hundes, wobei sie ihren scharfen Gehörsinn benutzte, was etwas war, das Emily im Alter von fünfzehn Jahren hatte lernen müssen. Catalina, die seit ihrer Geburt blind war, kannte es nicht anders.

„Ja, er ist nicht daran gewöhnt, alleine zuhause zu bleiben. Ich hoffe, deinem Vater ist das recht ... Ich meine, er ist ja kein Diensthund mehr ..."

Emily trat ein und schloss die Tür hinter sich.

„Daddy macht es nichts aus. Er hat gesagt, dass ich, wenn ich etwas älter bin, auch einen Blindenhund bekomme."

Mit überraschender Präzision fand

Catalina Coffees Kopf und streichelte ihn. Emily hatte noch nie etwas dagegen gehabt, dass sie Coffee berührte, solange sie nicht in der Schule waren, wo die anderen Kinder es sehen konnten. Coffee machte es nichts aus. Es schien, als wüsste der Hund, dass Catalina ihn genauso brauchte wie Emily.

„Was habe ich dir gesagt, wenn es ums Streicheln von Blindenhunden geht, Lina?" Die männliche Stimme kam vom Ende eines langen Korridors zu Emilys Rechten.

Emily wandte ihren Kopf in Richtung des Botschafters und beobachtete, wie dieser die Schatten des mit Holz vertäfelten Ganges verließ und in das Licht der Diele trat. Er war jünger, als sie angenommen hatte. Sein dunkles Haar war nur an den Schläfen etwas grau meliert. Er sah aus, als wäre er Mitte vierzig, was für einen Mann in seiner Position extrem jung war. Seine Frau, eine amerikanische Dolmetscherin, war jünger gewesen, doch es war nicht schwer zu erraten, warum sie sich in den gut aussehenden großen Mann, der wirkte, als gehörte ihm die Welt, verliebt hatte. Nur die kleinen Falten um seine Augen herum deuteten auf den Schmerz hin, den er erlitten hatte.

„Du hast gesagt, ich solle Blindenhunde nicht streicheln, Daddy", sagte Catalina höflich, doch streichelte weiterhin Coffee. „Aber ich habe es dir doch schon erzählt, dass er kein Blindenhund mehr ist." Sie deutete zu Emily. „Miss Warner kann jetzt sehen."

Emily hatte es ihren Schülern während des Unterrichts verkündet, als sie am Dienstag zur Schule zurückgekehrt war. Catalina hatte ihr während der Pause an jenem Tag gesagt, dass sie sich für Emily freute.

Botschafter Pacheco schenkte Emily ein entwaffnendes Lächeln und griff nach ihrer Hand. Er drückte sie einen Moment lang. „Ich freue mich sehr für Sie, Miss Warner."

„Danke, Herr Botschafter." Sie deutete zu Coffee. „Ich hoffe, es macht Ihnen nichts aus, dass ich ihn mitgebracht habe, aber mein Arzt meinte, ich sollte ihn dabei haben, bis alles vollkommen verheilt ist."

„Er macht keinen Ärger." Er warf einen warmen Blick auf Coffee, streichelte ihn allerdings nicht. „Was auch immer Sie brauchen, ist kein Problem für mich." Er legte eine Hand auf Catalinas Schulter. „Lina, lauf in die Küche und sag Maria, dass sie eine Schüssel Wasser für Coffee bringen soll. Er sieht durstig aus."

„Okay, Daddy." Catalina wandte sich um und ging davon.

„Miss Warner?"

Botschafter Pacheco deutete nach rechts und Emily folgte seiner Einladung ins Wohnzimmer, wo ein großes Steinway Piano den Mittelpunkt darstellte. Zum ersten Mal sah Emily die beruhigende Eleganz der Möbel. So hatte sie sich den Raum vorgestellt. Ihr Blick wurde auf ein Gemälde über dem Kamin gezogen. Die Frau darauf trug ein langes königsblaues Kleid und lehnte mit einem angewinkelten Bein an der Wand. Ihre Augen waren durchdringend und lockten den Zuschauer dazu, näherzukommen. Emily hatte noch nie ein provokatives Gemälde gesehen, in dem das Modell voll bekleidet war. Allerdings hatte sie wenig Zeit in Museen verbracht, bevor sie ihr Augenlicht verloren hatte. Museen hatten sie als Teenager gelangweilt. Damals hätte sie sich nie vorstellen können, dass sie es vermissen würde, Schönheit und Kunst zu betrachten.

Botschafter Pacheco schien zu bemerken, dass Emily das Gemälde anstarrte. „Meine verstorbene Frau liebte den Tango. So lernten wir uns kennen." Es schien, als wolle er noch etwas sagen, doch dann wechselte er das Thema. „Ich wollte nur kurz mit Ihnen über Catalina sprechen."

„Ihr geht es doch gut, oder? Ich meine ..."

„Ich glaube schon. Aber ich wollte Sie auf etwas aufmerksam machen. Catalina mag Sie sehr und jetzt wo Sie wieder sehen können ... na ja, ich will nicht gefühllos sein ... Sie haben jegliches Recht, das zu wählen, was für Sie am besten ist ..."

„Ich verstehe nicht."

Zum ersten Mal, seit sie Botschafter Pacheco kennengelernt hatte, spürte Emily, dass er unbeholfen war, was für einen Mann in seiner Position ungewöhnlich war.

„Keinerlei Operation in der Welt wird je Catalinas Augenlicht wiederherstellen. Ich weiß, dass sie mit Ihnen darüber reden wird. Sie wird sich fragen ..."

„Sich fragen, ob eine Operation in ihrem Fall funktionieren würde?"

Zu Emilys Überraschung schüttelte er den Kopf. „Nein. Sie weiß, dass es nicht funktionieren würde. Sie wurde ohne einen Sehnerv geboren. Und obwohl mir bewusst ist, dass eine Verletzung des Sehnervs mittlerweile mit einer experimentellen Stammzellenbehandlung repariert werden kann, bisher kann noch kein kompletter Sehnerv aus Stammzellen wachsen." Ein bitteres Lachen entfuhr ihm. „Egal wie sehr ich es mir wünsche. Um Catalinas Willen. Aber Catalina ist ein schlaues Kind, und das sage ich nicht nur, weil sie meine Tochter ist. Nein, sie wird sich fragen, ob Sie immer noch ihre Freundin sein werden, jetzt, wo Sie wieder sehen können. Jetzt, wo Sie nicht mehr wie Catalina sind." Sein Blick schweifte zu dem Gemälde seiner Frau. „Catalina hat in so kurzer Zeit so viel verloren. Ich hoffe, dass sie Sie nicht auch noch verliert."

Emily ließ den Atem, den sie angehalten hatte, heraus. „Meine Freundschaften hängen nicht davon ab, ob ich sehen kann oder nicht. Ich weiß, was Ihre Tochter jeden Tag durchmacht. Ich weiß, welche Herausforderungen sie mit jedem Schritt bewältigen muss, selbst wenn diese Herausforderungen für mich vorbei sind. Ich habe fünfzehn Jahre lang damit gelebt, und ich werde nie vergessen, wie es war, blind zu sein." Wie könnte sie das? Ihre Blindheit hatte all ihre Wahlen beeinflusst, all ihre Träume für die Zukunft geändert und sie in die Person verwandelt, die sie heute war. Im Guten und im Schlechten.

„Danke, Miss Warner. Es tut mir leid, dass ich so direkt war. Ich mache mir nur Sorgen, dass ich nie wirklich verstehen werde, wie Catalinas Leben ist. Würden Sie mir glauben, wenn ich Ihnen erzähle, dass ich einen Tag lang, als Catalina bei ihrer Großmutter zu Besuch war, eine Augenbinde trug, um zu sehen, wie Catalina lebt? Am Ende des Tages war ich so frustriert, weil alles so schwierig war, und ich konnte es nicht erwarten, die Binde herunterzureißen.“

„Ich kenne nicht viele Eltern, die gemacht hätten, was Sie versucht haben.“

Er stieß ein freudloses Lachen aus. „Meine Frau war in diesen Dingen besser.“ Er machte eine kurze Pause und sah ihr in die Augen. „Catalina braucht Sie. Sie kann Ihnen alles erzählen und weiß, dass Sie sie verstehen werden.“

Emily nickte. Plötzlich hing eine Schwere in der Luft, die sie nicht erwartet hatte. Ihr war nie zuvor bewusst gewesen, dass der Botschafter verstand, dass sie nicht nur Catalinas private Klavierlehrerin war, sondern auch deren Vertraute. Sie spürte, wie ihre Augen feucht wurden, und schob die Schuld auf die Tatsache, dass diese ermüdeten.

Bevor sie eine Erwiderung finden konnte, hörte sie jemanden vor der Tür zum Wohnzimmer. Botschafter Pacheco sah an ihr vorbei und Emily wandte sich halbwegs um. Ein junger Mann in einem Anzug sah sie an.

„Ja, Juan?“

„Tut mir leid zu stören, Señor, Miss Warner", sagte er mit einem schweren spanischen Akzent. "Aber ich muss dem schwedischen Botschafter wegen der Einladung zu seinem bevorstehenden Ball antworten. Werden Sie daran teilnehmen und einen Gast mitbringen?"

"Sagen Sie Botschafter Ingwaldsson, dass ich komme. Allerdings allein. Danke, Juan."

Der Privatsekretär des Botschafters nickte und verschwand.

Botschafter Pacheco lachte leise. „Die Musik auf dem Ball wird wie üblich schrecklich sein. Und das, obwohl Sven das weiß. Ich sage ihm immer, dass er doch ein Orchester engagieren soll, das einen anständigen Tango spielen kann, aber er besteht darauf, ABBA zu spielen."

„ABBA ist aber nicht schlecht", sagte Emily, überrascht darüber, dass der Botschafter so offen sprach.

„Ist es aber, wenn er mitsingt."

Emily konnte nicht umhin zu kichern. „Haben Sie ihm das gesagt?"

„Oh, ja, und nicht nur einmal."

Als Emily ihre Augenbrauen hob, fügte er hinzu: „Wir spielen Golf miteinander. Er ist kein übler Kerl, und trinken kann er auch – wie alle Schweden – aber für Musik hat er kein Ohr." Er deutete zum Klavier. „Vielleicht bringe ich Sie einmal dazu, ihm einen Tango vorzuspielen, damit er hört, was er verpasst."

Emily lachte, denn sie wusste, dass sie nie im Leben eine Gelegenheit haben würde, für den schwedischen Botschafter Klavier zu spielen.

Gerade da erschien Catalina in der Tür. Sie trug eine übervolle Schüssel Wasser. Als ihr Vater einen Versuch machte, auf sie zuzugehen, um ihr mit der Schüssel zu helfen, schüttelte Emily schnell den Kopf und formte ein lautloses *Nein* mit ihrem Mund.

„Danke, Catalina", sagte Emily stattdessen, denn sie wusste, dass das Mädchen keine Hilfe wollte. Sie beobachtete, wie Catalina mit der Schüssel auf sie zuging. „Coffee sitzt bereits links neben deinem Platz am Piano."

13

Etwas über eine Stunde später verließ Emily die Botschaft und ging ein paar kurze Blocks zur U-Bahnstation Dupont Circle, um nach Hause zu fahren. Eine Stunde mit Catalina zu verbringen, die ganz offensichtlich ihre Tonleitern und das Stück, das sie gerade durchnahmen, geübt hatte, hatte sie in gute Laune versetzt. Die Hand am Griff von Coffees Geschirr, sah sie sich um und sog die Atmosphäre ein. Ein Starbucks an einer Ecke, ein paar kleine Geschäfte an einer anderen, eine große Drogerie auf der gegenüberliegenden Seite des Platzes.

Dupont Circle selbst besaß einen runden Grundriss mit einer Grasfläche, ein paar Bäumen und Sitzbänken sowie einer Statue in der Mitte. Zehn Straßen trafen hier aufeinander. Der Kreisverkehr schien reger zu sein als üblich und alle Leute hetzten auf dem Bürgersteig oder den Fußgängerüberwegen entlang. Nur Emily nicht. Sie wollte sich den Weg von der Botschaft zur U-Bahnstation mit ihren Augen einprägen.

Ihr Handy klingelte. „Vicky Hong", sagte die automatische Stimme. Bald würde sie diese Funktion nicht mehr brauchen.

„Stopp, Coffee", befahl sie, bevor sie den Anruf annahm. „Heh, Vicky."

„Heh", antwortete Vicky. „Bist du auf dem Weg nach Hause?"

„Ja, warum?"

„Ich hatte mir gedacht, dass wir heute Abend abhängen könnten. Du hast doch nichts vor, oder?"

„Nein, habe ich nicht."

„Ausgezeichnet."

„Bis dann."

„Bevor du auflegst, macht's dir was aus, auf dem Weg beim Chinesen was abzuholen?"

Emily schloss einen Augenblick lang die Augen. Sie hätte wissen sollen, dass Vicky einen Hintergedanken für den Anruf hatte. „Auf dem Weg?"

„Ja, du nimmst doch die Red Line zu Gallery Place, oder? Chow's ist nur einen Block davon entfernt. Und die haben das beste chinesische Essen. Ich rufe dort an."

Emily schmunzelte. „Du hast Glück, dass ich Hunger habe."

„Super! Ich bestelle uns einen Schmaus und dann fressen wir uns heute Abend voll. Bis dann."

Emily stopfte das Handy zurück in ihre Tasche und drehte ihren Kopf zu Coffee. „Sieht so aus, als gingen wir zu Chow's, mein Junge. Vorwärts."

Die U-Bahn von Dupont Circle nach Gallery Place zu nehmen, war kein Problem. Denn dort stieg sie normalerweise zur Green oder Yellow Line nach Columbia Heights um, wo ihre Wohnung lag. Sie hatte das in den letzten drei

Jahren fast täglich getan. Doch heute war es eine andere Erfahrung. Die Leute hetzten, drückten und schoben und sie war froh, dass sie Coffee bei sich hatte und immer noch ihre Sonnenbrille trug. Wäre sie ohne diese Accessoires gewesen, wäre Emily mit Sicherheit niedergetrampelt worden. Zum Glück nahmen die Leute etwas Rücksicht auf eine Blinde. Doch irgendwann würde sie lernen müssen, sich ohne diese Hilfsmittel durch die U-Bahn zu navigieren. Diese Aussicht fand sie überwältigend, doch sie wusste, dass sie auch das schaffen würde. Schließlich taten das Millionen von Leuten tagtäglich.

Als sie bei Gallery Place aus der U-Bahn hochkam, befand sie sich mitten in Chinatown und benutzte ihr Handy, um Chow's zu finden. Natürlich war sie schon mehrere Male hier gewesen, doch immer mit Vicky, was der Grund war, warum sie sich nicht die Mühe gemacht hatte, diese Route zu lernen.

Chow's war ein kleines Restaurant mit bunter Dekoration, vor allem in rot und gelb.

Das Restaurant war voll und mehrere Leute warteten im Vorraum, um Essen für zuhause abzuholen.

Emily ging zum Empfang. Bevor sie nach Vickys Bestellung fragen konnte, bellte die Angestellte: „Keine Hunde im Restaurant."

„Oh, äh", begann Emily und zog damit den Blick der Frau, der auf Coffee geruht hatte, auf sich.

Erst jetzt schien die Frau die dunkle Brille wahrzunehmen und zu verstehen, was diese bedeutete. Einen Moment lang starrte sie Emily nur an, dann zuckte sie. „Egal. Hier essen oder mitnehmen?"

„Zum Mitnehmen für Vicky Hong."

Die Service-Mitarbeiterin sah auf ihren Computermonitor, dann sagte sie: „Fünfzehn Minuten."

Emily wandte sich um und ging zu den Stühlen im Vorraum, fand einen leeren und setzte sich. Die Angestellte verschwand im Restaurant und einen Augenblick später übernahm ein junger chinesischer Mann ihren Platz.

Emily wartete geduldig, während Coffee zu ihren Füßen ruhte.

Ihr gegenüber tratschten zwei Frauen. Sie hatte nicht vor zu lauschen, doch zuzuhören war ein so wesentlicher Teil ihres Lebens, dass sie sich nicht davon abhalten konnte. Außerdem sprachen die beiden so laut, dass man sie über den Lärm im Restaurant hören konnte. Und wenn sie wirklich nicht belauscht werden wollten, dann hätten sie doch sicher geflüstert.

„Hast du's gelesen?", fragte die Frau mit dem langen dunklen Haar und beugte sich näher zu ihrer Freundin.

Die Frau mit den kurzen braunen Haaren machte eine wegwerfende Handbewegung. „Nur wieder eine Verschwörungstheorie. Die haben nichts anderes zu berichten."

„Aber findest du es denn nicht sonderbar, dass sie alleine zuhause gestorben ist?"

„Was ist daran so sonderbar? Selbst reiche Leute sterben. Vielleicht hatte sie einen Schlaganfall oder einen Herzinfarkt. In den Zeitungen standen ja so gut wie keine Einzelheiten."

Die dunkelhaarige Frau schüttelte den Kopf. „Sie war gesund. Total fit."

„Du redest ja, als würdest du sie kennen." Die Frau mit den kurzen Haaren pfiff abweisend. „Was nicht der Fall ist."

„Wir haben im selben Gebäude gearbeitet. Ich meine, ich kannte sie praktisch."

„Nur weil du dort ein paar Mal im Monat freiwillig aushilfst, bedeutet das nicht, dass du sie gekannt hast."

„Das heißt aber nicht, dass es mir egal ist, was ihr widerfahren ist. Es könnte Selbstmord gewesen sein. Warum sonst würden die Zeitungen nichts über die Todesursache berichten?"

„Zeitungen? Mehrzahl?" Wieder schüttelte ihre Freundin den Kopf. „*Ein* Boulevardblatt verbreitet Verschwörungstheorien. Das hat nichts zu bedeuten. Dasselbe Boulevardblatt behauptet auch, der Präsident des Repräsentantenhauses sei ein Außerirdischer aus dem Weltall."

Die andere Frau hob ihre Hand. „Oh, das erinnert mich an etwas: Hast du gehört, dass die Pressesekretärin des Vize-Präsidenten gesehen wurde, als sie früh an einem Dienstagmorgen aus dem Reihenhaus von Du-weißt-schon-wem herauskam?" Sie kicherte.

„Neiiin! Willst du sagen, dass sie mit dem Typen von –"

Der junge chinesische Mann rief einen Namen aus, den Emily nicht verstand, und die Frau beendete ihren Satz nicht. Beide sprangen von ihren Stühlen hoch und eine ergriff die Bestellung. Emily folgte ihnen mit den Augen, als sie die Tür öffneten.

„Nein, nicht ein *Er*. Eine *Sie*!"

Ein entsetztes Keuchen war das Letzte, was Emily hörte, bevor die Tür hinter ihnen zufiel. Sie musste innerlich kichern. Washington D.C. war ein Hexenkessel voller Klatsch und Tratsch. Wenn man bedachte, wie viele wichtige Leute mit politischen Beziehungen oder Geld, oder beidem, hier lebten, war es kein Wunder, dass jeder über jeden tratschte. Emily interessierte sich nicht für Klatsch. Nichtsdestotrotz bekam sie jede Menge davon mit, denn Vicky las so ziemlich jede Klatschspalte, die in der Hauptstadt veröffentlicht wurde.

„Vicky?", rief der Servicemitarbeiter.

Emily sprang hoch und nahm die Plastiktüte mit dem Essen entgegen. „Wieviel macht das?"

Er sah sie sonderbar an. „Sie haben schon per Kreditkarte bezahlt."

„Äh, großartig, danke."

Emily verließ das Restaurant und machte sich auf den Weg zurück zur U-Bahnstation. Sie schaffte es, in den nächsten vollgepackten Zug nach Columbia Heights einzusteigen. Eine Frau mittleren Alters bot ihr einen Sitzplatz an, und obwohl Emily das Angebot zuerst ausschlug, bestand die Frau darauf. Mit einem gemurmelten Dankeschön setzte sich Emily. Das rhythmische Schaukeln des Zuges lullte sie für einen Augenblick ein, bis sie plötzlich Coffee knurren hörte. Mit einem Ruck war sie wach.

„Coffee? Was stimmt nicht?"

Sie folgte dem Starren des Hundes und ihr Blick fiel auf einen Penner, der sich einen Weg durch die Menge bahnte, wobei er um

Geld bettelte und seine schmutzige Hand aufhielt. Alle Passagiere gingen ihm aus dem Weg, denn sie wollten offensichtlich nicht, dass sich sein Gestank auf ihre Kleidung übertrug. Emily konnte ihn auch riechen und der unangenehme Geruch von Urin und Erbrochenem wurde stärker, als der Mann direkt vor ihr stehenblieb.

„Haben Sie etwas Geld übrig, Miss?"

Er streckte seinen Arm nach ihr aus, doch bevor er sie berühren konnte, sprang Coffee hoch und knurrte bösartig und warnte somit den Mann, dass es ihn teuer zu stehen kommen würde, sollte er Emily gegenüber aggressiv werden. Der Penner schreckte zurück und fiel gegen die Frau, die Emily ihren Sitzplatz angeboten hatte.

„Weg von mir!", schrie die Frau ihn an.

Bevor der Penner noch irgendetwas anrichten konnte, schnappten zwei schwarze Jugendliche ihn. Der Zug verlangsamte die Geschwindigkeit bereits, um an der nächsten Station anzuhalten.

„Verschwinde von hier", warnte einer den

Typen, während dieser sich zu befreien versuchte.

Einen Augenblick später hielt der Zug an und die Türen öffneten sich. Mehrere Passagiere stiegen aus und machten Platz, damit die zwei Teenager den Penner aus dem Zug befördern konnten. Dann sprangen sie wieder in den Zug und die Türen schlossen sich hinter ihnen.

„Danken Sie uns doch nicht alle auf einmal", sagte einer sarkastisch.

„Danke", sagte Emily.

Jemand fing an zu klatschen und eine weitere Person folgte, bis kurz darauf der ganze Zug den zwei jungen Männern applaudierte.

Die Frau, die Emily den Sitz angeboten hatte, sagte: „Sie haben einen guten Hund."

Emily nickte. „Er beschützt mich." Sie legte eine Hand auf Coffees Kopf und streichelte ihn. „Guter Hund, Coffee, guter Hund."

Kurze Zeit später verließ Emily die U-Bahnstation Columbia Heights und orientierte sich. Sie schlenderte an mehreren

Geschäften und Fastfood-Restaurants vorbei und überquerte Columbia Heights Civic Plaza, wo an mehreren Ständen Biokaffee und lokale Handwerksartikel verkauft wurden und eine Band Rockmusik spielte.

Normalerweise hätte sie angehalten, um eine Weile zuzuhören, doch da sie wusste, dass Vicky auf das Essen wartete, machte sie sich auf den Weg nach Hause. Der nächste Block war von weiteren Geschäften gesäumt und Emily warf einen Blick in eines der Schaufenster. Eine Jacke zog ihre Aufmerksamkeit auf sich und sie ging darauf zu, um sie etwas genauer anzusehen. Sie war schön, aber sie sah auch teuer aus. Na ja, sie brauchte sowieso keine neue Jacke.

Emily ließ ihren Blick über die anderen Kleidungsstücke im Schaufenster schweifen, als eine Spiegelung im Fenster sie erschreckte. Ein Mann im Business-Outfit stand direkt hinter ihr und sah über ihre rechte Schulter. Er war fast dreißig Zentimeter größer als Emily, hatte kurzes blondes Haar und verblüffend blaue Augen. Er funkelte sie wütend an und sah aus, als wolle er sie angreifen. Ein heftiger Schauder lief ihr Rückgrat hinab, während der Mann noch näher kam. Er hob seine Hand, als wolle er sie schlagen.

Bereit sich zu verteidigen wirbelte Emily herum und blieb wie angewurzelt stehen. Hinter ihr war niemand. Tatsächlich war die Person, die ihr am nächsten war – ein alter Mann mit einem Gehstock – mindestens drei Meter von ihr entfernt. Wohin war der blonde Mann so schnell verschwunden?

Ihr Herz begann wie wild bis in den Hals zu schlagen. „Coffee?"

Der Hund stand ruhig bei Fuß und zeigte keinerlei Anzeichen von Unbehagen oder möglicher Bedrohung. Keinerlei Anzeichen, dass irgendjemand seinem Frauchen nahegekommen war, oder er hätte geknurrt, um sie zu warnen, so wie er es in der U-Bahn getan hatte.

Das bestätigte es – der blonde Mann im Anzug war wieder eine Halluzination, ein Streich, den ihre Augen ihr spielten. Ihr Magen füllte sich mit Grauen und einen Moment lang dachte sie, dass sie gleich in

Tränen ausbrechen würde, doch sie würgte sie hinunter. Sie musste dieses Mal stärker sein. Sie war kein Teenager mehr. Es war klar, dass es nicht funktionierte, die Halluzinationen zu ignorieren. Sie musste sich ihnen stellen oder sie würde das gleiche Schicksal erleiden wie vor fünfzehn Jahren. Das durfte sie nicht zulassen.

Als sie plötzlich ein prickelndes Gefühl an ihrem Nacken verspürte, wandte sie ihren Kopf in Richtung der Plaza, doch keiner der Passanten, die sich dort tummelten, sah in ihre Richtung. Nichtsdestotrotz hätte sie schwören können, dass jemand sie beobachtete.

14

Als es am Spätnachmittag an der Haustür klingelte, wollte Rita Bolton dies zuerst ignorieren. Ihre Haushälterin war unterwegs, um Besorgungen zu machen, ihr Mann führte Telefonate, und ihre älteste Tochter, Natalie, war bereits zu ihrem eigenen Haus zurückgekehrt, nachdem sie mit den Vorbereitungen für die Gedenkveranstaltung geholfen hatte.

Alles, was Rita jetzt wollte, war, sich unter einer warmen Decke zu vergraben und zu weinen, bis sie keine Tränen mehr hatte. Ihre

Trauer kannte keine Grenzen. Keine Mutter sollte ihr eigenes Kind beerdigen müssen. Ihr Fleisch und Blut. Ihr kleines Mädchen, ihre Maddie, das Baby, nach dem sie sich solange gesehnt hatte, wie sie zurückdenken konnte. Jahrelang hatten sie und Eric versucht, ein Kind zu haben, und jahrelang waren sie gescheitert. Nach ihrer zweiten Fehlgeburt hatte Rita schließlich Eric zugestimmt, ein Kind zu adoptieren. Natalie war als Zweijährige, die bereits gehen und plappern konnte, in ihr Leben getreten. Sie hatte eine Leere gefüllt, die Rita so lange verspürt hatte. Drei Jahre später war sie schließlich wieder schwanger geworden. Und dieses Mal hatte sie das Baby ausgetragen.

Als die Hebamme endlich Madeline auf ihre Brust gelegt und das winzige Baby sich an sie geschmiegt hatte, hatte sich Rita in das kleine verwundbare Geschöpf verliebt und geschworen, sie zu beschützen. Sie hatte sie mit Liebe überschüttet. Konnte es ihr wirklich jemand übelnehmen, dass sie Maddie mehr liebte als Natalie? Sie hatte versucht, beide gleich viel zu lieben, doch die

Wahrheit war, dass Maddie immer ihre Lieblingstochter gewesen war. Und jetzt war sie nicht mehr da.

Es klingelte wieder. Sie seufzte. Vielleicht war es nur eine Lieferung, für die eine Unterschrift nötig war. Langsam trugen ihre Beine sie durch die Eingangshalle des riesigen Hauses zur Eingangstür. Sie öffnete sie, bereit, ein Paket oder ein wichtiges Dokument entgegenzunehmen. Doch die Person, die vor der Tür stand, war kein UPS- oder FedEx-Angestellter.

„Caleb?"

Der gut aussehende junge Mann mit dem braunen Haar und der sportlichen Figur trug einen Geschäftsanzug. Heute lag auf seinem Gesicht nicht sein übliches leichtes Lächeln. Er griff nach ihrer Hand. „Mrs. Bolton, ich wollte in dem Moment vorbeikommen, als mein Vater mir von Maddie erzählte, aber ich habe mich selbst gestoppt ... Ich wusste, dass Sie mich nicht empfangen könnten."

Tränen füllten ihre Augen.

„Aber ich war auch mit Maddie befreundet. Ich wollte, dass Sie wissen, wieviel sie mir und uns allen bei der Wohltätigkeitsorganisation bedeutet hat."

Rita konnte nicht sprechen und warf stattdessen ihre Arme um Caleb Faulkner, Mike Faulkners Sohn, und ließ die Tränen über ihre Wangen laufen, denn sie wusste, dass sie bei ihm sie selbst sein durfte. Caleb war schon immer ein Teil der Familie gewesen und hatte im Kindesalter viele Sommer mit ihnen verbracht. Er und Madeline waren praktisch zusammen aufgewachsen. Und auch Natalie, fügte sie verspätet hinzu.

Rita schniefte und entzog sich der Umarmung. „Es ist so gut, dass du gekommen bist." Sie deutete zum Korridor. „Bitte komm herein."

„Danke, Mrs. Bolton."

Er sprach sie immer noch formell an, obwohl sie ihm angeboten hatte, sie Rita zu nennen, als er erwachsen geworden war. Doch er hatte es abgelehnt und behauptet, dass es komisch sein würde, wenn er sie plötzlich mit ihrem Vornamen ansprechen würde. Sie Mrs. Bolton zu nennen war ein Zeichen von Respekt.

Rita führte Caleb ins Wohnzimmer. „Möchtest du etwas trinken?"

„Gerne", antwortete er.

Als sie eine Bewegung in Richtung des Alkoholschranks machte, stoppte Caleb sie mit dem charmanten Lächeln, das sein Markenzeichen geworden war. Doch heute war es nicht so heiter wie gewöhnlich. Es lag Traurigkeit darin. Auch er trauerte um Maddie. „Ich weiß, wo alles ist. Soll ich Ihnen auch einen Drink einschenken?"

Sie nickte. „Einen Sherry." Sie hatte in den letzten paar Tagen viel zu viel getrunken, aber das war die einzige Art und Weise, wie sie diese Tragödie überleben konnte. Sich taub zu fühlen half ihr, die Trauer und den Schmerz zu übertönen.

Nachdem Caleb ihr ein Glas Sherry gab und sich selbst ein Glas Whiskey nahm, setzte er sich neben sie auf die Couch.

„Auf Maddie", murmelte Caleb. „Es gab niemanden, der mitfühlender war als sie."

„Auf Maddie", sagte Rita und ihre Stimme versagte. Sie nahm einen Schluck. „Ja, sie war mitfühlend, nicht wahr? Ich war so glücklich, als sie sich an der Wohltätigkeitsorganisation beteiligte. Ich weiß, dass viele Leute glaubten, sie täte es nur wegen der Bälle und der schicken Wohltätigkeitsauktionen, aber sie liebte es, diesen Kindern zu helfen. Sie wollte etwas bewirken, nicht wahr?"

Sie sah, wie Caleb einen großen Schluck aus seinem Glas nahm. „Mehr als wir je wissen werden. Sie war wie ein Hund mit einem Knochen, wenn es um die Kinder ging. Sie gab nie auf, egal was ihr im Weg stand. Sie war zu gut für diese Welt."

Rita unterdrückte die Tränen, die ihr bei dem Lob, mit dem Caleb ihre Tochter überhäufte, kamen. „Wir haben dir und deinem Vater dafür zu danken. Wenn dein Vater ihr nicht angeboten hätte, für *No child abandoned* zu arbeiten, nachdem er von seinem Posten zurücktreten musste und du in seine Fußstapfen getreten bist, hätte sie nie ihre Bestimmung gefunden."

Caleb nickte. „Ja, es hat ihr Leben verändert, nicht wahr?"

„Sie schien endlich mit ihrer Rolle im Leben zufrieden zu sein. Und jetzt ..." Rita konnte nicht fortfahren, denn ihre Augen füllten sich schon wieder mit Tränen. Sie nippte an ihrem Sherry. „Werden du und dein Vater an der Gedenkveranstaltung am nächsten Wochenende teilnehmen?"

„Natürlich", sagte Caleb sofort. „Und falls es irgendetwas gibt, bei dem ich Ihnen helfen kann, bitte sagen Sie es."

Sie lächelte ihn an und nickte.

„Ich meine es ernst", sagte er bestimmt. „Sie sollten mich wirklich beim Wort nehmen. Sie und Ihr Mann sollten diese Last nicht alleine tragen müssen."

Rita drückte seine Hand. „Du bist zu lieb. Aber dein Vater hat uns schon so viel geholfen. Wir mussten uns nicht mit der Polizei befassen, die vermutlich die ganze Ermittlung dahingezogen hätte. Es war uns so wichtig ... für Maddie ... Wir wollten ihre Wünsche erfüllen ..."

„Es ist tragisch, für uns alle. Mein Vater hat erwähnt, dass man versucht hat, Maddie in der Notaufnahme zu retten und dass ihr Vater am Ende bei ihr war. Hatte er zumindest noch die Gelegenheit, sich zu verabschieden?" Er blickte in sein Glas. „Es tut mir leid. Das geht mich nichts an. Es ist nur ... ich kann mir nur vorstellen, wie schlimm es gewesen sein muss, dort zu sein und ...“

Rita legte ihre Hand auf seinen Unterarm. „Nein ... Maddie hat das Bewusstsein nicht wiedererlangt.“

Caleb seufzte. „Das tut mir so leid.“

Rita wurde plötzlich schwindelig und sie wankte in Richtung des Wohnzimmertisches, wo sie ihr Glas abstellte.

„Ist alles in Ordnung?", fragte Caleb, seine Stimme voller Sorge.

Sie deutete zu ihrem leeren Sherryglas. „Es geht mir gut, Caleb. Es geht mir gut. Es ist nur, dass mir jeder Tag jetzt so lange vorkommt.“

Caleb nickte. „Das ist verständlich. Sie müssen müde sein.“ Er stand auf. „Ich gehe lieber, damit Sie sich ausruhen können. Ich wollte nur vorbeikommen, um Ihnen zu sagen, dass Sie in Ihrer Trauer nicht allein sind."

Rita erhob sich. „Danke, Caleb."

Als sie einen Schritt auf die Tür zu machte, stoppte er sie. „Ich finde selbst hinaus."

„Auf Wiedersehen, Caleb."

Sie folgte ihm mit ihren Augen, und ihr Herz schmerzte. Wenn Maddie nicht alleine gelebt hätte, wenn sie einen Mann wie Caleb in ihrem Leben gehabt hätte und nicht diesen nichtsnutzigen Lothario, den sie gedatet hatte, vielleicht wäre dann der Unfall nie passiert.

Ein Schluchzer riss sich von ihrer Brust. Jedes *Was-wäre-wenn*-Szenario spielte sich in ihrem Kopf wie eine Endlosschleife ab. Sie musste diese Gedanken, die zu nichts führten, ertränken. Sie ging zum Alkoholschrank und öffnete ihn. Sie brauchte etwas Stärkeres als Sherry.

15

Dr. Harland klappte den Kopfspiegel hoch und rollte mit seinem Hocker zurück. Heute, eine ganze Woche nach Emilys Transplantationsoperation, trug er einen einfachen weißen Kittel über Hemd und Hose. Sein Name stand über der Brusttasche eingestickt. „Alles sieht gut aus. Es gibt keinerlei Anzeichen von Narbengewebe."

Emily rutschte auf dem breiten Kunstledersessel, auf dem sie für die Untersuchung saß, nach vorne. „Sind Sie sicher, dass nichts schiefgelaufen ist?"

Der Chirurg runzelte die Stirn. „Sie

scheinen sich nicht darüber zu freuen. Sollte denn etwas schiefgelaufen sein?"

Sie zappelte einen Moment lang, während sich ihr Mut verkroch. Vielleicht sollte sie es nicht ansprechen. Wenn ihr Arzt meinte, dass die Operation erfolgreich gewesen war, dann war sie das vermutlich auch. Außerdem, würde sie ihm sagen, was mit ihr vor sich ging, würde er vermutlich denken, dass sie verrückt war. Trotzdem war er ein Experte, und vielleicht konnte er ja einen logischen Grund für ihre Halluzinationen, oder wie auch immer sie sie nennen sollte, finden.

„Miss Warner? Gibt es ein Problem? Haben Sie Probleme mit Ihrem Sehvermögen?"

Sie schluckte ihre Unschlüssigkeit hinunter. „Ich sehe Dinge."

„Na, das sollen Sie auch. Deshalb haben wir das ja gemacht."

„Ich meine, ich sehe Schatten ..." Als sich sein Gesichtsausdruck veränderte, fuhr sie fort: „Ich sehe Dinge, von denen sich herausstellt, dass sie nicht da sind."

„Hmm." Er rollte wieder näher. „Beschreiben Sie mir, was Sie sehen."

Sie wusste nicht, wie sie anfangen sollte. Wie sie das ausdrücken sollte, was ihr widerfuhr. „Es ist schwer zu beschreiben. Es ist immer etwas anderes. Zuerst sah ich den Schatten einer Person, die gar nicht da war." Sie suchte nach einer Beschreibung. „Wie eine Fata Morgana." Sie wusste, es klang dumm, also fügte sie hinzu: „Einmal sah ich etwas, das wie der Blitz einer Kamera aussah, nur war ich mit meiner Nachbarin im Auto unterwegs und es gab weit und breit keine Kamera. Ich weiß nicht ... aber es ist beunruhigend." Es war noch schlimmer. Doch sie wollte die Meinung des Arztes nicht beeinflussen.

„Ich glaube, ich weiß, was Sie erleben. Das ist durchaus normal bei Patienten, deren Augenlicht nach mehreren Jahren der Blindheit wiederhergestellt wurde."

„Ist es das?" Sie griff nach der Hoffnung in seinen Worten.

Er nickte. „Wie soll ich das für einen Laien erklären? Sehen Sie, für lange Zeit hat Ihr

Gehirn keinerlei visuelle Reize verarbeitet. Also lag der Teil Ihres Gehirns, diese Synapsen, die die elektrischen Impulse transportieren, brach. Jetzt fangen sie wieder an zu arbeiten und was oft passiert, ist, dass es Verzögerungen gibt."

„Verzögerungen? Was meinen Sie damit?"

„Na ja, ein Impuls wird geschickt, wenn Ihre Augen etwas aufnehmen, doch das Gehirn übersetzt das nicht sofort in etwas, was Ihre Augen verstehen oder sehen können. Stellen Sie sich das vor, als wäre es ein Rückstand in Ihrem Gehirn. Und sobald das Gehirn diesen Rückstand aufgearbeitet hat, schickt es Ihnen die Bilder, die Sie vorher gesehen haben."

In gewisser Weise ergab das einen Sinn. Aber es erklärte nicht alles. „Okay, also wenn ich den Schatten einer Person sehe, dann habe ich diese Person vielleicht etwas früher gesehen?"

„Genau." Er lächelte, offenbar erfreut, dass seine Erklärung den richtigen Effekt hatte.

„Aber was ist mit anderen Dingen? Ich

sah jemanden einen Glastisch zerschmettern. Und ich weiß ganz genau, dass nichts Derartiges seit der Operation geschehen ist."

Einen Moment lang dachte der Arzt über Emilys Worte nach. Dann sagte er: „Ich glaube, was da vor sich geht, ist, dass Ihr Gehirn Dinge verwechselt, die Sie im Fernsehen oder in einer Zeitschrift gesehen haben und die nicht in Wirklichkeit geschehen sind. Es kann diese Dinge noch nicht unterscheiden."

Sie dachte einen Augenblick lang darüber nach. Sie hatte einige Male den Fernseher angeschaltet, damit sie Hintergrundgeräusche hörte, und wenn sie Vicky besuchte, lief dort auch den ganzen Tag der Fernseher, wenn auch sehr leise. „Vielleicht ..." Sie wollte es glauben. „Aber wie lange wird es dauern, bis diese, ich weiß nicht, wie ich sie nennen soll, Visionen vielleicht, wieder verschwinden?"

„Das kann sicherlich ein paar Wochen dauern, aber ich weiß von anderen Patienten, dass es manchmal geschieht, weil ein Patient sich gegen die Veränderung wehrt."

„Ich wehre mich dagegen, wieder sehen zu können? Warum denn?"

„Es ist keine bewusste Wahl. Aber Veränderungen verursachen Stress, selbst wenn es gute Veränderungen sind." Er wandte sich seinem Schreibtisch zu und tippte etwas auf seiner Tastatur, während er weitersprach: „Ich überweise Sie an Dr. Ian Sutherland. Er ist ein ausgezeichneter Psychiater, der Ihnen dabei helfen kann, diesen Widerstand und den Stress zu überwinden. Sie werden sehen –"

„Aber ich bin nicht verrückt. Ich brauche keinen Psychiater." Allein das Wort weckte Erinnerungen an ihre frühere Begegnung mit diesem medizinischen Fachbereich. Es würde bedeuten, zu akzeptieren, dass sie verrückt war.

„Niemand behauptet, dass Sie verrückt sind." Er sah sie mit gütigen Augen an. „Aber wir sind alle das eine oder andere Mal gestresst."

„Mir geht's gut." Obwohl sie wusste, dass das nicht stimmte.

„Ich sage ja nicht, dass Sie ihn aufsuchen

sollen, wenn Sie das nicht wollen, aber ich habe die Überweisung hingeschickt, nur für den Fall, dass Sie sich entscheiden, dass Sie etwas Hilfe brauchen. Wie klingt das?"

Sie nickte, denn sie wollte ihn nicht zurückweisen. „Okay."

„Ich sehe Sie dann wieder hier in drei Wochen." Er erhob sich. „Sie können anfangen, Ihre Sonnenbrille abzunehmen, wenn Sie draußen sind. Benutzen Sie sie nur, wenn es sehr grell draußen ist. An Tagen, wo es bewölkt ist, oder morgens und am späten Nachmittag lassen Sie Ihre Augen sich an das Licht gewöhnen."

„Danke, Dr. Harland."

Er öffnete bereits die Tür. „Ich schicke Jennifer herein, damit Sie Ihren nächsten Termin mit Ihnen vereinbart."

Als sich die Tür hinter ihm schloss, starrte Emily weiterhin darauf. War es wirklich so einfach? Nur eine Verarbeitungsverzögerung in ihrem Gehirn? Sie hoffte, Dr. Harland hatte recht. Sie wollte ihm glauben. Denn die Alternative war etwas, das sie nicht noch einmal durchmachen konnte.

16

6. Juni

Adam Yang öffnete die Glastür des Kühlregals und schnappte sich einen Sechserkarton Bier, bevor er zur Kasse des Gemischtwarenladens ging. Es war früh am Abend und er war der einzige Kunde in Patel's Market. Er stellte den Sechserkarton auf den Tresen.

„Abend", begrüßte ihn der südostasiatische Mann mit dem Namenschild Sanjay.

„Heh", erwiderte Yang und deutete auf die

Wand hinter dem Kassierer. „Und ein Viererpack AA-Batterien bitte.“

Sanjay wandte sich um, wählte den Artikel und scannte diesen und das Bier. „Sonst noch etwas?“

„Nein, danke.“

Yang griff in seine Tasche, um seine Brieftasche herauszunehmen, als die Tür aufgerissen wurde. Unwillkürlich schnellte Yangs Hand zu seinem Schulterhalfter, wo er immer noch seine Dienstwaffe trug. Er war außer Dienst – so sehr ein Polizist wirklich jemals außer Dienst sein konnte –, doch immer noch bewaffnet. Er war auf dem Weg nach Hause, um mit seinen Nachbarn einen Boxkampf anzusehen, dabei war ihm eingefallen, dass seine Fernbedienung eine neue Batterie brauchte und er kaum noch Bier im Kühlschrank hatte.

Yang zog seine Waffe nicht. Die junge Frau, die ins Geschäft stürmte, hatte weder eine Pistole noch irgendeine andere Waffe.

„Hilfe! Bitte helfen Sie! Rufen Sie die Polizei!“, schrie sie und fuchtelte mit ihren

Armen in Richtung der Straße. „Da wird jemand erstochen!"

Sofort war Yang höchst alarmiert. „Wo?"

„In der Gasse! Rufen Sie die 911!", wiederholte sie und deutete nach links, während sie hinzufügte: „Ich habe mein Handy nicht dabei."

„Ich bin von der Polizei", sagte Yang. Sanjay befahl er: „Rufen Sie die 911, die sollen Verstärkung schicken."

Ohne auf eine Bestätigung zu warten, lief Yang nach draußen und griff bereits nach seiner Pistole. An der Ecke zur Seitengasse, zu der die Frau gedeutet hatte, blieb er stehen und spähte vorsichtig um sie herum, um nicht in eine Falle zu tappen. Ein großer Müllcontainer blockierte teilweise seine Sicht. Er horchte auf Geräusche eines Kampfes, aber außer dem Verkehrslärm, der von der Straße hinter ihm kam, konnte er nichts vernehmen. War der Täter bereits geflohen?

Mit nach vorne gerichteter Waffe umrundete Yang den Müllcontainer. Er erwartete das Schlimmste, eine Leiche, hoffte jedoch das Beste, nämlich jemanden, der nur oberflächlich verletzt war. Er hatte nicht erwartet, gar nichts zu finden. Keine Messerstecherei, keine Leiche, keine verletzte Person. Ein paar Meter entfernt bemerkte er eine Tür. Er probierte die Klinke, doch die Tür war verschlossen.

„Was zum T–", fluchte er, als er Schritte hinter sich hörte.

Er wirbelte herum, bereit zu schießen. Er keuchte überrascht und senkte seine Pistole. Die Frau, die in Patel's Market gestürmt war, blieb ein paar Meter vor ihm stehen.

„Ist er tot?", fragte sie atemlos und deutete mit grauenerfüllten Augen zu einer Stelle hinter dem Müllcontainer.

Yang schüttelte den Kopf. „Sind Sie sicher, dass es hier passiert ist?"

Die Frau nickte entschieden, trat näher und lugte an ihm vorbei. „Sie waren genau hier. Zwei weiße Männer. Der große hat auf den kleineren eingestochen. Ich hab sie gesehen. Und sie haben mich gesehen."

Zum ersten Mal musterte Yang die Frau von oben bis unten, wie er es mit jedem tat, der Zeuge eines Verbrechens wurde. Sie war Ende zwanzig, Anfang dreißig, nicht schön im üblichen Sinne des Wortes, doch attraktiv. Ihr haselnussbraunes Haar berührte ihre Schultern und ihre Figur war eher athletisch als dünn. Sie trug Jeans und einen blassblauen Pullover mit gleichfarbiger Jacke darüber. Das Ensemble deutete auf Zerbrechlichkeit und Eleganz bei seiner Trägerin hin. Es passte nicht zu ihrem Gesicht. Um ihren Mund herum hatte sie strenge Falten und ihre Augen sahen aus, als lachte sie nicht oft und nicht leicht. Er kannte diesen Gesichtsausdruck, hatte ihn oft genug bei Familienmitgliedern von Mordopfern gesehen.

„Sie müssen mir glauben. Ich habe sie gesehen", unterbrach sie seine Gedanken.

„Okay. Wie heißen Sie?"

„Emily Warner."

„Okay, Miss Warner", sagte er und steckte seine Waffe zurück in das Halfter. „Lassen Sie mich nachsehen, ob sie irgendwelche Beweisstücke zurückgelassen haben." Er suchte die Hauswand und den Boden um den

Müllcontainer herum ab, um nach Blutspritzern zu suchen, die andeuten würden, dass hier eine Messerstecherei stattgefunden hatte. Er benutzte das Licht seines Handys, damit ihm nichts entging. Nach einer Minute schüttelte er den Kopf. „Kein Blut." Er entgegnete ihrem Blick.

„Das kann nicht sein", sagte sie bestimmt. Ihr Gesichtsausdruck war aufrichtig.

Er konnte kein Anzeichen von Täuschung in ihren braunen Augen entdecken. Und er besaß gute Menschenkenntnis. Das war der Grund, warum er ein guter Detective war, einer, der wusste, wann er einem Zeugen glauben durfte und wann nicht. Wäre Emily Warner im Revier erschienen, um eine Messerstecherei zu melden, dann hätte er nicht gezögert, ihr zu glauben. Alles an ihr sah nach Wahrheit aus.

„Miss Warner", sagte er und sah an ihr vorbei, als er plötzlich etwas anderes bemerkte: eine Überwachungskamera an der Ecke des Gebäudes, in dem Patel's Market untergebracht war. Er deutete darauf und wechselte einen Blick mit ihr. „Kommen Sie mit."

Sie gingen schnell zurück ins Geschäft.

„Haben Sie sie erwischt, Officer?", fragte Sanjay.

Yang schüttelte den Kopf. „Gehört die Überwachungskamera draußen in der Gasse Ihnen?"

„Ja." Er zeigte ihnen den kleinen Monitor hinter dem Tresen.

„Können Sie den Film zurückspulen, damit wir sehen können, was dort draußen passiert ist?"

„Natürlich."

Augenblicke später schauten Yang, Emily und Sanjay in den Bildschirm. Der Kamerawinkel zeigte einen großen Teil der Gasse und die Kamera war so angebracht, dass sie auch den Müllcontainer und die Tür aufnahm.

„Das ist die Tür, die ins Geschäft führt", erklärte Sanjay.

Yang sah über seine Schulter und sah die Tür, die in den Hinterraum des Geschäftes führte, wo nur Angestellte zugelassen waren. „Ist die Tür den ganzen Tag abgesperrt?"

„Ja."

„Ist irgendjemand im Hinterraum?"

„Nein. Ich bin alleine."

Yang nickte und sah weiterhin die Überwachungsaufnahmen an. Er sah eine Bewegung, einen Schatten. Einen Augenblick später trat Emily Warner ins Bild. Sie schaute zu einer Stelle bei dem Müllcontainer, schreckte plötzlich zurück und erstarrte einen Augenblick lang, bevor sie wegrannte und aus dem Kamerafeld verschwand.

Yang wandte sich ihr zu.

„Aber ich habe sie gesehen", stammelte sie. „Ich habe diese Männer gesehen."

Doch die Aufnahme zeigte niemand anderen, nur Emily Warner, die von einem imaginären Tatort wegrannte. Sie hatte ihn angelogen. Yang zog sein Handy aus der Tasche und wählte eine Nummer.

„DC Police", antwortete eine Frau.

Er gab seinen Namen und seine Dienstnummer an und bat sie, den Polizeiwagen, der auf dem Weg zu ihnen war, zurückzurufen. „Falscher Alarm. Danke." Er legte auf.

Eine unbehagliche Stille breitete sich aus.

Sanjay unterbrach diese. „Auch gut. Wir hatten dort draußen vor einem Monat eine Messerstecherei. Deshalb haben wir die Kamera installiert."

„Vor einem Monat?", wiederholte Emily und sah dabei verstört aus.

Yang wusste nicht, wie er ihre Reaktion deuten sollte. Ihr Blick schweifte ab und fixierte sich auf etwas in der Ferne. Sie sah aus wie eine Person, die sich an etwas erinnerte oder versuchte, sich an etwas zu erinnern. Einen Augenblick lang wunderte er sich, ob sie vielleicht unter dem Einfluss von Drogen stand. Sie roch nicht nach Alkohol, aber sie wirkte auf ihn wie jemand, der Probleme hatte, sich zu konzentrieren.

„Es tut mir leid", murmelte sie. „Es tut mir so leid, Officer." Ihr Gesicht rötete sich vor Bedauern und echter Verlegenheit.

„Geht es Ihnen gut, Miss Warner?" Yang war sich nicht sicher, warum er sich um die Frau, die fälschlicherweise behauptet hatte, eine Messerstecherei beobachtet zu haben, sorgte.

„Es tut mir leid", wiederholte sie und wirbelte herum, eilte zur Tür und stolperte beinahe über ihre eigenen Füße, um das Geschäft zu verlassen.

„Die hätte ich nicht für eine Verrückte gehalten", meinte Sanjay, als die Tür hinter ihr zufiel. „Die tragen normalerweise Hüte aus Alufolie."

Yang seufzte. „Man kann eben Leute nicht aufgrund ihrer Erscheinung beurteilen." Und Emily Warner hatte geistig gesund und normal ausgesehen. „Tja ..." Er deutete zu dem Bier und den Batterien.

Sanjay rechnete zusammen und Yang bezahlte mit seiner Kreditkarte. Während Sanjay die Sachen in eine Tüte packte, fiel Yang noch etwas ein.

„Äh, haben Sie die Aufnahme von der Messerstecherei vor einem Monat noch?"

„Tut mir leid, aber ich habe die Kamera erst nach dem Vorfall installiert."

„Macht nichts." Yang zog seine Visitenkarte heraus und schob sie über den

Tresen. „Wenn die Frau noch einmal mit irgendeinem wirren Zeug daherkommt, rufen Sie mich bitte an."

Sanjay nahm die Karte. „Sicher." Er hob seine Augenbrauen. „Detective Yang."

Mit seinen Einkäufen in der Hand verließ Yang den Laden. Gewöhnlich gab er seine Visitenkarte nicht heraus, außer er arbeitete an einem Mordfall, doch aus irgendeinem unbekannten Grund hatte er es gerade getan. Er hatte so ein Bauchgefühl. Das war der andere Grund, warum er ein guter Detective war. Er folgte seinem Bauchgefühl. Manchmal führte es zu etwas, manchmal nicht.

17

Emily zitterte wie Espenlaub, als sie den Drink entgegennahm, den Vicky ihr eingeschenkt hatte. Sie saß auf Vickys Sofa, Coffee lag zu ihren Füßen und Vickys Katze Merlin hatte sich an ihn gekuschelt. Der Hund sah zu ihr hoch, denn er wusste instinktiv, dass es seinem Frauchen nicht gut ging. Er kannte sie besser als irgendjemand sonst, vielleicht sogar besser, als sie sich selbst kannte.

Emily war mittendrin gewesen, für sich und Vicky zu kochen, als sie bemerkt hatte, dass sie keine Sahne mehr hatte. Sie hatte die Wohnung ohne den vor sich hindösenden Coffee verlassen. Leider war der Kramerladen, zu dem sie normalerweise ging, wegen eines Familiennotfalls geschlossen. Deshalb hatte sie ein paar Blocks weiter gehen müssen, um zu einem anderen Geschäft zu gelangen. Dort hatte sie die Messerstecherei gesehen.

„Es war so echt", wiederholte Emily jetzt Vicky gegenüber. „Es war nicht wie die Dinge, die ich zuvor gesehen habe, nicht wie der Blitz der Kamera oder das Spiegelbild des Mannes im Schaufenster der Boutique. Und auch nicht wie der zerschmetternde Glastisch. Nein, das war ... real, verstehst du? Ich habe sie so deutlich gesehen, wie ich dich jetzt sehe."

Vicky setzte sich neben sie auf die Couch und lehnte sich an die hohe Armlehne, um sie anzusehen. „Es tut mir so leid."

Emily nippte an dem starken Getränk. „Der Polizist hat mich angeschaut, als wäre ich irre." Tränen wallten in ihren Augen auf, doch sie kämpfte dagegen an. „Weil ich irre *bin*. Ich werde verrückt." Wieder.

„Nein, das bist du nicht! Vergiss diese Gedanken sofort. Die sind nicht hilfreich."

„Das weiß ich doch. Letztes Mal halfen die auch nicht." Sie sog Luft durch ihre Nase und machte ein undamenhaftes Geräusch. „Aber ich will verdammt sein, wenn ich dieses Mal nicht dagegen ankämpfe. Ich bin kein Kind mehr."

„Das ist die richtige Einstellung. Kämpfe, Mädchen!", lobte Vicky sie.

„Das meine ich ernst." Emily sah in ihr Glas. „Dieses Mal muss ich der Sache auf den Grund gehen. Ich muss herausfinden, was diese Visionen verursacht."

„Sagte dein Chirurg nicht, dass es in den ersten paar Wochen nach der Operation ganz gängig ist, dass man Dinge sieht, die nicht da sind?"

Emily schüttelte den Kopf. „Nicht so. Schatten, ja, schnelle Funken von irgendetwas Verschwommenen vielleicht, aber nicht ganze Szenen, die sich abspielen wie in einem Film." Denn so hatte es sich angefühlt, wie ein Film, in dem sie eine Rolle spielte. „Mein Arzt hat keine Antworten."

„Was schlägst du dann vor? Nicht den ..." Sie machte eine Kreisbewegung mit ihrem Finger.

„Den Psychiater? Zum Teufel nicht. Das hat nicht funktioniert, als ich fünfzehn und beeinflussbar war. Das wird heute erst recht nicht funktionieren." Wenn sie einem Psychiater erzählte, was sie sah, dann würde sie Medikamente verschrieben bekommen, mit denen sie sich wie ein Zombie fühlen würde. Nein, sie wollte nicht mit Medikamenten betäubt werden.

„Okay?", sagte Vicky schulterzuckend. „Was dann?"

„Ich muss herausfinden, wer mein Spender war."

„Dein Spender?" Einen Augenblick lang starrte Vicky sie verwirrt an. Dann schien der Groschen zu fallen. „Du meinst deinen Hornhautspender?"

„Ja."

„Aber wie soll das dabei helfen, herauszufinden, warum du diese Visionen hast?"

Emily seufzte. „Du denkst vermutlich, das

ist doof, aber ..." Und vermutlich war es auch doof, aber sie griff jetzt nach jedem Strohhalm, denn wieder demselben Weg zu folgen wie nach ihrer ersten Transplantation kam nicht in Frage. „Vor ein paar Monaten habe ich diesen Artikel gelesen ... über Organtransplantationen ... weißt du, ich wollte auf die Operation vorbereitet sein. Ich wollte wissen, was alles schiefgehen könnte ..."

„Hallo, Dr. Google."

„Sag das nicht. In meiner Situation hättest du dasselbe getan."

„Na gut."

„Also, wie ich schon sagte, las ich über Organtransplantationen und wie manche Organempfänger plötzlich die gleichen Fähigkeiten hatten wie ihre Spender, wie zum Beispiel ein Instrument spielen. Man nennt es zelluläres Gedächtnis."

„Und du glaubst, dass du diese Art von zellulärem Gedächtnis von deinem Spender geerbt hast? Komm schon, Emily, ich glaube, das ist etwas zu weit hergeholt. Das ist doch nicht einmal Wissenschaft. Das wäre, als kauftest du Schlangenöl beim Gebrauchtwagenhändler.“

„Du vermischst da die Metaphern“, unterbrach Emily.

Vicky verdrehte die Augen. „Ich war nicht auf eine Metapher aus. Ich wollte dir nur zeigen, wie idiotisch die Idee klingt.“

„Sei es, wie es mag, aber ich muss herausfinden, wer mir die Hornhäute gespendet hat.“

Vicky seufzte. „Ich nehme an, du könntest deinen Arzt anrufen und danach fragen. Es dürfte in deiner medizinischen Kartei stehen. Und wenn nicht, dann schreibst du einfach an das United Network for Organ Sharing, um die Familie des Spenders zu kontaktieren.“

Emily zwang sich zu einem Lächeln. „Ja, eher nicht. Die Familie wollte anonym bleiben und selbst wenn ich an die Organisation schreiben würde, bezweifle ich, dass die Familie mir antworten würde. Und wenn sie es doch täten, könnte das Wochen dauern. Solange kann ich nicht warten.“

Vicky machte eine resignierte Geste. „Wenn das so ist, wenn sie anonym bleiben wollen, dann hast du keine Chance. Es ist ja nicht so, als könntest du dich in das Network hacken und nach der Information deines Spenders suchen."

Emily räusperte sich. „Nein, da hast du recht. Diese Art von Können habe ich nicht. Ich kann zwar ein Schloss knacken, aber meine Computerfähigkeiten sind begrenzt. Also dachte ich –"

„Stopp! Hast du gerade gesagt, dass du ein Schloss knacken kannst?" Vicky sah verdutzt drein.

„Äh, ja?"

„Wie denn?"

„Na, es ist schon eine Weile her, aber in meiner Jugend habe ich das gelernt."

„Du hattest Unterricht in Schlossknacken 101, oder nannten sie es Einbruch 101?"

Emily schnaubte. „Natürlich nicht. So war das nicht. Ich habe ja nichts gestohlen. Mein Vater hatte einen Schlüsseldienst, und an den Nachmittagen war ich oft bei ihm im Geschäft und machte meine Hausaufgaben. Die meiste Zeit war mir langweilig, also sah ich ihm bei der Arbeit zu. Und manchmal hat er mir ein paar Tricks beigebracht." Sie zwinkerte. „Ich lerne schnell."

Vicky schüttelte voller Erstaunen den Kopf. „Das ist aber was, einen Vater zu haben, der seiner Tochter beibringt, ein Schloss zu knacken. Das muss ein cooler Vater gewesen sein."

Emily ignorierte Vickys letzten Kommentar. Ihr Vater war alles andere als cool gewesen. „Es ist nicht so schwierig, wenn man weiß, was man tun muss, und geschickte Finger und das richtige Werkzeug hat."

„Du warst bestimmt in der Schule sehr beliebt. Ich hätte damals eine Freundin wie dich brauchen können, die in die Büros der Lehrer einbricht, um die Prüfungsaufgaben vorab anzuschauen."

„Du bist viel zu gescheit. Ich bezweifle, dass du je so eine Hilfe gebraucht hättest, um gut abzuschneiden. Außerdem habe ich niemandem in der Schule erzählt, dass ich Schlösser knacken kann."

„Warum nicht?"

„Kannst du dir vorstellen, wenn ein Lehrer

das herausgefunden hätte? Meine Eltern wären in Schwierigkeiten geraten."

„Schade", sagte Vicky. „Ein Schloss zu knacken wäre bestimmt gelegen gekommen."

Emily grinste. „Ich sagte doch nicht, dass ich diese Fähigkeit nie für meine eigenen Zwecke genutzt habe, nur dass ich es den anderen Schülern nicht gesagt habe. Ich war nicht so super in Physik, aber in dem Jahr, nachdem ich das Schlossknacken lernte, wurden meine Noten besser."

„Du bist urkomisch! Ich wünschte, ich hätte dich damals gekannt", sagte Vicky grinsend.

„Ja, ich wünschte, ich hätte damals eine Freundin wie dich gehabt." Emily lächelte, dann ließ sie einen Atemzug heraus. „Lieber spät als gar nicht, oder?"

„Darauf stoße ich an", sagte Vicky und stieß ihr Glas an Emilys.

Beide tranken.

„Also, rein hypothetisch, wenn du eine Organtransplantation hättest, wie würdest du es anstellen, deinen Spender zu finden?", fragte Emily.

Vicky drückte die Lippen zusammen, dann seufzte sie. „Es ist nicht ganz unkompliziert, wenn du's wissen willst. Aber der Einsatz von IT hat die Sache einfacher gemacht."

„Inwiefern?"

„Seit ein paar Jahren bekommt jedes Organ beim Entnehmen einen Barcode zugewiesen, der gleich bleibt, bis es transplantiert wird. Wenn du also den Barcode kennst, dann könntest du theoretisch das Organ zu seinem Ursprung zurückverfolgen."

„Woher weißt du das alles?", fragte Emily.

Vicky schmunzelte. „Ich kannte vielleicht einmal einen Typen, der bei dem United Network for Organ Sharing angestellt war."

Emily lachte. „Du meinst, du hast mit ihm geschlafen?"

Vicky zwinkerte ihr zu. „Ja, ein- oder zweimal."

Als Emily ihren Kopf zur Seite legte und sie mit ihrem *Du-willst-mich-wohl-verarschen*-Blick ansah, fügte Vicky hinzu: „Okay, es war ganz heiß und Terry wollte weitermachen, aber er war mir ein bisschen zu anhänglich. Er schreibt mir immer noch Geburtstags- und Weihnachtskarten."

Diese Information brachte Emily sofort auf eine Idee. „Wenn du also noch gut mit ihm auskommst ..."

Vicky starrte sie an. Langsam veränderte sich ihr Gesichtsausdruck in einen der Erkenntnis. Mit einem Kopfschütteln sagte sie: „Oh nein, Missy! Auf keinen Fall."

Emily legte den Kopf zur Seite. „Komm schon. Ich bin mir sicher, dass er, wenn er immer noch scharf auf dich ist, dir einen kleinen Gefallen tun wird."

„Sicher, natürlich. Warum bin ich nicht darauf gekommen?" Vicky machte eine Pause, um die Worte einwirken zu lassen, dann hob sie einen Finger zu ihrer Schläfe. „Ach ja, darum, weil ich ihn nicht im Gefängnis besuchen will."

„Er sitzt im Gefängnis?"

Vicky verdrehte die Augen. „Das wird er, wenn er dabei erwischt wird, mir vertrauliche Informationen zu verschaffen."

Erkenntnis legte sich über Emily und es tat ihr plötzlich leid, dass sie vorgeschlagen hatte, dass Terry die Information für sie besorgen sollte. „Also magst du ihn doch noch?"

„Genug, um sein Leben nicht zu ruinieren."

„Tut mir leid", sagte Emily und meinte es ernst. „Ich überlege mir etwas anderes."

Vicky starrte sie an. „Bitte, Emily, mach das nicht."

Doch sie hatte sich entschieden. Egal was es kostete, sie musste ihren Spender finden.

„Diesen Gesichtsausdruck kenne ich", sagte Vicky. „Du wirst nicht aufgeben, oder?"

„Mach dir keine Sorgen. Ich ziehe dich da nicht mit rein."

Vicky schüttelte den Kopf. „Du weißt vielleicht, wie man ein Schloss knackt, aber das bedeutet nicht, dass du weißt, wie du die Information über deinen Spender finden kannst. Du brauchst meine Hilfe."

Emily runzelte die Stirn und sagte: „Aber ich dachte, du willst Terry nicht um einen Gefallen bitten."

„Und das werde ich auch nicht."

18

Eric Bolton saß am Schreibtisch in seinem opulenten Privatbüro, das einen Blick auf den üppigen Garten hatte. Er hatte die Holzvertäfelung immer als gemütlich und einladend empfunden, aber jetzt fühlte sie sich bedrückend an. Sie erstickte ihn mit ihren dunklen Tönen, die alles Licht verschluckten. Noch nie hatte er sich so einsam gefühlt.

Draußen im Flur hallten Schritte wider, hohe Absätze, die genauso klangen wie die von Maddie. Für einen kurzen Moment wollte er glauben, dass alles ein schrecklicher

Alptraum gewesen war oder sogar, dass er im Koma lag und nichts davon echt war. Aber er war noch nie ein Mann gewesen, der seine Zeit damit vergeudete, Fantasien zu spinnen, die keinerlei Ähnlichkeit mit der Realität hatten. Er wusste, wessen Schritte er hörte. Und es waren nicht Maddies.

„Natalie?", rief er.

Ein paar Sekunden später erschien seine Tochter Natalie im Türrahmen, bekleidet mit einer leichten Jacke, die Handtasche über die Schulter geschlungen, die Autoschlüssel in der Hand. „Heh, Dad."

Äußerlich war sie das genaue Gegenteil von Maddie. Während Maddie eine goldblonde Lockenmähne hatte, war Natalies Haar schwarz und glatt. Sie trug es kurz im Stil von Prinzessin Diana. Es stand ihr gut. Während Natalies Gesicht klassisch symmetrisch war und sie eine schöne Frau war, war Maddies Schönheit von einem ganz anderen Kaliber gewesen. Maddie hatte Ritas grüne Augen geerbt. Es waren diese Augen, warum unzählige Männer sich zu ihr hingezogen gefühlt hatten. Doch es war ihr warmes und einladendes Lächeln, das sie in ihren Bann gezogen hatte.

„Gehst du?"

Natalie nickte. „Paul hat gerade angerufen. Endlich kommt er etwas früher als sonst nach Hause. Er hat in den letzten Monaten immer bis spät in den Abend gearbeitet. Sein Geschäftsessen wurde abgesagt, also muss ich auf dem Heimweg etwas fürs Abendessen besorgen."

Bolton hatte Paul Sullivan, Natalies Ehemann, mit dem sie erst seit zwei Jahren verheiratet war, nie gemocht, aber er versuchte, es nicht zu zeigen. Er hielt Sullivan nicht für einen ehrlichen Mann, schließlich hatte er seine erste Frau betrogen – mit Natalie. Natalie war drei Jahre lang Sullivans Geliebte gewesen, bevor er sich schließlich von seiner Frau hatte scheiden lassen. Wie lange würde es dauern, bis Natalie das gleiche Schicksal ereilte wie Sullivans erste Frau? Wie lange, bis er Natalie betrügen würde? Wie lange, bis er ihr wehtun würde?

Maddie hatte Sullivan auch nie gemocht.

Zwischen den beiden lag keinerlei Zuneigung. Erst vor einem Monat hatten sich die beiden im Foyer eines Restaurants gestritten, nachdem sie beide an Ritas Geburtstagsdinner teilgenommen hatten. Als Bolton Maddie am nächsten Tag gefragt hatte, warum sie und Sullivan wieder einmal aneinandergeraten waren, hatte Maddie behauptet, sie erinnere sich nicht, was der Auslöser gewesen sei. Aber Bolton vermutete, dass Sullivan Maddie dafür verantwortlich gemacht hatte, dass Natalie sich bei einem Mädelsabend, bei dem die Schwestern mit zwei Freundinnen in Nachtclubs unterwegs waren, betrunken hatte. Für Sullivans Geschmack hatte das Quartett viel zu viel Spaß gehabt. Natalies Ehemann war außer sich vor Wut gewesen, als in den Boulevardzeitungen Fotos einer provozierend tanzenden Natalie auftauchten.

Bolton versuchte, die Gedanken aus seinem Kopf zu verdrängen. Natalie hatte ihre Wahl getroffen, und er konnte nichts daran ändern.

„Deine Mutter wird enttäuscht sein, dass

du nicht zum Abendessen bleiben kannst", sagte er.

„Ich weiß, aber ich habe fast jeden Tag hier verbracht, seit ..." Sie beendete den Satz nicht, das musste sie nicht.

„Ich weiß. Deine Mutter weiß das sehr zu schätzen."

„Tut sie das?"

Verblüfft über Natalies schroffen Ton zog Bolton die Augenbrauen zusammen. „Stimmt etwas nicht, Schatz? Hattet ihr zwei Streit?"

Natalie schnaubte. „Streit? Nein, natürlich nicht", sagte sie spöttisch. „Sie ist viel subtiler. Na ja, ich bin es ja gewohnt, mit Maddie verglichen zu werden. Selbst jetzt, wo sie nicht mehr da ist, kann ich in Moms Augen nichts richtig machen."

Bolton erhob sich und machte ein paar Schritte auf sie zu. „Sie trauert nur. Das tun wir alle. Nimm es dir nicht zu Herzen."

„Ich soll es mir nicht zu Herzen nehmen? Dad, sie sieht mich nicht einmal! Ich bin für sie unsichtbar. Ich könnte genauso gut das Dienstmädchen sein. Welchen Vorschlag ich auch immer mache, egal ob es die Blumen für die Gedenkfeier betrifft oder die Art des Sarges, es ist immer: Maddie würde dies nicht mögen, und sie würde das nicht mögen." Wut und Frustration lagen in Natalies Stimme.

Bolton hatte sie noch nie so gesehen. „Bitte, Natalie, tu das nicht. Deine Mutter liebt dich. Sie macht gerade eine sehr schwere Zeit durch."

„Glaubst du, das weiß ich nicht? Glaubst du, ich weiß nicht, dass Maddie jedermanns Liebling war, ihrer und deiner? Dass ich immer die zweite Geige spielte? Vielleicht hättest du mich zurückgeben sollen, als Maddie geboren wurde." Sie drehte sich um, bereit zu gehen.

Schock durchfuhr Bolton. Er packte sie am Arm und zwang sie, sich wieder zu ihm umzudrehen. „Natalie, wir lieben dich. Wir wollten dich."

„Lüg mich nicht an, Dad. Ich war ein Platzhalter, bis Mom mit Maddie schwanger wurde. Und jetzt, wo Maddie weg ist, liebst du mich plötzlich?" Sie starrte ihn an.

Enttäuschung stand in ihren Augen geschrieben.

Bolton schüttelte den Kopf über die Enthüllung, wie sich Natalie all diese Jahre gefühlt hatte. War es wirklich so offensichtlich gewesen, dass sowohl er als auch seine Frau Maddie mehr liebten als ihre Adoptivtochter? Er hatte immer versucht, seine Zuneigung zu seinen Töchtern gleichermaßen zu teilen. Hatte er versagt?

„Es tut mir leid, dass ich dir wehgetan habe", sagte er. „Das wollte ich nie. Du bist meine Tochter, und nur weil du nicht mein Fleisch und Blut bist, ändert sich daran nichts. Wenn dir etwas passieren würde, würde es mir genauso das Herz brechen, wie der Verlust von Maddie mir das Herz bricht."

Er nahm Natalie in seine Arme, aber sie blieb steif. „Bitte hab Geduld mit deiner Mutter. Du musst wissen, dass ich für dich da bin. So wie ich immer für dich da sein werde."

Schließlich legte sie ihre Arme um ihn. „Ich liebe dich, Dad."

Erleichterung durchflutete ihn. Er brauchte

Natalies Liebe mehr als sie seine. Sie war stärker, als er es je sein könnte. Natalie war jetzt seine Schulter zum Ausweinen, denn er musste Ritas Fels sein, und die Stärke, die ein einziger Mann aufbringen konnte, war begrenzt.

19

Mike Faulkner schaltete den Computer in seinem Büro im Westflügel des Weißen Hauses aus. Die meisten Angestellten waren bereits in den Feierabend gegangen, und er war endlich auch bereit zu gehen. Er stopfte ein paar Akten in seine Tasche, als er ein Geräusch an der Tür hörte. Er schaute hoch.

„Haben Sie eine Minute Zeit, Sir?", fragte Secret Service Agent Mitchell.

Faulkner nickte und bedeutete ihm einzutreten. Mitchell schloss die Tür hinter sich und blieb vor Faulkners Schreibtisch stehen. Mitchell war ein großer, muskulöser schwarzer Mann Anfang vierzig. Er war im ersten Jahr von President Langfords Regierung dem Personenschutz des Präsidenten zugeteilt worden, bevor er in die Ermittlungsabteilung des Secret Service versetzt wurde, aber Faulkner kannte Mitchell schon viel länger.

Ihre Wege hatten sich vor zwanzig Jahren gekreuzt, als Mitchell als Marinesoldat von einer Tour in Afghanistan zurückgekehrt war und ihm die Vergewaltigung eines fünfzehnjährigen Mädchens angelastet worden war, ein Verbrechen, das er nicht begangen hatte. Faulkner hatte als sein Verteidiger gehandelt – pro bono – und hatte es geschafft, den wahren Vergewaltiger zu entlarven, woraufhin Mitchell freigesprochen worden war. Im Gegenzug konnte Faulkner immer auf Mitchells Loyalität und Diskretion zählen.

„Mitchell, haben Sie Neuigkeiten?"

„Jawohl. Im Fall Bolton. Wir haben festgestellt, dass es kein gewaltsames Eindringen gab; es hat nichts gefehlt oder ist durchwühlt worden, daher schließen wir einen

Einbruch aus. Wir haben Nachbarn und Bekannte und die Haushälterin befragt. Niemand hat vor Miss Boltons Tod etwas Ungewöhnliches gesehen. Ihre Kopfverletzung ist auf einen Sturz zurückzuführen, bei dem sie mit dem Kopf gegen die Ecke des Glastisches schlug. Wir warten noch auf den toxikologischen Bericht. Wie Sie wissen, führt der Secret Service normalerweise keine Ermittlungen in Todesfällen durch und ist daher nicht dafür eingerichtet, Autopsien und toxikologische Tests durchzuführen. Wir mussten alles zu einem Labor schicken. Daher die Verzögerung."

„Ich verstehe", sagte Faulkner.

„Wir gehen von einem erhöhten Blutalkoholwert aus, da die Haushälterin eine leere Weinflasche fand."

„Hmm. Sagen Sie, sie war betrunken?"

„Ich bin mir nicht sicher, wieviel sie täglich trank, aber selbst wenn sie an Alkohol gewohnt war, würde ich sagen, dass sie zumindest beschwipst war. Es stimmt durchaus mit der Annahme überein, dass sie beim Wechseln einer Glühbirne das Gleichgewicht verlor und von der Leiter fiel. Obwohl ..." Mitchell zögerte.

„Sie glauben es nicht?"

Mitchell legte einen dicken Umschlag auf Faulkners Schreibtisch. „Wir haben Miss Boltons Handy gefunden und konnten darauf zugreifen."

Faulkner hob eine Augenbraue. „Kein Passwort? Das ist ungewöhnlich."

„Wir haben ihre PIN auf einer Liste mit all ihren Passwörtern in ihrer Handtasche gefunden. Laut der Haushälterin hatte Miss Bolton ein Problem damit, sich Passwörter und PINs zu merken, also hat sie sie aufgeschrieben."

„Irgendetwas Bemerkenswertes auf ihrem Handy?" Er griff nach dem Umschlag und öffnete ihn.

Mitchell nickte grimmig. „Wir haben herausgefunden, dass sie am Tag vor ihrem Tod mit jemandem von der russischen Botschaft sprach."

Faulkner starrte Mitchell an. „Mit wem?"

„Die Nummer ist auf Sergei Petrov registriert, den Kulturattaché.“

Faulkner wusste, was das bedeutete: Petrov könnte möglicherweise ein russischer Spion sein.

„Haben Sie mit jemandem darüber gesprochen?“

„Nein, Sir. Ich hielt es für das Beste, es unter Verschluss zu halten. Ich habe bei meinen Quellen beim FBI und der CIA nachgefragt, ob Petrov beschattet wurde.“

Ungeduldig fragte Faulkner: „Und?“

„Ich fürchte, das war nicht der Fall. Als er vor drei Jahren zur Botschaft kam, wurde er überwacht, aber da nichts entdeckt wurde, was darauf hindeutete, dass er ein Geheimagent wäre, wurde die Überwachung nach neun Monaten eingestellt. Es scheint, er ist wirklich nur ein Kulturattaché.“

Faulkner zog das Handy aus dem Umschlag und gab die PIN ein, die auf dem beiliegenden Zettel vermerkt war. Er öffnete die Telefon-App und fand sofort Petrovs Namen: Es war der letzte Anruf, den Maddie vor ihrem Tod getätigt hatte.

„Angesichts der Tatsache, dass Petrov diplomatische Immunität genießt, wie soll ich vorgehen?", fragte Mitchell.

Faulkner überprüfte die Länge des Gesprächs. Es hatte weniger als eine Minute gedauert. Was hätte Maddie in weniger als einer Minute mit dem russischen Kulturattaché besprechen können? Nichts Wesentliches, es sei denn, der Anruf war eine Bitte um ein Treffen.

„Überlassen Sie das mir. Ich werde mir überlegen, wie ich damit umgehe. Wir können es uns nicht leisten, in der angespannten Situation, in der wir uns gerade mit den Russen befinden, einen Zwischenfall mit einem russischen Diplomaten zu verursachen. Jede Kleinigkeit könnte sie verärgern und die Verhandlungen über die Entdeckung von Seltenerdmineralien in Sibirien beenden. Wir sind nicht das einzige Land, das an einer konstanten Versorgung dieses Minerals interessiert ist."

„Ich bin mir dessen vollkommen bewusst, Mr. Faulkner. Deshalb wissen nur Sie und ich davon."

„Gute Arbeit, Mitchell."

„Danke, Sir", sagte Mitchell und verließ das Büro.

Faulkner lehnte sich in seinem Sessel zurück und starrte auf das Telefon in seiner Hand. Er scrollte durch die Liste der letzten Anrufe und Nachrichten.

20

„Bist du dir sicher?" Emily warf Vicky einen langen Blick zu. „Jetzt kannst du noch Nein sagen."

„Und dann? Die Kaution bezahlen, um dich aus dem Gefängnis rauszubekommen, wenn du erwischt wirst?" Vicky schüttelte den Kopf. „So viel Geld habe ich nicht rumliegen. Und du auch nicht."

Beide trugen Krankenhauskittel und Umhängebänder mit gefälschten Krankenhausausweisen. Technisch gesehen war nur Emilys Ausweis gefälscht, der von

Vicky war Jahre zuvor abgelaufen. Er konnte keine Türen mehr öffnen, da die im Magnetstreifen auf dessen Rückseite eingebetteten Zutrittsrechte entzogen worden waren, aber niemand hätte das mit nur einem Blick auf die Karte erkennen können. Vicky hatte sie als Vorlage benutzt, um einen gefälschten Ausweis für Emily auszudrucken und diesen zu laminieren. Er würde einer genauen Prüfung nicht standhalten, aber aus der Ferne war er gut genug.

Vicky sah auf ihre Armbanduhr. „Mach dich bereit. Sie sollten jetzt jeden Moment herauskommen."

Emily sah sich um. Es war früher Morgen und sie beobachteten eine Tür mit einem Schild, auf dem *Nur für Personal* stand. Es war einer der Eingänge zum Krankenhaus, in dem Emilys Organtransplantation durchgeführt worden war. Die einzige Möglichkeit, die Tür zu öffnen, war mit einer Zugangskarte. Es gab kein Schloss zu knacken.

„Bist du dir sicher?", fragte Emily.

„Mach dir keine Sorge. Es ist Schichtwechsel."

„Warum konnten wir nicht einfach durch den Haupteingang reingehen?"

„Weil um diese Tageszeit das Sicherheitspersonal am Haupteingang steht und Ausweise kontrolliert. Psst."

Emily hörte die Tür knarren, und einen Moment später schwang sie auf und ein Mann und eine Frau in Kitteln kamen heraus. Die beiden beachteten Emily und Vicky kaum, als sie vorbeigingen. Die Tür schloss sich bereits, aber Vicky erreichte sie und klemmte ihren Fuß zwischen Tür und Rahmen. Emily warf einen Blick zurück zu den beiden Angestellten, aber sie schauten nicht über ihre Schultern.

Emily gesellte sich schnell zu Vicky und gemeinsam traten sie ein. Im Korridor gingen mehrere andere medizinische Mitarbeiter an ihnen vorbei, einige telefonierten, andere unterhielten sich, einige gähnten nach der Nachtschicht. Niemand schenkte ihnen einen zweiten Blick, genau wie Vicky vorausgesagt hatte.

Als sich der Korridor mit einem anderen kreuzte, hörte Emily von links ein leises Klingeln. Doch Vicky bog bereits nach rechts ab.

„Die Aufzüge liegen in der anderen Richtung", sagte Emily und blieb stehen.

Vicky sah über ihre Schulter. „Wir fahren nicht mit dem Aufzug." Als Emily sich umdrehte und zu ihr gesellte, erklärte Vicky: „In einem Aufzug sind wir gefangen. Die Leute schauen sich vielleicht unsere Ausweise genauer an und stellen fest, dass wir nicht hier arbeiten."

Einen Moment später öffnete Vicky eine Tür. „Wir nehmen die Treppe."

Emily folgte Vicky ins Treppenhaus. Zügig stiegen sie in den fünften Stock hinauf. Vicky öffnete die Tür zum Flur langsam und nur ein paar Zentimeter und spähte durch den Spalt, bevor sie die Tür vollständig öffnete und Emily zuwinkte, ihr zu folgen.

Der Flur war leer.

Emily war froh, dass Vicky mitgekommen war. Ohne Vicky hätte sie die Praxis ihres

Augenchirurgen sicher nicht so leicht gefunden. An der Tür blieb Vicky stehen, und Emily las das Schild neben der Tür. Dr. Harland war einer von vier aufgeführten Ärzten.

„Jetzt mach dein Ding", flüsterte Vicky und deutete auf das Schloss.

Emily zog ihre Dietriche aus ihrer Handtasche und trat einen Schritt näher zur Tür.

„Sieht professionell aus", kommentierte Vicky. „Wo hast du die bekommen?"

Emily lächelte. „Amazon Prime."

„Du verscheißerst mich!"

„Ne."

„Ich muss mir so was auch besorgen."

Mit flinken Fingern machte sich Emily an die Arbeit, während Vicky sich umgedreht hatte, um den Flur zu beobachten. Emily konzentrierte sich auf ihre Aufgabe und versuchte sich daran zu erinnern, wie man die verschiedenen Dietriche benutzte, um das Schloss aufzubringen. Sie begann zu schwitzen, weil sie sich Sorgen machte, dass sie vergessen hatte, wie man ein Schloss knackte. Schließlich war es schon eine Weile her, seit sie das getan hatte.

„Was dauert da so lange?", fragte Vicky leise.

„Du hilfst nicht", sagte Emily mit zusammengebissenen Zähnen. Sie holte tief Luft und entspannte ihre Schultern, dann versuchte sie es erneut. Schließlich hörte sie ein verräterisches Klicken. Sie drehte den Türknauf, und die Tür öffnete sich. „Geschafft."

Vicky warf ihr einen anerkennenden Blick zu, während sie beide hineingingen und die Tür hinter sich schlossen.

Die Bürosuite war groß. Hinter einem Tresen am anderen Ende des Wartezimmers befanden sich mehrere Computerarbeitsplätze für die verschiedenen medizinischen Assistenten, die in der Klinik arbeiteten. Rechts davon war ein Korridor, der zu den Untersuchungsräumen führte. Emily war vor nicht allzu langer Zeit während ihres Nachsorgetermins bei Dr. Harland in einem der Untersuchungsräume gewesen. In der Klinik hatte reger Betrieb geherrscht.

Jetzt war es still. Die Klinik würde erst um acht Uhr Patienten empfangen, jedoch würden die Assistenten bereits um halb acht hier sein, um die Telefone zu bedienen und die Untersuchungsräume vorzubereiten.

„Okay, lass uns anfangen", sagte Vicky und ging zu den Arbeitsplätzen der Assistenten. An jeder Station berührte sie die Computermaus und bewegte sie, um den Monitor aus dem Ruhemodus zu erwecken. Alle vier Stationen leuchteten mit dem Anmeldebildschirm auf und bestätigten, dass niemand vergessen hatte, sich abzumelden. Vicky zuckte mit den Schultern. „Wäre zu einfach gewesen."

Sie fing an, die Schreibtische zu durchwühlen.

„Was suchen wir?", fragte Emily.

„Anmeldedaten. Such nach Haftnotizen und dergleichen."

Emily begann an einer Workstation. „Glaubst du wirklich, dass sie so leichtsinnig sind, ihre Passwörter herumliegen zu lassen?"

„Ich denke das nicht. Ich weiß es."

Als Emily ihr einen zweifelnden Blick zuwarf, erklärte Vicky: „Die Krankenhausrichtlinie sieht vor, Passwörter jeden Monat zu ändern. Glaubst du wirklich, dass sich jeder so oft ein neues Passwort merken möchte? Ich meine, denk einfach darüber nach. Für alles, was wir in unserem Leben tun, brauchen wir ein Passwort. Und meistens muss es kompliziert sein: ein Großbuchstabe, ein Symbol, ein Sonderzeichen, mindestens eine Zahl, mindestens acht Buchstaben und so weiter. Wer kann sich das alles merken? Die Leute schreiben es auf.“

„Wenn du es sagst.“ Emily fuhr fort, alles auf dem Arbeitsplatz, den sie gerade durchsuchte, umzudrehen.

„Bingo“, rief Vicky aus.

Emily wandte sich zu ihr um und sah, wie sie eine Haftnotiz von der Unterseite einer Tastatur abzog.

Augenblicke später weckte Vicky den Computer wieder auf und meldete sich an. Auf dem Desktop erschienen verschiedene

Symbole, und Vicky klickte auf eines davon. Ein Fenster öffnete sich.

„Hast du die Nummer deiner Patientenakte?"

Emily nickte und zog den Zettel aus ihrer Handtasche, wo sie sich die Nummer, die auf ihrer letzten Arztrechnung gestanden hatte, notiert hatte. „Hier."

Vicky tippte sie ein, und Emilys Patientendatei erschien auf dem Bildschirm. Vicky schien mit dem Layout vertraut zu sein, denn bevor Emily überhaupt herausfinden konnte, was sie sah, wählte Vicky bereits eine Zeile aus, um die darunterliegenden Informationen zu enthüllen.

„Okay, das sind die Transplantationsdaten. Transplantationsdatum usw. usw. Und hier" – sie deutete auf eine lange Zahlenfolge – „ist der Barcode des Spenderorgans. Jetzt wollen wir sehen, wem es gehört."

Sie klickte darauf. Ein kurzer Piepton ertönte gleichzeitig mit einem kleinen Fenster, das auftauchte.

„Ach Fuck!", fluchte Vicky.

Emily beugte sich vor und versuchte, die Nachricht zu lesen, aber Vicky war schneller.

„Zugriff abgelehnt. Sie haben keine Berechtigung, auf diese Informationen zuzugreifen. Wenden Sie sich an einen Administrator."

„Oh Mist", sagte Emily. „Was machen wir jetzt?"

Vicky sah über ihre Schulter. „Zeit für den Helpdesk."

„Den Helpdesk?"

Vicky sah auf ihre Armbanduhr. „Vielleicht haben wir gerade genug Zeit. Der Helpdesk ist erst um sieben besetzt. Das gibt uns eine halbe Stunde."

Verwirrt runzelte Emily die Stirn, während Vicky sich bereits abmeldete. „Aber wenn der Helpdesk erst in einer halben Stunde aufmacht, wie sollen sie uns dann helfen?"

„Sie machen das auch nicht. Wir helfen uns selbst. Komm, beeil dich."

Vicky erklärte es nicht weiter und Emily musste darauf vertrauen, dass ihre Freundin wusste, was sie tat. Ein paar Minuten später erreichten sie eine Tür im zweiten Stock am anderen Ende des Krankenhauses.

„Das ist die IT-Abteilung. Hol deine Dietriche raus", sagte Vicky und deutete auf Emilys Handtasche.

Dieses Mal fühlte sich Emily selbstbewusster und konnte das Schloss viel schneller knacken.

„Fertig."

Augenblicke später schloss Vicky die Tür hinter ihnen. Sie standen in einem Großraumbüro mit mindestens zehn Kabinen. Zu ihrer Linken führte eine offene Tür zu einer kleinen Küche oder einem Pausenraum, und am anderen Ende des Raumes befanden sich zwei weitere Türen, die in verglaste Büros führten. Die gesamte Bürosuite war leer.

„Was jetzt?", fragte Emily.

„Das Gleiche wie vorher. Wir müssen das Passwort von jemandem finden, um hineinzukommen. IT-Leute haben Zugriff auf so ziemlich alles." Vicky zeigte auf eine Kabine. „Ich fange hier an. Du fängst am anderen Ende an. Schau alles durch: unter der Tastatur, dem Mauspad, dem Monitorständer, in Schubladen, unter Schubladen ... Du hast ja mittlerweile Übung darin."

Wortlos ging Emily an die Arbeit. Vicky tat dasselbe. Nur das Rascheln von Papier und das Klappern von Gegenständen, die angehoben und dann wieder auf einem Schreibtisch abgelegt wurden, waren zu hören. Emily arbeitete, so schnell sie konnte. Sie ließ keinen Gegenstand unberührt, aber ihre erste Kabine war eine Pleite. Vickys auch. Minuten vergingen. Auch die zweite Kabine, die Emily durchsuchte, brachte kein Ergebnis. Emily sah auf die große Uhr an der Wand des Raumes. Fünfzehn Minuten vor sieben. Ihr Herz begann schneller zu schlagen. Sie konnte den Puls an ihrem Hals trommeln spüren, als wäre es ein Countdown. Und vielleicht war es das auch. Die Zeit lief ab.

„Ich hab's", verkündete Vicky hinter Emily.

Emily wirbelte herum und sah, wie Vicky eine große Kaffeetasse zurück auf den Schreibtisch stellte.

„In der Tasse?", fragte Emily.

„Darunter. Ziemlich clever, zumal in der Tasse noch Kaffee von gestern drin ist. Igitt!"

Vicky setzte sich an den Schreibtisch und loggte sich in den Computer ein. Die Anmeldeinformationen funktionierten, und sie suchte nach der richtigen Anwendung, klickte auf verschiedene Ordner und schloss sie dann wieder.

Mit einem Blick auf die Uhr an der Wand, die nun anzeigte, dass sie nur noch sieben Minuten hatten, sagte Emily: „Was dauert so lange?"

„Du hilfst nicht", antwortete Vicky und wiederholte Emilys eigene Worte.

Emily verstand, aber das machte es nicht einfacher, geduldig zu sein.

„Okay, ich bin im richtigen System." Vicky sah auf den Zettel, auf dem sie die Nummer des Barcodes notiert hatte, die sie in der Krankenakte gefunden hatte.

Das Klappern der Tastatur hallte durch den Raum. Emily bemerkte, dass dies das einzige Geräusch war, das sie hören konnte.

Sowohl sie als auch Vicky hielten den Atem an.

„Sesam öffne dich", murmelte Vicky. Auf dem Bildschirm öffnete sich ein Dokument.

Emily wandte ihren Kopf in Richtung Tür. Jahrelanges Schärfen ihres Gehörsinns, um ihre Blindheit zu kompensieren, hatte sie extrem wachsam gegenüber Geräuschen gemacht. Es gab keinen Zweifel. „Jemand ist an der Tür." Sie konnte das leise Kratzen eines Schlüssels auf Metall hören.

„Scheiße!", fluchte Vicky. „Nur noch eine Sekunde." Sie drückte eine Taste auf der Tastatur. „Es druckt."

Irgendwo im Raum begann ein Drucker zu surren. Emily reckte den Hals. Wo zum Teufel war dieser Drucker?

„Dort!" Vicky deutete auf einen Bereich in der Nähe der beiden Glasbüros.

Emily sah es auch. Der Drucker spuckte zwei Seiten aus und stoppte dann.

Die Tür öffnete sich quietschend. Sofort warfen sich Vicky und Emily auf den Boden. Schritte, dann schloss sich die Tür hinter der eintretenden Person. In Panik starrte Emily

Vicky an. Ihre Freundin legte einen Finger auf die Lippen und kroch dann zum Rand der Kabine. Emilys Herz schlug ihr bis zum Hals und sie sah entsetzt zu, wie Vicky an der Trennwand vorbeischaute.

Vicky blickte über ihre Schulter, machte ein „Okay"-Zeichen und kroch dann in Richtung des Druckers. Emily wollte sie zurückreißen, als sie Geräusche aus der Küche hörte. Der IT-Mitarbeiter kochte Kaffee. Jetzt verstand sie Vicky. Sie hatten bestenfalls eine Minute, bevor die Person die Küche verlassen würde.

Vicky erreichte den Drucker, schnappte sich die beiden Blätter und hastete zurück. Emily und Vicky eilten, sich tief duckend, an den Trennwänden entlang, die sie vor Blicken aus der Küche schützten. Als sie das Ende der Kabinen erreichten, warf Emily einen schnellen Blick auf die offene Küchentür. Ein Mann stand ihnen mit dem Rücken zugewandt und füllte die Kaffeemaschine mit gemahlenem Kaffee.

Vicky erreichte als Erste den Ausgang und öffnete lautlos die Tür. Emily eilte auf sie zu und folgte ihr in den Korridor, während Vicky leise die Tür zuzog.

„Das war knapp", sagte Vicky.

„Wirklich?" Emilys Herz schlug immer noch wie ein Presslufthammer.

Vicky winkte bereits, ihr zum Treppenhaus zu folgen, während sie die zwei Blätter Papier faltete und in eine ihrer Taschen steckte, ohne sie zu lesen.

Zwei Minuten später waren sie draußen. Erst jetzt schien Emilys Herz seinen normalen Rhythmus wiederzufinden.

Als sie das Auto erreichten, konnte Emily ihre Neugier nicht länger zurückhalten. „Steht der Name meines Spenders darauf?"

Vicky entfaltete das Papier und scannte es. Dann blickte sie mit weit aufgerissenen Augen hoch. „Ja."

„Wer ist es?"

„Das wirst du mir nicht glauben."

21

Die Limousine des Präsidenten, liebevoll *Biest* genannt, rollte durch die belebten Straßen, zwei Secret Service Agents auf den Vordersitzen, President Robert Langford und sein Stabschef Mike Faulkner hinten. Während die beiden Agenten den üblichen dunklen Anzug, Hemd und Krawatte trugen, waren Langford und Faulkner leger gekleidet. Das kam nicht oft vor, war aber heute gerechtfertigt. Der neue japanische Premierminister war ein begeisterter Golfspieler und würde leichter davon zu überzeugen sein, President Langfords

Handelsabkommen zuzustimmen, wenn sich die beiden in einer entspannteren Umgebung treffen würden.

„Ich hoffe, du hast recht, Mike", sagte Langford mit einem Blick auf Faulkner. „Es war deine Idee."

Faulkner hob die Hand. „Ja, und du kannst mich dafür verantwortlich machen, wenn es nach hinten losgeht. Was es nicht wird. Ich weiß aus sicherer Quelle, dass der Premierminister so ziemlich alles für eine gute Partie Golf tun würde."

Langford schmunzelte. „Die er gewinnen wird, nehme ich an?"

Faulkner zuckte schnell mit den Schultern. „Ja, aber bitte nicht zu offensichtlich. Ich bin mir sicher, dass sein Team ihm gesagt hat, was dein Handicap ist, also ist es am besten, wenn du nur knapp verlierst. Gerade genug, damit es eine Herausforderung für ihn ist."

„Wie du meinst, Mike." Für einen Moment schwieg der Präsident und sah aus dem Fenster. „Wie geht es Eric?"

Faulkner seufzte. „Den Umständen entsprechend. So ein tragischer Unfall."

Der Präsident wandte sein Gesicht wieder seinem Stabschef zu. „Also *war* es ein Unfall?"

„Es ist nur noch eine Formalität." Es war nicht nötig, dem Präsidenten von Maddies Kontakt mit Sergei Petrov zu erzählen. Er hatte genug Sorgen. „Es müssen nur noch ein paar Sachen abgehakt werden. Aber so wie es derzeit aussieht, war es höchstwahrscheinlich ein Unfall. Es gab keine gegenteiligen Anzeichen, kein gewaltsames Eindringen, es wurde nichts gestohlen. Ich meine, wir kannten Maddie doch beide ..."

Langford seufzte. „Ja, das stimmt. So viel Potenzial, aber sie konnte diese Wildheit nie abschütteln. Ich nehme an, wir alle tragen unsere Dämonen in uns."

„Manche mehr als andere." Sogar Faulkner ging es so. Aber er wollte nicht darin schwelgen. Stattdessen konzentrierte er sich wieder auf Madeline Bolton. „Laut der Haushälterin hatte Maddie an jenem Abend getrunken. Wir werden es mit Sicherheit wissen, wenn der toxikologische Bericht zurück ist, aber sie muss das

Gleichgewicht verloren haben, als sie auf der Leiter stand, um eine Glühbirne zu wechseln. Der Aufprall, als sie auf den Glastisch fiel, verursachte eine Gehirnblutung."

Langford atmete durch die Nase aus. „Es ist seltsam, weißt du ... ich sehe Madeline nicht als den Typ an, der so etwas Alltägliches tut, wie eine Glühbirne zu wechseln."

„Es stimmt, sie war so etwas wie eine Prinzessin, so wie ihre Eltern sie aufgezogen und auf ein Podest gestellt haben. Es war Maddie unmöglich, sie nicht zu enttäuschen. Irgendwie verstehe ich, warum sie mit Drogen rebellierte ... und mit Liebhabern."

„Aber ich dachte, in den letzten Jahren hat sie sich verändert, oder nicht? Als sie vor zwei, drei Jahren anfing, sich für *No child abandoned* zu engagieren?"

„Sie schien zufriedener zu sein. Trotzdem ..." Faulkner seufzte. „Wir werden nie wirklich wissen, was in einem Menschen vorgeht. Sogar in einem, dem wir so nahestehen."

„Was hast du Eric über die Ermittlungen des Secret Service erzählt?"

„Die Wahrheit." Obwohl er Bolton gegenüber Petrov auch nicht erwähnt hatte. „Aber ich habe ihm versprochen, dass die Details vertraulich behandelt werden. Niemand muss wissen, dass sie getrunken hatte. Deshalb habe ich darauf bestanden, dass der Secret Service den Vorfall untersucht und nicht DC Police. Nicht dass die Medien nicht trotzdem spekulieren würden."

„Das wird sich irgendwann legen. Wann ist die Gedenkfeier?"

„Dieses Wochenende."

„Ich wünschte, ich könnte dabei sein", sagte Langford, „aber meine Anwesenheit wird nur noch mehr Medien anlocken und die Gedenkfeier in einen Zirkus verwandeln. Das verdient niemand, schon gar nicht Eric und Rita. Das wirst du ihnen doch sagen, oder nicht?"

„Na sicher."

„Du wirst doch daran teilnehmen, oder?"
Faulkner nickte. „Einer von uns muss.

Außerdem bin ich sicher, dass Caleb auch teilnehmen möchte. Er und Maddie waren lange befreundet.“

Langford lächelte. „Ich erinnere mich, dass du mir erzähltest, dass du, als sie noch Kinder waren, gehofft hattest, sie würden eines Tages ein Paar werden.“

Faulkner schmunzelte bei der Erinnerung. „Es läuft nicht immer so, wie die Eltern es sich vorstellen. Zumindest konnten sie bei der Wohltätigkeitsorganisation viel Zeit miteinander verbringen.“

„Du kannst sehr stolz auf deinen Sohn sein, dass er seine Energien einer so guten Sache widmet.“

„Ja, ja natürlich. Schließlich musste ich kündigen, nachdem du mir diesen Job angeboten hast.“

„Bereust du es?“

Es bereuen, einer der mächtigsten Männer in der Politik zu sein? „Nein, Mr. President, ich bereue es nicht.“

Langford lachte leise. „Ich glaube nicht, dass ich mich jemals daran gewöhnen werde, dass du mich Mr. President nennst. Auf der

Uni hast du mich alle möglichen Dinge genannt. Denkst du noch manchmal an diese Zeit zurück?"

Faulkner lächelte. „Sehr gerne. Damals war alles einfacher. Sie nannten uns die drei Musketiere. Einer für alle, alle für einen."

Langford nickte. „Und schau uns jetzt an. Wir sind immer noch die drei Musketiere, wenn auch etwas älter und etwas grauer." Er deutete auf sein eigenes ergrautes Haar.

Faulkner schüttelte den Kopf. „Ich wünschte, es wären nur das Alter und die Haare."

„Du vermisst sie immer noch, nicht wahr?"

„Georgina ist nie weit von meinen Gedanken entfernt. Keine andere Frau konnte ihr je das Wasser reichen."

Vielleicht wäre alles anders, wenn seine Frau noch am Leben wäre. Aber sie war tot, und das schon seit langer Zeit.

22

„Madeline Bolton", sagte Emily erstaunt.

Sie und Vicky waren einige Minuten zuvor zusammen zu Vickys Wohnung zurückgekehrt, wo Vicky Kaffee gekocht und dann ihren Computer hochgefahren hatte.

„Alle nannten sie Maddie. Sie ist ziemlich berühmt für jemanden, der weder Model noch Schauspielerin war, weißt du", sagte Vicky. „Zumindest in DC."

„Ich hörte von ihrem Tod, aber ich stehe nicht auf Klatsch wie andere Leute."

„Autsch!", sagte Vicky mit gespieltem Schmerz.

Vicky konsumierte Klatsch und Tratsch, wie Kiffer Gras rauchten.

„Also, komm schon", sagte Emily ungeduldig. „Was weißt du über sie?"

„Jede Menge." Vicky strahlte stolz. „Sie stammt aus einer sehr reichen Familie."

„Versteht sich von selbst." Sogar Emily hatte den Namen Bolton schon einmal gehört.

„Sie war ungefähr in deinem Alter, vielleicht ein oder zwei Jahre älter, und sie war ziemlich verwöhnt. Gerüchten zufolge konnte ihr Vater ihr nie etwas ausschlagen, sodass sie immer bekam, was sie wollte."

Einen Moment lang beneidete Emily Maddie Bolton. Sie konnte sich nur vorstellen, wie es war, von seinem Vater verehrt zu werden. Aber das hatte Maddie nicht gerettet. Sie war tot, und am Tod gab es nichts Beneidenswertes.

„Natürlich war nicht alles eitel Sonnenschein. Es gab Gerüchte über Drogenkonsum, als sie im Teenageralter oder Anfang zwanzig war, aber wenn man so viel Geld hat wie die Boltons, kann man bezahlen, was nötig ist, um seinen rebellischen Nachwuchs aus jeglicher heiklen Situation zu befreien. Nachdem sie also mit Drogen experimentiert hatte, kam als Nächstes der Sex." Vicky kicherte vor sich hin. "Oh, du meine Güte! Wenn ich eine Weltkarte hätte und eine Stecknadel in die Hälfte der Länder stecken würde, aus denen sie Liebhaber hatte, würden mir die Stecknadeln ausgehen."

„Du machst Spaß! Ich meine, es muss ungefähr zweihundert Länder auf der Welt geben."

„Einhundertfünfundneunzig", korrigierte Vicky sie.

„Du kannst mir nicht erzählen, dass Maddie hundert Liebhaber hatte!" Keine Frau hätte mit so vielen Männern schlafen können. Ihre eigene Liste war viel kürzer. Um einiges kürzer. Tatsächlich konnte sie die Männer, mit denen sie geschlafen hatte, an einer Hand abzählen.

„Okay, vielleicht übertreibe ich ein bisschen, aber sie hatte mindestens fünfzig", räumte Vicky ein. Sie machte eine wegwerfende Handbewegung. „Was ich zu sagen versuche, ist, dass sie jeden kannte: Diplomaten aus verschiedenen Ländern, Politiker, Prominente, alle, die irgendjemand sind. Und seien wir doch ehrlich. Sie war sehr schön."

Emily blickte auf den Bildschirm, auf dem Vicky ein Foto von Maddie aufgerufen hatte. Wunderschöne grüne Augen wie die einer Katze, blonde Locken, die über ihre Schultern fielen, klare Haut, volle Lippen, Maddie hatte alles.

„Ja, das war sie. Schön. Reich." Sie seufzte. „Und tot."

„Das ist noch nicht alles", fuhr Vicky fort. „Man könnte meinen, jemand wie sie wäre oberflächlich und arrogant. Aber das war nicht der Fall. Alles, was ich über sie gelesen habe, bestätigt, dass sie ein großes Herz hatte. Sie war warmherzig und mitfühlend. Sie hat dieser Wohltätigkeitsorganisation viel Zeit gewidmet, wie heißt sie nochmal? Etwas, das mit der Rettung von misshandelten Kindern zu tun hat."

„Oh ja, ich habe davon gehört. *No child abandoned*, richtig?"

„Das ist es."

„Ich glaube, sie hat Wohltätigkeitsauktionen für sie organisiert oder so etwas", sagte Emily und erinnerte sich an einen Nachrichtenbericht vor ein paar Monaten. „Was weißt du sonst noch über ihr Leben?"

Vicky seufzte. „Nun, das ist so ziemlich alles. Außer wie sie gestorben ist. Sie haben nicht viel darüber berichtet, nur dass sie eines Morgens von ihrer Putzfrau gefunden wurde. Aber anscheinend war es zu spät, und sie starb im Krankenhaus. Die Behörden untersuchen immer noch, was wirklich passiert ist, aber Gerüchten zufolge war es ein Haushaltsunfall."

Emily runzelte die Stirn. „Sie ermitteln immer noch? Aber wie war ich dann in der Lage, ihre Hornhäute zu bekommen? Ich meine, sie haben wahrscheinlich eine Autopsie durchgeführt, die eine Weile gedauert hat. Und wenn jemand eine Weile tot ist, werden die Organe unbrauchbar." Sie hatte viel über Organspenden recherchiert, als sie eine zweite Transplantation in Erwägung gezogen hatte.

„Das stimmt, aber ich weiß aus sicherer Quelle" – sie zwinkerte und Emily verstand, dass sie Kontakte aus ihrer Zeit im Krankenhaus meinte – „dass sie die Organe entnommen haben, weil sie im Krankenhaus starb und registrierte Organspenderin war, bevor sie überhaupt erfuhren, dass es eine Autopsie geben würde."

„Können sie das tun? Ist das überhaupt legal?"

Vicky zuckte mit den Schultern. „Es kommt vor. Ich schätze, es wäre anders gewesen, wenn sie schon tot gewesen wäre, als ihre Putzfrau sie fand. In jedem Fall können sie nach der Organentnahme immer noch eine Autopsie durchführen. Es gibt noch genug Blut und Gewebe, das untersucht und getestet werden kann. Und was sie sonst noch tun."

Emily versuchte, das Bild von Madelines aufgeschnittenem Körper abzuschütteln. „Es ist schrecklich, dass sie sterben musste."

„Wenigstens war ihr Tod nicht umsonst. Kranke Menschen erhielten ihre Organe, damit sie leben können. Und du kannst wieder sehen." Vicky lächelte.

„Ich weiß. Und dafür bin ich dankbar. Aber ..."

„Aber was?"

„Was ist, wenn es einen Preis hat?"

„Wenn *was* einen Preis hat?"

„Mein Sehvermögen." Emily deutete auf Maddies Bild auf dem Monitor. „Was ist, wenn sie versucht, mit mir in Kontakt zu treten? Was ist, wenn die Visionen, die ich habe, auf eine unerledigte Angelegenheit von Maddie zurückzuführen sind?"

„Wenn ich es nicht besser wüsste, würde ich sagen, dass du zu viele übernatürliche Fernsehsendungen schaust. Maddie ist kein Gespenst."

„Das behaupte ich auch nicht", sagte Emily. „Aber was, wenn es eine zelluläre Erinnerung ist?"

Vicky blinzelte, dann schüttelte sie den Kopf. „Fängst du schon wieder damit an? Wirklich?"

„Wie ich dir bereits sagte, gibt es eine Hypothese, dass menschliche Zellen eine Art Gedächtnis haben und dass Menschen, die Organspenden erhalten haben, plötzlich eine Fähigkeit zeigen, die ihr Spender hatte, wie zum Beispiel ein Instrument spielen. Ich habe im Internet gelesen, dass die Theorie besagt, Erinnerungen würden nicht nur im Gehirn, sondern auch in anderen Geweben gespeichert. Was wäre zum Beispiel, wenn einige der Dinge, die Maddie sah, einen Abdruck auf ihrer Hornhaut hinterlassen haben und ich jetzt dieselben Dinge sehe?"

Vicky verdrehte die Augen. „So einen Mist glaubst du doch nicht, oder? Nur weil es im Internet steht, heißt das noch lange nicht, dass es stimmt. Tatsächlich ist das meiste, was du im Internet liest, falsch."

„Aber es würde meine Visionen erklären. Es würde auch erklären, warum ich nach meiner ersten Transplantation seltsame Dinge sah. Was, wenn mein damaliger Spender mir etwas zeigen wollte? Was ist, wenn Maddie mir jetzt etwas zeigen will?"

Vicky seufzte. „Ich weiß, dass du

Antworten bekommen willst, aber ich glaube, dein Arzt hat recht. Dein Gehirn kann noch nicht alle Bilder richtig verarbeiten. Hab einfach Geduld. Geh dieser Sache nicht nach." Vicky schüttelte den Kopf. „Ich hätte dir niemals helfen sollen, herauszufinden, wer dein Spender ist. Es war ein Fehler. Schau, was es ausgelöst hat."

Emily nahm Vickys Hand und drückte sie. „Nein, du hast das Richtige getan. Ich musste es wissen. Und jetzt weiß ich, dass das, was ich erlebe, irgendwie mit Madeline Bolton zu tun hat. Ich kann es spüren."

„Emily, bitte ..."

„Ich kann es beweisen." Ihr war gerade eine Idee gekommen. Es gab eine Möglichkeit, Vicky und sich selbst zu beweisen, dass ihre Visionen Maddies Erinnerungen waren.

„Und wenn du es nicht kannst?"

„Dann werde ich es nie wieder zur Sprache bringen, und du kannst sagen ,Ich habe es dir doch gesagt'."

„Abgemacht."

23

Da Yang nicht mit Officer Cabbot sprechen konnte, die als Erste am Tatort von Madeline Boltons Tod gewesen war, entschied er sich für einen anderen Weg, um an Informationen zu kommen, die er seiner Meinung nach benötigte, um seine unerklärliche Neugier für diesen Fall zu befriedigen. Es dauerte nicht lange, bis er herausfand, wer die Sanitäter waren, die sich um Madeline Bolton gekümmert und sie ins Krankenhaus gebracht hatten. Laut ihrem Vorgesetzten machten sie gerade eine kurze Kaffeepause in der Nähe des Georgetown Waterfront Park.

Yang sah den geparkten Krankenwagen, parkte dahinter und stieg aus seinem Auto. Zwei Sanitäter, ein Mann und eine Frau, saßen im hinteren Teil des offenen Krankenwagens und ließen die Füße in der Luft baumeln. Yang näherte sich ihnen, zog seinen Ausweis aus der Tasche und zeigte ihn den beiden, als er sie erreichte.

„Adam Yang, Mordkommission", sagte er. „Sind Sie Xavier Pabst und Keiko Takai?"

Beide nickten.

„Ja, was gibt's?", antwortete Pabst.

Yang steckte den Ausweis zurück in seine Jackentasche. „Nur eine kurze Nachfrage. Sie beide wurden am 23. zu Madeline Boltons Haus in Georgetown gerufen. Ist das richtig?"

„Ja, das waren wir", sagte Pabst und tauschte einen Blick mit seiner Kollegin aus.

„Das war tragisch", fügte Takai, eine hübsche Japanerin in den Dreißigern, hinzu.

„Also Mord, wie?", fragte Pabst. „Kein Unfall?"

„Nun, das ist noch nicht klar", sagte Yang in einem lockeren, freundlichen Ton, wohl wissend, dass ihm die Leute mehr erzählten, als sie wollten, wenn er freundlich und offen war. „Deshalb wollte ich mit Ihnen ein paar Dinge durchgehen. Da Sie als Erste am Tatort waren."

„Eigentlich ist uns eine Polizistin um eine Minute zuvorgekommen", stellte Pabst klar.

„Sie haben recht", sagte Yang schnell und log dann, „ich habe bereits mit der Beamtin gesprochen, aber ich dachte, drei Augenpaare sehen mehr als eines, richtig? Könnten Sie mir bitte die Szene beschreiben? Lassen Sie nichts aus. Das kleinste Detail könnte entscheidend sein."

Die beiden Sanitäter sahen einander an und zuckten mit den Schultern.

„Sicher", sagte Takai. „Das Opfer war im Wohnzimmer. Ziemlich nobler Ort, schön eingerichtet."

Pabst verdrehte die Augen. „Keiko, ich glaube nicht, dass der Detective hören will, was du von der Tapete hältst."

Takai schüttelte den Kopf. „Typisch! Du musst die Szene darstellen. Einzelheiten. Hintergrund. Du weißt schon." Dann sah sie Yang an. „Ist das nicht so?"

Yang kritzelte etwas in sein Notizbuch. „Bitte fahren Sie fort. Was haben Sie im Wohnzimmer gesehen?"

„Wir haben sie auf dem Boden gefunden, sie lag auf einem Bett aus Glasscherben ..."

„Vom gläsernen Wohnzimmertisch", warf Pabst ein.

„Richtig. Sie lag auf dem Rücken und blickte zur Decke hoch. Ihre Beine waren in einem seltsamen Winkel verdreht."

Pabst nickte. „Und eine Trittleiter lag über ihren Beinen, wissen Sie, als wäre sie auf sie gefallen, als sie stürzte."

„Hmm", murmelte Yang. „Es sah also so aus, als hätte sie die Leiter für etwas benutzt. Konnten Sie sehen, was sie getan haben könnte?"

„Sie hat wahrscheinlich versucht, eine Glühbirne auszuwechseln", begann Pabst.

„Ich habe eine kaputte Glühbirne in ihrer Hand gesehen", fügte Takai hinzu.

„Ja, die habe ich auch gesehen", sagte Pabst schnell, „aber ich bin mir nicht sicher, wie sie die Glühbirne wechseln hätte können."

„Wieso nicht?", fragte Yang.

„Nun, die Trittleiter war nicht sehr hoch, und sie war auch nicht gerade groß. Ich bezweifle, dass sie die Lampe hätte erreichen können, wissen Sie, bei einer Deckenhöhe von etwa drei Metern", sagte Pabst.

„Es war eines dieser älteren Häuser, komplett renoviert, aber es hatte die hohen Decken, die man in Häusern findet, die um die Jahrhundertwende gebaut wurden", erklärte Takai.

„Wie ich schon sagte", fuhr Pabst fort, „muss sie sich gestreckt haben, um die Lampe zu erreichen, und hat wahrscheinlich das Gleichgewicht verloren." Er zuckte mit den Schultern. „Wirklich tragisch."

„Ja", stimmte Yang zu. „Und wie sah sie aus? Gab es viel Blut? Welche Art von Verletzungen haben Sie gesehen?"

Takai beantwortete diese Frage: „Nicht viel Blut, ein paar Schnitte. Ihr Kopf bekam die Hauptlast ab, sie blutete aus einer Kopfwunde. Als wir sie auf die Trage legten, konnte man sehen, dass das Blut in den

Teppich gesickert war. Ehrlich gesagt waren wir überrascht, dass sie noch am Leben war. Ich meine, sie muss dort stundenlang gelegen haben, bevor sie gefunden wurde."

„Ja, wir arbeiten noch an der Zeitschiene, von dem Moment, als sie in der Nacht zuvor nach Hause gekommen war, bis sie gefunden wurde", sagte Yang, als wäre er in die Ermittlungen involviert. „Können Sie mir sagen, was sie anhatte?"

„Bürokleidung", sagte Pabst, „wissen Sie, schöne Bluse und Rock."

„Die Bluse war rot und der Rock schwarz", sagte Takai. „Sehr schöne Qualität. Nicht billig."

„Ist Ihnen etwas an ihrer Kleidung zerwühlt vorgekommen?", fragte Yang.

„Sie meinen, als hätte jemand versucht, sie auszuziehen?", fragte Pabst.

„Nicht unbedingt. Da ich kein Foto von Miss Bolton am Tatort habe, versuche ich nur, mir ein Bild davon zu machen, wie sie aussah."

Pabst und Takai tauschten einen Blick aus. Beide zuckten mit den Schultern, dann sagte Pabst: „Sie sah perfekt gekleidet aus. Als wäre sie bereit, ins Büro zu gehen.“

„Oder als käme sie gerade vom Büro nach Hause“, sagte Takai. „Ich denke, das hilft Ihnen nicht wirklich dabei, herauszufinden, wann sie von der Leiter fiel.“

Yang lächelte sie an. „Glauben Sie mir, all diese Details helfen mir, mir ein besseres Bild davon zu machen, was passiert sein könnte.“

Takai seufzte. „Es ist so eine Schande. Ich habe über sie gelesen. Ich erkannte sie in dem Moment, als wir im Haus ankamen. Sie sah genauso aus wie in den Boulevardzeitungen, wunderschön. Und modisch.“

„Das sind Dinge, die dir auffallen“, sagte Pabst zu Takai. „Kleidung und Schuhe.“

„Nun, das sind alles Details“, fügte Takai hinzu. „Außerdem waren diese Schuhe von Jimmy Choo! Das Paar, das sie trug, hat locker sechshundert Dollar gekostet!“

Yang starrte sie an. „Schuhe? Was für Schuhe?“

„Jimmy Choos.“

„Wie sehen die aus?"

Takai zückte ihr Handy und tippte darauf herum, dann drehte sie das Display zu Yang, damit er sehen konnte, was sie aufgerufen hatte.

Yang starrte auf das Paar eleganter Pumps mit Absätzen, die mindestens acht Zentimeter hoch waren. Wie eine Frau darin laufen konnte, konnte er sich nicht vorstellen. „Die hat sie getragen?"

„Nun, einen davon", sagte Takai. „Der andere muss ihr beim Sturz vom Fuß gerutscht sein. Ich habe ihn auf dem Teppich gesehen."

„Sind Sie sich dessen absolut sicher?", fragte Yang.

„Natürlich, ich erkenne Schuhe von Jimmy Choo."

„Ich meine damit, dass Miss Bolton immer noch einen der Pumps trug."

„Sie hat recht, Detective, ich habe die Schuhe auch gesehen. Sie trug definitiv noch einen."

Yang klappte sein Notizbuch zu und steckte es und seinen Stift weg.

„Vielen Dank für Ihre Zeit. Sie waren eine große Hilfe.“

„Jederzeit“, sagten beide.

Yang wandte sich wieder seinem Auto zu und stieg ein. Keiko Takai hatte ihm wichtige Informationen gegeben, die ihn glauben ließen, dass Madelines Tod kein Unfall gewesen war. Nun stellte sich die Frage, würde der Secret Service zu dem gleichen Schluss kommen und Madeline Boltons Tod als Mord und nicht als Haushaltsunfall behandeln? Oder würden sie die Beweise unter den sprichwörtlichen Teppich kehren?

24

Emily hatte nach ihrem Gespräch mit Vicky am frühen Morgen nicht gleich zu Patel's Market zurückkehren können. Sie musste die letzten drei Stunden des Tages unterrichten, und diese Stunden fühlten sich länger an als je zuvor. Sie konnte es kaum erwarten, bis die letzte Glocke läutete und sie mit Coffee an ihrer Seite ihre Sachen packen und die Schule verlassen durfte.

Als sie den Gemischtwarenhandel betrat, erkannte sie den Angestellten hinter der Kasse. Es war der Mann vom Vorabend. Sie warf einen Blick auf sein Namensschild, um sich zu vergewissern, und war überrascht, dass sie es lesen konnte. Offensichtlich wurde ihr Sehvermögen immer besser, genau wie Dr. Harland es versprochen hatte. Trotzdem war sie fest entschlossen, herauszufinden, warum sie seltsame Visionen hatte und ob diese mit ihrem Organspender zu tun hatten.

Sanjay wartete geduldig, während eine ältere Frau Münzen zählte, um für ihren Einkauf zu bezahlen. Er blickte nicht einmal auf, um zu sehen, wer den Laden betreten hatte, während er sich um die Kundin kümmerte. Emily stöberte in einem der Regale in der Nähe herum und versuchte, ihre eigene Ungeduld zu verbergen, obwohl Coffee, der immer auf ihre Gefühle abgestimmt war, ihre Nervosität zu spüren schien.

Als die ältere Frau endlich zur Tür ging, die Plastiktüte mit ihren Einkäufen in der Hand, ging Emily zur Kasse. In dem Moment, als Sanjay sie erblickte, wurde ihr klar, dass er sie erkannte. Sie fragte sich, wie er sie hinter ihrem Rücken nannte.

Verrückt? Wahnsinnig? Es spielte keine Rolle. Alles, was sie wollte, waren Informationen, die er ihr mit etwas Glück geben konnte.

Trotzdem spürte sie, wie ihre Wangen heiß wurden, zweifellos aufgrund ihrer Verlegenheit über das Geschehen am Vorabend. Bevor sie all ihren Mut verlor, sagte sie: „Hallo, ich war gestern Abend hier." Natürlich wusste er das schon, aber irgendwie musste sie das Gespräch ja beginnen.

Er nickte. „Ja, Miss? Was darf's sein?"

Emily fühlte sich schlecht, dass sie nicht gekommen war, um etwas zu kaufen, und warf einen Blick auf die Artikel, die in den Regalen hinter der Kasse aufbewahrt wurden.

„Ich nehme, ähm ... eine Packung AA-Batterien, bitte." Es war etwas, das sie immer gebrauchen konnte, und es würde ein bisschen davon wieder gutmachen, dass sie am Abend zuvor so einen Aufruhr verursacht hatte.

Er griff nach den Batterien und legte sie auf den Tresen. „Ist das dann alles?"

Das war ihre Gelegenheit. „Eigentlich … hätte ich eine Frage."

Er zog die Augenbrauen hoch, sagte jedoch nichts.

„Sie erwähnten gestern Abend, dass es vor etwa einem Monat in der Gasse nebenan eine Messerstecherei gegeben habe?"

„Stimmt. Und?"

„Gab es davon einen Zeugen? Ich meine, hat jemand gesehen, was geschah?"

Einen Moment lang zögerte Sanjay, als versuchte er, sich an den Vorfall zu erinnern. Dann sagte er: „Da war eine Frau, die alles mitangesehen hat und der Polizei eine Täterbeschreibung gab."

Emilys Herz begann zu rasen. „Wissen Sie, wer sie war? Ich meine, erinnern Sie sich an deren Namen?"

Er warf ihr einen merkwürdigen Blick zu, musterte sie von oben bis unten, als sein Blick zu Coffee wanderte. Anscheinend bemerkte er den Hund erst jetzt. Coffee trug sein Geschirr mit der Aufschrift Blindenhund. Er riss seinen Blick davon los und begegnete Emilys Blick.

„Ja, ich erinnere mich an die Frau." Er deutete auf den Ständer mit Zeitungen und Zeitschriften neben ihm, zog eine Boulevardzeitung heraus und legte sie auf den Tresen. Er zeigte auf das Bild und die Überschrift. „Das war die Frau."

Emily starrte auf die Zeitung. Sie brauchte einen Moment, um ihre Augen zu fokussieren.

„Eine echte Schande, was mit Madeline Bolton passiert ist", fuhr Sanjay fort, bevor sie die Überschrift lesen konnte. „Sie war auch sehr nett. Sie hat hier in meinem Laden gewartet, während die Polizei und die Sanitäter sich um das Opfer kümmerten."

Emily spürte das aufgeregte Trommeln ihres Herzens. Sie konnte praktisch das Geräusch hören, das ihr Blut machte, als es durch ihre Adern rauschte. Erleichterung durchflutete jede Zelle ihres Körpers. Was sie am Abend zuvor in der Gasse gesehen hatte, war keine Halluzination gewesen. Es war eine von Maddies Erinnerungen gewesen. Das bedeutete mehrere Dinge. Die Transplantation war kein Misserfolg gewesen, und sie war nicht verrückt. Sie war nicht psychisch krank und sie hatte auch keine Halluzinationen.

Emily erinnerte sich an die Ereignisse, die zum Scheitern ihrer ersten Hornhauttransplantation geführt hatten. Sie hatte versucht, die Dinge zu ignorieren, die sie damals gesehen hatte. Aber jetzt wurde ihr klar, dass die ungewöhnlichen Visionen, die sie hatte, Erinnerungen des Organspenders gewesen waren. Sie hatte sie ignoriert und den Preis dafür bezahlt: ein zweites Mal ihr Augenlicht zu verlieren.

Dieses Mal würde sie nicht den gleichen Fehler begehen. Sie würde Maddies Erinnerungen nicht ignorieren, denn wenn sie es täte, würde das gleiche Schicksal auf sie warten, da war sie sich sicher. Und dieses Mal würde sie das nicht zulassen.

Maddie versuchte, ihr etwas mitzuteilen. Maddie hatte ihr die Sehkraft geschenkt. Das Mindeste, was Emily tun konnte, war herauszufinden, was Maddie ihr zeigen wollte. Egal, wohin es sie führte und was es sie kostete.

25

Adam Yang betrat die Mordkommission, die sich in einem dreistöckigen roten Backsteingebäude im Südwesten Washingtons befand. Von außen sah das Gebäude malerisch aus. Es hatte fast einen kleinstädtischen Charme, wenn man vergaß, dass im Inneren Kriminalbeamte an der Aufklärung von Mordfällen arbeiteten. Was ihn wirklich zu einer Karriere in der Ermittlung von Gewaltverbrechen hingezogen hatte, dessen war er sich nicht ganz sicher.

Niemand in seiner Familie war jemals Opfer eines Gewaltverbrechens geworden, geschweige denn eines Mordes. Trotzdem hatte er es immer geliebt, Rätsel zu lösen, und für ihn war ein Mord das ultimative Rätsel.

Mit einem Latte macchiato aus einem schicken Café – der viel besser war als das Gesöff, das sie im Pausenraum Kaffee nannten – in der Hand war er auf dem Weg zu seiner Kabine, als ihn Jefferson mit dem Telefon am Ohr zu sich winkte.

Yang näherte sich und hörte das Ende des Gesprächs mit.

„Ja, Yang und ich werden in fünfzehn Minuten da sein." Jefferson beendete den Anruf.

„Simon, was ist los?"

Jefferson erhob sich vom Stuhl und schlüpfte in seine Jacke. „Ein Hundespaziergänger hat unten im Fort Dupont Park eine Leiche gefunden."

„Na dann los", sagte Yang und sie verließen beide das Gebäude.

„Ich fahre."

Yang widersprach nicht und sie stiegen in Jeffersons Auto.

Der Fort Dupont Park war ein fast vierhundert Hektar großer bewaldeter Park unter der Verwaltung des National Park Service. Er lag östlich des Anacostia River, nur fünfzehn Autominuten von der Mordkommission in der M Street entfernt. Den Einwohnern der Stadt bot er etwa zehn Meilen Wanderwege, und viele Konzerte und Bildungsprogramme wurden dort veranstaltet. Er war beliebt bei Joggern und Anwohnern, die mit ihren Hunden spazieren gingen.

„Was wissen wir sonst noch?", fragte Yang, als sie den Parkplatz verließen.

„Nicht viel. Nur dass es sich um die Leiche einer nackten Frau handelt."

„Ah, Scheiße", fluchte Yang.

„Dito", sagte Jefferson.

Sie wussten beide, was das wahrscheinlich bedeutete: Vergewaltigung und Mord. Und die Chance, den Mörder zu finden: praktisch null. Doch keiner sprach es laut aus. Sie würden beide ihr Bestes geben, um den Fall zu lösen, was auch immer die zugrunde liegenden Umstände waren.

„Die Forensik ist bereits vor Ort", fügte Jefferson hinzu.

„Gut." Yang nahm den letzten Schluck von seinem Latte Macchiato und stellte den leeren Pappbecher in den Getränkehalter.

Jefferson deutete darauf. „Du vergisst lieber nicht, das später in den Müll zu werfen."

„Reg dich nicht auf. Ich weiß, wie sehr du ein makellos sauberes Auto liebst."

Bevor Jefferson antworten konnte, klingelte ein Handy.

„Meins", sagte Yang, als er den Klingelton erkannte, und nahm ab. „Detective Yang."

„Detective, hier ist Sanjay Patel."

„Ähm?" Er erkannte den Namen nicht sofort.

„Von Patel's Market."

Jetzt fiel der Groschen. „Oh ja, natürlich. Was kann ich für Sie tun, Mr. Patel?"

„Sie sagten, ich solle Sie anrufen, wenn diese Frau zurückkommt und sich seltsam benimmt."

„Emily Warner? Die Frau, die behauptete, eine Messerstecherei gesehen zu haben?"

„Ich weiß ihren Namen nicht, aber ja, sie ist gestern Abend zurückgekommen. Ich wollte Sie sofort anrufen, aber dann wurde es voll im Laden und ich vergaß es. Also rufe ich jetzt an. Ich hoffe, es ist nicht ungelegen."

„Nein, nein, natürlich nicht. Was ist passiert? Was hat sie dieses Mal angeblich gesehen?"

„Gar nichts. Aber sie fragte mich nach der Messerstecherei vor einem Monat. Wissen Sie, ich hatte es erwähnt, als wir uns unterhielten."

„Ich erinnere mich."

„Tja, sie hat mich gefragt, ob es einen Zeugen für die Messerstecherei gab, und ich habe es ihr gesagt." Es entstand eine Pause, und Yang spürte, dass er ungeduldig wurde. Doch dann fuhr Patel fort: „Ich habe ihr sogar ein Foto von der Frau gezeigt, die damals die Messerstecherei gesehen hat. Es war diejenige, die kürzlich gestorben ist. Madeleine Bolton. Es stand in allen Zeitungen."

Einen Moment lang saß Yang fassungslos da. Jefferson warf ihm einen neugierigen Blick zu und formte ein lautloses „Was" mit seinen Lippen.

„Wollen Sie damit sagen, dass Madeline Bolton vor einem Monat Zeugin der Messerstecherei war?"

„Ja, Detective. Und diese Frau von vorgestern hatte einen wirklich seltsamen Gesichtsausdruck, als ich es ihr erzählte. Als hätte sie ein Gespenst oder so etwas gesehen. Ich hoffe, es war in Ordnung, Sie anzurufen. Ich meine, Sie sagten ja ...\"

„Ja, Mr. Patel. Vielen Dank für die Information. Ich werde mir diese Frau ansehen, um sicherzustellen, dass sie Ihnen keine Probleme bereitet."

„Sie hat keinen Ärger gemacht. Vielleicht ist sie nicht richtig im Kopf. Oh, und da war noch etwas, das seltsam war."

„Was?"

„Als sie dieses Mal in den Laden kam, war sie nicht allein. Sie hatte einen Blindenhund dabei. Das stand jedenfalls auf dem Geschirr des Hundes."

Überraschung und Verwirrung machten sich in Yang breit. Irgendetwas stimmte eindeutig nicht. Zu Patel sagte er: „Nochmals vielen Dank. Wenn es noch etwas gibt, zögern Sie nicht, mich anzurufen, Mr. Patel." Dann beendete er das Gespräch.

Jefferson warf ihm einen kurzen Blick zu und konzentrierte sich dann wieder auf den Verkehr. „Worum ging es? Bist du immer noch von dem Maddie-Bolton-Fall besessen? Ich dachte, du hättest das aufgegeben."

Yang seufzte und wollte Jefferson nicht sagen, dass er sich immer noch mit dem Fall befasste. „Etwas Seltsames ist gerade passiert." Er erzählte von seiner Begegnung mit Emily Warner und dem Ladenbesitzer Sanjay Patel vor zwei Nächten sowie dem Gespräch, das er gerade mit Patel geführt hatte. Yang nahm sich vor, sich die Akte der Messerstecherei anzusehen, von der Madeline Bolton Zeugin geworden war. Vielleicht hatte Emily Warner von dem Vorfall gewusst und behauptet, diesen Vorfall auch gesehen zu haben. Manche Irre taten alles, um Aufmerksamkeit zu erregen.

„Das ist ein bisschen seltsam, das gebe ich zu", sagte Jefferson. „Aber das könnte ein totaler Zufall sein. Ich meine, D. C. ist wie eine Kleinstadt."

Yang neigte seinen Kopf zur Seite und warf seinem Partner einen Blick zu. „Ja, aber sooo klein auch wieder nicht."

„Lass es, Adam. Wenn Lieutenant Arnold herausfindet, dass du in dem Maddie-Bolton-Fall rumschnüffelst, bekommt sie einen Anfall. Der Secret Service ist an dem Fall dran, und wenn es etwas zu finden gibt, das diese verrückte Tussi mit ihr in Verbindung bringt, werden sie es finden."

„Vielleicht. Vielleicht aber auch nicht."

Einen Moment lang herrschte Schweigen zwischen ihnen, dann sagte Jefferson: „Du wirst dem trotzdem nachgehen, nicht wahr?"

„Nur für meinen eigenen Seelenfrieden."

„Lass Arnold nicht davon Wind mitbekommen."

„Solange du mich nicht verrätst, wird sie das nicht."

„Meine Lippen sind versiegelt."

Augenblicke später erreichten sie den

Park, wo mehrere Streifenwagen der Polizei und ein Transporter des Spurensicherungsteams geparkt waren. Ein uniformierter Beamter führte Yang und Jefferson zu der Stelle, an der die Leiche gefunden worden war. Die Gegend war bewaldet mit viel Unterholz, durch das ein normaler Jogger nicht hindurchschauen hätte können. Hätte jedoch ein Anwohner seinen Hund ohne Leine laufen lassen, was im Park illegal war, wäre der Hund vom Geruch der verwesenden Leiche angezogen worden.

Als Yang und Jefferson die Stelle erreichten, hielten sie an und betrachteten die Leiche.

Das Gesicht war mit Erde und Blättern bedeckt, aber lange, dunkle Haare lugten hervor. Sie war weiß, zierlich und schlank. Und völlig nackt. Nicht ein Fitzelchen Kleidung an ihr. Yang zwang sich, die Leiche zu studieren. Das weiche Gewebe des Opfers zeigte Spuren von Verwesung. Er konnte nicht sehen, in welchem Zustand das Gesicht der toten Frau war, und er war froh darüber. Der Körper fing bereits an, sich zu zersetzen.

Abgesehen von den roten Flecken um ihre Handgelenke und ihren Hals hatte sie noch andere Verletzungen. Einige, vermutete Yang, waren ihr vor ihrem Tod zugefügt worden: Schnitte um ihre Brüste und ihren Bauch herum. Andere, die wie Bisse aussahen, könnten von Tieren stammen, die durch den Geruch der Leiche angezogen worden waren. Diese Frau hatte sehr gelitten, daran gab es keinen Zweifel. Yang schluckte die aufsteigende Galle hinunter, aber er konnte es sich nicht erlauben, wegzusehen. Er war hier, um alles nur irgend Mögliche vom Tatort zu erfahren und zu entscheiden, wie er den Fall am besten angehen würde.

Eine Beamtin der Crime Scene Investigations Division, die neben dem Opfer in die Hocke gegangen war, erhob sich und drehte sich zu ihnen um. Sowohl Yang als auch Jefferson hatten schon zahlreiche Male mit ihr zusammengearbeitet.

„Detectives", begrüßte Lupe Serrano sie.

Die vierunddreißigjährige dunkelhaarige Puertoricanerin hatte eine Figur, der manch ein Mann bei der DC Police einen zweiten

Blick schenkte. Leider war es niemandem gelungen, Lupes Aufmerksamkeit zu erregen. Yang wusste aus eigener Erfahrung, dass Lupe nur an Frauen interessiert war, eine Tatsache, die sie nicht überall herumerzählte. Nicht, weil sie sich dafür schämte, so hatte sie es Yang erklärt, sondern weil es niemanden etwas anging. Für Yang, der sich damals gerade von seiner Frau getrennt hatte, war die Ablehnung so leichter zu verdauen gewesen.

Jefferson deutete auf die Leiche. „Lupe, ich sehe, Sie bekommen immer die gruseligen Fälle."

Sie zuckte mit den Schultern. „Gibt es welche, die das nicht sind?"

„Sie haben recht", sagte Jefferson.

„Also", begann Yang, „was können Sie uns bisher sagen?"

Lupe zeigte auf das Opfer. „Weiße Frau, Ligaturspuren um ihre Hand- und Fußgelenke. Sieht aus, als wäre sie für längere Zeit gefesselt gewesen. Ich kann noch nicht sagen, ob sie vergewaltigt wurde, die Autopsie wird das zeigen, aber meine Vermutung? Wahrscheinlich."

„Todesursache?", fragte Yang.

„Keiner der Messerstiche ist tief genug, um die Todesursache zu sein, und es gibt keine Schusswunde … Ich tippe auf Erdrosselung."

Yang betrachtete die Prellungen am Hals der Toten und nickte. Wenn Lupe recht hatte, dann hatte diese Tat einen persönlichen Hintergrund. Strangulation war immer persönlich. Was gut sein konnte, denn es deutete darauf hin, dass das Opfer seinen Mörder kannte. Es würde ihnen einen Ausgangspunkt geben – solange sie das Opfer identifizieren konnten.

„Haben Sie einen Ausweis gefunden?", fragte Jefferson und dachte eindeutig dasselbe wie Yang.

Lupe schüttelte den Kopf. „Ne." Dann zeigte sie auf die Hände des Opfers. „Sie hat Abwehrwunden an den Händen und Unterarmen. Wir werden ihre Fingerabdrücke abnehmen und sehen, ob sie im System ist.

Wir werden ihre Zähne überprüfen, sehen, ob sie irgendwelche zahnärztliche Arbeit hat machen lassen. DNA wird kein Problem sein. Aber sie sieht sehr jung aus, vielleicht noch nicht einmal achtzehn. Es ist unwahrscheinlich, dass sich ihr Profil in einer DNA-Datenbank befindet, es sei denn, sie hat eine Jugendakte."

Yang spürte, wie ihm ein Schauer über den Rücken lief. So jung. Ein Mädchen, dessen Leben abrupt abgebrochen worden war. Suchten ihre Eltern nach ihr?

„Bis wann werden Sie mit der Autopsie fertig sein?", fragte Yang.

„In ein, zwei Tagen?", sagte Lupe. „Zumindest die Voruntersuchungen. Der Tox-Screen wird länger dauern."

„Danke Lupe, je früher, desto besser."

Denn irgendwo musste es eine Familie geben, die dieses Mädchen vermisste.

Und je früher sie identifiziert werden konnte, desto eher konnten sie ihren Mörder finden. Ohne Identifizierung hatten sie keinen Anhaltspunkt.

26

Während seiner Mittagspause am selben Tag loggte sich Yang in das System ein, um die Akte der Messerstecherei zu studieren, deren Zeugin Madeline Bolton einen Monat vor ihrem Tode geworden war. Nachdem er ein wenig recherchierte, fand er den gesuchten Bericht. Schnell hatte er ihn durchgelesen. Die Fakten waren ziemlich eindeutig.

Der Täter, ein Mann namens Roy Wozniak, dessen Vorstrafenregister länger war als Yangs Arm, hatte einen Touristen in der Gasse neben Patel's Market überfallen. Der Mann, Clay Kinsky aus Pittsburgh, hatte sich nicht von seinem Besitz trennen wollen. Daraufhin hatte Wozniak das Messer benutzt und ihn in den Bauch gestochen.

Madeline Bolton hatte gerade das Büro ihres Buchhalters einen halben Block entfernt verlassen und war auf ihr geparktes Auto zugegangen, als sie auf den Überfall aufmerksam wurde. Sie hatte sofort um Hilfe gerufen und somit Wozniak alarmiert.

Wozniak war mit der Brieftasche und der Uhr des Touristen davongerannt, während Madeline Bolton den Notruf wählte und dem Verwundeten half. Nachdem der Krankenwagen eingetroffen war und Kinsky versorgt wurde, blieb Madeline am Tatort, um sich von der Polizei befragen zu lassen.

Als Wozniak festgenommen wurde, hatte er die Brieftasche und die Uhr sowie das blutige Messer und die Kleidung, die er während der Tat getragen hatte, bereits entsorgt. Der Tourist war zu traumatisiert, um Wozniak eindeutig identifizieren zu können. Nur Madeline konnte mit hundertprozentiger Sicherheit sagen, dass Wozniak der Schuldige war.

Yang fragte sich, ob Wozniak, dem ein weiterer Aufenthalt im Gefängnis drohte, beschlossen hatte, Madeline zu beseitigen, damit sie bei seiner bevorstehenden Gerichtsverhandlung nicht gegen ihn aussagen konnte. Das war durchaus denkbar.

Er las weiter. Wozniak konnte keine Kaution hinterlegen und saß daher bis zu seinem Prozess im Gefängnis. Er hätte Madeline nicht selbst töten können. Aber ein Mann wie Wozniak kannte genug andere Ex-Häftlinge, die ihm die Arbeit abnehmen konnten.

Zwei Dinge sprachen jedoch gegen die Annahme, dass Madeline getötet worden war, damit sie nicht gegen Wozniak aussagen konnte. Wozniak war wohl kaum raffiniert genug, um einen Unfall wie den von Madeline zu inszenieren. Er war ein simpler Krimineller. Der zweite Grund war noch überzeugender. Auf der Seite, auf der alle Beweise gegen Wozniak aufgelistet waren, stach eine Sache hervor: Madeline hatte mit ihrem Handy ein Foto von Wozniak auf frischer Tat gemacht. Selbst jetzt, wo Madeline tot war, würde

Wozniak immer noch verurteilt werden. Er hätte nichts gewonnen, wenn er Madeline getötet hätte.

In der gesamten Akte wurden keine anderen Zeugen erwähnt, was es unwahrscheinlich machte, dass Emily Warner dieselbe Messerstecherei gesehen hatte. Trotzdem hätte sie es leicht in der Zeitung lesen können. Es war ihm jedoch ein Rätsel, warum sie behauptet hatte, die Messerstecherei zwei Tage zuvor gesehen zu haben, wo es doch so einfach war, anhand des CCTV-Materials zu überprüfen, dass es an jenem Tag keine Messerstecherei gegeben hatte. Das ließ nur einen Schluss zu: Emily Warner war eine Verrückte.

27

9. Juni

St. Paul's Episcopal Church war eine historische Kirche in Rock Creek Parish im Nordwesten von Washington D.C. Die Kirche war 1775 erbaut und in den folgenden Jahrhunderten mehrmals umgebaut und restauriert worden. Um die Kirche herum und inmitten einer hügeligen Landschaft lag der Rock Creek Friedhof. Es war ein warmer, sonniger Tag. Ein großer weißer Baldachin war errichtet worden, um die Gäste, von denen viele schwarz trugen, vor den Sonnenstrahlen zu schützen. Darunter im

Schatten waren Stühle in Reihen aufgestellt worden, aber es hatte nicht gereicht. Zahlreiche Leute standen hinter den Stuhlreihen und an den Seiten, um teilzunehmen.

Maddie war beliebt gewesen, obwohl Eric Bolton vermutete, dass einige der Leute, deren Gesichter er nicht kannte, neugierige Zuschauer und Reporter waren, die für die Boulevardpresse arbeiteten. Obwohl sie keine großen Kameras bei sich trugen, bemerkte er, dass ein paar von ihnen ihre Handys hoben, um Fotos zu machen. Zweifellos würden viele der prominenten Trauernden morgen, wenn dies vorbei war, ihre Gesichter in den Zeitungen finden, und die Spekulationen über Maddies Tod würden weitergehen.

Maddies Sarg war mit weißen Lilien und einem einsamen Strauß Vergissmeinnicht geschmückt. Bolton wusste, dass er dem Versprechen der Blumen treu bleiben würde. Er würde Maddie nie vergessen, keinen Tag vergehen lassen, ohne sich an sein kleines Mädchen zu erinnern. Und jedes Mal würde sein Herz aufs Neue brechen. Er hatte keine Ahnung, wie er die Gedenkfeier durchstehen sollte, ohne zusammenzubrechen. Als ihr Vater hatte er eine Trauerrede geschrieben, aber es war offensichtlich geworden, dass er diese nicht halten konnte. Auch Natalie hatte das bemerkt und angeboten, seine und Ritas Worte an dem Podium, das vor den Stuhlreihen stand, vorzulesen.

Als Natalie auf die etwa einen halben Meter erhöhte Plattform trat, damit alle Gäste sie sehen konnten, verebbte das Gemurmel in der Menge und alle verstummten. In ihrem schwarzen schlichten Kleid, das ihre schlanke Figur betonte, blickte sie auf die Trauernden hinunter, zog das Mikrofon näher an ihr Gesicht und begann.

„Die Worte, die ich spreche, sind die meines Vaters und meiner Mutter, aber sie könnten genauso gut meine sein, denn sie spiegeln meine eigenen Gefühle wider, meine eigene Trauer ..." Sie sah Bolton und seine Frau an und schniefte, bevor sie fortfuhr: „Madeline war vielleicht nicht mein Blut, aber sie war meine Familie, und ich liebte sie."

Bolton spürte, wie seine Augen tränten. Er war stolz auf Natalie, stolz darauf, dass sie die Familie repräsentierte, in einem Moment, in dem weder er noch seine Frau es konnten. Sie sprach weiter über Maddie und was sie allen bedeutet hatte, sprach über Maddies Liebe zu ihren Eltern und erzählte Geschichten aus ihrer gemeinsamen Kindheit. Natalie beschönigte die Schwierigkeiten, die Maddie als Teenager und Anfang zwanzig gehabt hatte, und betonte ihre Lebensfreude und ihre Träume. Bolton verlor sich in den guten Erinnerungen und verdrängte alle anderen.

Neben ihm weinte Rita lautlos, ihre Augen hinter einer großen, dunklen Sonnenbrille verborgen. Bolton hielt ihre Hand und drückte sie, und sie lehnte sich an ihn. Er legte seinen Arm um sie und drückte sie an sich. Es schmerzte ihn, seine Frau so zu sehen. Er fühlte sich so hilflos, weil er nichts tun konnte, um ihren Kummer zu lindern.

Auf Natalies Laudatio folgte die von Mike Faulkner. Der Stabschef war Maddies Pate gewesen. Er sprach über Madelines

Leistungen und ihre Schlagfertigkeit und erzählte Anekdoten aus ihrem Leben, die die Trauernden trotz des traurigen Anlasses zum Schmunzeln brachten. Am Ende überbrachte Faulkner President Langfords Beileidsbotschaft. Bolton wusste, dass sein alter Freund Robert Langford an der Gedenkfeier teilnehmen wollte, wusste aber auch, dass dessen Anwesenheit noch mehr Journalisten angezogen hätte, ganz zu schweigen von den vielen Einheimischen und Touristen, die aufgetaucht wären, um einen Blick auf den Präsidenten zu erhaschen.

Der letzte Redner war der Priester. Er leitete die Gemeinde im Gebet. „Der Herr ist mein Hirte ...“

Bolton war kein religiöser Mann, aber er hoffte, dass es ein Leben nach dem Tod gab, denn wenn es eines gab, konnte er hoffen, dass er Maddie eines Tages wiedersehen würde. Eines Tages würde ihre ganze Familie wieder vereint sein.

Nach dem Gebet begannen drei schwarze Frauen in weißen bodenlangen Gewändern zu singen. Die Wahl der Hymnen hatte Bolton

Natalie überlassen. Sie kannte sich mit Musik aus und ging regelmäßig in die Kirche – im Gegensatz zu den anderen Boltons. Er hatte eine religiöse Hymne erwartet und war überrascht, ein Lied eines bekannten Musikers zu hören.

„Würdest du meinen Namen wissen, wenn ich dich im Himmel sehen würde?", sangen die Frauen a cappella.

Als er die ersten Worte hörte, unterdrückte Bolton ein Schluchzen. Eric Claptons Song „Tears in Heaven", ein Tribut für seinen Sohn Conor, der als Vierjähriger in den Tod gestürzt war, war der perfekte Song, um sich von Madeline zu verabschieden. Bolton sah zu Natalie und begegnete ihrem Blick. Er formte ein lautloses „Danke", bevor Tränen seine Sicht verschleierten.

Der Rest der Gedenkfeier zog an Bolton verschwommen vorbei. Der Sarg wurde in das Grab hinabgelassen, und er stand einfach da und hielt sich an Rita fest, die zerbrechlicher schien als je zuvor. Auf deren anderen Seite hatte Natalie ihren Arm genommen und stützte ihre Mutter in diesem schwierigen

Augenblick. Natalies Ehemann, Paul Sullivan, stand neben ihr, und zu Boltons Überraschung waren sogar dessen Augen feucht, obwohl er und Maddie nie wirklich miteinander ausgekommen waren. Aber er gehörte zur Familie.

Bolton betrachtete die vielen Gesichter, die am Grab vorbeigingen. Die Trauernden warfen Blütenblätter auf den Sarg. Ein Loch in der Erde, sinnierte Bolton, ein Loch, das für immer die Überreste seines geliebten Kindes beherbergen würde. Keine Menge schöner Blumen konnte die Tatsache verschleiern, dass dies das Ende eines viel zu kurzen Lebens war.

Nachdem alle an der Reihe gewesen waren, näherte sich der Priester Bolton und seiner engsten Familie, sprach ein paar Worte des Trostes und schüttelte ihnen die Hand, bevor er und die drei Sängerinnen verschwanden. Auch einige andere entfernten sich, doch viele blieben und versammelten sich in kleinen Gruppen, um sich zu unterhalten. Viele der Trauernden kannten sich entweder von gesellschaftlichen

Anlässen, durch berufliche Verbindungen oder weil sie irgendwie miteinander verwandt waren.

Bolton entdeckte Faulkner und fing seinen Blick auf. Er gab seinem Schwiegersohn Paul ein Zeichen und dieser trat näher, um Ritas Arm zu nehmen, während Bolton sich mit Faulkner traf. Er schüttelte die Hand seines alten Freundes.

„Danke, Mike. Wir sind dir sehr dankbar, dass du über Maddie gesprochen hast."

Faulkner nickte. „Ich kann mir gar nicht vorstellen, wie du dich fühlen musst."

Hinter ihm kam Caleb in Sichtweite. Er näherte sich.

„Hallo, Caleb", begrüßte ihn Bolton. „Danke fürs Kommen."

Caleb sah jeden Zentimeter so aus wie der elegante Junggeselle, der er war, der schwarze Anzug betonte sein braunes Haar und seine helle Haut. Caleb griff nach Boltons Hand und schüttelte sie. „Das ist ein Verlust für uns alle. Wir alle liebten Maddie." Er winkte einer Gruppe von Leuten zu, die weiter entfernt standen. "Alle von der

Wohltätigkeitsorganisation sind gekommen, um ihren Respekt zu erweisen."

Bolton zwang sich trotz des Schmerzes in seinem Herzen zu einem Lächeln. „Du wirst ihnen sagen, dass Rita und ich ihre Freundlichkeit zu schätzen wissen, nicht wahr?" Er hatte den Kranz gesehen, den die Mitarbeiter der Wohltätigkeitsorganisation gekauft hatten.

„Natürlich mache ich das", sagte Caleb in einem ruhigen Ton. Dann sah er seinen Vater an. „Ich warte beim Auto."

Faulkner nickte. „Ich bin gleich da."

Caleb ging zu der Gruppe der Wohltätigkeitsmitarbeiter und blieb dort stehen, um mit ihnen zu reden, und Bolton richtete seinen Blick wieder auf Faulkner, als er einen Mann von der anderen Seite auf ihn zukommen sah. Bolton kniff die Augen zusammen.

„Wie kann er es wagen, hier aufzutauchen?", murmelte Bolton vor sich hin.

„Wer?" Faulkner blickte über seine Schulter, sah, wer auf sie zukam, und legte eine Hand auf Boltons Unterarm. „Beruhige dich. Du willst keine Szene machen.“

Faulkner hatte recht, er wollte keine Szene mit Diego Sanchez. Aber er wollte auch nicht, dass dieser Schürzenjäger, der Maddie gedatet hatte, diesen Tag beschmutzte.

Aber vielleicht war eine Szene unvermeidlich. Diego Sanchez steuerte auf Bolton zu. Er war fast zehn Jahre älter als Maddie, was ein Argument gegen ihn war. Das zweite war die Tatsache, dass er dafür bekannt war, mit Frauen zu jonglieren wie ein Barkeeper mit Flaschen. Der Mann war unbestreitbar charmant, ein gewandter Redner, wenn es so etwas überhaupt gab. Sein Aussehen passte dazu: groß, dunkles Haar, olivfarbene Haut, ein typischer Latin Lover. Anscheinend mochten Frauen diesen Typ, aber alles, was Bolton jemals in ihm sehen konnte, war ein unehrlicher, pompöser Arsch.

Dann gab es Argument drei gegen ihn. Er hatte Maddie verführt und sie dazu gebracht, ihre Verlobung mit einem Mann zu lösen, der den Boden unter ihren Füßen verehrt hatte.

Das war das Einzige, was Bolton ihm nicht verzeihen konnte. Er hatte gehofft, dass Maddie Sanchez verlassen würde, sobald ihr klar wurde, was für einen Fehler sie begangen hatte, aber trotz der Tatsache, dass Sanchez hin und wieder in eifersüchtige Wut geriet, sowie in der Öffentlichkeit als auch hinter verschlossenen Türen, war Maddie immer wieder zu ihm zurückgekehrt. Die Boulevardpresse hatte es geliebt. Es war eine ständige On-off-Beziehung gewesen. Ja, Diego Sanchez war der personifizierte Ärger.

Bekleidet mit einem teuren schwarzen Designeranzug mit violetter Krawatte blieb Diego Sanchez vor Bolton stehen. Er streckte seine Hand aus. „Mein tiefstes Beileid, Mr. Bolton."

Bolton ignorierte die angebotene Hand. „Sie hätten nicht kommen sollen."

Sanchez zog seine Hand zurück. „Ich habe sie geliebt. Sie hätte gewollt, dass ich hier bin."

Bolton schnaubte. „Das bezweifle ich sehr." Er spürte, wie sich sein Herz schmerzhaft zusammenzog. „Denn wenn Sie

sie geliebt hätten, hätten Sie sie besser behandelt."

Sanchez' Kiefer wirkte verkrampft, als er antwortete: „Maddie und ich hatten eine komplizierte Beziehung. Aber wir haben uns geliebt, und ich trauere genauso sehr um sie wie Sie und Ihre Frau." Seine Stimme wurde lauter und zog die Blicke mehrerer Trauergäste auf sich. „Mein Herz ist gebrochen, weil ich ihr nie wieder sagen kann, wie sehr ich sie liebe. Sie sind nicht der Einzige, der sie verloren hat."

„Gehen Sie mir aus den Augen!", stieß Bolton hervor und war sich bewusst, dass die Reporter unter den Trauernden Bilder von dem Austausch knipsten.

Faulkner trat zwischen Bolton und Sanchez. „Mr. Sanchez, ich glaube, es wäre das Beste, wenn Sie jetzt gehen", sagte er ruhig. Die beiden kannten sich. Ihre Wege hatten sich schon viele Male gekreuzt.

Sanchez nickte. „Wenn Sie Mrs. Bolton bitte mein Beileid aussprechen würden", sagte er, bevor er sich umdrehte.

Sanchez stieß fast mit einem anderen

Trauernden, Lars Nielson, zusammen. Bolton bemerkte, dass beide einander anstarrten. Einen Moment lang fragte er sich, ob Lars die Gelegenheit nutzen würde, Diego zu schlagen, aber er wusste, dass das nicht passieren würde. Lars war nicht der Typ Mann dafür. In seiner Persönlichkeit lag nichts Gewalttätiges. Der große blonde Mann mit dem lockeren Lächeln, den blauen Augen und dem sanften Auftreten war das genaue Gegenteil des feurigen Latinos, der ihm ohne jegliche Reue seine Verlobte gestohlen hatte. Lars hatte Maddie angefleht, zu ihm zurückzukehren, und ihr angeboten, ihr die Affäre mit Diego zu vergeben, aber Maddie war nicht darauf eingegangen. Eigentlich hätte Lars Boltons Schwiegersohn werden sollen, die Hochzeit hätte diesen Monat stattfinden sollen, aber statt eine Hochzeit zu organisieren, hatte seine Familie eine Beerdigung planen müssen.

„Lars", sagte Bolton.

Mit einem verächtlichen Blick auf Sanchez ging Lars an ihm vorbei, um Bolton zu begrüßen: „Eric, es tut mir so leid. Du und Rita, ihr müsst untröstlich sein."

Bolton nahm seine ausgestreckte Hand und schüttelte diese, dann legte er seine Hand auf die Schulter des jungen Schweden und zog ihn an seine Brust. „Es ist so nett von dir zu kommen. Rita hat gehofft, dich zu sehen." Über Lars' Schulter hinweg sah Bolton, wie Sanchez wegging. Er hoffte, dass er das Gesicht dieses Mannes nie wieder zu sehen bekam.

28

„Wer ist der Mann, der Madelines Vater umarmt?", fragte Emily atemlos.

Emily hatte Vicky dazu überredet, sie zu Madeline Boltons Gedenkfeier zu begleiten. Sie hatte herausgefunden, dass es sich um eine Veranstaltung unter freiem Himmel handelte, und damit gerechnet, dass es für die Familie sehr schwierig sein würde, den Zugang dazu zu kontrollieren. Sicherlich würden viele neugierige Leute teilnehmen sowie andere, die nur Bekannte waren, also würden Emily und Vicky nicht weiter auffallen. Und es hatte funktioniert. Während der

Lobreden waren Vicky und Emily am Rand stehen geblieben, wie viele andere, für die es nicht genug Sitzplätze unter dem Baldachin gab.

Emily trug ein ärmelloses schwarzes Etuikleid mit einer schwarzen Strickjacke sowie eine Sonnenbrille. Sie hatte Vicky ein marineblaues Ensemble leihen müssen, da Vicky nichts besaß, was auch nur im Entferntesten als dezent bezeichnet werden konnte. Auch sie hatte dies mit einer dunklen Brille akzentuiert. Hätte Vicky eines ihrer farbenfrohen Kleidungsstücke getragen, hätten sie zweifellos Aufmerksamkeit erregt – was Emily nicht riskieren wollte. Sie war hier, um zu beobachten und etwas über Maddie, ihre Familie und Freunde zu erfahren. Sie hatte nicht erwartet, hier jemanden zu erkennen. Deshalb hatte sie Vicky mitgebracht, sie wusste, wer wer war. Emily war noch dabei zu lernen, Gesichter zu erkennen. Doch hier war ein Gesicht, das sie sofort erkannt hatte.

„Der blonde Adonis?"

„Ja."

„Das ist Lars Nielson", flüsterte Vicky zurück. „Er ist Diplomat bei der schwedischen Botschaft, irgendein Attaché oder so, keine Ahnung. Maddie und er waren verlobt, doch dann hat sie laut der Boulevardpresse mit ihm Schluss gemacht."

„Das hat sie getan? Warum?"

„Wegen des Typen da drüben." Vicky deutete auf einen Hispanoamerikaner, der sich gerade von Bolton entfernte. Es schien, als hätten die beiden einen Streit gehabt, kurz bevor Nielson zu ihnen gestoßen war.

„Wer ist das?"

„Diego Sanchez. Anscheinend hat Maddie diesen Adonis" – sie deutete auf den blonden Schweden – „für diesen Adonis verlassen." Sie deutete auf Diego Sanchez. Vicky zuckte mit den Schultern. „Ehrlich gesagt würde mir die Entscheidung auch schwerfallen. Beide sind lecker."

„Ich habe ihn gesehen", sagte Emily.

„Wen?"

„Lars Nielson."

„Wo hast du ihn gesehen?"

Emily sah sich um, um sich zu

vergewissern, dass keiner der Trauernden nahe genug war, um sie zu belauschen. „In einer meiner Visionen. Lars Nielson war der wütende Mann, den ich in der Spiegelung eines Schaufensters gesehen habe. Maddie hat ihn mir gezeigt." Davon musste sie zumindest ausgehen. „Ich glaube, Maddie will mir etwas sagen."

„Dir was sagen?"

„Ich weiß es nicht. Es muss einen Grund geben, warum er in der Vision so aussah, als wollte er jemandem wehtun. Ich glaube, ich muss mit ihm reden."

„Und was willst du zu ihm sagen? Hey, Adonis, ich habe dich mit Maddies Augen gesehen?", sagte Vicky voller Sarkasmus.

Emily konnte es ihr nicht verübeln. Es klang verrückt. Aber irgendwie musste sie mit ihm sprechen. Vielleicht würde es ihr helfen zu verstehen, warum sie Dinge sah, die Maddie gesehen hatte. Es musste einen Grund dafür geben. „Ich weiß nicht, was ich sagen soll. Vielleicht hat Maddie eine Nachricht für ihn. Vielleicht will sie sich entschuldigen, weißt du? Dass sie ihn abserviert hat? Sie könnte unerledigte Sachen abschließen wollen."

Vicky seufzte. Emily hatte ihr erzählt, dass Maddie die Messerstecherei in der Gasse neben dem Supermarkt aus Emilys Vision selbst miterlebt hatte. Widerstrebend hatte Vicky zugestimmt, dass es seltsam war, dass Maddie Zeugin des Vorfalls gewesen war und Emily an genau derselben Stelle eine Vision davon hatte.

„Gut", sagte Vicky. „Reden wir mit ihm."

Sie warteten darauf, dass Lars sich von der Familie Bolton verabschiedete. Währenddessen ließ Emily ihren Blick schweifen, während Vicky auf die eine oder andere Person hinwies, die sie aus den Boulevardzeitungen kannte. Offensichtlich war Madeline beliebt gewesen, und ihre Familie kannte jeden, der irgendwie wichtig in Washington D.C. war. Aber ihre Beziehungen und ihre Popularität hatten sie nicht vor ihrem Schicksal bewahrt. Emily erinnerte sich einen Augenblick daran, wie nahe sie selbst dem Tod gewesen war. Sie war dankbar, dass sie überlebt hatte, auch wenn die letzten fünfzehn Jahre nicht immer ein Zuckerschlecken gewesen waren. Bevor Emily zu weit in die Vergangenheit abdriftete, stieß sie Vicky an.

„Ich glaube, er geht."

Zusammen machten sie sich auf den Weg zu Lars Nielson, obwohl Emily keine Ahnung hatte, was sie ihm sagen sollte. Wie sich herausstellte, hätte sie sich keine Gedanken darüber machen müssen, wie sie das Gespräch beginnen sollte. Ein paar Meter von Nielson entfernt hielt ein Mann in einem dunklen Anzug sie davon ab, Nielson näherzukommen.

„Kann ich Ihnen helfen, meine Damen?", fragte der Mann steif.

Es war keine Anmache, das verstand Emily sofort. Der Mann war kein Trauernder. Er gehörte zur Security.

„Ähm, wir möchten nur einen Bekannten begrüßen", sagte Vicky und deutete in Nielsons Richtung.

„Richtig", sagte der Mann. „Netter Versuch, aber Mr. Nielson spricht nicht mit Reportern."

„Wir sind keine Reporter", protestierte Emily. Sie blickte an der Schulter des Sicherheitsmannes vorbei und bemerkte, dass Nielson bereits auf ein wartendes Auto zuging. Ihre Gelegenheit, mit Maddies Ex-Verlobten zu sprechen, zog dahin.

Aber der Sicherheitsmann rührte sich nicht. Er kniff die Augen zusammen. „Ich schlage vor, meine Damen, Sie lassen die Trauernden in Ruhe", sagte er eisig.

Vicky legte ihre Hand auf Emilys Arm. „Das ist einfach unhöflich." Sie hob ihr Kinn. „Lass uns gehen, Emily."

Widerstrebend erlaubte Emily ihrer Freundin, sie wegzuziehen. Sie würde einen anderen Weg finden müssen, mit Lars Nielson zu sprechen.

29

Yang hatte seine Hausaufgaben gemacht und recherchiert, wer an Madeline Boltons Beerdigung teilnehmen würde, damit er die Gesichter erkannte. Er war außerdienstlich hier. Etwas störte ihn immer noch an Madeline Boltons Tod und er war nicht bereit, die Sache ruhen zu lassen. Er war gekommen, um die Trauernden zu beobachten, zu sehen, wer mit wem sprach, wer weinte und wer nicht, wer eine Szene machte und wer im Schatten blieb.

Yang hatte sich einen dunkelgrauen Anzug angezogen, um in der Menge nicht aufzufallen. Die Beerdigung war gut besucht und bestand aus Freunden, Familie, Bekannten und Menschen, die die Verstorbene höchstwahrscheinlich von ihrem Engagement für eine Kinderhilfsorganisation kannten. Yang hatte die Auseinandersetzung zwischen Eric Bolton und Diego Sanchez beobachtet und bemerkt, dass der Stabschef des Präsidenten, Mike Faulkner, eingegriffen hatte, damit die Situation nicht außer Kontrolle geriet. Er hatte auch mehrere ausländische Würdenträger unter den Trauernden erkannt, Maddies schwedischen Ex-Verlobten sowie einige Männer, die für die russische Botschaft arbeiteten, deren Namen er allerdings nicht kannte. Unter der Menge befanden sich noch mehr Diplomaten, was durch die Anwesenheit vieler Sicherheitskräfte deutlich wurde. Obwohl das Sicherheitspersonal keine Uniformen trug, hätte Yang sie aus einer Meile Entfernung erkennen können. Sie bewegten sich anders als Zivilisten, und ihre Augen schweiften umher, immer in voller Alarmbereitschaft.

Wen er hier nicht erwartet hatte zu sehen,

war Emily Warner. Er musste zweimal hinsehen, als er bemerkt hatte, dass sie von Nielsons Schutztruppe aufgehalten wurde. Dieses Mal hatte sie sogar Verstärkung mitgebracht. Die hübsche Asiatin zog sie nun von dem Sicherheitsbediensteten weg. War sie so verrückt wie Emily Warner oder war sie vielleicht deren Pflegerin? So oder so, Emily Warner und ihre Begleiterin sollten nicht hier sein.

Nielsons Sicherheitsdienst hatte richtig gehandelt, indem er sie daran gehindert hatte, sich dem Diplomaten zu nähern. Yang hätte dasselbe getan. Sie zeigte alle Anzeichen eines Stalkers. Es war wirklich eine Schande, denn hätte er sie unter anderen Umständen getroffen, hätte er sie attraktiv gefunden. Aber er war nicht scharf auf Frauen, die sich als verrückt herausstellten. Seine baldige Ex-Frau Barb hatte sein Leben mit ihren verrückten Behauptungen über das, was Yang ihr angeblich vor ihrer Hochzeit versprochen hatte, in eine verdammte Shitshow verwandelt. Jetzt verwendete sie seine amourösen SMS-Nachrichten während des Scheidungsverfahrens gegen ihn. Daher war seine Toleranz gegenüber verrückten Frauen auf einem Allzeittief.

Er beobachtete, wie Emily und ihre Begleiterin sich von der Gedenkfeier entfernten. Emily hatte etwas an sich. Die Enttäuschung darüber, dass sie nicht mit Nielson hatte sprechen können, stand ihr ins Gesicht geschrieben. Sie verbarg ihre Gefühle nicht. Sie wirkte wirklich traurig, als wäre sie bei einer Aufgabe, die sie sich selbst gestellt hatte, gescheitert. Seltsam, dachte er. Sie sah nicht aus wie eine Verrückte mit Alu-Hut.

Trotzdem nahm sie an Madeline Boltons Beerdigung teil, als wären sie befreundet gewesen. Als Freundin wäre sie jedoch sicher zu Madelines Familie gegangen und hätte ihnen ihr Beileid ausgesprochen, wie es viele der anderen Trauernden taten. Die Tatsache, dass Emily nicht einmal versuchte, mit den Boltons zu sprechen, gab noch mehr Grund zu der Annahme, dass sie dort nichts verloren hatte.

Yang riss seinen Blick von Emily und ihrer

Begleiterin. Gerade noch rechtzeitig, musste er feststellen, denn er entdeckte nun zwei bekannte Gesichter in der Menge: Secret Service Agents Banning und Mitchell.

„Scheiße", fluchte er leise.

Es war nicht ungewöhnlich, dass die Strafverfolgungsbehörden an den Beerdigungen derer teilnahmen, deren Tod sie untersuchten. Sie hatten jedes Recht, hier zu sein. Yang jedoch nicht. Wenn die beiden Agenten ihn sahen, würden sie ihn erkennen. Seine Vorgesetzten würden davon erfahren und er würde in Schwierigkeiten geraten, weil er sich der ausdrücklichen Anweisung von Lieutenant Arnold widersetzt hatte, Madeline Boltons Fall dem Geheimdienst zu überlassen.

Schnell duckte er sich hinter einer Gruppe von Trauernden und wandte sich in die andere Richtung, wo ihm ein paar Bäume Deckung boten. Aus sicherer Entfernung spähte er zurück und entdeckte Banning und Mitchell wieder. Sie blickten in seine Richtung, aber ihre Blicke schweiften ab, und

Yang war sich sicher, dass sie ihn nicht entdeckt hatten.

Immer noch hinter den Bäumen versteckt spürte er, wie sein Handy vibrierte. Er zog es aus der Tasche und schaute auf das Display.

„Hey, Simon", antwortete er.

„Wo bist du, Adam?", fragte Jefferson.

„Ich habe ein paar Sachen zu erledigen", log Yang. „Was ist los?"

„Die Autopsie unserer unbekannten Toten ist abgeschlossen."

„Ich treffe dich in einer halben Stunde beim Gerichtsmediziner."

„Wir sehen uns dort."

30

Simon Jefferson wartete bereits vor dem großen Gebäude mit der Glasfront in der E Street, in dem sich das Büro des Chief Medical Examiners befand, als Yang eintraf. Er war am Handy und beendete ein Gespräch.

Jefferson musterte ihn von oben bis unten, steckte sein Handy in die Tasche und deutete auf Yangs Anzug. „Wer ist gestorben?"

„Ich hatte ein Treffen mit meinem Anwalt", log Yang.

Im Foyer zeigten sie ihre Ausweise, meldeten sich an und wurden zu einem der

Autopsieräume gewiesen. Lupe Serrano, in einen Kittel gekleidet, erwartete sie. Sie hätte den Autopsiebericht auch aufs Revier schicken können, aber sie wusste, dass Yang es vorzog, die Leiche noch einmal zu sehen und sich eine mündliche Zusammenfassung aller relevanten Befunde, die während der Autopsie festgestellt wurden, geben zu lassen.

Nach einer kurzen Begrüßung bedeutete Lupe ihnen, sich der weiblichen Leiche auf dem Edelstahltisch zu nähern. Ein weißes Laken bedeckte alles unterhalb der Schultern. Die Tote war gewaschen worden, auch ihr Gesicht, das Yang nun zum ersten Mal betrachtete. Ihr Gesicht war durch Witterungseinflüsse beschädigt worden und Teile des Fleisches fehlten, sodass ganze Schädelpartien freigelegt waren.

Lupe bemerkte, dass Yang und Jefferson das Gesicht des Opfers anstarrten. „Das sind Bissspuren eines wilden Tieres. Höchstwahrscheinlich ein Waschbär", erklärte sie. „Außerdem hat der frühe, heiße Sommer die Verwesung beschleunigt. Es scheint, dass ihre Leiche kaum mit irgendetwas bedeckt worden war, wodurch sie der Witterung ausgesetzt war. Das wird die Gesichtserkennung erschweren." Sie war sehr sachlich, ihre Stimme verriet keinerlei Emotionen. Ihr Job verlangte diesen Schutzmechanismus. Sonst wäre der tägliche Umgang mit dem Tod eine emotionale Achterbahnfahrt.

„Wie lange ist sie schon tot?", fragte Jefferson.

„Mindestens einen Monat, möglicherweise länger. Da ihr Körper nicht ausreichend bedeckt war, glaube ich, dass es derjenige, der sie dort hinbrachte, eilig hatte. Er nahm sich keine Zeit, ein Grab auszuheben, sondern legte sie stattdessen einfach in einen flachen Graben und warf Gestrüpp und Äste über sie. Die Entomologie wird uns helfen, das Todesdatum genauer zu bestimmen."

„Sie meinen Insekten?", fragte Yang.

„Und die Eier, die sie in einem Leichnam ablegen. Je nachdem, in welchem Zustand sich die Larven befinden, können wir sagen ..."

„Habe ich erwähnt, dass ich gerade zu Mittag gegessen habe?", unterbrach Jefferson. „Sie müssen nicht ins Detail gehen."

Yang konnte Jeffersons Aussage nur unterstützen. Insekten und ihre Larven mochte er auch nicht.

Lupe schüttelte den Kopf und seufzte. Dann zeigte sie auf den Kiefer des Opfers. „Ihre Zähne sind intakt. Und sie helfen mir dabei, ihr Alter zu bestimmen."

„Auf welche Weise?", fragte Yang interessiert.

„Nun, die ersten beiden bleibenden Schneidezähne und Backenzähne entstehen im Alter zwischen sechs und acht Jahren, die meisten anderen verbleibenden Zähne im Alter zwischen zehn und zwölf Jahren. Aber Weisheitszähne erscheinen erst im Alter von etwa achtzehn Jahren. Röntgenaufnahmen zeigten, dass sich die Weisheitszähne des Opfers noch nicht vollständig gebildet haben.

Was darauf hindeutet, dass sie noch nicht achtzehn ist."

„Können Sie das etwas mehr eingrenzen?", fragte Yang und tauschte einen Blick mit Jefferson aus. „NamUS wird uns viel zu viele Treffer liefern, wenn wir nur wissen, dass sie eine weiße Frau unter achtzehn ist." NamUS war das National Missing and Unidentified Persons System.

Lupe hob ihre Hand. „Ich bin noch nicht fertig."

„Entschuldigung."

„Ich habe ihre Fortpflanzungsorgane und ihr Becken untersucht. Wahrscheinlich hatte dieses Mädchen noch keine Menstruation. Heutzutage beträgt das Durchschnittsalter für die Menstruation zwölf Jahre, obwohl es zwischen zehn und fünfzehn Jahren liegen kann. Leider waren die Tests auf Östrogen aufgrund des Verwesungsgrades nicht aussagekräftig. Betrachtet man jedoch die Entwicklung ihrer Brüste, die für ihre Körpergröße eher klein sind, tendiere ich auch eher zu jünger. Meine beste Schätzung ist, dass sie zwischen elf und dreizehn Jahre alt ist."

„Ein Kind", murmelte Yang.

Lupe nickte. „Ja, und eines, dem die Unschuld brutal entrissen wurde."

Weder Yang noch Jefferson mussten fragen, was das bedeutete.

„Es gab erhebliche Schäden an ihren Genitalien. Sie wurde vergewaltigt, und das nicht nur einmal. Ich habe sie auf Sperma abgestrichen, aber angesichts des Verwesungszustandes bin ich nicht zuversichtlich, dass wir das DNA-Profil des Vergewaltigers aus dem Sperma gewinnen können. Da sie allerdings auch an Händen und Füßen gefesselt war" – sie hob das Laken von dem Mädchen, um die Ligaturspuren an den Hand- und Fußgelenken zu zeigen – „glaube ich, dass sie irgendwo gefangen gehalten wurde. Sie muss also viel Kontakt mit dem Täter gehabt haben. Es besteht die Möglichkeit, dass wir Berührungs-DNA finden, aber auch hier könnten die Witterung sowie wilde Tiere jede Spur zerstört haben."

„Verdammt. Und die Todesursache?" Yang zwang sich, ruhig zu fragen, obwohl er sich nicht ruhig fühlte. Er war wütend. Jemand hatte ein Kind entführt, vergewaltigt und getötet.

Lupe deutete auf den Hals des Mädchens. „Strangulation."

„Ein Seil?"

„Nein, es wurde keine Ligatur verwendet. Der Täter benutzte seine Hände. Nur eine besondere Art von Mörder kann das Leben aus einem Kind herausquetschen und dabei seinem Opfer in die Augen sehen. Sie hat Abwehrwunden an den Händen und Armen. Sie hat gegen ihn angekämpft."

„Ein Psychopath", sagte Jefferson.

„Diesen Teil überlasse ich Ihnen, Detectives", sagte Lupe. „Ich versuche nur, Ihnen so viel wie möglich über das Mädchen zu erzählen, damit Sie sie identifizieren können. Was mich zu den Fingerabdrücken bringt. Wir haben sie bereits durch IAFAS laufen lassen. Kein Treffer, was mich nicht überrascht."

Yang verstand. Das Integrierte

Automatisierte Fingerabdruck-Identifizierungssystem würde die Fingerabdrücke eines zwölf- oder dreizehnjährigen Mädchens nur enthalten, wenn es bereits eine Jugendakte über sie gäbe.

„Aber", fügte Lupe schnell hinzu, „wir haben Haut und Blutzellen unter einigen ihrer Fingernägel gefunden. Sie könnten von ihrem Angreifer stammen. Ich lasse sie auf DNA untersuchen."

„Das ist vielversprechend", sagte Yang. Zumindest war das eine gute Nachricht.

„Irgendwelche anderen Spuren an ihr? Tätowierungen?", fragte Jefferson eifrig.

Lupe schüttelte den Kopf. „Nein. Trotz der Schnittwunden am Oberkörper, die ihr höchstwahrscheinlich im Monat vor ihrem Tod zugefügt wurden, konnte ich keine alten Narben finden. Sie hat ihren Blinddarm noch und das Röntgenbild bestätigte, dass sie sich noch nie einen Knochenbruch zugezogen hatte."

Die Tatsache, dass das Mädchen offenbar noch nie operiert worden war, machte es unmöglich, Treffer aus dem Vermisstenregister mit den Aufzeichnungen der örtlichen Krankenhäuser abzugleichen. Sie brauchten mehr Informationen.

„Wie groß? Wie schwer?", fragte Yang und griff nach Details, die nützlich sein könnten.

„Zwischen 1,50 und 1,52 Meter groß, zwischen 40 bis 43 Kilogramm schwer."

Yang zeigte auf das Haar des Mädchens. „Ist das ihre echte Haarfarbe?"

„Ja, dunkelbraun, fast schwarz. Ihre Augen sind blau, ein sehr helles Blau, obwohl der Zerfall der Augäpfel die Linsen bereits getrübt hat." Sie streckte ihre Hand aus, um die Lider des Mädchens anzuheben.

„Nicht nötig", sagte Jefferson schnell, um sie aufzuhalten.

Yang stimmte Jefferson bei. Es war eine Sache, eine Leiche anzusehen, aber eine ganz andere, in die toten Augen eines Opfers zu starren.

Lupe warf ihnen beiden einen herausfordernden Blick zu. „Ich hatte Sie nicht für zimperlich gehalten."

„Großes Mittagessen, wissen Sie noch?",
sagte Jefferson.

„Also gut", sagte Lupe. „Ich schicke den
offiziellen Autopsiebericht rüber, wenn ich
den Tox-Screen und die DNA-Analyse
zurückbekomme."

„Das ist großartig", sagte Yang. „Rufen Sie
uns sofort an, wenn Sie die DNA-Analyse
zurückbekommen – ich möchte gerne
herausfinden, ob wir die DNA des Mörders
haben."

Wenn der Mörder zuvor ein Verbrechen
begangen hatte oder inhaftiert war, wäre
seine DNA in CODIS gespeichert, dem vom
FBI unterhaltenen Combined DNA Index
System, das DNA-Profile aus Bundes-,
Landes- und lokalen beteiligten forensischen
Labors enthielt.

„Mache ich."

„In der Zwischenzeit sollten wir uns lieber
gleich durch die Register für vermisste
Personen quälen", sagte Jefferson.

„Lass uns an die Arbeit gehen", stimmte
Yang ihm zu.

31

Vicky hätte sie für verrückt gehalten, deshalb hatte Emily ihr nichts von ihrem Plan erzählt. Leger gekleidet und mit ihrer dunklen Sonnenbrille bewaffnet, Coffee an ihrer Seite, drückte Emily auf die Türklingel des kleinen Reihenhauses im Anacostia-Viertel von Washington D.C. Es war früher Abend, aber noch hell. Die Tage wurden länger, und Emily war froh darüber, denn sie liebte es, spazieren zu gehen, jetzt, wo sie die Sehenswürdigkeiten der Stadt mit ihren Augen bewundern konnte.

Die Tür öffnete sich und eine Frau Ende vierzig sagte: „Ja?"

Emily erkannte sie aus einem der Zeitungsartikel, die Vicky für sie ausgeschnitten hatte. Lucia Garcia war die Person, die Maddie Bolton gefunden und die 911 angerufen hatte. Emily hoffte, dass die Frau als Maddies Haushälterin einige Lücken schließen konnte, um das, was mit Maddie passiert war, zu verstehen. Es hatte ein wenig gedauert, herauszufinden, wo Lucia wohnte, aber schließlich hatte Emily die Adresse gefunden.

„Lucia Garcia?", fragte Emily, ohne die Frau direkt anzusehen. Sie musste ihren Teil dazu beitragen, die Frau dazu zu bringen, mit ihr zu sprechen, und sie wusste, dass die Menschen viel seltener die Tür vor einer Person mit einer Behinderung zuschlugen – was auch der Grund war, warum sie Coffee mitgebracht hatte. Er vervollständigte das Bild.

„Ja, das bin ich."

„Ich bin Emily Warner", sagte sie. „Entschuldigen Sie bitte die Störung, Ma'am, aber ich arbeite ehrenamtlich für einen Podcast für Blinde, und unsere Zuhörer würden gerne mehr über Madeline Bolton erfahren." Sie seufzte. „Es ist so tragisch, was ihr passiert ist. Es muss sehr schwer für Sie gewesen sein, sie gefunden zu haben … Es tut mir leid, Sie wollen wahrscheinlich nicht mit einer Fremden darüber sprechen."

Emily machte einen halbherzigen Versuch, sich von ihr abzuwenden, als wollte sie gehen.

„Nein, bitte bleiben Sie. Wollen Sie hereinkommen?"

„Oh, das ist so nett."

„Passen Sie auf, da ist eine Stufe", warnte Lucia.

Emily wies Coffee an, sie ins Haus zu führen, und Lucia gab ihr mündlich Anweisungen, sie in die Küche zu geleiten.

Als sie sich gesetzt hatten, fragte Lucia: „Möchten Sie etwas zu trinken?"

Emily schüttelte den Kopf. „Nein, danke, Sie sind zu nett. Stört es Sie, wenn ich mein Handy benutze, um uns aufzuzeichnen? Leider ist das Mitschreiben –"

„Kein Problem", unterbrach Lucia.

Emily zog ihr Handy aus der Tasche und sprach hinein. „Sprachaufnahme starten."

„Das ist sehr praktisch", kommentierte Lucia.

„Es hilft sehr. Auch mit Wegbeschreibungen und allem." Während sie das sagte, kamen Schuldgefühle in ihr auf, weil sie die Frau belog. Sie wirkte sehr fürsorglich und süß, eine gute Seele. Aber Emily wusste auch, dass sie das nicht tat, um jemandem zu schaden. Alles, was sie wollte, war herauszufinden, was Maddie ihr mitteilen wollte, welche unbeendeten Dinge sie vielleicht noch zu erledigen hatte.

„Die Zeitungen berichteten, dass Sie Miss Bolton gefunden haben, als Sie an jenem Morgen zur Arbeit kamen. Das muss schrecklich gewesen sein."

„Es war schlimm. Sie war so eine nette Frau, so nett zu mir. Sie hat mich gut bezahlt. Sie mochte weder kochen noch putzen." Sie kicherte vor sich hin. „Ich habe immer etwas für sie vorbereitet und für abends oder fürs Wochenende zum Aufwärmen in den

Kühlschrank gestellt. Weil ich am Wochenende nicht gearbeitet habe." Sie schniefte. „Und jetzt ..."

Emily fühlte die Trauer der Frau. „Es hört sich an, als wären Sie wie eine nahe Verwandte gewesen."

Lucia nickte. „Oh, ich habe dieses Mädchen geliebt. Wissen Sie, als Maddie jünger war, habe ich für ihre Eltern gearbeitet, und als sie sich entschied, alleine zu leben, sagte Mrs. Bolton, sie würde es mir nicht übelnehmen, wenn ich für Maddie arbeiten würde." Sie lächelte, als würde sie sich an etwas erinnern. „Ich glaube, Mrs. Bolton wollte sicherstellen, dass sich jemand um sie kümmert."

„Wie jede Mutter", murmelte Emily und erinnerte sich in diesem Moment daran, wie sehr sie ihre eigene Mutter vermisste.

„Ja, und Maddie kannte sich mit Haushaltssachen nicht aus. Wenn ich nicht zweimal die Woche für sie einkaufen gegangen wäre, hätte sie sicher nichts gegessen."

„Sie haben sich gut um sie gekümmert."

Wieder nickte Lucia. „Deshalb war alles so schrecklich. Sie so zu finden."

„Die Zeitungen haben nicht viel darüber berichtet, was ihr wirklich widerfahren ist, außer dass es ein Haushaltsunfall war."

„Das hätte nicht passieren dürfen." Lucia schniefte, diesmal etwas lauter. Sie griff in ihre Tasche, zog ein zerknülltes Taschentuch heraus und putzte sich die Nase. „Es tut mir leid. Aber ich hätte nicht einmal gedacht, dass sie wusste, wo ich die Ersatzglühbirnen aufbewahrte."

„Glühbirnen?"

„Ja, sie wollte im Wohnzimmer die Glühbirne wechseln und ist von der Trittleiter gefallen." Lucias Augen waren voller Tränen, und ein Schluchzen erstickte ihre Stimme. „Sie schlug mit dem Kopf auf dem Glastisch auf. Da war so viel zerbrochenes Glas ... Warum hat sie nicht auf mich gewartet? Ich hätte es doch für sie getan."

Ein zerbrochener Glastisch. Emily unterdrückte ein Keuchen. Die Vision hatte ihr gezeigt, wie Maddie gestorben war. Emily wartete und ließ die trauernde Frau ein paar Atemzüge machen.

„Sie war so klug, wissen Sie, so schlau, wenn es darum ging, Dinge aus Büchern zu lernen und all das, aber wenn es darum ging, Dinge im Haushalt zu erledigen ... sie wurde nicht dazu erzogen, Dinge selbst zu tun. Es gab immer jemanden, der alles für sie erledigte ... Aber warum sie ihre Schuhe nicht auszog, als sie auf die Leiter stieg, werde ich nie verstehen."

Emily hielt den Atem an. „Ihre Schuhe?"

„Ja, die ganz teuren mit den hohen Absätzen. Ich weiß nicht, wie sie darin laufen konnte. Aber in Stöckelschuhen auf eine Leiter steigen, wer macht denn das?"

In der Tat, wer? Egal, wie ungeschickt Madeline bei der Hausarbeit gewesen sein mochte, selbst eine Frau wie Madeline Bolton hätte gewusst, dass sie ihre Stöckelschuhe ausziehen musste, bevor sie auf eine Leiter stieg, selbst wenn es nur eine Trittleiter war. Ohne festen Stand war die Gefahr, das Gleichgewicht zu verlieren, umso größer.

„Sind Sie sicher, dass sie von einer Leiter gefallen ist?"

„Ja. Sie lag genau dort, über ihren Beinen. Sie muss umgekippt sein, als sie stürzte."

„Das ist schrecklich", sagte Emily voller Mitgefühl. Sie fühlte eine Verbindung zu Maddie, die Art von Verbindung, die man zu einer Schwester haben würde. Nicht, dass Emily das aus Erfahrung kannte. Sie war ein Einzelkind gewesen.

„Sie hatte etwas Wein getrunken und muss das Gleichgewicht verloren haben, wissen Sie, aber sie konnte Alkohol gut vertragen." Lucia legte die Hand auf ihren Mund und starrte auf das Handy, das immer noch aufzeichnete. „Bitte sagen Sie das Ihren Zuhörern nicht. Sie war nicht betrunken, sie genoss nur ein oder zwei Gläschen am Abend."

„Davon erzähle ich natürlich nichts weiter. Ich nehme nur Bruchstücke dieser Aufnahme, um meinen Zuhörern einen guten Eindruck von Miss Bolton zu vermitteln. Niemand will ihr Andenken durch den Dreck ziehen."

„Dankeschön."

Emily fühlte sich schlecht, weil sie die Scharade aufrechterhalten musste, aber die List hatte Lucias Zunge gelockert und etwas Entscheidendes enthüllt: Entweder war Madeline völlig unvorsichtig gewesen, indem sie auf einer Leiter Stöckelschuhe trug, oder jemand hatte es wie einen Unfall aussehen lassen, jedoch die Schuhe übersehen. Ein Mann, dachte sie, weil einer Frau Einzelheiten über eine andere Frau auffallen würden. Und es gab nur einen Grund, warum jemand einen Unfall inszenieren würde – um einen Mord zu vertuschen.

War es das, was Maddie ihr zeigen wollte? War das die unerledigte Sache, Gerechtigkeit für ihren frühen Tod zu bekommen? War es das, worum es bei Emilys Visionen ging?

Es gab nur eine Art und Weise, das herauszufinden. Sie musste weiter nachforschen. Und Lars Nielson war der erste Mann, mit dem sie reden musste. Maddie hatte ihre Hochzeit wegen eines anderen Mannes abgesagt. Wie hatte Nielson das aufgenommen? Hatte er entschieden, dass, wenn er Madeline nicht haben konnte, ein anderer Mann sie auch nicht haben konnte? War das der Grund, warum er in der Vision so wütend ausgesehen hatte?

Eine weitere Frage blieb offen: Wie konnte sie Zugang zu Nielson bekommen, um mit ihm zu sprechen?

32

Yang und Jefferson hatten viele Stunden damit verbracht, die Treffer durchzugehen, die die Datenbank für vermisste Kinder in der Gegend von Washington D.C. ausgespuckt hatte. Sie waren die Fälle durchgegangen und hatten alle eliminiert, die eindeutig nicht den Kriterien entsprachen, die Lupe Serrano ihnen am Vortag gegeben hatte. Am Ende hatten sie die Ergebnisse auf drei Mädchen eingegrenzt, die alle in Bezug auf Hautfarbe, Alter, Augenfarbe, Haarfarbe und Größe passten.

Yang und Jefferson wollten gerade die

Familien der drei Mädchen besuchen, als sie einen Anruf von Lupe Serrano erhielten.

Yang stellte das Gespräch auf Lautsprecher. „Lupe, haben Sie etwas für uns?", fragte Yang und hoffte auf eine gute Nachricht.

„Wir hatten Glück. Die Blut- und Hautzellen unter den Fingernägeln unserer Jane Doe gehören ihr nicht. Wir konnten ein vollständiges DNA-Profil erstellen. Ich habe es bereits auf CODIS hochgeladen. Sie sollten das Ergebnis in Kürze erhalten. Ich werde es an Ihre E-Mail senden lassen, sobald ich es vorliegen habe."

„Danke, Lupe, das ist großartig", sagte Yang.

Das Combined DNA Index System ermöglichte es forensischen Labors, DNA-Profile elektronisch auszutauschen und zu vergleichen. Selbst wenn der Täter aus einem anderen Bundesstaat stammte, konnten sie eine Übereinstimmung bekommen – solange er im System war. Wenn er jedoch noch nie zuvor verhaftet worden war, hatten sie Pech und mussten zuerst das Opfer identifizieren und einen Verdächtigen auf die altmodische Art und Weise finden: indem sie das Leben des Mädchens, deren Familie, Freunde und Gewohnheiten erforschten.

„Oh ja", fügte Lupe hinzu, „ich habe heute Morgen die DNA des Mädchens durch das System laufen lassen, und wie ich schon vermutet hatte, gab es keine Übereinstimmung, nicht einmal teilweise."

Yang nickte Jefferson zu.

„Also ist auch keiner ihrer Blutsverwandten im System?", fragte Jefferson.

„Nein, tut mir leid."

„Danke, Lupe", sagte Jefferson, und Yang beendete das Gespräch.

„Hast du wirklich erwartet, dass ihre DNA im System ist?", fragte Jefferson mit hochgezogener Augenbraue.

„Gelegentlich lasse ich mich gerne überraschen." Yang verzog das Gesicht. „Lass uns mal sehen, ob wir unserer Jane Doe einen richtigen Namen geben können. Wir haben drei vermisste Mädchen, die der Beschreibung unseres Opfers entsprechen."

Olga und James Zimmerman wohnten im zweiten Stock eines Zweifamilienhauses in Mount Pleasant, einem Mittelklasseviertel im Nordwesten der Stadt. Ihre Wohnung war klein, hatte aber hohe Decken und eine angenehme, luftige Atmosphäre. Die Strahlen der späten Nachmittagssonne strömten durch große Fenster herein.

Nachdem sie ihre Dienstausweise gezeigt und darum gebeten hatten, mit ihnen über die Vermisstenanzeige zu sprechen, lud Olga Zimmerman sie ein, in die Wohnküche zu kommen, wo sich ihr Mann ihnen anschloss. Die Eheleute schienen Mitte bis Ende vierzig zu sein. Während die Frau einen starken ausländischen Akzent hatte, sprach ihr Mann in tadellosem amerikanischem Englisch.

„Ich mache Tee", sagte Olga und griff nach dem Wasserkocher.

Ihr Mann deutete auf die Stühle um den Küchentisch, und Yang und Jefferson setzten sich.

„Sie haben also Neuigkeiten über Tatjana?", fragte Zimmerman eifrig und warf einen Blick auf seine Frau, die sich nun zu ihnen gesellte, sich neben ihren Mann setzte und seine Hand ergriff.

„Sie haben sie gefunden?", fragte sie mit einem hoffnungsvollen Funkeln in den Augen.

Yang schluckte. Diese Art von Gespräch war nie einfach. „Sie haben Ihre Tochter Tatjana vor sechs Wochen als vermisst gemeldet?"

Olga nickte.

„Sie ist nicht unsere Tochter", unterbrach Zimmerman.

Yang blickte auf seine Notizen. „Es steht hier –"

„Er meint damit, dass sie nicht unsere richtige Tochter ist." Sie sah ihren Mann an. „Wie heißt es nochmal?"

Zimmermann drückte die Hand seiner Frau. „Sie ist unser Pflegekind."

„Warum fangen wir nicht von vorne an?", schlug Jefferson vor. „Wann ist sie zu Ihnen gekommen?"

„Vor etwa acht Monaten", begann Zimmerman. „Sehen Sie, Olga" – er sah seine Frau an – „kommt aus Russland, und es bestand Bedarf an russischsprachigen

Pflegeeltern. Also haben wir darüber gesprochen. Ich spreche nicht viel Russisch, aber Olga bringt es mir bei, damit ich mich besser mit Tatjana verständigen kann."

„Tatjana ist also Russin?" Yang zeigte auf seine Notizen. „Hier steht, sie ist dreizehn."

Olga seufzte. „Ein süßes Mädchen, aber so betrübt. Sie hat so viel durchgemacht."

Yang nickte. Pflegekinder wurden oft von einer Familie zur anderen weitergegeben, von einer schlimmen Situation zur nächsten. „Also ist sie schon lange im Pflegesystem?"

„Oh nein", sagte Zimmermann. „Wir sind ihre erste Vermittlung. Sie wurde von Menschenhändlern ins Land geschmuggelt und dann von einer Organisation gerettet, die daraufhin mit dem Pflegesystem zusammenarbeitete, um ein vorübergehendes Zuhause für sie und die anderen Mädchen zu finden, bis die leiblichen Eltern gefunden werden können."

„In Russland", fügte Olga hinzu. „Wir wussten, dass sie nicht für immer bei uns bleiben würde, aber wir wollten helfen. Es ist schrecklich, was diese Leute den Mädchen antun. Deshalb wollten sie jemanden, der zumindest ihre Sprache spricht."

Yang tauschte einen Blick mit Jefferson aus.

Jefferson seufzte. „Das ist sehr bewundernswert von Ihnen, sie aufzunehmen und sich um sie zu kümmern. Was ist also vor sechs Wochen passiert?"

„Ja", fügte Yang hinzu, „wie ist Tatjana verschwunden?"

Zimmerman sah seine Frau an und seufzte dann. „Es ist meine Schuld. Ich sollte sie von ihrer wöchentlichen Gruppentherapie abholen, aber ich wurde bei der Arbeit aufgehalten, und als ich dort ankam, war sie weg. Wir konnten sie nirgendwo finden."

„Und Sie haben sie am selben Tag als vermisst gemeldet?", fragte Jefferson.

„Natürlich", sagte Olga. „Kein Mädchen in ihrem Alter sollte nachts allein unterwegs sein. Es ist zu gefährlich. Sie ist so jung."

Obwohl Yang Tatjanas Foto in dem Vermisstenregister gesehen hatte, fragte er: „Haben Sie ein aktuelles Foto von Tatjana?"

Olga holte ihr Handy heraus und legte es

einen Moment später vor Yang und Jefferson. „Das ist Tatjana."

Yang und Jefferson sahen sich das Foto an. Das Bild stimmte mit dem Foto des Mädchens in den Akten überein. Aber war sie das Mädchen, das sie ein paar Tage zuvor gefunden hatten? Es gab sicherlich Ähnlichkeiten, aber es war unmöglich, eine eindeutige Identifizierung zu machen. Sie brauchten mehr Informationen.

„Detectives", sagte Zimmerman in die Stille hinein, „Sie haben sie gefunden, nicht wahr?"

Yang begegnete dem Blick des Mannes. „Wir haben ein Mädchen gefunden, das auf ihre Beschreibung passt, aber wir können nicht mit Sicherheit sagen, dass sie es ist."

Olga legte die Hand auf ihren Mund und unterdrückte ein Schluchzen. „Nein, nicht Tatjana." Ihre Augen glitzerten mit unvergossenen Tränen. Der Frau war das Mädchen ans Herz gewachsen.

„Deshalb sind wir hier. Können Sie uns sagen, ob sie irgendetwas hatte, das uns helfen würde, sie zu identifizieren?"

„An dem Tag, an dem sie verschwand, trug sie ein rosa T-Shirt mit einem aufgestickten T für Tatjana auf der Vorderseite", sagte Olga.

Yang schüttelte langsam den Kopf. „Sie trug kein ..." Er musste den Satz nicht beenden. Olgas gequälter Gesichtsausdruck verriet ihm, dass sie wusste, dass das Mädchen, das sie gefunden hatten, nackt gewesen war.

„Wie wäre es mit Narben? Oder einer Tätowierung? Oder einem Muttermal oder Leberfleck?", schlug Jefferson vor.

Zimmerman schüttelte den Kopf, aber seine Frau widersprach ihm. „Sie hatte eine Narbe." Sie zeigte auf ihren Unterleib. „Hier. Mein Mann kann das nicht wissen. Er hat nicht gesehen, wenn sie sich auszog. Ich habe ihr geholfen, wissen Sie. Ihr Blinddarm wurde entfernt, sagte sie mir."

Yang erinnerte sich an Lupes Worte, dass das tote Mädchen keine sichtbaren Narben hatte, sicherlich keine Operationsnarbe wie die, die Olga Zimmerman beschrieb.

Yang sah sie an und schenkte ihr ein

beruhigendes Lächeln. „Das Mädchen, das wir gefunden haben, hat keine Narbe. Es ist nicht Tatjana.“

Olga atmete tief aus, und ein erleichtertes Schluchzen entfuhr ihr. „Oh, danke, vielen Dank.“

„Sie werden weiter nach ihr suchen, nicht wahr?“, fragte Zimmerman mit einem Blick auf seine Frau. „Wir vermissen sie.“

Yang brachte es nicht übers Herz, ihnen zu sagen, dass, wenn das Mädchen nach sechs Wochen immer noch vermisst blieb, es sehr wahrscheinlich war, dass sie nie gefunden werden würde.

„Wir werden alles tun, was wir können“, sagte er und stand auf. Es war keine Lüge. Aber es war auch nicht die Wahrheit, denn er konnte nichts tun.

Zurück im Auto sagte Jefferson: „Sie scheinen gute Menschen zu sein.“

„Ja. Aber dieses Mädchen, Tatjana, das ist tragisch. Zuerst gerät sie in die Fänge von Menschenhändlern und dann verschwindet sie aus einer guten Familie, die sie allem

Anschein nach mochte. Wie viel Pech kann jemand haben?"

„Glaubst du nicht, dass sie weggelaufen ist?"

„Mein Bauchgefühl sagt Nein."

Und sein Bauchgefühl lag selten falsch, aber herauszufinden, was mit Tatjana passiert war, war nicht sein Fall. Und er hoffte, dass sie nie zu seinem Fall werden würde, denn das würde bedeuten, dass sie tot war. Aber ohne Leiche war sie ein Fall für die Abteilung für vermisste Personen und würde bald zu einem Cold Case werden.

33

Die Sonne stand schon tief, als Emily Lucia Garcias Haus verließ. Die Frau war sehr gesprächig geworden und Emily hatte sich ein gutes Bild von Maddie machen können. In Wirklichkeit war sie nicht die auffällige Prominente, die teure Kleider trug und mit den Reichen, Berühmten und Extravaganten auf Partys ging. Maddie hatte eine andere Seite, eine, die nur wenige Menschen zu sehen bekamen.

Sie sorgte sich um ausgebeutete Kinder und misshandelte Tiere und sie trug immer Bargeld in ihren Jacken- und Hosentaschen mit sich. Lucia hatte Maddie nach dem Geld gefragt, als sie versehentlich ihre Kleidung gewaschen hatte, ohne in die Taschen zu schauen, und dann die Banknoten in der Waschmaschine gefunden hatte. Maddie hatte ihr gesagt, dass sie immer Bargeld dabeihaben wollte, um es den Obdachlosen zu geben, denen sie begegnete. Sie hatte Lucia schwören lassen, es ihren Eltern nicht zu sagen, weil sie es nicht gutheißen würden, jemandem Geld zu geben, das dieser für Alkohol oder Drogen anstelle für Essen ausgeben könnte. Aber Maddie urteilte nicht über andere.

Sie spendete auch für zahlreiche Zwecke, für die meisten davon jedoch anonym. Sie machte das nicht, um die Öffentlichkeit wissen zu lassen, wie großzügig sie war, sondern weil ihr diese Anliegen am Herzen lagen und sie helfen wollte. Sie hatte einmal zu Lucia gesagt, dass sie nicht viele brauchbare Fähigkeiten besäße, um wirklich etwas zu bewirken, aber zumindest hatte sie Geld, und wenn sie mit ihrem Geld das Leben von jemandem zum Besseren verändern konnte, dann hatte sie zumindest etwas Gutes bewirkt.

Lucia hatte auch von Maddies anderen Gewohnheiten erzählt, dass sie immer erwartete, dass das Gästezimmer hergerichtet war, im Falle, dass jemand unerwartet übernachten würde, und dass sie immer Beeren im Kühlschrank und Kaffeeeis im Gefrierschrank haben wollte.

Das Klingeln ihres Handys unterbrach Emilys Gedanken. Sie hatte erst kürzlich die Einstellungen ihres Telefons so geändert, dass es klingelte, anstatt den Namen des Anrufers mündlich anzukündigen.

„Coffee, ruh dich aus", befahl sie dem Hund. Sie zog das Handy aus ihrer Handtasche und sah auf das Display. „Catalina?"

„Nein, hier ist ihr Vater."

„Botschafter Pacheco."

„Ich hoffe, ich störe nicht, aber ich muss Catalinas Klavierstunde verschieben." Im Hintergrund hörte sie Tangomusik.

„Die Stunde am Mittwoch?"

„Ja, wäre es in Ordnung, sie auf

Donnerstag zur gleichen Zeit zu verschieben? Ich weiß, es ist kurzfristig, aber ich habe vergessen, dass Catalina einen Zahnarzttermin hat."

„Das ist kein Problem. Ich komme dann am Donnerstag."

„Danke, Miss Warner. Gute Nacht."

„Gute Nacht, Botschafter."

Sie steckte ihr Handy zurück in die Handtasche und sah auf. Coffee wartete immer noch geduldig darauf, dass sie ihm den Befehl zum Weitergehen gab. Plötzlich bemerkte sie, dass sie immer noch ihre dunkle Brille trug. Sie legte sie ab und stopfte sie in ihre Handtasche, bevor sie zu Coffee sagte: „Weiter."

Auf ihrem Weg zur Metrostation erinnerte sie sich an die Melodie, die beim Telefonat mit Botschafter Pacheco im Hintergrund gespielt wurde. Irgendetwas klickte und in ihrem Kopf formte sich eine Idee.

Bevor sie diese vergessen konnte, zog sie ihr Handy wieder aus der Tasche und rief Vicky an. Diese hob nach dem zweiten Klingeln ab.

„Ja?", meldete sich Vicky, auf etwas herumkauend.

„Hey, ich bin auf dem Heimweg und hatte gerade eine Idee, wie ich mit Lars Nielson sprechen kann."

Vicky seufzte und schluckte. „Okay, lass mich hören."

„Ich sage es dir, wenn ich nach Hause komme. Komm vorbei und wir essen zusammen ein Eis. Ich werde unterwegs eins besorgen."

„Gesalzenes Karamell?"

„Ja."

„Abgemacht."

Emily beendete das Gespräch. Nachdem sie ihr Handy wieder in die Handtasche gesteckt hatte, sah sie sich um. Sie war nicht weit von der U-Bahnstation entfernt, aber seit sie Lucia Garcias Haus verlassen hatte, war die Sonne hinter tief hängenden Wolken verschwunden und es war dunkler geworden. In der Dämmerung sah die Gegend nicht mehr ganz so einladend aus wie zuvor. Tatsächlich ließen die Schatten, die auf die Häuser und Autos fielen, die Gegend bedrohlich wirken. Sie spürte, wie Unbehagen ihr Rückgrat hinaufkroch. Ihr Herzschlag beschleunigte sich.

Auf der Straße waren nur wenige Autos unterwegs und noch weniger Menschen. Und die Leute, die sie sah, eilten entweder an ihr vorbei, um vor Einbruch der Dunkelheit an ihr Ziel zu gelangen, oder sie lauerten in der Nähe von Eingängen zu einer Gasse oder einem Gebäude herum, rauchten und warteten vielleicht darauf, dass etwas passierte.

Emily fühlte sich unwohl und drängte Coffee, schneller zu gehen. Als sie blind gewesen war, hatte sie sich nie so gefühlt. Sie hatte die Gefahren um sich herum nie gesehen, hatte einfach auf Coffee vertraut, sie zu beschützen, aber jetzt, wo sie zwielichtige Gestalten in der Nähe herumlungern sah, spürte sie, wie Angst in ihr hochstieg und einen Schauer durch ihre Knochen jagte. Vielleicht war sie paranoid, aber sie spürte, wie jemand sie beobachtete, doch als sie über ihre Schulter blickte, konnte sie niemanden sehen. Trotzdem verschwand das Gefühl nicht. Sie fragte sich, ob dieses Gefühl etwas mit Maddie zu tun hatte. Hatte sie wieder eine Vision, ausgelöst durch die Erinnerungen ihrer Organspenderin?

Emily wusste, dass sie in der Nähe der U-Bahnstation war. Sie blickte auf Coffee hinab. Seine Nackenhaare standen hoch. Auch er spürte etwas. Diesmal also keine Vision. Ihr Herz begann noch schneller zu schlagen. Sie konnte es in ihrer Kehle trommeln spüren. Das Geräusch war so laut, dass sie sich nicht sicher war, ob sie Schritte hinter sich hörte. Hatte einer der Männer, die sie hatte herumlungern sehen, sich entschieden, dass sie leichte Beute war? Sie drückte ihre Handtasche fester an ihren Körper und hielt sich an Coffees Geschirr fest, spürte, wie feucht ihre Hände waren.

Endlich entdeckte sie das Schild der U-Bahnstation.

„Beinahe da", murmelte sie Coffee und sich selbst zu.

Noch ein paar Schritte, und die Schritte hinter ihr schienen näher zu kommen. Unwillkürlich bewegten sich ihre Füße schneller und fielen in einen leichten Laufschritt. Coffee hielt Schritt, aber die Schritte hinter ihr taten das auch. Ihr Atem wurde abgehackt, ein Beweis ihres Bewegungsmangels und ihrer Angst.

Nur noch ein paar Sekunden, drängte sie sich. *Du bist fast da.*

Wenige Augenblicke später erreichte sie den U-Bahnhof. Dort warf Emily einen schnellen Blick über ihre Schulter, sich nicht sicher, was sie tun würde, wenn sie mit einem Straßenräuber konfrontiert würde. Aber zu ihrer Überraschung folgte ihr niemand. Der Bürgersteig war leer. Sie hätte schwören können, dass sie Schritte gehört hatte, die ihr folgten und schneller wurden, als sie ihren Gang beschleunigte. Aber vielleicht hatte sie unrecht. Könnten diese Geräusche nur ein Echo ihrer eigenen Schritte gewesen sein? Wurde sie paranoid, sah sie Gefahren, wo es keine gab?

34

Dimitry und Irina Fedorov lebten in einem kleinen Haus im Südosten von Washington D.C. Das Anwesen machte einen gepflegten Eindruck, und im kleinen Vorgarten standen bunte Geranien. Yang und Jefferson stiegen aus dem Auto.

„Sind sie Russen?“, fragte Jefferson.

„Die Namen sind es auf jeden Fall.“ Yang hatte den Ausdruck von NamUS studiert, während Jefferson fuhr. „Ihre Tochter ist zwölf Jahre alt. Sasha.“

„Netter Name“, sagte Jefferson.

Yang nickte. „Es ist ein Kosename für Alexandra. Osteuropäisch, glaube ich."

„Nun, mal sehen, was sie zu sagen haben", sagte Jefferson und klingelte an der Tür.

Wenige Augenblicke später hörten sie das Geräusch einer Kette, dann öffnete eine Frau die Tür, doch nur so weit, wie es die Kette zuließ.

„Mrs. Fedorov?", fragte Jefferson.

Sie warf ihnen einen misstrauischen Blick zu. „Ja?"

Sowohl Yang als auch Jefferson zeigten ihre Abzeichen. „Metropolitan Police, können wir mit Ihnen und Ihrem Mann sprechen?"

Ihre Augen blitzten vor Angst auf, dann wandte sie sich ab und sagte etwas in einer fremden Sprache. Yang erkannte diese als Russisch. Ein paar Sekunden später schloss sich die Tür, dann war zu hören, wie die Kette entfernt wurde. Ein Mann Mitte fünfzig öffnete die Tür, dieses Mal weiter. Er hatte blonde Haare und braune Augen.

„Mr. Fedorov?", fragte Yang.

„Ja, das bin ich." Sein Akzent war stark und definitiv russisch oder osteuropäisch.

„Wir würden gerne mit Ihnen über Ihre Tochter Sasha sprechen. Dürfen wir reinkommen?", fragte Yang.

Zuerst sah der Mann Yang an, dann Jefferson, bevor er nickte und sie in die Diele treten ließ. Seine Frau stand am Eingang zum Wohnzimmer und blockierte diesen, als wollte sie nicht, dass sie eintraten. Sie war eine korpulente, kleine Frau mit dunkelblondem Haar und grauen Augen. Sie schien älter zu sein als ihr Mann, oder vielleicht war ihr Leben härter gewesen als seines und das zeigte sich in den Falten in ihrem Gesicht.

„Um was geht es?", fragte Dimitry Fedorov und zeigte die gleiche zurückweisende Haltung wie seine Frau.

Yang tauschte einen Blick mit Jefferson aus, und sein Partner nickte. Sie arbeiteten schon lange genug zusammen, um zu wissen, welche Vorgehensweise der andere vorschlug. Und angesichts des misstrauischen Verhaltens des Paares wusste Yang, dass er auf der Hut sein musste.

„Ihre Tochter verschwand am 15. April. Wir gehen Ihrer Vermisstenmeldung nach."

Irina Fedorov flüsterte etwas auf Russisch. Ihr Mann sah sie an und wandte sich dann wieder Yang und Jefferson zu.

„Sasha ist zurück. Sie war weggelaufen, wissen Sie. Nach einem Streit. Aber sie ist wieder da."

Yang und Jefferson hoben die Augenbrauen.

„Sie haben der Polizei nicht gemeldet, dass sie zurückgekommen ist. Die Fallakte ist noch offen", sagte Jefferson.

„Verzeihung. Wir waren so glücklich, dass sie wieder da ist, dass wir vergessen haben, es der Polizei zu sagen", sagte Fedorov schnell.

„Können wir bitte mit Sasha sprechen?", fragte Jefferson.

Zum ersten Mal antwortete Frau Fedorov: „Sie ist mit ihrer Schulfreundin zusammen. Lernen."

„In Ordnung", sagte Jefferson zögernd. „Sie müssen der Polizei melden, dass Sasha zurückgekommen ist, damit der Fall abgeschlossen werden kann."

Fedorov und seine Frau nickten schnell. Als Yang sie Seite an Seite ansah und ihr helles Haar und ihren hellen Teint verglich, blickte er zurück auf den Ausdruck von NamUS. Das Mädchen, Sasha, sah ihren Eltern überhaupt nicht ähnlich. Ihr Haar war fast schwarz und ihre Augen waren ein strahlendes Blau. Es gab keine Familienähnlichkeit.

Jefferson drehte sich bereits zur Tür um, aber Yang zögerte.

„Noch eine Frage", sagte er. „Ist Sasha Ihre leibliche Tochter?"

Das Paar sah sich an, dann antwortete Mr. Fedorov: „Sie ist ein Pflegekind."

Jefferson blieb an der Tür stehen und wandte sich um, tauschte einen Blick mit Yang und sagte: „Wurde sie vor Menschenhändlern gerettet?"

„Menschenhändler?", fragte Fedorov. „Ich kenne dieses Wort nicht."

„Mein Kollege meint, wurde Sasha zum

Zwecke des Sex in dieses Land geschmuggelt?", sagte Yang.

Fedorov nickte. „Ja. Sie kam aus Russland. Wir haben sie aufgenommen, als wir hörten, dass diese Wohltätigkeitsorganisation Leute sucht, die Russisch sprechen."

Yang tauschte einen wissenden Blick mit Jefferson aus. Dies war das zweite Mädchen auf ihrer Liste, das ein Pflegekind aus Russland war. „Wie heißt die Wohltätigkeitsorganisation, mit der Sie zusammengearbeitet haben?"

„*No child abandoned*", sagte Fedorov.

Der Name kam ihm bekannt vor, aber Yang konnte nicht sofort einordnen, wo er ihn schon einmal gehört hatte. „Dankeschön. Ich glaube, wir haben, was wir brauchen. Ich wünsche Ihnen noch einen angenehmen Abend."

Er ging mit Jefferson hinaus. Im Auto sahen sie sich an.

„Woher wusstest du, dass Sasha nicht ihre leibliche Tochter ist?"

Yang tippte auf das Blatt Papier in seiner

Hand. „Dieses Mädchen sieht den Fedorovs überhaupt nicht ähnlich. Ihr Haar ist fast schwarz, ihre Augen blau und ihre Gesichtszüge sind völlig anders."

„Du hast ein gutes Auge", sagte Jefferson. „Hattest du das Gefühl, dass sie nicht mit uns sprechen wollten?"

„Ja. Findest du es nicht seltsam, dass zwei der drei Mädchen, die zu unserer Jane Doe passen, Russinnen sind? Und Pflegekinder?"

„Etwas geht hier vor sich. Ich denke, wir sollten ein anderes Mal wiederkommen, wenn das Mädchen zuhause ist, und mit ihr reden."

„Das denke ich auch", sagte Yang. „Lass uns die Familie Veselak besuchen."

„Sie klingen auch russisch", sagte Jefferson.

„Ich bedauere, nie Russisch in der Schule gelernt zu haben."

„Du sprichst zumindest eine Fremdsprache." Jefferson startete das Auto und fuhr in den Verkehr ein.

„Zum Leidwesen meiner Mutter ist mein

Chinesisch nicht so gut, wie es sein sollte. Ich kann es nur sprechen, nicht schreiben."

Jefferson warf einen Blick auf die Uhr auf dem Armaturenbrett. „Oh Scheiße, es ist schon spät. Lass uns morgen die Veselaks besuchen."

„Komm schon, so spät ist es noch gar nicht. Willst du keine Überstunden?"

„Ich habe ein Date." Er zwinkerte Yang zu. „Sie ist heiß und ..."

Yang hob seine Hand. „Verschone mich. Ich weiß schon viel zu viel über dein Liebesleben."

35

Emily nahm Coffees Geschirr ab und legte es beiseite, froh, sicher zuhause zu sein. Sie fühlte sich jetzt besser und ein wenig dumm, weil sie vorhin so paranoid gewesen war. „Guter Junge", lobte sie Coffee. „Möchtest du zu Abend essen?"

Coffee wedelte aufgeregt mit dem Schwanz. Er wusste, was Abendessen bedeutete, und ging zu seinem Napf, legte seine Pfote darauf und sah zu ihr hoch. Emily nahm den Napf und bereitete sein Abendessen zu: Trockenfutter, frische

Hähnchenbrust aus dem Kühlschrank und etwas Knochenbrühe.

Es klopfte an der Tür. „Emily, ich bin's."

„Komm rein, Vicky, es ist offen."

Während Vicky eintrat und die Tür hinter sich schloss, stellte Emily die Schüssel vor Coffee und strich ihm mit der Hand über den Kopf. Einen Moment später fing er an, sein Essen zu verschlingen.

„Hey, du hast eine Nachricht auf deinem Anrufbeantworter", sagte Vicky und deutete auf Emilys Festnetzanschluss, wo ein Licht blinkte.

„Ach, das ist mir gar nicht aufgefallen." Sie drückte auf den Knopf und ließ die Nachricht abspielen.

„Hallo Emily, ich bin's, Kate Rosenstein. Ich weiß nicht, ob Sie sich noch an mich erinnern, aber ich war vor fünfzehn Jahren Ihre Anwältin. Wie auch immer, ich dachte, ich sollte Sie wissen lassen, dass Ihr Vater auf Bewährung raus ist. Er wurde vor drei Monaten aus dem Gefängnis entlassen. Ich war ein paar Monate weg, und anscheinend hat sonst niemand im Büro die Nachricht an

Sie weitergeleitet. Tut mir leid. Wenn Sie reden wollen, rufen Sie mich an."

Sie hinterließ eine Telefonnummer, aber Emily hörte nicht mehr zu. Sie hatte nur gehört, dass ihr Vater nicht mehr im Gefängnis war. Er war frei. Sie stand einfach da und wurde von Erinnerungen bombardiert, die sie all diese Jahre unterdrückt hatte. Erinnerungen, die sie in die dunkelsten Winkel ihres Geistes verdrängt hatte, wo sie einen langsamen Tod sterben konnten. Jetzt tauchten sie wieder auf und all der Schmerz, den sie jemals verspürt hatte, begleitete sie.

Plötzlich konnte Emily nicht mehr atmen. Angst stieg in ihr hoch und schnitt ihr die Luft zum Atmen ab.

„Du hast mir erzählt, dass deine Eltern beide tot sind", sagte Vicky in die Stille hinein.

Emily wusste nicht, wie lange sie dagestanden und nichts gesagt hatte.

„Ich habe dir erzählt, dass ich meine Eltern verloren habe. Es war die Wahrheit. Ich habe sie beide verloren. Meine Mutter starb in dem Autowrack. Mein Vater ging dafür ins Gefängnis."

„Was?" Vicky starrte sie mit weit aufgerissenen Augen und offenem Mund an, ihr ganzer Körper ein Fragezeichen. „Für einen Unfall?"

Emily schüttelte den Kopf. „Es war kein Unfall."

„Moment! Fang von vorne an." Vicky hob ihre Hand. „Ich habe das Gefühl, ich brauche dafür einen Drink."

„Ich denke, den brauchen wir beide."

Minuten später, nachdem Vicky eine Flasche Wein aus ihrer Wohnung geholt und zwei Gläser eingeschenkt hatte, holte Emily tief Luft. Nach dem Gerichtsprozess hatte sie nie wieder über die Nacht gesprochen, in der sie ihre Mutter und ihr Augenlicht verloren hatte.

Vicky legte Emily eine Hand auf den Arm. „Erzähl mir, was passiert ist."

„Meine Mutter wollte meinen Vater verlassen. Er beschuldigte sie, eine Affäre zu haben, aber ich weiß nicht, ob das stimmte. Es spielt auch keine Rolle, ob es wahr war oder nicht. Mom wollte einfach nicht mehr mit ihm leben. Sie sagte, wir wären ohne ihn viel glücklicher. Er war die ganze Zeit eifersüchtig und wütend. Wenn in seinem Geschäft etwas schief ging, ließ er es immer an Mom aus." Emily spürte, wie ihre Augen von unvergossenen Tränen feucht wurden. „Er hat sie nie geschlagen, aber Mom war eine sanfte, sensible Frau, und die Beschimpfungen haben sie genauso verletzt, als hätte er sie brutal geschlagen."

„Es tut mir leid ...", murmelte Vicky.

„Ich weiß nicht, wann sie ihm sagte, dass sie sich von ihm scheiden lassen will, aber eine Woche nach meinem Geburtstag sagte er, das Geschenk, das er für mich bestellt hatte, sei endlich da. Wir müssten es nur abholen und er wollte, dass Mom und ich mitkamen. Ich fragte ihn, was es sei, aber er sagte, es sei eine Überraschung. Also stiegen Mom und ich ins Auto."

Hätte sie ihm doch nur gesagt, dass sie kein Geschenk wollte und keine Überraschungen mochte. Aber wie jede Fünfzehnjährige hatte sie geglaubt, dass ihr

Vater sie immer noch liebte, obwohl er und ihre Mutter nicht zusammenbleiben würden.

„Er fuhr schnell, rücksichtslos. Er und Mom stritten sich. Mom flehte ihn an anzuhalten. Sie wollte aussteigen. Aber er hörte nicht auf sie. Die Ampel an der Kreuzung war rot. Und sogar ich konnte die Scheinwerfer des Autos sehen, das von rechts kam."

Emily erschauderte bei der Erinnerung. Ihre Knie schlotterten und sie legte die Hände auf die Beine, um sie ruhig zu halten.

„Dein Vater ist bei einer roten Ampel über die Kreuzung gefahren?"

„Ja. Der Seitenaufprall tötete meine Mutter sofort. Die Feuerwehr musste mich aus dem Auto schneiden. Mein Vater brach sich ein paar Rippen und hatte einige Schnitte und Prellungen. Nichts, was nicht in ein paar Wochen verheilte. Er wurde zu zwanzig Jahren Gefängnis verurteilt."

„Zwanzig Jahre für rücksichtsloses Fahren und Totschlag?", fragte Vicky. „Ich wusste nicht ... War er betrunken?"

Emily schüttelte den Kopf.

„Warum hat er dann zwanzig Jahre bekommen? Ich meine ... ich habe noch nie von jemandem gehört, der wegen fahrlässiger Tötung mit einem Fahrzeug eine so lange Haftstrafe bekommen hat."

„Er wurde wegen Mordes verurteilt."

Vicky starrte sie an. „Mord?"

Langsam nickte Emily. „Weil ich überlebt habe und gegen ihn aussagen konnte."

Vicky sagte nichts, wartete nur geduldig darauf, dass Emily fortfuhr.

„Ich habe der Polizei erzählt, was Dad während der Fahrt gesagt hat." Emilys Kehle wurde trocken. Sie nahm einen Schluck von ihrem Glas. „Er sagte zu Mom, dass er ihr niemals erlauben würde, ihn zu verlassen. Sie sagte, er habe kein Mitspracherecht. Sie würde ihn verlassen und mich mitnehmen. Er sagte: ‚Niemand wird jemals wieder irgendwohin gehen, denn heute Nacht werden wir alle sterben.'"

Vicky schnappte nach Luft. „Oh mein Gott." Sie ergriff Emilys Hand. „Er hat es absichtlich getan."

Emily nickte, Tränen traten ihr in die

Augen. „Er hatte es geplant. Er hat uns mit einer List ins Auto gelockt. Er wollte, dass wir alle zusammen sterben. Aber er hat überlebt. Und ich auch ...“ Sie versuchte, den Schmerz wegzuschlucken, konnte es aber nicht. „Ich habe gegen ihn ausgesagt. Ich erzählte ihnen, was er im Auto zu Mom gesagt hatte. Ich sagte ihnen, dass er mir alles genommen hat: meine Mutter und mein Augenlicht. Die Geschworenen brauchten weniger als eine Stunde, um mit einem Urteil zurückzukommen. Als ich hörte, wie die Geschworenen meinen Vater in allen Anklagepunkten schuldig sprachen, weinte ich vor Erleichterung.“

Vicky stellte ihr Glas auf den Tisch, legte ihre Arme um Emily und drückte sie. Da erst merkte sie, dass sie weinte, genau wie vor fünfzehn Jahren, als die Geschworenen ihren Vater wegen vorsätzlichen Mordes und versuchten Mordes verurteilt hatten.

„Es ist alles vorbei, Schatz, es ist alles vorbei“, sagte Vicky mit beruhigender Stimme. „Du bist nicht mehr dieses Kind. Du hast überlebt. Und darum bist du jetzt stärker."

Emily umarmte ihre Freundin fest. „Danke. Danke fürs Zuhören." Sie schniefte.

Vicky ließ sie los und sah sie an. „Alles in Ordnung?

„Besser." Dann schluckte sie die restlichen Tränen hinunter. „Aber jetzt ist er frei. Er weiß, dass er davongekommen wäre, wenn ich nicht ausgesagt hätte. Ich habe ihn dafür bezahlen lassen, dass er meine Mutter getötet und mir mein Augenlicht geraubt hat. Und jetzt ist er zurück. Er wird mich dafür bestrafen, dass ich gegen ihn ausgesagt habe." Und dieser Gedanke jagte ihr einen Schauer über den Rücken.

„Er kann dir nichts antun. Ich kenne solche Leute. Sie sind Feiglinge. Du hast ihm gezeigt, dass du dir nichts gefallen lässt. Du hast dich ihm entgegengestellt. Er wird es nicht wagen, dir noch einmal wehzutun."

„Aber was, wenn er hier ist? Was, wenn er zurückkommt, um das zu vollenden, was er vor fünfzehn Jahren begonnen hat?"

„Nein! Du glaubst, er ist hier in Washington D.C.? Warum denkst du das?"

„In letzter Zeit habe ich das Gefühl, dass mich jemand beobachtet, mir folgt."

„Wie denn?"

„Heute Nacht hörte ich Schritte, die mir folgten. Ich habe niemanden gesehen, aber ich hatte dieses sonderbare Gefühl. Was, wenn er es ist? Was, wenn mein Vater mich beobachtet? Was, wenn er eine Gelegenheit sucht, mich zu töten?"

„Das bezweifle ich sehr. Fünfzehn Jahre sind vergangen. Das Gefängnis verändert die Menschen."

„Nicht zum Besseren. Ich habe mich noch nie so gefühlt. Aber nachdem ich mit Maddies Haushälterin in Anacostia gesprochen hatte, spürte ich –"

„Anacostia? Bist du verrückt geworden?" Vicky schrie sie beinahe an. „Du hängst nachts nicht in diesem Viertel herum. Natürlich wurdest du verfolgt! Von einem Haufen Krimineller. Dort ist es nicht sicher, nicht nachts!"

„Ich hatte Coffee dabei." Coffee hob den

Kopf, als er seinen Namen hörte, und legte sich dann wieder auf den Teppich.

„Ja, Coffee ist nicht gerade ein Kampfhund. Er ist den Kriminellen, die dort nachts rumlungern, nicht gewachsen. Habe ich dir denn nichts beigebracht?"

Emily öffnete den Mund, um zu protestieren, aber Vicky fuhr fort: „Und warum zum Teufel hast du mit Maddies Haushälterin gesprochen? Wie hast du überhaupt herausgefunden, wo sie wohnt?"

Emily zeigte auf den Computer. „Internet? Was du mir, glaube ich, beigebracht hast."

„Nicht, damit du Amateurdetektiv spielen kannst!"

„Aber ich musste mit ihr reden. Sie war sehr hilfreich. Und bevor du noch etwas sagst, ich glaube, ich bin auf etwas gestoßen. Ich glaube, Maddie Bolton wurde ermordet."

36

11. Juni

Sehr früh am nächsten Tag trafen sich Yang und Jefferson in Yangs eigenem Viertel, Columbia Heights, wo die Eltern des dritten vermissten Mädchens lebten, das auf die Beschreibung ihrer toten Jane Doe passte. Emil und Mila Veselak lebten in einem großen Wohnhaus.

Nachdem sie sich über die Gegensprechanlage identifiziert hatten, wurden Yang und Jefferson in das Gebäude hineingelassen und fuhren mit dem Aufzug in die oberste Etage. Eine attraktive Frau Ende dreißig, Anfang vierzig erwartete sie an der Wohnungstür.

„Es tut mir leid, Detectives, aber mein Mann ist bereits zur Arbeit gegangen", sagte sie in gutem Englisch, obwohl ihre Worte mit einem osteuropäischen Akzent gefärbt waren. „Ich bin Mila Veselak."

Yang und Jefferson zeigten ihre Ausweise und folgten ihr in die Wohnung, wo sie ihnen bedeutete, sich ins Wohnzimmer zu setzen.

„Sind Sie Russin, Frau Veselak?", fragte Yang. In Anbetracht der Tatsache, dass die Familien der beiden anderen Mädchen Russen waren, hatte er so eine Ahnung.

Sie schüttelte den Kopf. „Nein, ich bin Tschechin wie mein Mann. Aber wir haben uns hier in den Vereinigten Staaten kennengelernt. Ich habe hier studiert und Emil kam mit einem Arbeitsvisum."

Yang nickte. „Mein Fehler. Ich glaube, ich habe nur wegen Annika angenommen, dass Sie Russin sind."

Ein trauriger Ausdruck legte sich auf ihr Gesicht. „Ach, Annika. Ja, sie ist Russin."

„Sie ist nicht Ihre leibliche Tochter?", fragte Jefferson.

„Nein, ich fürchte, ich kann keine Kinder bekommen", sagte Mila Veselak mit einem traurigen Lächeln. „Annika ist unser Pflegekind. Wir hatten gehofft, sie adoptieren zu können, wenn ihre Eltern nicht gefunden werden können. Aber dann ... verschwand sie. Es ist schon zehn Wochen her ..."

Jefferson warf Yang einen Blick zu, der besagte, dass das seltsam sei. Drei vermisste Mädchen, alle Russinnen, alle in Pflegefamilien. Die Chancen, im Lotto ein kleines Vermögen zu gewinnen, standen besser als dieses Szenario. Es gab nur eine begrenzte Anzahl von Zufällen, die Yang für bare Münze nehmen konnte.

„Mrs. Veselak", begann Yang, „wie war Annikas Englisch?"

„Nicht sehr gut. Deshalb wurden wir ausgewählt, sie aufzunehmen. Sowohl mein Mann als auch ich sprechen Russisch. Das machte es Annika leichter. Sie hat so viel durchgemacht, müssen Sie wissen."

„Erzählen Sie uns mehr", sagte Jefferson.

„Nun, sie hat sich mit den falschen Leuten in Russland eingelassen, was wir aus ihr herausbekommen konnten. Und sie verkauften sie an einen Sexring und brachten sie in die USA. Sie wurde gerettet und eine Wohltätigkeitsorganisation half ihr bei der Suche nach ihren Eltern. Wir haben in unserer Kirche davon gehört, also haben Emil und ich beschlossen, zu helfen."

„Das ist sehr bewundernswert von Ihnen", sagte Yang. „Mit welcher Organisation hatten Sie zu tun?"

„Es ist eine Wohltätigkeitsorganisation. Sie heißt ... äh, so etwas wie verlassene Kinder oder so."

„*No child abandoned*?", riet Yang und sah Jefferson an.

„Ja, so heißt es."

An Jeffersons Gesichtsausdruck erkannte Yang, dass sein Partner genau das erwartet hatte. Yang nahm sich vor, die Zimmermans anzurufen, um herauszufinden, aus welcher Organisation ihr Pflegekind Tatjana stammte.

Mrs. Veselak hob plötzlich das Kinn, als wappnete sie sich für schlechte Nachrichten.

„Aber Sie sind bestimmt nicht hier, um mich zu fragen, woher Annika kommt."

Yang nickte langsam. „Sie haben recht." Er zögerte und beobachtete ihre Reaktion. Sie sah besorgt aus. „Wir haben die Leiche eines Mädchens gefunden ..."

Sie schnappte nach Luft und legte die Hand an ihren Mund.

„Wir konnten sie noch nicht identifizieren", sagte Jefferson schnell. „Aber sie entspricht Annikas allgemeiner Beschreibung in Alter, Größe, Augenfarbe und Haarfarbe."

„Was mein Kollege sagen will, ist, dass wir etwas brauchen, um sie zu identifizieren, entweder um zu bestätigen, dass sie es ist, oder um sie auszuschließen."

Mila Veselak nickte steif. „Ich verstehe."

„Hat Annika irgendwelche Narben, irgendwelche Tätowierungen, irgendetwas, was Ihnen einfällt, was uns helfen würde?"

Mila schüttelte den Kopf. „Keine Narben, keine Tattoos. Sie hat sehr schöne Augen."

Yang tauschte einen Blick mit Jefferson aus. Keiner von beiden wollte Mila Veselak ins Leichenschauhaus bringen und sie einen Blick auf das tote Mädchen werfen lassen, dessen Gesicht zu stark beschädigt war, um eine visuelle Identifizierung zu ermöglichen. Wenn es wirklich Annika war, sollte Frau Veselak sie nicht so sehen müssen. Sie sollte sich lebendig an sie erinnern.

„Sie ist es, nicht wahr?", sagte Mrs. Veselak mit zitternder Stimme.

„Es ist möglich", sagte Yang, „aber wir können nicht sicher sein, bis wir die DNA-Analyse gemacht haben. Könnten Sie uns bitte ihr Zimmer zeigen?"

Mrs. Veselak sprang auf, und Yang und Jefferson folgten ihr. Das Zimmer des Mädchens war hell und gemütlich. „Das ist Annikas Zimmer."

„Hat sie sich ein Badezimmer mit Ihnen und Ihrem Mann geteilt?", fragte Jefferson. „Wir brauchen eine Zahnbürste oder eine Haarbürste oder irgendetwas anderes, das nur sie benutzt hat."

Frau Veselak deutete auf eine Kommode. „Annikas Haarbürste ist in der obersten Schublade, und ich kann Ihnen ihre

Zahnbürste bringen. Wir haben nur ein Badezimmer."

Yang wollte nicht, dass sie Annikas Zahnbürste mit ihrer eigenen DNA kontaminierte, also zog er einen Beweisbeutel aus seiner Tasche und folgte ihr, während Jefferson die Beweise im Schlafzimmer sammelte. „Wenn Sie sie mir zeigen könnten, ohne sie zu berühren."

„Natürlich", sagte sie und beobachtete, wie er die Zahnbürste mit einem sauberen Taschentuch berührte und sie in den Beweisbeutel gab, bevor er diesen verschloss.

Er bemerkte, dass sie auf den Beutel starrte und begegnete ihrem Blick. Die Art, wie sie ihn ansah, hatte etwas Verletzliches an sich.

„Mrs. Veselak", sagte Yang und suchte nach etwas, das sie trösten könnte. Aber es gab nichts. Ihre Hoffnungen lagen in diesem Moment an entgegengesetzten Enden der Skala: Yang wollte, dass die DNA übereinstimmte, um das Mädchen zu identifizieren, Frau Veselak wollte, dass die

DNA-Analyse sie ausschloss, damit sie weiter hoffen konnte, dass Annika am Leben war und zurückkommen würde.

„Wann werden Sie Bescheid wissen?", fragte sie.

„In ein paar Tagen."

Jefferson kam aus dem Schlafzimmer. „Ich habe alles, was wir brauchen." Er hob die Beweismitteltüte mit der Haarbürste hoch. „Danke, Mrs. Veselak. Wir melden uns wieder." Er ging auf die Tür zu.

Yang drehte sich bereits halbwegs zur Tür um und spürte eine Hand auf seinem Arm. Er sah über seine Schulter.

„Sobald Sie es wissen, sagen Sie es mir bitte. Egal wie es ausfällt. Ja?"

Er nickte. „Ich verspreche es Ihnen."

Im Auto angekommen, fuhr Jefferson sie zurück zum Revier, während Yang die Zimmermans anrief und James Zimmerman, der ans Telefon ging, fragte, welche Organisation Tatjana bei ihnen untergebracht hatte. Als er die Antwort erhielt, dankte er ihm und beendete das Gespräch.

„Und?", fragte Jefferson.

„*No child abandoned*", sagte Yang. „Weißt du, was ich denke?"

„Dass wir mit jemandem von *No child abandoned* sprechen müssen", antwortete Jefferson.

„Genau."

„Kannst du alleine hingehen? Ich muss heute Nachmittag im Fall Hernandez vor Gericht aussagen."

„Kein Problem. Das übernehme ich."

Yang erinnerte sich jetzt an etwas anderes, was *No child abandoned* betraf, obwohl er dies seinem Partner gegenüber nicht erwähnte: Madeline Bolton hatte für diese Wohltätigkeitsorganisation gearbeitet, auch wenn Yang nicht sicher war, in welcher Funktion. Wieder ein Zufall?

37

Später an diesem Tag zeigte Yang der Empfangsdame seine Dienstmarke und verlangte, mit dem Geschäftsführer von *No child abandoned* zu sprechen. Die attraktive Frau Anfang zwanzig mit langem glattem Haar wirkte überrascht und bat ihn, im Empfangsbereich Platz zu nehmen, während sie eine Nummer wählte und mit gedämpfter Stimme sprach.

Yang sah sich um. Für eine Wohltätigkeitsorganisation war das Büro ziemlich protzig, und er fragte sich, wie viel von den wohltätigen Spenden, die *No child abandoned* erhielt, tatsächlich Kindern zugutekam und wie viel für die Miete in dieser teuren Gegend von Washington D.C. verschwendet wurde. Die Einrichtung sah edel und elegant aus, nicht so, wie er es von einer Wohltätigkeitsorganisation erwartet hatte, die verschleppte und missbrauchte Kinder rettete. Aber vielleicht brachte eine stilvolle Fassade große Spenden von der High Society der Hauptstadt ein. Vielleicht wollten sie ihre dicken Schecks nicht in ein Armenviertel schicken. Aber was wusste Yang schon über Wohltätigkeitsorganisationen oder die High Society?

Es dauerte mehrere Minuten, bis ein Mann aus einem der Büros kam und sich Yang näherte, die Hand zur Begrüßung ausgestreckt. „Detective Yang? Ich bin Caleb Faulkner. Ich bin der Geschäftsführer."

Yang erkannte ihn sofort. Er hatte ihn bei Madeline Boltons Beerdigung gesehen und wusste, dass er der Sohn des Stabschefs, Mike Faulkner, war. Yang wusste, dass Caleb Faulkner die Wohltätigkeitsorganisation leitete, auch wenn er nicht viel Zeit gehabt hatte, seine Nachforschungen über die Wohltätigkeitsorganisation zu vertiefen. Er machte sich eine Notiz, dies später nachzuholen, wenn er wieder im Revier war.

„Mr. Faulkner, freut mich, Sie kennenzulernen", sagte Yang, während Caleb ihn in den Raum führte, aus dem er gerade gekommen war.

Nachdem sie sich im Büro niedergelassen hatten, Caleb hinter dem großen Schreibtisch und Yang auf dem bequemen Stuhl davor, holte Yang sein Notizbuch und seinen Stift hervor.

„Entschuldigen Sie, dass ich unangemeldet erscheine", sagte Yang, obwohl es nur eine Floskel war. Er vereinbarte nie Termine, wenn er an einem Fall arbeitete.

„Kein Problem, Detective. Wie kann ich Ihnen helfen?"

Caleb Faulkner war freundlich und offen. Yang konnte sich vorstellen, dass er bei reichen Spendern gut ankam und ihnen so das Geld aus der Tasche zog – natürlich auf eine gute Art und Weise. Allerdings hatte er auch den Eindruck, dass Caleb oberflächlich und verwöhnt war, was wahrscheinlich darauf zurückzuführen war, dass sein Vater ein wichtiger Mann in der Politik war.

„Ähm, ja." Er blickte auf sein Notizbuch, in dem er alle relevanten Informationen notiert hatte. „Ich arbeite an einem Fall, an dem drei russische Mädchen beteiligt sind. Alle drei sind Pflegekinder und wurden von Ihrer Stiftung in russischsprachige Familien vermittelt."

Caleb nickte. „Ach ja, wir haben hier oft mit russischen Kindern zu tun. Andere auch, aber die überwiegende Mehrheit der Kinder, die wir retten, stammt aus Russland."

„Ich versuche nur, einige der Informationen zu überprüfen, die mir die Familien der drei Mädchen gaben. Nur Hintergrundinformationen, um sicherzustellen, dass wir alle relevanten Details haben. Ich habe die Namen hier." Yang zeigte auf sein Notizbuch.

„Sicher. Lesen Sie mir einfach die Namen vor. Ich kann die Dateien auf meinem Computer abrufen." Caleb rückte näher an den Computer auf seinem Schreibtisch heran, seine Hände schwebten bereits über der Tastatur.

„Die Familie Zimmerman hat ein Mädchen namens Tatjana aufgenommen."

Caleb tippte etwas und nickte dann. „Ich habe die Datei. Die Nächste?"

Yang gab ihm dann die Familien, bei denen Sasha und Annika untergebracht waren. Er verschwieg, dass Sasha zu den Fedorovs zurückgekehrt war, und er gab auch nicht preis, dass die Leiche eines Mädchens gefunden worden war und dass er vermutete, dass eines dieser Mädchen die Leiche sein könnte. Das musste Caleb Faulkner nicht wissen. Außerdem brauchte Yang Informationen über alle drei Mädchen. Er suchte nach Gemeinsamkeiten.

„Darf ich fragen, woran diese drei Mädchen beteiligt sind? Sind sie in Schwierigkeiten geraten?", fragte Caleb und sah vom Monitor auf.

„Das könnte man so sagen. Sie werden vermisst."

Caleb hob seine Augenbrauen und starrte

zurück auf den Bildschirm, während er etwas las. „Oh, jetzt sehe ich es." Er zeigte auf den Bildschirm. „Alle drei Akten haben hier einen Vermerk, dass die Mädchen als vermisst gemeldet wurden, nachdem sie bei den Familien untergebracht worden waren."

„Ja, mein Partner und ich haben mit den Familien gesprochen."

Caleb seufzte. „Es ist nicht leicht für diese Kinder. Sie stammen oft aus zerrütteten Familien oder wurden verschleppt ... Es ist tragisch. Wir tun alles, um ihnen bei der Integration zu helfen." Er zuckte mit den Schultern, sein Gesichtsausdruck war ernst. „Aber es kommt vor, dass sie weglaufen. Viele haben Probleme sich anzupassen."

„Ich verstehe. Bleibt die Stiftung mit den Familien, bei denen die Kinder untergebracht sind, in Kontakt?"

„Natürlich. Wir haben Mitarbeiter, die Kontrollbesuche durchführen, um sicherzustellen, dass es den Kindern gut geht. Wir verlangen sogar, dass sie regelmäßig an Therapiemeetings teilnehmen, sowohl einzeln als auch in einer Gruppe. Bezahlt von der Wohltätigkeitsorganisation."

„Hmm. Interessant. Die Familien haben Sie also darüber informiert, dass diese drei Mädchen verschwunden sind?"

„Nicht mich direkt, aber ja, sie haben es alle ihrem Sachbearbeiter gemeldet, und wir haben dafür gesorgt, dass auch die Polizei benachrichtigt wurde. Das ist ein Standardverfahren. Und wie gesagt, es passiert bei gefährdeten Kindern. Manche sind sehr gestört. Ich nehme an, deshalb sind Sie hier, Detective?"

„Ja, in der Tat. Und diese drei Mädchen, fanden Sie, dass sie besonders, ähm, leider kann ich kein besseres Wort finden, gestört waren?"

„Nun, ich bin mir nicht sicher, ob ich diese Kinder wirklich persönlich getroffen habe. Sehen Sie, ich arbeite hauptsächlich mit Spendern, führe sie zum Essen aus, damit die Spenden weiter fließen und wir uns um diese Kinder kümmern können, versuchen, ihre Eltern zu finden ... wenn ihre Eltern gefunden werden wollen."

Yang hob eine Augenbraue. „Was meinen Sie damit?"

Caleb seufzte. „Wir hatten Fälle, in denen Kinder an Sexringe verkauft wurden, weil die Familie bei skrupellosen Menschen Schulden hatte. In Russland haben wir besonders ungeheuerliche Fälle gesehen. Und oft ist es ein Schlag für die Psyche, wenn ein Kind feststellen muss, dass seine Familie es nicht zurückhaben will."

„Daher die Therapie?"

Caleb nickte. „Wir haben einen Vertrag mit einem Psychiater, dessen Schwerpunkt es ist, Kindern zu helfen."

„Mir wurde von den drei Familien gesagt, dass die Mädchen kaum Englisch sprachen. Stimmt das?"

Caleb sah auf den Bildschirm und sagte nach einer Weile: „Ja. Das ist richtig."

„Wie kommunizieren sie mit dem Psychiater?"

„Oh, er ist zweisprachig. Er spricht Russisch. Wir haben Glück, ihn zu haben."

„Wie heißt er?"

„Dr. Juri Sokolov."

„Wissen Sie, was Dr. Sokolov mit den Mädchen besprochen hat?"

„Hmm. Das fällt unter die ärztliche Schweigepflicht, also müssen Sie mit ihm sprechen. Aber ich kann Ihnen einen Ausdruck von allem geben, was in unseren Akten steht. Würde das helfen?"

Überrascht von Calebs Angebot nickte Yang. Es war definitiv eine gute Sache, keinen Gerichtsbeschluss für den Zugriff auf Informationen einholen zu müssen.

„Danke. Das wäre toll."

Hinter Caleb erwachte ein Drucker zum Leben und begann, Seiten auszuspucken. Währenddessen blickte Caleb wieder auf den Monitor und bewegte seine Maus, dann hielt er abrupt inne. „Nun, das ist seltsam."

Yang beugte sich vor. „Gibt es ein Problem?"

„Ich bin mir nicht sicher. Hm." Caleb zögerte, sah aber weiterhin auf den Monitor. „Ich sehe hier nur, dass alle drei Mädchen zuletzt bei einer von Dr. Sokolovs Sitzungen gesehen wurden." Er sah Yang direkt an. „Wenn Sie mich nicht nach Dr. Sokolov gefragt hätten, wäre es mir vielleicht gar nicht aufgefallen."

Das war ein interessantes Detail, genau die Art von Detail, nach der Yang suchte. Er hatte nicht erwartet, eine solche Goldmine zu finden. Bevor er noch etwas fragen konnte, klingelte das Telefon. Caleb sah darauf und sagte dann: „Tut mir leid, ich muss da rangehen. Nur einen Augenblick."

Caleb ging ans Telefon, aber Yang verstand nicht, was er sagte. Caleb sprach ein paar Worte in einer fremden Sprache, bevor er den Hörer auflegte. „Tut mir leid."

„Sie sprechen Russisch?", fragte Yang überrascht.

Caleb schmunzelte. „Nicht mehr so gut. Ich habe ziemlich fließend gesprochen, als ich als Teenager in Moskau lebte."

„Das muss ein ziemliches Abenteuer gewesen sein. Waren Sie Austauschschüler?"

„Nein. Nicht so, wie Sie es sich vielleicht vorstellen. Mein Vater war US-Botschafter in Russland. Wir lebten dort zwei Jahre."

„Ah, das muss doch etwas Besonderes gewesen sein. Was für eine Gelegenheit."

„Hmm. Ich denke schon. Es war kurz nach dem Tod meiner Mutter. Ich glaube, ich konnte es anfangs nicht wirklich genießen, und als ich mich an Moskau gewöhnt hatte, zogen wir schon wieder weg." Er zwang sich zu einem Lächeln, als würde er schmerzhafte Erinnerungen zurückdrängen. „Waren Sie schon einmal in Moskau?"

„Nein, kann ich nicht behaupten."

Der Drucker hörte auf, Seiten auszuspucken, und Caleb drehte sich um, um den Stapel zu nehmen. Er reichte ihn Yang.

„Ich muss zu einem Meeting", sagte Caleb und schaute auf seine Uhr, „aber wenn Sie noch etwas brauchen, irgendetwas, rufen Sie mich bitte an."

Yang deutete auf die Papiere in seiner Hand und sagte: „Sie waren bereits eine große Hilfe. Ich finde selbst hinaus."

Yang beschloss, Dr. Sokolov unmittelbar nach seinem Besuch bei der Wohltätigkeitsorganisation aufzusuchen. Als er das Logan Ambulatory Care Building in der NW P Street erreichte, wo der Psychiater sein Büro hatte, teilte ihm die Rezeptionistin mit, dass Dr.

Sokolov zwei Tage zuvor abgereist sei, um eine Woche lang in den italienischen Alpen zu wandern, und nicht erreichbar sei. Yang notierte sich in seinem Kalender, sich nach seiner Rückkehr mit dem Psychiater in Verbindung zu setzen.

38

12. Juni

Emily mochte es nicht, Catalina für ihre eigenen egoistischen Zwecke zu benutzen, aber sie hatte das Gefühl, keine andere Wahl zu haben, um Zugang zu Lars Nielson, dem schwedischen Diplomaten, mit dem Maddie verlobt gewesen war, zu bekommen. Es war ein weit hergeholter Versuch, aber sie wusste, dass Botschafter Pacheco seiner Tochter nichts ausschlagen konnte. Besonders nicht, wenn er wusste, dass es Catalina glücklich machen würde. Darin lag Emilys beste Chance.

Emily kam wie üblich in der argentinischen Botschaft an und begann ihren Unterricht mit Catalina, während Coffee neben dem Klavier lag, den Kopf auf die Pfoten gestützt, die Augen fast geschlossen. Er schien die Vibrationen des Instrumentes zu genießen.

Zu Beginn des Schuljahres hatte Emily ihren Schülern populäre Volksmusik aus verschiedenen Ländern vorgestellt, die die Kultur der vielen ausländischen Schüler in ihrer Klasse widerspiegelten. Sie hätte nicht gedacht, dass sich dieses Thema auf unerwartete Weise als nützlich erweisen würde. Emilys Schüler hatten Spaß an den Liedern und hatten begeistert mitgemacht. Einige von ihnen, darunter Catalina, hatten echtes Talent bewiesen. Ihre Stimmen passten perfekt dazu, den Geist der Musik einzufangen.

Emily hatte Catalina am Vortag in der Schule eine Idee in den Kopf gesetzt, und nun lag es an dem Mädchen, diese umzusetzen. Emily wusste, dass Catalina bereits in der Nacht zuvor mit ihrem Vater gesprochen hatte, was sie Emily am Morgen erzählt hatte, aber er hatte ihr noch keine eindeutige Antwort gegeben. Das machte Emily unruhig, weil die Ausführung ihres Plans zeitkritisch war. Das Wochenende war nur noch wenige Tage entfernt.

Die letzten Töne des Stücks, das Catalina auf dem Klavier spielte, erklangen.

„Bravo, Lina." Klatschen kam vom Eingang zum Wohnzimmer.

Emily sah Botschafter Pacheco, lässig an den Türrahmen gelehnt, dort stehen. Wie lange er dort schon gestanden hatte, wusste Emily nicht. Er schien mit den Fortschritten seiner Tochter zufrieden zu sein.

„Danke, Daddy!"

„Du hast heute sehr gut gespielt", lobte Emily das Mädchen. „Ich kann sehen, dass du viel geübt hast."

Catalina strahlte, erhob sich von der Bank und ging auf ihren Vater zu. „Daddy?"

„Ich bin hier", antwortete er, um anzuzeigen, wo er stand.

Als sie ihn erreichte, nahm er ihre Hand, während Emily sich bereits ihre Tasche über die Schulter warf und nach Coffees Geschirr griff.

„Können wir es machen, Daddy?", flehte Catalina ihren Vater an. „Ich habe die anderen Schüler schon gefragt und es gibt schon acht, die mitmachen wollen."

Botschafter Pacheco sah seine Tochter an. „Warum lässt du mich nicht kurz mit Miss Warner sprechen?"

„Okay." Sie drehte sich um und ging in Richtung Küche.

Als sie außer Hörweite war, näherte er sich ihr. Emily spürte, wie sich ihr Herzschlag beschleunigte. Würde er ihr sagen, dass ihre Idee nicht infrage kam? Hatte er Catalina weggeschickt, damit es leichter war, Nein zu sagen?

„Miss Warner, Catalina kam letzte Nacht mit dieser Idee zu mir."

„Ja?"

Er seufzte. „Sie sagte, dass ihr die Volkslieder, die Sie Ihrer Klasse Anfang des Jahres beigebracht haben, wirklich gefallen haben und dass sie die Gelegenheit lieben würde, sie aufzuführen   –   mit   einigen   ihrer Klassenkameraden ... Aber es scheint keine geplante Veranstaltung in der Schule zu geben ...”

Emily nickte. „Ja, leider wird die Aula der Schule   renoviert,   daher   wurden   alle Schulaufführungen verschoben.“

„Ja, Catalina hat es mir erzählt und sie hat auch gesagt, Sie würden Ihre Schüler leiten, wenn es nur einen anderen Ort für eine Aufführung gäbe. Also habe ich mich gefragt ...“ Er machte eine Handbewegung. „Und Sie können natürlich ‚Nein‘ sagen, wenn Ihnen das zu viel ist, aber es gibt einen Ort, an dem eine solche Aufführung sehr geschätzt werden würde.“

„Sie kennen eine andere Schule, deren Aula wir benutzen könnten?“

Er schüttelte den Kopf. „Keine Schule. Eine Botschaft.“

Emily öffnete ihren Mund. „Hier?“

Wieder schüttelte er den Kopf. „Nein, aber dieses Wochenende veranstaltet die schwedische Botschaft einen Ball. Und die Kinder könnten dort die Volkslieder vortragen. Catalina sagte, dass eines davon ein schwedisches Lied ist."

„Oh, ich meine, das wäre wunderbar, aber glauben Sie, der schwedische Botschafter wird die Idee mögen? Ich meine, es ist alles sehr kurzfristig."

„Wollen Sie damit sagen, dass die Kinder vielleicht noch nicht darauf vorbereitet sind?"

„Nein, nein, überhaupt nicht. Sie sind jederzeit einsatzbereit. Aber was ist mit dem Botschafter?"

Pacheco grinste, und für diesen kurzen Moment sah er fünfzehn Jahre jünger und um ein Leben glücklicher aus. „Er hat bereits zugestimmt."

Emilys Herz machte einen Sprung.

„Alles, was wir brauchen, sind die Namen der Schüler, die auftreten werden, und vielleicht ein oder zwei Begleitpersonen, die ebenfalls überprüft werden müssen. Sie sind bereits überprüft worden, das ist also einfach. Wenn Sie die Erlaubnis der Eltern der Kinder bekommen, dann kann ich mich um den Rest kümmern."

„Oh mein Gott, das ist wunderbar. Die Kinder werden es lieben." Emily strahlte.

„Alles, um Catalina glücklich zu machen."

Emily konnte es in seinen Augen sehen. Catalina glücklich zu sehen, machte ihn glücklich. Und obwohl Emily Catalina manipuliert hatte, um eine Einladung zur schwedischen Botschaftsparty zu ergattern, würde es niemandem schaden. Catalina und ihre Schulkameraden würden einen Riesenspaß haben.

Botschafter Pacheco zwinkerte ihr zu. „Und vielleicht spielen Sie für mich nach der Kindervorstellung einen Tango?" Seine Augen schweiften an ihr vorbei.

Emily musste seinem Blick nicht folgen, um zu wissen, dass er das Gemälde seiner verstorbenen Frau betrachtete und sich an die vielen Tangos erinnerte, die er mit ihr getanzt hatte.

„Ja, ein Tango nur für Sie."

Das war das Mindeste, was sie tun konnte.

39

Lucia schniefte erneut, ihre roten, geschwollenen Augen bezeugten, dass auch sie um Maddie trauerte. Bolton hatte nie an ihrer Loyalität seiner Tochter gegenüber gezweifelt, aber der Schmerz, den er in Lucias Augen sah, verriet, dass sie Maddie wie ihr eigenes Kind geliebt hatte.

Bolton war zu Maddies Reihenhaus gekommen, um die persönlichen Gegenstände seiner Tochter durchzusehen und Entscheidungen darüber zu treffen, was aufbewahrt und was entsorgt werden sollte. Lucia hatte darauf bestanden, ihm zu helfen, und dafür war er dankbar. Ihre Anwesenheit hinderte ihn daran, sich jedes Mal in seiner Trauer zu vergraben, wenn er einen Gegenstand sah, der ihm und seiner Tochter etwas bedeutet hatte. Und es gab viele solcher Gegenstände: Fotos, Geschenke und andere Andenken. Sogar Maddies Kleidung beschwor Erinnerungen an Ereignisse herauf, bei denen sie diese getragen hatte. Aber er erlaubte sich nicht, allzu lange auf einer Sache zu verweilen.

Er hatte mehr Tränen vergossen, als ein Mann das je sollte, viele davon in seinem Büro oder in seinem Auto, fern von neugierigen Blicken, fern von Rita, damit er in ihr keine neue Tränenwelle entfachte. Er musste stark für sie sein. Deshalb hatte er darauf bestanden, Maddies Reihenhaus ohne sie auszuräumen. Sie musste sich ausruhen. Und er brauchte eine Aufgabe, etwas, womit er sich beschäftigen konnte.

„Mr. Bolton?" Lucias Stimme ertönte hinter ihm.

Er drehte sich um. „Ja?"

„Ich habe den Schlüssel gefunden." Sie

hielt einen kleinen Schlüssel in der Hand und hob ihn hoch, damit er ihn sehen konnte.

„Wofür ist der?"

Sie starrte ihn besorgt an. „Für Maddies Schmuckschatulle. Wie ich vorher schon sagte."

Bolton nickte schnell. „Natürlich. Es tut mir leid, Lucia, ich kann mich nicht konzentrieren."

Lucia warf ihm ein sanftes Lächeln zu und drückte ihm den Schlüssel in die Handfläche. „Ich verstehe. Es ist nicht einfach. Wenn Sie nach Hause gehen wollen, kann ich hier weitermachen. Ich kann alles sortieren und dafür sorgen, dass die wichtigen Dinge für Sie und Ihre Frau in Kisten gepackt werden ..."

Bolton drückte Lucias Hand. „Nein, nein, ich bleibe. Es ist meine Pflicht. Ich kann Sie nicht die ganze Arbeit machen lassen. Sie haben schon so viel getan." Er deutete auf die Kisten, die Lucia beschriftet hatte, um zwischen wichtigen Papieren, Gegenständen für wohltätige Zwecke, Gegenständen von sentimentalem Wert und anderem zu unterscheiden. „Sie haben gute Arbeit geleistet. Sie kannten Maddie so gut."

Wieder schniefte Lucia. „Wenn ich an dem Morgen nur früher gekommen wäre. Vielleicht hätte sie es geschafft."

„Nein, bitte nicht. Sie sind nicht schuld. Sie haben alles getan –"

Der Klang der Türklingel unterbrach ihn.

„Ich schau, wer's ist", sagte Lucia schnell und ging in den Flur.

Bolton hörte, wie die Tür geöffnet wurde.

„Mr. Faulkner", sagte Lucia.

Bolton betrat den Flur und sah Mike Faulkner eintreten.

„Danke, Lucia", sagte Faulkner. „Ich hoffe, ich störe nicht." Er sah an Lucia vorbei. „Rita hat mir gesagt, dass du hier bist", sagte er zu Bolton. „Ich war in der Gegend, also dachte ich mir, ich schaue schnell vorbei."

Bolton bedeutete ihm einzutreten. „Komm herein."

Faulkner ging an Lucia vorbei und ergriff Boltons Hand. „Wie geht es dir?"

Bolton zuckte mit den Schultern und

deutete auf die Kisten. „So gut es einem in dieser Situation gehen kann.“

Als sie das Wohnzimmer betraten, fragte Lucia von der Tür aus: „Mr. Faulkner, möchten Sie etwas trinken? Die Küche ist noch –“

Faulkner drehte sich mit einem Lächeln zu ihr um. „Nein, danke. Bemühen Sie sich nicht. Ich bleibe nicht lange.“

Faulkner wandte sich wieder Bolton zu, griff in seine Jackentasche und zog ein kleines Plastiktütchen heraus. Darin befand sich ein Mobiltelefon. „Ich bin nur gekommen, um dir Maddies Handy zu bringen.“

Bolton nahm es entgegen und betrachtete es. Auf der Vorderseite des Telefons war ein Haftzettel angebracht.

„Ihr Passcode, damit du darauf zugreifen kannst. Der Secret Service hat es freigegeben. Sie haben alles runterkopiert, was sie brauchen.“

„Irgendetwas Hilfreiches?“, fragte Bolton.

„Sie arbeiten sich noch durch die Daten, die sie heruntergeladen haben, aber bisher war nichts hilfreich. Es tut mir leid.“

Zum zweiten Mal klingelte es an der Tür. Bolton blickte an Faulkner vorbei, um Lucia zu sagen, sie solle nachsehen, aber Lucia war ihm zuvorgekommen und öffnete bereits die Tür.

„Oh, Mr. Sullivan", hörte er Lucia sagen.

Boltons Schwiegersohn sprach leise, als er Lucia begrüßte. „Schließen Sie lieber schnell die Tür, Lucia", sagte Sullivan vom Flur aus, „sonst kommt der Reporter, der mich verfolgt hat, noch bis hier herein. Ich kann heutzutage nirgendwo mehr hingehen, ohne von Journalisten belästigt zu werden."

„Aber wollen Sie denen denn nicht sagen, was für eine nette Frau Maddie war?", fragte Lucia.

Bolton und Faulkner betraten den Flur.

Sullivan nahm ihre Anwesenheit mit einem Blick zur Kenntnis, ging aber auf Lucias Frage ein. „Natürlich möchte ich das, aber Reporter drehen einem einfach das Wort so lange im Munde herum, bis sie eine saftige Geschichte haben." Er deutete mit dem Kinn in die Richtung seines Schwiegervaters. „Nicht wahr, Eric?"

Lucia sah Sullivan und Bolton an und schien über etwas nachzudenken, das ein Stirnrunzeln verursachte. „Ich glaube nicht, dass alle Reporter so sind. Die Frau, die mich besucht hat, war sehr nett und sehr respektvoll."

„Eine Reporterin hat Sie interviewt? Über Maddie?", fragte Bolton.

„Sie war keine richtige Reporterin, ich meine, nicht für eine Zeitung ..." Lucia wirkte verlegen.

„Was meinen Sie damit?"

„Nun, sie war blind, wissen Sie, sie hatte ihren Blindenhund dabei und trug eine dunkle Brille. Es war für einen Podcast für Blinde. Sie können keine Zeitungen lesen, also macht diese Frau Podcasts."

Bolton seufzte. Jeder wollte einen Einblick in Maddies Leben bekommen. „Lucia ..." Er schüttelte den Kopf. „Was wollte sie?"

„Sie hat mich nur gefragt, wie Maddie zu Hause war, wissen Sie, was sie gegessen hat und solche Sachen. Ich habe ihr gesagt, dass sie nett zu Obdachlosen war ..." Sie verstummte einen Augenblick. „Sie glauben doch nicht etwa, dass sie meine Worte benutzen würde, um etwas Schlechtes über Maddie zu sagen, oder?"

Bolton tauschte einen Blick mit Faulkner aus und blickte dann zurück zu Lucia. Sie war eine gute Seele, aber viel zu vertrauensselig. „Hat sie Ihnen ihre Karte gegeben?"

„Nein, aber sie hat mir ihren Namen gesagt. Emily Warner. Ich habe ihn aufgeschrieben, nachdem sie ging. Damit ich mir den Podcast anhören kann. Aber bis jetzt habe ich ihn noch nicht gefunden."

Bolton atmete tief durch. Wie viele Menschen würden sich einen Podcast anhören, der für Blinde gedacht war? Er bezweifelte, dass die Hörerschaft des Podcasts groß genug war, um überhaupt in den Mainstream-Medien zu erscheinen. „Machen Sie sich keine Sorgen, Lucia. Denken Sie beim nächsten Mal daran, vorsichtig zu sein, was Sie anderen über Maddie erzählen. Es gibt viele Leute, die ihren Namen durch den Dreck ziehen wollen. Wir wollen ihnen kein Futter geben."

„Ja, es tut mir leid, Mr. Bolton." Sie

schniefte und ihre Augen wurden wieder feucht. „Ich habe mir nichts dabei gedacht. Es war einfach so beruhigend, über Maddie zu sprechen." Ein Schluchzen löste sich aus ihrer Brust.

„Na, na", sagte Bolton, „warum machen Sie nicht eine Minute Pause, um Ihre Tränen wegzuwischen und vielleicht eine Tasse Tee oder Kaffee zu trinken, bevor wir weitermachen, ja?"

Lucia nickte und ging zur Gästetoilette, aber zwei schwere Kisten blockierten die Tür, also ging sie nach oben.

Als sie außer Hörweite war, winkte Bolton Sullivan und Faulkner ins Wohnzimmer. „Sie ist ganz durcheinander."

„Da kann man ihr keinen Vorwurf machen", sagte Sullivan. „Maddie zu finden ... dieser Anblick ... das muss ein Schock gewesen sein."

Bolton nickte. Dieses Bild wollte er nicht heraufbeschwören. Es war schon schlimm genug, den Blutfleck auf dem Teppich sehen zu müssen, wo sie gestürzt war.

„Also, was führt dich hierher?", fragte Bolton Sullivan.

„Ich suche die Akte mit den Prüfungsunterlagen der Stiftung, die Maddie in der Woche vor ..." Er sagte das Wort nicht, und Bolton war dankbar dafür. „...ähm, mit nach Hause nahm. Sie sollte sie durchsehen, bevor der Vorstand darüber abstimmt. Wir mussten die Abstimmung verschieben ..."

„Hier in der Kommode sind Dokumente, aber ich glaube, die haben nichts mit der Wohltätigkeitsorganisation zu tun. Vielleicht oben? Lass uns mal schauen."

„Ich möchte dich bei deiner Arbeit nicht unterbrechen. Ich kann oben nachsehen", sagte Sullivan.

„Es geht schneller, wenn ich dir helfe", sagte Bolton und ging in den Flur. Er war bereits auf der Treppe, als er hinter sich Schritte hörte. Sullivan und Faulkner folgten ihm. Auf dem Treppenabsatz wandte er sich Maddies Zimmer zu. Aber an der Tür zögerte er. Das Eintreten fühlte sich an, als würde er ihre Privatsphäre verletzen.

Faulkner und Sullivan blieben neben ihm stehen.

„Bist du okay?", fragte Faulkner und legte ihm eine Hand auf die Schulter.

Bolton wandte seinen Kopf zu seinem Freund. „Ich hoffe immer noch, dass sie aus dem Badezimmer kommt und mich schimpft, weil ich nicht geklopft habe."

„Ich verstehe", sagte Faulkner. „Das ging mir auch so. Mit Georgina."

Plötzlich öffnete sich hinter ihm die Tür zum Gästebad. Bolton stockte der Atem und er drehte sich um. Es war Lucia.

Sie sah die drei Männer an, bevor sie auf die offene Tür zum Gästezimmer deutete. „Darf ich die Bettwäsche jetzt abziehen? Der Secret Service hatte mich gebeten, es so zu lassen, wie ich es an jenem Morgen fand."

Bolton schaute ins Gästezimmer. Das Bett war nicht gemacht. Er wusste, wie gründlich Lucia war. Sie würde ein ungemachtes Bett nicht länger als einen Tag so belassen. „Hatte Maddie in der Nacht vor ihrem ... bevor sie ... einen Gast?"

„Ich weiß es nicht", sagte Lucia. „Das war

mein freier Tag. Aber ich habe das Bett so vorgefunden. Das habe ich dem Secret Service gesagt. Und sie sagten, ich solle es so lassen."

Bolton nickte und blickte über die Schulter in das gegenüberliegende Zimmer, Maddies Schlafzimmer. Ihr Bett war gemacht, was, wie er wusste, darauf hindeutete, dass Maddies Sturz nachts passiert war, nicht morgens, als sie zur Arbeit gehen wollte. Aber er hatte nicht gewusst, dass das Gästezimmer benutzt worden war.

Er tauschte einen Blick mit Faulkner aus. „Hat der Secret Service nachgeforscht, ob Maddie einen Übernachtungsgast hatte?"

„Das taten sie. Sie haben Fingerabdrücke gefunden, die weder Maddie noch Lucia gehören", sagte Faulkner.

Lucia nickte. „Sie haben mir die Fingerabdrücke abgenommen." Beim Ertönen eines leisen Pieptons sagte Lucia: „Die Wäsche, entschuldigen Sie", und eilte die Treppe hinunter.

„Der Secret Service hat die Fingerabdrücke, die sie im Gästezimmer fanden, durch das System laufen lassen, aber es gibt keine Übereinstimmung", fügte Faulkner hinzu. „Wir haben keine Ahnung, wie alt die Abdrücke sind. Sie könnten von irgendeinem Gast während des letzten Jahres stammen. Meine Leute haben auch die Nachbarn befragt, aber niemand hat in den zwei Nächten zuvor gesehen, dass jemand anderes als Maddie das Haus betreten hat ..."

„Das heißt nicht, dass sie keinen Gast hatte", sagte Bolton.

„Stimmt", sagte Faulkner. „Aber wir haben so oder so keine Bestätigung."

„Habt ihr in ihrem Tagebuch oder Kalender nachgesehen, ob sie jemanden erwartete?", fragte Sullivan, als er in Maddies Schlafzimmer ging und die Schubladen zu ihrem Schreibtisch herauszog.

Faulkner folgte ihm. „Du kannst mir glauben, wenn ich dir sage, dass die mit der Untersuchung beauftragten Agenten gründlich sind. Sie haben nirgendwo eine Erwähnung eines Übernachtungsgastes gefunden."

„Ach, da ist die Akte", sagte Sullivan und zog einen beigefarbenen Hefter aus der Schublade.

Faulkner zuckte mit den Schultern, blickte dann zur offenen Tür und senkte die Stimme ein wenig. „Vielleicht hat Lucia vergessen, das Bett zu machen, nachdem ein vorheriger Gast gegangen war. So etwas passiert."

Bolton widersprach Faulkner nicht, aber er kannte Lucia besser. Sie war gründlich. Sie hätte das Bett niemals ungemacht gelassen, nachdem ein Gast abgereist war, was bedeutete, dass jemand vor Maddies Tod in diesem Bett geschlafen hatte.

40

14. Juni

Applaus erfüllte den großen Ballsaal der Schwedischen Botschaft, als sich ein Dutzend elf- und zwölfjähriger Kinder mit strahlenden Gesichtern vor dem Publikum verbeugte. Emily stand neben dem Klavier und ließ ihren Blick über die Menge schweifen. Sie trug ein schwarzes Cocktailkleid, das sie in letzter Minute gekauft hatte, um nicht wie ein bunter Hund herauszustechen. Trotzdem fühlte sie sich underdressed. Die weiblichen Gäste trugen atemberaubende Abendkleider in allen

Farben des Regenbogens, die Männer Smokings.

Botschafter Pacheco hatte sie und die Kinder begrüßt, als sie mit zwei Begleitpersonen im Schlepptau ankamen, und sie in einen kleineren Raum geführt, damit sie sich auf die Aufführung vorbereiten konnten. Als Emily auffiel, wie er die freudestrahlende Catalina ansah, wurde ihr klar, wie sehr Botschafter Pacheco es liebte, seine Tochter glücklich zu sehen. Er sah glücklich aus.

Als die Kinder ihre letzte Verbeugung machten, traten die beiden Lehrerinnen, die als Aufsichtspersonen fungierten, Isabelle Treadway und Olivia Remmington, die Schulleiterin, an die Schüler heran und lobten sie für ihre Leistung.

Die Kinder unterhielten sich aufgeregt, während aus den Lautsprechern Musik ertönte. Botschafter Pacheco hatte recht gehabt: Der schwedische Botschafter liebte ABBA. Und so wie es aussah, liebten viele der Männer und Frauen, die aufgrund ihrer hellen Haut, ihrer blauen Augen und ihrer blonden

Haare schwedische Diplomaten sein mussten, die Musik auch und begannen zu tanzen.

„Das war eine wunderbare Idee", sagte Olivia Remmington zu Emily. „Wie haben Sie das überhaupt hinbekommen?"

Emily lächelte. „Es war Catalinas Idee."

Die Schulleiterin kicherte und beugte sich näher. „Das ist das erste Mal, dass ich auf einer Botschaftsparty war. Ich wünschte, wir könnten länger bleiben, aber die Kinder müssen nach Hause, sonst bekommen wir Ärger mit den Eltern." Sie sah auf ihre Armbanduhr. „Sie müssten schon längst im Bett sein."

„Ist es Ihnen recht, wenn ich mich von hier aus auf den Heimweg mache, anstatt mit Ihnen in den Bus zu steigen? Meine Wohnung ist ganz in der Nähe und ich bin ein bisschen müde", sagte Emily, obwohl das nicht der Grund war, warum sie nicht mit den Kindern im Bus fahren wollte.

„Natürlich, Emily! Keine Sorge, Isabelle und ich bringen die Kinder nach Hause. Sie haben genug getan. Gute Nacht!" Sie winkte

Isabelle zu, die mit den Kindern Fotos knipste.

Emily beobachtete, wie Botschafter Pacheco seine Tochter umarmte, bevor er von einem anderen Mann weggezogen wurde und in der Menge verschwand. Es dauerte noch ein paar Minuten, bis die Kinder bereit waren zu gehen. Emily ging mit ihnen in den Flur und tat so, als würde auch sie gehen.

„Ich gehe besser noch schnell auf die Toilette", sagte sie zu Isabelle und der Schulleiterin. „Wir sehen uns alle am Montag."

„Gute Nacht, Miss Warner", sagten mehrere Kinder.

„Gute Nacht, Kinder", antwortete Emily und schlug die Richtung zur Damentoilette ein, aber bevor sie sie erreichte, schaute sie zurück. Die Kinder und ihre beiden Begleitpersonen hatten den Ausgang erreicht und passierten gerade die Sicherheitskontrolle.

Weder die Kinder noch die beiden Begleitpersonen blickten in ihre Richtung zurück, so ging Emily zurück in den Ballsaal.

Sie hatte Lars Nielson kurz vor der Aufführung gesehen, also wusste sie, dass er anwesend war, wenn er auch den Raum verlassen hatte, bevor die Aufführung begann. Sie musste versuchen, ihn zu finden. Emily schnappte sich ein Glas Champagner von dem Tablett, das ein Kellner herumreichte, ohne wirklich daran interessiert zu sein, es zu trinken. Aber sie wusste, dass sie so aussehen musste, als gehörte sie hierher.

„So eine schöne Aufführung", sagte eine Frau in einem langen silberfarbenen Kleid zu ihr und lächelte.

„Oh, danke", sagte Emily. „Die Kinder haben jede Sekunde genossen."

Die Frau nickte, dann wandte sie sich wieder den beiden Männern zu, mit denen sie sich unterhalten hatte, und Emily ging an ihr vorbei und hielt Ausschau nach einem großen blonden Mann. Aber da dies die schwedische Botschaft war, gab es ziemlich viele Männer, die dieser Beschreibung ähnelten. Und da alle Männer fast identisch gekleidet waren, hatte sie kein anderes Bild, an dem sie sich orientieren konnte.

Sie ging durch den Raum, verharrte nie zu lange an einer Stelle, damit die Leute nicht merkten, dass sie hier niemanden kannte. Botschafter Pacheco war verschwunden. Höchstwahrscheinlich war er von einem anderen Diplomaten in ein Geschäftsgespräch verwickelt worden oder rauchte in einem anderen Teil des Gebäudes eine Zigarre. In gewisser Weise war sie froh darüber, weil sie nicht wollte, dass er erfuhr, dass sie nicht mit den Kindern gegangen war, weil sie mit einem Hintergedanken heute hierhergekommen war. Er sollte nicht denken, dass sie ihn und seine Güte ausgenutzt hatte. Aber diese Sache war ihr wichtig, und in der Liebe und im Krieg war alles erlaubt. Obwohl es weder um Liebe noch um Krieg ging. Es ging darum, ihre eigene geistige Gesundheit zu bewahren. Sie musste dies für Maddie und für sich selbst tun, damit Maddie in Frieden ruhen und Emily frei von den Visionen leben konnte.

Emily spürte, wie ihre Augen müde wurden. Es gab zu viele Lichter, zu viele Menschen wirbelten herum. Sie warf einen

Blick auf die Tanzfläche, wo sich mehrere Paare so schnell im Kreis bewegten, dass Emily plötzlich das Gefühl hatte, der Boden unter ihren Füßen würde sich drehen. Sie schloss schnell die Augen und holte tief Luft, bevor sie sich von dem Anblick abwandte und in Richtung des Haupteingangs zum Ballsaal blickte.

Da sah sie ihn: Lars Nielson, Maddies Ex-Verlobter, stand dort, ein Glas in der Hand. Er war alleine. Das war ihre Gelegenheit. So schnell sie konnte, ohne zu rennen, bahnte sie sich einen Weg durch die Menschenmenge. Sie hatte Glück. Nielson hatte sich nicht von seinem Platz neben der Tür bewegt.

„Mr. Nielson", sagte Emily schnell, bevor ihr Mut sie verlassen konnte. „Ich bin Emily Warner."

Er nickte höflich und sagte: „Ich glaube nicht, dass wir einander schon vorgestellt wurden, oder falls doch, entschuldigen Sie bitte, dass ich Ihren Namen vergessen habe."

Seine Worte waren übermäßig höflich und förmlich, aber angesichts der Tatsache, dass er eindeutig hier war, um die schwedische Regierung zu vertreten, war das verständlich.

„Nein, wir sind uns noch nicht zuvor begegnet."

„Ich bin erleichtert, dass mir kein Fauxpas unterlaufen ist." Er schenkte ihr ein charmantes Lächeln, und Emily verstand, warum eine Frau wie Maddie sich zu ihm hingezogen fühlte.

„Ich bin hier als Gast von Botschafter Pacheco aus ..."

„Argentinien, ja, ich kenne ihn gut." Dann ließ er seine Augen über sie gleiten, als würde er sie einschätzen. „Sie sind ... seine ... äh, Freundin?"

Sie schüttelte den Kopf. Die Vorstellung, dass sie mit dem Botschafter befreundet war oder ihn datete, war fast komisch. „Ich unterrichte seine Tochter. Klavier."

Nielson grinste und beugte sich zu ihr. „Natürlich tun Sie das. Aber wenn ich das sagen darf, er hat einen guten Geschmack, der alte Hund."

Emily fühlte, wie sie errötete. Nielson dachte eindeutig, dass sie eine sexuelle

Beziehung mit dem Botschafter hatte, was gelinde gesagt absurd war. Aber vielleicht würde ihr diese Annahme helfen, Nielson dazu zu bringen, mit ihr über Maddie zu sprechen.

Sie lächelte. „Er ist ein sehr freundlicher Mann."

„Sehr freundlich und sehr tragisch."

Nielsons Worte verhalfen ihr zum richtigen Einstieg.

„Ich wollte Ihnen mein Beileid aussprechen. Was mit Madeline passiert ist ... es ist so sinnlos."

Sein Verhalten änderte sich. Er nahm einen Schluck aus seinem Glas. „Es ist schwer, das alles zu begreifen. Kannten Sie sie?"

„Ja und nein."

Nielson zog die Augenbrauen hoch. „Das ist eine seltsame Antwort auf eine sehr einfache Frage."

„Ich habe sie nie persönlich kennengelernt ... aber ich bin ihr dankbar ... für das, was sie mir gegeben hat." Sie hatte keine Ahnung, ob sie ihm sagen sollte, dass sie Maddies Hornhäute bekommen hatte, oder nicht. Vielleicht war es dumm, zu viel zu verraten. Sie würde verrückt wirken, wenn sie ihm die Wahrheit offenbarte. „Sie war eine sehr großzügige Person."

„Das war sie."

„Ich weiß, es geht mich nichts an, aber als sie mit Ihnen Schluss machte ... glauben Sie, sie hat es bereut?"

Er runzelte die Stirn.

„Ich meine, Sie nur ein paar Monate vor Ihrer geplanten Hochzeit zu verlassen ... das ..."

„Woher wollen Sie so etwas wissen? Von der Boulevardpresse?" Er schüttelte den Kopf. „Unsere Trennung war vollkommen einvernehmlich. Es war eine gemeinsame Entscheidung."

Emilys Kinn fiel herunter. „Aber der Streit, den Sie mit ihr hatten ..." Vicky hatte ihr erzählt, was sie Monate zuvor in der Presse gelesen hatte. Es passte zu ihrer Vision, in der Nielson ausgesprochen wütend ausgesehen hatte.

Nielson ließ ein empörtes Geräusch

heraus. „Es war ein Streit unter Freunden." Sein Kinn straffte sich. „Ich habe sie gewarnt, vorsichtig mit diesem Idioten zu sein ... Diego Sanchez. Er ist so zwielichtig wie nur möglich. Aber sie wollte nicht hören, oder?" Er klang jetzt wütend und nahm einen großen Schluck von seinem Glas, leerte es. „Und Sie haben recht, es geht Sie nichts an."

Er stolzierte davon, aber anstatt in den Ballsaal zu gehen, ging er in den Flur und marschierte zum Haupteingang der Botschaft.

Emily seufzte. Sie hatte ihn verärgert, was nicht ihre Absicht gewesen war. Trotzdem hatte sie etwas herausgefunden: Maddie hatte Nielson nicht verlassen. Wenn ihre Trennung wirklich eine gemeinsame Entscheidung war, dann hätte Maddie keine unerledigten Dinge mit Nielson zu regeln, keinen Grund, warum sie wollte, dass Emily sich an ihn wendete. Aber Nielsons Worte über Diego Sanchez hatten ihre Aufmerksamkeit erregt. Was, wenn Maddie versuchte, ihr zu zeigen, dass Diego Sanchez etwas mit ihrem Tod zu tun hatte? Hatte sie

Emily deshalb eine Vision von Nielson gezeigt, damit Nielson ihr von Sanchez erzählen konnte? Es war einen Versuch wert.

„Miss?", sagte eine männliche Stimme hinter ihr.

Sie drehte sich um und fand sich einem Mann gegenüber, den sie sofort erkannte, obwohl seine Kleidung heute anders war. Er war in einen schwarzen Anzug gekleidet. Er trug einen Ohrhörer und um seinen Hals hing ein Schlüsselband mit einem Ausweis, der ihn als Sicherheitspersonal identifizierte.

„Kommen Sie mit und machen Sie keine Szene."

41

Adam Yang glaubte nicht an Zufälle. Lars Nielson war auf ihn zugekommen und hatte gefragt, ob die Frau, mit der er gesprochen hatte, eine Reporterin war, die sich irgendwie hineingeschmuggelt hatte, um ihn über seine Beziehung zu Madeline Bolton auszuhorchen.

Yang hatte gerade einen anderen Sicherheitsangestellten am Vordereingang der Botschaft abgelöst und überprüfte sofort die Gästeliste. Emily Warners Name stand nicht darauf. Irgendwie war es ihr gelungen, sich für die Party einzuschleichen. Wie, das wusste er nicht. Er hatte sie nicht für besonders raffiniert gehalten, aber sie hatte eindeutig einen Weg gefunden, in die streng bewachte Veranstaltung einzudringen. Es war ihm auch nicht entgangen, dass sie mit Lars Nielson gesprochen hatte, nachdem sie bei Madeline Boltons Beerdigung daran gehindert worden war.

Dies war das dritte Mal, dass ihm Emily Warner über den Weg lief, das dritte Mal, dass ihr Erscheinen irgendwie mit Madeline Bolton zusammenhing. Zuerst war sie bei Patel's Market aufgetaucht, wo Madeline Bolton einen Monat zuvor Zeugin eines Verbrechens geworden war. Ein paar Tage später hatte sie – da war er sich sicher – ohne Einladung an Miss Boltons Beerdigung teilgenommen. Und jetzt hatte sie irgendwie den Ball der schwedischen Botschaft infiltriert, wo sie Madeline Boltons Ex-Verlobten belästigt hatte. Doch warum?

„Kommen Sie mit und machen Sie keine Szene", sagte Yang.

Emily Warner starrte ihn an. „Sie sind der Polizist ..."

„Detective Yang", sagte er knapp und

ergriff ihren Ellbogen. „Lassen Sie uns gehen.“

„Aber ich habe doch nichts getan.“

„Ich weiß nicht, wie Sie hier hereingekommen sind, aber Sie wurden nicht eingeladen, Miss Warner. Oder soll ich auf der Gästeliste nach einem anderen Namen suchen?“

„Ich wurde eingeladen!“, protestierte sie und sah empört aus. „Ich bin mit Botschafter Pacheco gekommen.“

„Natürlich sind Sie das“, sagte er, unfähig, den Sarkasmus aus seiner Stimme zu halten. „Und wo ist er jetzt?“

Sie blickte über ihre Schulter. „Er war gerade noch hier. Vor ein paar Minuten.“

Yang führte sie von der offenen Tür zum Ballsaal weg, damit niemand sie hören konnte, falls sie hysterisch werden sollte.

„Warum belästigten Sie Mr. Nielson?“

„Ich habe ihn nicht belästigt.“

„Sie haben ihn über Madeline Bolton ausgefragt.“

Sie hatte den Anstand, verlegen auszusehen. „Ich habe mich nur unterhalten.“

„Ist das Ihre Art, an pikante Geschichten für die Boulevardpresse zu kommen?"

„Die Boulevardpresse?" Sie schnaubte. „Sie glauben, ich bin eine Reporterin?"

„Warum sonst hätten Sie sich an Mr. Nielson gewandt und ihm Fragen über seine Ex-Verlobte gestellt?"

„Ich bin keine Reporterin!" Sie spuckte das letzte Wort beinahe aus.

Wenn das stimmte, dann konnte sie nur eine Stalkerin sein, was sie noch gefährlicher machte. Und wahnsinnig.

„Hören Sie, Miss Warner", sagte er ruhig, um sie nicht noch mehr zu reizen, „lassen Sie mich Ihnen einen Rat geben. Wenn Sie eine Veranstaltung, die von einer ausländischen Regierung abgehalten wird, infiltrieren, werden Sie in große Schwierigkeiten –"

„Aber ich habe die Party nicht infiltriert!", sagte sie genervt. „Ich wurde eingeladen, mit meinen Schülern aufzutreten. Sie haben Volkslieder gesungen und ich habe sie am Klavier begleitet."

Er seufzte. „Sie sagten vorhin, Sie seien mit Botschafter Pacheco gekommen."

„Ja, und das stimmt. Er war derjenige, der die Aufführung organisierte, damit meine Schüler und ich daran teilnehmen konnten. Seine Tochter ist eine meiner Schülerinnen.“

Yang schüttelte den Kopf. Die Frau wurde immer aufgeregter und es würde nicht lange dauern, bis sie die Aufmerksamkeit der geladenen Gäste auf sich zog. „Bitte, Miss Warner, lassen Sie uns das ganz ruhig regeln.“

Es gelang ihm, sie durch den Korridor zu führen, der zum Haupteingang führte.

„Warum glauben Sie mir nicht?“, fragte sie und ihre Stimme bebte plötzlich.

Als er ihr ins Gesicht sah, bemerkte er, dass Tränen in ihren Augen standen. Für einen Augenblick fragte er sich, ob sie vielleicht die Wahrheit sagte, aber er verdrängte diesen Gedanken. Zu vieles an dieser Frau machte keinen Reim. Wenn sie keine Reporterin war, um hier Insiderinformationen über den Ex-Verlobten einer toten Frau zu erhalten, dann war sie höchstwahrscheinlich psychisch krank, wahnsinnig oder einfach nur verrückt. Wirklich schade. Sie sah in ihrem schwarzen Kleid zierlich und anmutig aus. Sie trug kaum Make-up, sah aber hübscher aus als die meisten anderen weiblichen Gäste, denen er bei der Ankunft aus ihren Limousinen geholfen hatte.

Yang wollte sie nicht zum Weinen bringen und sagte: „Ich rufe Ihnen einen Uber, der Sie nach Hause fährt, okay?"

An der Eingangstür angekommen führte er sie nach draußen. „Ich muss Ihren Führerschein sehen." Er zog sein Handy aus der Tasche und öffnete die Uber-App. Er wollte sichergehen, dass sie ihm keine falsche Adresse gab.

„Ich habe keinen."

Er begegnete ihrem Blick. „Sie haben ihn nicht dabei?"

Sie schüttelte den Kopf. „Ich habe keinen Führerschein."

Log sie ihn an? Er konnte es nicht sagen. Normalerweise hatte er ein ziemlich gutes Gespür dafür, herauszufinden, ob ein Verdächtiger ihn anlog oder nicht, aber bei dieser Frau konnte er es nicht sagen. Das war mehr als nur ein wenig beunruhigend.

„Gut", sagte er. „Wie ist Ihre Adresse?"

„Ich kann mir meinen eigenen Uber rufen."

„Ich bestehe darauf."

Sie seufzte und nannte dann eine Adresse in Columbia Heights, nicht allzu weit von Patel's Market und Yangs eigener Wohnung entfernt. Er gab die Adresse in die App ein und wartete einige Augenblicke.

„Der Uber sollte in ein paar Minuten hier sein", sagte er und sah hoch.

Aber Emily Warner sah nicht aus, als hätte sie ihn gehört. Sie starrte in die Ferne. Ihre Augen waren weit aufgerissen, ihr Mund geöffnet. Yang blickte über seine Schulter und erwartete, jemanden dort stehen zu sehen. Aber da war niemand, nur ein großer Topf mit Blumen.

„Miss Warner?"

42

In einem Augenblick sprach sie mit Detective Yang, im nächsten verschwamm alles vor Emilys Augen. Einen Moment lang dachte sie, dass ihr Körper die Hornhäute abstieße, aber sie hatte unrecht. Dies war wieder eine Vision, eine weitere Erinnerung aus Maddies Leben.

Perfekt manikürte Hände scrollten durch die Kontaktliste eines Telefons und tippten dann auf einen Namen. Alles, wozu Emily Zeit hatte zu lesen, war der Vorname der Person, Sergei. Dann erschien das Spiegelbild eines Gesichts auf der polierten Oberfläche eines

Schrankes: Maddie. Sie hielt das Telefon ans Ohr gepresst. Emily konnte weder hören, was sie sagte, noch konnte sie hören, ob Sergei antwortete oder was er sagte. Der Anruf dauerte nur wenige Sekunden. Maddie legte das Handy weg und drehte sich um.

Da wurde Emily klar, dass Maddie nicht allein war. Das Mädchen, das in einem eleganten Haus stand, von dem sie annehmen musste, dass es Maddie gehörte, konnte nicht älter als dreizehn sein. Sie trug eine Yogahose und ein großes Sweatshirt. Sie war barfuß und ihr langes dunkles Haar war feucht, als hätte sie geduscht. Ihre blauen Augen waren tränenerfüllt. Ihr Gesicht und ihr Hals waren mit Blutergüssen übersät. Ihre Handgelenke schienen wund und rot zu sein, als hätte etwas ihre Haut gereizt. Emily versuchte, genauer hinzusehen, aber Maddies Blick schweifte nach oben, weg von den Händen des Mädchens und zurück zu ihrem Gesicht.

Je länger Maddie sie anstarrte, desto mehr erkannte Emily, dass das Mädchen sich zu Tode fürchtete. Sie zitterte, ihre Schultern waren nach vorne gebeugt, ihre Brust bebte von den Schluchzern, die ihr entkamen. Doch als Maddie ihre Hand auf den Arm des Mädchens legte, was Emily nur als beruhigende Geste interpretieren konnte, schreckte das Mädchen zurück. Sie wollte nicht berührt werden. Vertraute niemandem. Emily musste Maddies oder die Worte des Mädchens nicht hören, um zu verstehen, dass jemand dem Mädchen wehgetan hatte und Maddie irgendwie versuchte, ihr zu helfen.

Unter den Prellungen und Tränen war das Mädchen wunderschön. Emily hatte noch nie Augen wie ihre gesehen. Sie fesselten und zogen den Betrachter zu sich. In ein paar Jahren würde das Mädchen zu einer wunderschönen Frau aufblühen – wenn sie überlebte, was auch immer sie durchmachte und in welcher Gefahr sie sich befand. Für Emily gab es keinen Zweifel daran, dass das Mädchen vor etwas oder jemandem geflohen war.

Emily beobachtete, wie Maddies Hand dem Mädchen bedeutete, ihr nach oben zu folgen, wo sie eine Tür zu einem

Schlafzimmer öffnete. Es war ein gemütliches Zimmer mit üppiger Einrichtung, einem Queensize-Bett, einer antiken Kommode und einem Schaukelstuhl mit einer Leselampe in einer Ecke. Die Vorhänge waren bereits zugezogen.

Wieder wechselte Maddie ein paar Worte mit dem Mädchen, aber Emily konnte ihr Gespräch nicht hören, sondern nur sehen, was Maddie gesehen hatte.

Als Maddie sich umdrehte und den Raum verließ, stoppte die Vision plötzlich und Emily starrte auf einen großen Topf mit Blumen. Einen Moment lang wusste sie nicht, wo sie war.

„Miss Warner? Geht es Ihnen gut? Brauchen Sie einen Arzt?"

Emily wandte ihren Kopf in die Richtung der Männerstimme, aber die plötzliche Bewegung ließ sie schwanken. Eine feste Hand ergriff ihren Ellbogen, um ihr zu helfen, ihr Gleichgewicht wiederzufinden. Sie blinzelte und sah, dass Detective Yang ihr einen besorgten Blick zuwarf.

„Es geht mir gut. Zu viel Alkohol",

behauptete sie, obwohl sie keinen einzigen Schluck Champagner getrunken hatte. Es war besser, dass Yang sie für beschwipst und nicht für verrückt hielt.

„Gut, dann bringen wir Sie nach Hause. Der Uber ist hier", sagte er und seine Stimme war viel freundlicher als zuvor, als er sie beschuldigt hatte, die Botschaftsparty infiltriert zu haben.

„Danke."

Sie musste nicht länger auf der Party bleiben. Sie hatte mit Lars Nielson gesprochen. Sie wusste nicht, ob sie ihm glaubte, dass seine Trennung von Maddie einvernehmlich verlaufen war. Emily war jedoch überrascht, dass er und Maddie überhaupt ein Paar gewesen waren. Nielson kam ihr nicht wie ein Mann vor, der leidenschaftlich genug für Maddie war. War Diego Sanchez anders? War er der Typ Mann, der innerhalb einer Sekunde in eifersüchtige Wut geraten konnte? Sie hätte die Haushälterin nach Maddies Beziehung zu ihm fragen sollen. Aber die Ermittlung von Diego Sanchez musste warten. Nach dem, was diese neueste Vision enthüllte, war es wichtiger herauszufinden, wer das Mädchen war und wie ein Mann namens Sergei darin verwickelt war.

„Und Miss Warner?", sagte Detective Yang, als er die Autotür für sie öffnete.

„Ja?" Sie stieg hinten in den Uber und begegnete seinem Blick.

Er schien zu zögern. Dann griff er in seine Tasche und zog eine Karte heraus. Er reichte sie ihr. „Das nächste Mal, wenn Sie versuchen, eine Party zu infiltrieren, rufen Sie mich an, damit ich Sie davon abhalten kann."

„Ich habe die Party nicht infiltriert ..."

„Das sagten Sie schon mehrere Male."

„Wenn Sie wirklich glauben, ich wäre illegal auf der Party gewesen, warum verhaften Sie mich dann nicht? Ich meine, Sie sind ein echter Polizist, nicht nur ein Sicherheitsangestellter." Was war in sie gefahren? War es wirklich schlau, den schlafenden Löwen zu wecken?

„Hören Sie auf, solange Sie noch nicht in größeren Schwierigkeiten sind, Miss Warner. Gute Nacht."

Er schloss die Autotür und der Uber-Fahrer setzte den Wagen in Bewegung. Emily drehte ihren Kopf, um zu Detective Yang zurückzublicken, und bemerkte, dass er dem Auto mit seinen Augen folgte. Dann sah sie sich die Karte an, die er ihr gegeben hatte, aber im Auto war es zu dunkel, um sie zu lesen. Stattdessen steckte sie sie in ihre Handtasche und lehnte sich im Sitz zurück.

Sie war müde. Zu müde, um sich zu wundern, warum der Detective ihr seine Karte gegeben hatte. Es spielte keine Rolle. Schließlich hatte sie sich nicht in die Botschaft hineingeschmuggelt und sie hatte ganz sicher nicht die Absicht, jemals so etwas zu tun. Daher würde Detective Yang sie nie zur Vernunft bringen müssen.

43

15. Juni

Es war mitten am Vormittag, als Jefferson einen Block von Dimitry und Irina Fedorovs Haus entfernt parkte und den Motor abstellte.

„Du hast *was* getan?"

Yang zuckte mit den Schultern. „Was hättest du denn getan? Sie verhaftet? Außerdem war ich nicht in meiner Eigenschaft als Detective dort. Ich hatte dienstfrei."

„Was absolut keinen Unterschied macht." Jefferson warf ihm einen unbewegten Blick zu. „Ich meine, mit dieser Frau stimmt eindeutig etwas nicht. Sie hat etwas mit Madeline Bolton zu tun. Du bist ihr jetzt schon zweimal begegnet."

„Dreimal", korrigierte Yang seinen Partner, ohne nachzudenken.

„Was? Nicht nur im Tante-Emma-Laden und in der Botschaft?"

Yang presste die Lippen zusammen.

„Raus damit", verlangte Jefferson.

Wissend, dass Jefferson hartnäckig sein konnte wie ein Hund mit seinem Knochen, seufzte Yang. „Sie und eine Freundin sind auch bei Madeline Boltons Beerdigung aufgetaucht."

Mit offenem Mund schüttelte Jefferson den Kopf. „Was zum Teufel hast du bei dieser Beerdigung gemacht? Was, wenn Lieutenant Arnold davon erfährt?"

„Das wird sie nicht. Es sei denn, du sagst es ihr."

„Das sollte ich tun!" Jefferson schlug mit der Hand aufs Lenkrad. „Wie zum Teufel bist du jemals Detective geworden?"

„So wie du, indem ich nichts für bare Münze nehme und meinem Bauchgefühl folge."

Einen Moment lang schwieg Jefferson. „Touché."

Yang grinste. „Und ich dachte, du sprichst keine Fremdsprache."

Jefferson verdrehte die Augen. „Zieh mich bloß nicht mit hinein. Wenn irgendjemand herausfindet, dass du im Todesfall von Madeline Bolton ermittelst, werde ich bestreiten, dass wir jemals dieses Gespräch geführt haben."

„Ist mir recht", sagte Yang und stieg aus dem Auto.

Jefferson tat dasselbe. „Dieses Mal hätten wir einen Dolmetscher mitbringen sollen."

Yang zuckte mit den Schultern. „Wenn das Mädchen etwas weiß, werden wir sie bitten, zum Revier zu kommen und dann einen Dolmetscher holen."

Sie gingen zum Haus der Fedorovs und klingelten an der Tür. Schritte waren zu hören, dann wurde die Tür geöffnet. Es war Dimitri Fedorov.

„Erinnern Sie sich an uns?", fragte Jefferson.

Fedorov nickte. Hinter ihm kam seine Frau ins Bild. Sie sah verängstigt aus.

„Wir würden gerne mit Sasha sprechen, um zu sehen, ob sie uns etwas über die anderen beiden Mädchen erzählen kann, die verschwunden sind", sagte Yang.

Der Blick, den das Ehepaar austauschte, war unverkennbar. Yang hatte diesen Blick schon bei vielen Leuten gesehen – wenn er sie bei einer Lüge ertappte.

„Wo ist sie?" Er zeigte auf seine Uhr. „Heute ist keine Schule."

„Sehen Sie, wir können dies jetzt auf die leichte oder auf die harte Tour machen", fügte Jefferson hinzu. „Und glauben Sie mir, die harte wollen Sie nicht kennenlernen."

Mrs. Fedorov brach plötzlich in Tränen aus, und ihr Mann zog sie in seine Arme, während er Jefferson und Yang einen flehenden Blick zuwarf.

„Tun Sie uns nicht weh. Bitte."

Yang fuhr instinktiv mit der Hand zu seiner Dienstwaffe. Seine Sinne waren geschärft und er suchte den Flur hinter dem Paar ab. „Ist sonst noch jemand im Haus?"

„Nein", sagte Fedorov schnell. „Nein, nur ich und meine Frau."

„Macht es Ihnen etwas aus, wenn wir reinkommen?", fragte Yang. Als Fedorov sie einlud, nickte Yang Jefferson zu, bevor sie beide eintraten.

Yang überprüfte schnell jeden Raum im Erdgeschoss, während Jefferson das Gleiche im ersten Stock tat.

„Es ist niemand sonst hier", bestätigte Jefferson, als er wieder nach unten kam und sich zu ihnen ins Wohnzimmer gesellte.

„Was geht hier vor sich?", fragte Yang das Paar. „Wo ist Sasha? Und sagen Sie nicht, dass sie mit einer Freundin Hausaufgaben macht."

Mrs. Fedorov weinte weiter, aber ihr Mann antwortete: „Sie ist nicht hier. Sie ist nicht zurückgekommen."

Yang tauschte einen Blick mit seinem Partner aus. „Sie meinen, sie ist wieder verschwunden?"

Fedorov schüttelte den Kopf. „Sie ist überhaupt nicht zurückgekommen. Sie wird immer noch vermisst." Er sah ängstlich aus, als erwartete er eine Bestrafung.

„Sie haben uns angelogen? Warum?"

„Sie sind Polizei. Wir wollten keinen Ärger bekommen. Wenn wir Ärger mit der Polizei bekommen, gibt uns die Einwanderungsbehörde keine Green Card."

„Scheiße", fluchte Yang.

Jefferson schüttelte den Kopf. „Jesus! Sie dachten, Sie würden Ärger bekommen, wenn Sie zugäben, dass Sasha nicht zurückgekommen ist? Lassen Sie mich Ihnen etwas sagen, Sie sind jetzt in Schwierigkeiten, weil Sie uns angelogen haben." Jeffersons Stimme wurde mit jedem Wort, das er sprach, lauter.

Die Fedorovs wichen beide, sichtlich verängstigt, zurück.

Yang legte seine Hand auf den Arm seines Partners. „Stopp. Ich weiß, warum sie so gehandelt haben. Russland ist nicht gerade für ethische Polizeiarbeit bekannt."

Dann wandte er sich an Fedorov. „Sie hatten Angst, wir würden der Einwanderungsbehörde mitteilen, dass ein Mädchen in Ihrer Obhut verschwunden ist, und Sie dachten, Sie würden dafür bestraft werden?"

Fedorov nickte.

„Aber warum haben Sie dann überhaupt eine Vermisstenanzeige aufgegeben, wenn Sie solche Angst vor der Polizei hatten?", fragte Jefferson.

„Es war die Schule", sagte Fedorov. „Die Schule hat den Bericht erstattet. Wir mussten mit der Polizei sprechen."

Yang nickte verstehend. Hatten sie die ganze Zeit in Angst gelebt und darauf gewartet, dass die Einwanderungsbehörde an ihre Tür klopfte?

„Okay, ich verstehe", sagte Yang. „Aber jetzt müssen Sie etwas für uns tun."

Die Augen des Paares weiteten sich.

„Sie müssen mit uns zum Revier kommen, um eine DNA-Probe abzugeben, Mr. Fedorov." Dann deutete er zu Mrs. Fedorov. „Und wir müssen Sashas DNA bekommen.

Von ihrer Zahnbürste oder Haarbürste. Haben Sie die?"

Fedorov sagte etwas auf Russisch zu seiner Frau. Sie nickte und deutete zur Decke. „Oben."

„Ich gehe mit Ihnen hinauf", sagte Jefferson.

Widerstrebend ging die Frau zur Tür und Jefferson folgte ihr.

Als sie außer Hörweite waren, trat Yang einen Schritt näher an Fedorov heran. „Ich möchte, dass Sie etwas verstehen, Mr. Fedorov. Niemand wird Ihnen oder Ihrer Frau wehtun oder Ihren Aufenthaltsstatus gefährden, wenn Sie nichts mit Sashas Verschwinden zu tun haben. Aber wenn Sie etwas damit zu tun haben, werde ich nicht ruhen, bis Sie für Ihr Verbrechen bezahlen. Verstehen Sie das?"

Fedorov nickte, sein großer Körper zitterte.

„Gut", sagte Yang. „Sie kommen also freiwillig zum Revier?"

„Ja, Detective. Ich gebe Ihnen meine

DNA. Und Sie werden sehen, dass ich Sasha nicht wehgetan habe."

Yang studierte das Gesicht des Mannes. Zu viel Angst stand dem russischen Einwanderer ins Gesicht geschrieben, als dass Yang erkennen konnte, ob er log oder die Wahrheit sagte. Auf diese Frage müsste die Wissenschaft eine Antwort geben.

44

Emily zappelte. Vielleicht war es eine schlechte Idee gewesen. Was erwartete sie überhaupt herauszufinden? Machte sie nicht auf sich aufmerksam, indem sie hier war? Und was sollte sie überhaupt sagen? Vielleicht hätte sie das zumindest mit Vicky besprechen sollen. Hätte sie Vicky allerdings erzählt, was sie vorhatte, hätte ihre Freundin es ihr zweifellos ausgeredet.

„Ja, kann ich Ihnen helfen?" Die Frau, die die Tür geöffnet hatte, wischte sich die Hände an ihrer Schürze ab.

Das war nicht Mrs. Bolton. Leute wie die Boltons hatten eindeutig Hausangestellte.

„Äh, ja, ich ... äh." Emily räusperte sich. „Ich bin hier, um Mrs. Bolton zu sehen."

Misstrauisch musterte die Haushälterin sie von oben bis unten. „Haben Sie eine Verabredung?"

„Ähm, nein, aber ..."

Die lebhaft aussehende Frau stemmte ihre Hände in die Hüften und hob ihr Kinn. „Mrs. Bolton darf nicht gestört werden."

„Aber ich muss mit ihr reden ..."

„Könnt ihr Reporter die Frau nicht in Ruhe lassen? Sie trauert!"

Offensichtlich war die Haushälterin ihrer Arbeitgeberin gegenüber loyal und beschützte sie. Aber Emily konnte jetzt nicht aufgeben.

„Ich bin keine Reporterin! Maddie hat mir ein Geschenk gemacht", sagte Emily schnell. „Und ich möchte Mrs. Bolton dafür danken."

„Verschwinden Sie!", sagte die Frau mit lauter Stimme, bereit, Emily die Tür vor der Nase zuzuschlagen.

„Was geht hier vor sich, Trudy?"

Die Stimme kam von hinter der Haushälterin, die sich jetzt umdrehte und die Sicht auf Mrs. Bolton freigab. Emily erkannte sie von der Beerdigung. Sie war zierlich und sah in ihrem schwarzen Kleid zerbrechlich aus. Ihr Haar war perfekt zu einem tiefen Knoten frisiert, ihr Make-up makellos, aber selbst das konnte die Blässe ihres Gesichts und die hohlen Augen nicht verbergen. So sah eine trauernde Mutter aus.

„Mrs. Bolton", sagte Emily schnell, „ich muss Ihnen für das danken, was Maddie mir gegeben hat."

„Ich kümmere mich darum, Ma'am", sagte die Haushälterin. „Diese Reporterin wird Sie nicht mehr stören, das verspreche ich."

Aber Mrs. Bolton sah an ihrer Angestellten vorbei und starrte Emily an. Ihre Blicke trafen sich für eine lange Sekunde.

„Was ist mit Maddie? Was hat sie Ihnen gegeben?"

„Mein Augenlicht", sagte Emily, während sie immer noch Mrs. Boltons Blick hielt. „Sie hat mir ihre Hornhäute gespendet."

Mrs. Boltons Lippen begannen zu zittern. Trudy schwieg.

„Bitte kommen Sie herein, Miss?", sagte Mrs. Bolton nach einer gefühlten Ewigkeit.

„Warner, Emily Warner."

Augenblicke später setzte sich Emily auf das Sofa im eleganten Wohnzimmer, während Mrs. Bolton auf dem Sessel gegenüber Platz nahm.

Trudy stand an der Tür und zögerte, ihre Arbeitgeberin zu verlassen. „Ma'am?"

„Lassen Sie uns alleine, Trudy."

Mit einem unverständlichen Grunzen ging Trudy, schloss aber die Tür nicht hinter sich.

„Es tut mir leid, dass ich einfach so auftauche", sagte Emily.

Mrs. Bolton nickte. „Ich wusste, dass Maddie Organspenderin war, aber ich dachte, mein Mann hat dafür gesorgt, dass ihr Name geheim gehalten wird ..."

„Es war ein administrativer Fehler", log Emily. Sie hatte Schuldgefühle, weil sie diese Frau, die so viel durchgemacht hatte, anlügen musste.

Wieder nickte Mrs. Bolton, sagte jedoch nichts.

„Ich war fünfzehn Jahre lang blind und hätte nie gedacht, dass ich jemals wieder sehen können würde. Aber das Geschenk Ihrer Tochter ..." Emily spürte, wie ihre Augen feucht wurden, denn sie spürte Mrs. Boltons Trauer körperlich. Es tat ihr leid, dass sie sie in ihrer Zeit der Trauer stören musste.

„Ich wünschte, ich könnte sagen, dass ich froh bin, dass etwas Gutes dabei herausgekommen ist ... das will ich ..." Mrs. Bolton zwang sich zu einem Lächeln. „Aber ich kann es nicht ... Ich will nur meine Tochter zurückhaben."

„Ich kann Ihre Trauer spüren. Ich habe meine Mutter vor fünfzehn Jahren bei dem Unfall verloren, der mir mein Augenlicht raubte ..." Sie schniefte. „Ich trauere heute noch um sie und werde es immer tun. Aber ich bete, dass ich nie um ein Kind trauern muss ... dass ich nie den Schmerz verspüren muss, den Sie verspüren."

Eine einsame Träne löste sich aus Mrs. Boltons Auge und lief ihr über die Wange. Sie wischte sie nicht weg. „Danke, Miss … Miss Warner. Ich weiß Ihre Worte zu schätzen. Hunderte von Menschen drückten mir und meiner Familie gegenüber ihr Beileid aus, aber es waren nur Worte, hohle Worte. Aber Sie, eine Fremde, scheinen zu verstehen, was ich durchmache …"

Emily schluckte schwer. „Ich spüre eine Verbindung …"

Mrs. Boltons Stirn legte sich in Falten. „Ich bin mir nicht sicher, ob ich Ihnen folgen kann."

„Ich weiß, es mag seltsam klingen. Ich verstehe es selbst nicht ganz, aber seit der Transplantation sehe ich Dinge …" Sie holte tief Luft. „Erinnerungen … Erinnerungen, die nicht meine sind."

Mrs. Boltons Stirnrunzeln vertiefte sich.

„Ich sehe Dinge, die Ihre Tochter gesehen und getan hat."

Mrs. Bolton schüttelte den Kopf. „Nein, nein, das ist nicht möglich."

Sie verstand Mrs. Boltons Reaktion. Wäre jemand zu ihr gekommen, um so etwas zu behaupten, hätte sie es auch nicht geglaubt.

Sie wünschte, sie müsste nicht weiter nachforschen und neue Wunden aufreißen, aber sie musste herausfinden, was die Visionen, die Eindrücke von Maddies Leben übermittelten, bedeuteten.

„Das dachte ich zuerst auch, aber ich kann diese Erinnerungen nicht abschütteln. Es ist, als ob Maddie mich bittet, etwas für sie zu tun ... Ich weiß, es klingt verrückt."

Mrs. Bolton erhob sich mit steifem Körper von ihrem Sessel. „Weil es verrückt ist. Wenn Sie versuchen, Geld von mir zu bekommen ...“

„Ich bin nicht wegen Geld hier", unterbrach Emily und stand ebenfalls auf. Sie hatte die trauernde Frau nicht verärgern wollen. Einen Moment lang spielte sie mit dem Gedanken, einfach zu gehen, bevor sie Maddies Mutter noch mehr aufregte. Aber sie konnte nicht gehen. Sie musste dieser Sache auf den Grund gehen. Und ihr wurde auch klar, dass ihr nur noch wenige Augenblicke blieben, bevor Mrs. Bolton sie rauswerfen würde. „Ich bin hier, weil ich glaube, dass Maddie ermordet wurde und möchte, dass ich ihr helfe, ihren Mörder zu finden."

Mrs. Bolton schnappte nach Luft.

„Sie zeigt mir Dinge durch ihre Augen, von denen ich glaube, dass sie etwas mit ihrem Tod zu tun haben. Ich muss das für sie tun. Damit sie in Frieden ruhen kann." Und damit auch Emily ihren Frieden finden konnte.

„Ich verstehe nicht, Miss Warner. Wieso tun Sie mir das an?"

„Weil wir beide Antworten brauchen. Maddies Tod war kein Unfall. Ich kann es fühlen. Warum sollte Maddie in acht Zentimeter hohen Absätzen auf eine Leiter steigen?"

„Woher wissen Sie das? Das wusste nicht einmal ich ... Niemand hat mir von den Schuhen erzählt ..."

Von irgendwoher im Haus hörte Emily Stimmen.

„Maddie möchte, dass ich herausfinde, wer ihr das angetan hat. Ich brauche Ihre Hilfe. Bitte, Maddie braucht Ihre Hilfe. Sie hat mir jemanden gezeigt. Einen Mann. Sie sprach mit ihm, bevor sie starb. Ich glaube, er ist entweder involviert oder er weiß etwas."

Emily vermutete, dass Letzteres der Fall war und dass es etwas mit dem verletzten Mädchen zu tun hatte, aber sie wollte Mrs. Bolton nicht noch mehr aufregen. Sie brauchte nichts von dem Mädchen zu wissen. Jedenfalls noch nicht.

„Diego?" In Mrs. Boltons Augen lag ein Funkeln. „Ich habe ihn noch nie gemocht. Er war nicht gut für sie."

„Es war nicht Diego. Und Lars war es auch nicht. Sie nannte ihn Sergei. Ich glaube, sie wollte ihn treffen. Und es war dringend." Das war ihre beste Vermutung, obwohl Emily das Gespräch nicht mitbekommen hatte.

„Sergei? Aber warum sollte Sergei ..."

„Sie kennen einen Sergei?"

Sie nickte. „Sergei Petrov von der russischen Botschaft. Aber er hatte nie eine Beziehung mit Maddie."

„Sind Sie sich sicher?"

„Er ist schwul. Er war keiner ihrer Liebhaber. Sie kannten sich kaum. Ich kann mir nicht vorstellen, warum sie mit ihm reden wollte."

„Aber –"

„Wer zum Teufel sind Sie?"

Emily wirbelte zu der weiblichen Stimme herum, die von der Tür kam. Sie erkannte die junge Frau mit dem schwarzen Pixie-Haarschnitt und der schlanken Figur. Sie hatte sie bei der Beerdigung gesehen: Natalie, Maddies ältere Schwester.

„Ich bin nur hier, um ..."

Aber die Frau marschierte mit einem wütenden Gesichtsausdruck auf sie zu. „Lassen Sie meine Mutter in Ruhe! Sie haben nichts Besseres zu tun, als Leute in ihrer Trauerzeit zu belästigen. Wenn Sie nicht sofort von hier verschwinden, rufe ich die Polizei!"

„Natalie", sagte ihre Mutter.

„Sehen Sie nicht, dass meine Mutter nicht in der Lage ist, mit jemandem zu sprechen?", fuhr Natalie fort und warf Emily einen wütenden Blick zu. „Trudy?"

Die Haushälterin erschien in der Tür. Sie hatte dort eindeutig auf ihr Stichwort gewartet.

„Begleiten Sie die Frau hinaus!" Dann sah Natalie Emily mit zusammengekniffenen

Augen an. „Wenn Sie sich jemals wieder meiner Familie nähern, werde ich Sie verhaften lassen."

Emily hatte keine andere Wahl, als zu gehen. „Es tut mir leid", sagte sie mit einem letzten Blick auf Mrs. Bolton, die jetzt verzweifelt dreinschaute. Sie meinte es. Es tat ihr leid, dass sie Maddies Mutter verärgert hatte, aber Emily wusste, dass sie das für Maddie und letztendlich für Mrs. Bolton tat. Denn sobald Emily herausfinden konnte, wer für Maddies Tod verantwortlich war, würde ihre Mutter endlich einen Abschluss finden können. Genauso wie Emily.

45

Es war bereits später Nachmittag, als Yang und Jefferson einer der Pflegefamilien einen zweiten Besuch abstatten mussten.

„Das ist der Teil meiner Arbeit, den ich am meisten hasse", sagte Yang.

Jefferson, der neben ihm im Fahrstuhl stand, nickte. „Dito."

Der Aufzug klingelte und die Türen öffneten sich im obersten Stockwerk. Sie waren vor vier Tagen schon hier gewesen. Yang fühlte ein schweres Loch in seinem Magen. Er hasste es, der Überbringer schlechter Nachrichten zu sein, aber es führte kein Weg daran vorbei.

Die Wohnungstür stand bereits offen. Dort stand Mila Veselak. Dieses Mal war sie nicht allein. Ihr Mann Emil stand neben ihr, einen Arm um ihre Taille gelegt, als wüsste er, warum Yang und Jefferson zurückgekommen waren. Ihr Blick war voller Beklommenheit.

Nach einer kurzen Begrüßung, bei der sie sich Emil Veselak vorstellten, traten sie ein.

Im Wohnzimmer deutete Jefferson zuerst auf das Ehepaar, dann auf das Sofa. „Sie sollten sich vielleicht setzen."

Ein Schluchzen brach aus Mrs. Veselaks Brust. „Es ist Annika, nicht wahr?"

Yang seufzte. „Es tut mir leid. Wir haben die DNA-Analyse zurückbekommen. Sie stimmt mit den Proben überein, die wir von Annikas Zahnbürste und Haarbürste genommen haben."

Mrs. Veselak brach in Tränen aus und ihr Mann zog sie in seine Arme und ließ sie an seiner Schulter weinen.

Er sah Yang und Jefferson an. „Wir wollten sie adoptieren ... wenn ihre Eltern nicht gefunden werden könnten." Er schluckte schwer und räusperte sich dann.

Yang beobachtete seine Körpersprache und lauschte auf den Ton seiner Stimme. Sein Training schaltete sich ein, wie es das tun sollte. Denn die eindeutige Identifizierung des Opfers bedeutete, dass Yang und Jefferson nun Verdächtige befragen konnten. Und was er über Vergewaltigung und Mord wusste, verriet ihm, wer gerade zum Hauptverdächtigen geworden war: Annikas Pflegevater. Es spielte keine Rolle, dass der Mann fast so traurig aussah wie seine Frau. Viele Kriminelle waren begabte Lügner und Schauspieler. Yang würde seine Pflicht vernachlässigen, wenn er Emil Veselak nicht als einen Verdächtigen betrachten und die entsprechenden Schritte unternehmen würde.

Yang tauschte einen Blick mit Jefferson aus. Sie hatten dies auf dem Weg hierher besprochen und sich darauf vorbereitet, was sie tun mussten.

„Wir müssen Ihnen ein paar Fragen stellen. Dürfen wir uns setzen?", fragte Jefferson.

Mila Veselak löste sich aus der Umarmung ihres Mannes und wischte sich die Tränen am Ärmel ihrer Bluse ab, scheinbar unbekümmert, dass sie damit die Seide verknitterte. „Bitte, es tut mir leid, bitte, Detectives, nehmen Sie Platz."

Als sie alle Platz genommen hatten, zog Jefferson einen kleinen Notizblock und einen Stift heraus.

„Sagen Sie mir, wie sie gestorben ist", sagte Mila Veselak mit brechender Stimme. Ihr Mann griff nach ihrer Hand und drückte sie.

„Sie wurde erdrosselt", sagte Yang.

Milas Unterlippe bebte. „Sie musste ihrem Mörder ins Gesicht sehen ... oh mein Gott ... wie lange hat sie gekämpft ... mein Mädchen ... Annika ..."

„Tu dir das nicht an, Mila", sagte ihr Mann, aber sie schüttelte den Kopf und sah stattdessen Yang an.

„Das ist nicht alles, was er getan hat, oder?"

Yang hielt ihrem Blick stand und wartete darauf, dass Jefferson antwortete.

„Wir glauben, dass sie irgendwo gefesselt und eingesperrt wurde. Sie wurde vergewaltigt."

Ein weiteres Schluchzen entrang sich Milas Kehle.

„Mehrmals", fügte Jefferson hinzu. „Wir haben DNA, von der wir glauben, dass sie vom Täter stammt."

„Dann können Sie ihn finden", sagte Mila und hob ihr Kinn. „Und ihn bestrafen."

Yang nickte. „Wir haben leider keine Übereinstimmung in der nationalen Datenbank gefunden."

„Aber Sie müssen ihn finden", beharrte Mila.

„Das werden wir. Und jetzt, wo wir das Opfer identifiziert haben, jetzt, wo wir wissen, dass es Annika ist, sammeln wir DNA von jedem Mann, mit dem sie Kontakt hatte."

Langsam ließ Emil die Hand seiner Frau los und richtete seinen Blick auf Yang und Jefferson. Er schluckte. „Sie meinen mich."

Mila wandte sich zu ihrem Mann, dann wieder zu Yang und Jefferson. „Das kann doch nicht Ihr Ernst sein. Emil würde Annika nie anfassen. Niemals."

Emil griff nach den Händen seiner Frau. „Lass es, Mila. Sie machen nur ihren Job. Nicht wahr, Detectives?"

„Es gibt zwei Möglichkeiten", bot Jefferson an. „Wenn Sie bereit sind, uns jetzt eine DNA-Probe zu geben, brauchen Sie nicht aufs Revier zu kommen, zumindest nicht im Moment. Aber wenn Sie sich weigern, holen wir uns eine richterliche Befugnis ..."

Emil hob eine Hand. „Das ist nicht nötig. Ich möchte nicht, dass Sie Ihre Zeit damit verschwenden, gegen mich zu ermitteln, wenn Sie nach dem Mörder suchen könnten." Er warf seiner Frau einen kurzen Blick zu. „Was brauchen Sie? Blut?"

Yang schüttelte den Kopf und griff in die Innentasche seiner Jacke. Er zog einen durchsichtigen Beweisbeutel aus Plastik heraus. „Nur ein Abstrich von der Innenseite Ihrer Wange."

Emil nickte.

Yang zog Handschuhe an, um die DNA-

Probe nicht zu kontaminieren. Er benutzte das lange Wattestäbchen aus dem Beweisbeutel und rieb damit ein paar Mal an der Innenseite von Emils Wange, um sicherzustellen, dass dieses eine ausreichende Probe erhielt, bevor er den Tupfer in ein Fläschchen steckte, es verschloss und in den Beweisbeutel legte. Dann versiegelte er diesen mit einem Etikett, schrieb Emil Veselaks Namen darauf und datierte es.

Er reichte Emil den Stift. „Bitte unterschreiben Sie auf dem Etikett, um zu bestätigen, dass dies Ihre Probe ist."

Emil tat, was von ihm verlangt wurde, bevor er alles zurückgab. „Was jetzt?"

Jefferson antwortete an Yangs Stelle. „Wir melden uns wieder."

„Wie lange wird das dauern?", fragte Emil und deutete auf die DNA-Probe, die Yang in seiner Hand hielt.

„Ein paar Tage", antwortete Jefferson. „Und Sie müssen beide weitere Fragen zu den Umständen von Annikas Verschwinden beantworten."

„Kann ich sie sehen?", fragte Mila.

Yang seufzte. „Das halte ich im Moment für keine gute Idee."

Milas Augen füllten sich erneut mit Tränen. „Wie schlimm ist ..." Sie konnte ihre Frage nicht beenden.

„Geben Sie uns ein paar Tage Zeit, Mrs. Veselak ... um Ihrer selbst willen", sagte Yang. Er verstand, dass sie die Leiche sehen wollte, aber er befürchtete, dass der Anblick von Annikas Körper ihren Schmerz nur verschlimmern würde. Doch letztendlich war es nicht Yangs Entscheidung.

Im Fahrstuhl wandte sich Jefferson an Yang. „Lass uns Emil Veselak von einem Polizisten im Auge behalten, während wir auf die DNA-Analyse warten."

„Du denkst, er ist in den Mord an Annika verwickelt?"

„Es ist möglich. Die Frau ist wirklich verzweifelt. Das ist schwer vorzutäuschen. Sie liebte dieses Mädchen. Aber er?" Jefferson zuckte mit den Schultern. „Ich habe kaltblütigen Mördern gegenübergesessen, die ehrlicher klangen als Mutter Teresa.

Sicher, er wirkte traurig, und er war bereit, uns die DNA-Probe freiwillig zu geben, aber das bedeutet nichts. Er könnte bereits seine Koffer packen, während wir hier sprechen, und sich darauf vorbereiten, das Land zu verlassen ...“

„Du hast recht. Lass uns jemanden von der Streife rufen für die Überwachung“, sagte Yang und zog sein Telefon heraus.

46

Es war Abend, als Eric Bolton ins Haus stürmte. Er war den ganzen Nachmittag in Besprechungen gewesen, während Natalie versucht hatte, ihn zu erreichen. Als er endlich zurückrufen konnte, hatte sie ihm erzählt, dass Rita eine Besucherin gehabt hatte, die sie verstört und in Tränen aufgelöst zurückgelassen hatte.

Bolton fand seine Frau im Wohnzimmer. Auf dem Wohnzimmertisch stand eine Flasche Scotch. Rita hielt ein fast leeres Glas in der Hand, während sie in die Ferne starrte. Er kannte diesen Blick und wusste, dass er sie aus dem dunklen Loch ziehen musste, in das sie gefallen war.

„Rita", sagte er und setzte sich neben sie, während er ihr sanft das Glas aus der Hand nahm.

Sie wandte ihm den Kopf zu. „Eric ..." Sie legte ihren Kopf an seine Schulter und ein Schluchzen entrang sich ihrer Kehle. „Maddie wurde ermordet. Unser Baby wurde ermordet."

„Was?" Bolton packte seine Frau an den Schultern, um sie anzusehen. „Hat diese Frau das gesagt?"

Sie nickte unter Tränen. „Sie sagte, sie habe Maddies Hornhäute transplantiert bekommen, und jetzt sieht sie Dinge, die Maddie gesehen hat."

„Das ist lächerlich!"

„Aber woher sollte sie dann Dinge wissen, die nicht einmal ich wusste?", jammerte Rita. „Sie hat gesehen, wie Maddie mit Sergei Petrov von der russischen Botschaft gesprochen hat."

„Sergei Petrov?"

„Ja, kurz vor ihrem Tod."

„Unmöglich. Ich weiß nicht einmal, wer er ist."

„Sie kannte ihn. Sie sind sich in den letzten Monaten bei einigen Veranstaltungen begegnet."

„Wer ist diese Frau, die dir diesen ganzen Mist erzählt hat?"

„Sie sagte, ihr Name sei Emily Warner. Und sie war fünfzehn Jahre lang blind, bevor sie Maddies Hornhäute bekam."

Wut durchfuhr Bolton. „Die Organspende erfolgte anonym. Diese Frau weiß nicht einmal, ob sie Maddies Hornhäute oder die von jemand anderem bekommen hat."

Rita schüttelte den Kopf. „Sie sagte, es habe einen administrativen Fehler gegeben und deshalb habe sie es gewusst."

Boltons Kiefer verkrampfte sich. „Das ist totaler Blödsinn. Diese Frau ist vermutlich eine Betrügerin, die Geld aus uns herausholen will. Wahrscheinlich ist sie eine falsche Hellseherin, die dich dazu bringen will, auf ihre Tricks hereinzufallen! Es ist skrupellos, dich in deiner Trauer auszubeuten."

„Aber was, wenn sie recht hat? Was, wenn sie sieht, was Maddie gesehen hat? Was, wenn sie weiß, wer der Mörder ist?"

„Niemand sagt, dass Maddie ermordet wurde. Mikes Leute ermitteln immer noch. Und sie haben bisher nichts gefunden, was auf Mord hindeutet. Es tut mir leid, Schatz, aber diese Frau hat nur versucht, dich hereinzulegen. Ich werde dafür sorgen, dass sie so etwas nie wieder tut."

Rita starrte ihn mit Angst in den Augen an. „Was hast du vor?"

Er zückte sein Handy. „Ich rufe Mike an. Er wird sich darum kümmern." Er tippte auf Mike Faulkners Nummer und ließ es klingeln. Beim dritten Klingeln hob Faulkner ab.

„Hey, Eric, was ist los?"

„Es gab einen Vorfall."

„Warte, ich schalte dich auf Lautsprecher. Ich bin gerade dabei, mich für ein Abendessen im Weißen Haus umzuziehen." Bolton hörte einige Hintergrundgeräusche, dann sagte Faulkner: „Okay, erzähl mir, was passiert ist."

Das Handy lag auf der Kommode in

seinem Schlafzimmer in dem Reihenhaus in Washington, in dem er seit zwei Jahren lebte, seit er Stabschef geworden war. Faulkner griff nach seinen Manschettenknöpfen und zog sich weiter für die formelle Veranstaltung an, zu der der Präsident ihn gebeten hatte.

„Eine Frau war heute bei Rita. Sie behauptete, sie habe Maddies Hornhäute bekommen. Und sie sagte, sie sieht Dinge."

„Welche Dinge?"

„Dinge, die Maddie gesehen hat. Als hätte sie jetzt Maddies Augen. Wie kann sie überhaupt wissen, dass sie Maddies Hornhäute hat, wenn die Organspende anonym erfolgt ist?"

Faulkner spürte Boltons Frustration und Wut. „Wie heißt sie?"

Im Hintergrund konnte er Ritas Stimme hören, die etwas zu ihrem Mann sagte.

„Rita sagt, sie habe sich als Emily Warner vorgestellt. Es ist wahrscheinlich nicht einmal ihr richtiger Name. Der Name kommt mir bekannt vor. Ich könnte schwören, dass ich ihn schon einmal gehört habe, aber ich weiß nicht mehr, wo."

„Eric, schalte Mike auf Lautsprecher." Einen Moment später hörte Faulkner Rita laut und deutlich. „Sie sagte, sie sei fünfzehn Jahre lang blind gewesen. Ich weiß nicht, warum sie das tun sollte. Warum sollte sie mich verletzen wollen, indem sie vorgibt, mit Maddie kommunizieren zu können? Als hätte Maddie ihr gesagt, sie solle ihren Mörder entlarven."

„Ihren Mörder?" Faulkner ließ einen Manschettenknopf fallen. „Sie behauptet, sie wisse, dass Maddie ermordet wurde? Der Secret Service hat das noch nicht festgestellt. Dafür haben wir zu diesem Zeitpunkt keine Beweise."

„Überlass das mir, Rita. Ich möchte nicht, dass du dich noch mehr aufregst", sagte Bolton. „Mike, du musst etwas tun. Diese Frau, die sich für eine Art Hellseherin hält, ist offensichtlich verrückt und könnte für Rita eine Gefahr darstellen. Ich will sichergehen, dass sie nicht zurückkommt."

Faulkner nahm einen Stift von der Kommode und sagte: „Wie war noch mal ihr Name?"

„Emily Warner", sagte Rita.

Faulkner kritzelte den Namen auf einen Notizblock. „Hab ich. Ich werde Nachforschungen über sie anstellen. Kannst du mir sonst noch etwas über sie erzählen?"

„Sie ist um die dreißig", sagte Rita. „Und ... äh ... Eric, da war noch etwas, was sie gesagt hat ... das habe ich jetzt vergessen ..." Rita klang erschöpft.

„Sergei?", half Bolton.

„Ja", sagte Rita eifrig. „Sie behauptete auch, Maddie habe vor ihrem Tod mit Sergei Petrov gesprochen."

„Sergei Petrov?"

Verdammt! Wie konnte diese Frau von Maddies Anruf bei Petrov wissen? Das war nicht gut. Irgendwo musste es eine undichte Stelle geben. Aber er vertraute den Secret Service Agents, die mit diesem Fall betraut waren, und wusste mit Sicherheit, dass sie den Anruf bei Petrov niemandem gegenüber erwähnt hätten. Faulkner hatte es Bolton gegenüber nicht einmal erwähnt.

„Ja, von der russischen Botschaft. Kennst du ihn?", fragte Bolton.

„Ich habe den Namen schon mal gehört." Und das war alles, was er sagen konnte. „Ich höre mich um."

„Und wenn wir eine einstweilige Verfügung gegen diese Emily Warner erwirken müssen, werden wir das tun", sagte Bolton.

„Lass sie mich zuerst überprüfen. Sie ist wahrscheinlich nur eine gewöhnliche falsche Hellseherin, die versucht, Geschäfte zu machen. Ich habe solche Betrügereien schon oft mitbekommen."

„Danke, Mike, das weiß ich zu schätzen", sagte Bolton.

„Ich melde mich wieder", sagte Faulkner und beendete das Gespräch.

Draußen im Flur hörte er die alten Holzdielen knarren. Die Tür seines Schlafzimmers stand offen und er rief: „Caleb?"

Schritte näherten sich, bis sein Sohn ins Blickfeld kam. „Hey Dad, tut mir leid, ich wollte dich nicht stören, während du am Telefon warst."

„Ich hatte nicht erwartet, dich heute

Abend zu sehen. Oder habe ich vergessen, dass wir uns zum Abendessen treffen?" Faulkner deutete auf die Smokingjacke, die außen am Schrank hing. „Ich werde im Weißen Haus erwartet."

„Nein, wir haben für heute Abend nichts verabredet. Ich war in der Gegend und dachte mir, ich komme vorbei, für den Fall, dass du Zeit für einen Drink hast. Keine Sorge, vielleicht am Wochenende?"

„Das wäre toll", sagte Faulkner, in Gedanken noch bei dem Telefonat mit Bolton.

Er zerbrach sich den Kopf darüber, wie diese Frau von Maddies Anruf bei einem russischen Kulturattaché erfahren konnte, obwohl nur eine Handvoll Leute davon wussten. Was wusste sie sonst noch?

47

16. Juni

„Die Botschaft der Russischen Föderation. Zu wem darf ich Sie durchstellen?", sagte eine Frau mit starkem Akzent.

„Sergei Petrov, bitte", sagte Emily mit Flattern im Magen.

Sie hatte nur eine Minute gebraucht, um die Telefonnummer der Botschaft zu finden. Viel länger hatte es gedauert, all ihren Mut für den Anruf aufzubringen. Sie hatte keine Ahnung, was sie erwarten sollte oder wie sie dem russischen Diplomaten überhaupt erklären sollte, dass sie mit ihm über Madeline Bolton sprechen musste.

„Mr. Petrov ist heute nicht da. Ich verbinde Sie mit seiner Mailbox.“

Bevor Emily noch etwas sagen konnte, vermittelte sie die Frau bereits und eine Aufnahme wurde abgespielt. Sie war auf Russisch und wurde dann auf Englisch wiederholt. „Sie haben Sergei Petrov erreicht. Bitte hinterlassen Sie eine Nachricht und ich rufe Sie zurück.“

„Mr. Petrov, Sie kennen mich nicht, aber ... äh, ich muss mit Ihnen über Madeline Bolton sprechen. Es ist wichtig. Bitte rufen Sie mich schnellstmöglich zurück. Ich bin Emily Warner.“ Sie nannte ihre Handynummer, bevor sie den Anruf beendete.

Was jetzt? Sie steckte fest. Vielleicht hatte Vicky eine Idee, wie sie weiter vorgehen sollte. Emily hatte ihr bereits von ihrer neuesten Vision berichtet, in der sie Maddie mit einem jungen Mädchen gesehen hatte, während sie Sergei kontaktierte. Allerdings hatte sie ihrer Freundin nichts von ihrem Besuch bei Mrs. Bolton erzählt. Vicky würde sie nur tadeln dafür, dass sie so dreist gewesen war.

Als sie Musik aus Vickys Wohnung neben ihrer kommen hörte, wusste sie, dass Vicky zu Hause war.

„Coffee, komm, lass uns Vicky besuchen."

Der Hund erhob sich und wedelte mit dem Schwanz. Coffee liebte Vicky, weil sie immer Leckereien hatte und weil Coffee gerne mit Vickys Katze Merlin spielte.

In dem Moment, als Emily Vickys Wohnung betrat, bettelte Coffee um Leckereien, und Vickys Katze sprang von der Couch und begrüßte Coffee, indem sie um seine Beine strich.

„Also, hast du ihn angerufen?", fragte Vicky, wobei sie auf eine Kaffeetasse zeigte.

Emily nickte und gab der Tasse einen Daumen nach oben. „Er war nicht da. Ich habe eine Voicemail hinterlassen."

Vicky reichte ihr die Kaffeetasse und sie setzten sich auf die Couch, während ihre Haustiere auf dem Boden spielten.

„Tja, das ist alles, was du tun kannst."

Emily zuckte mit den Schultern. „Ich fühle

mich, als wäre ich im Leerlauf. Ich habe dieses seltsame Gefühl, dass das Mädchen, das ich in meiner Vision gesehen habe, in Gefahr ist."

„Das kannst du nicht wissen", sagte Vicky. „Ich meine, Madeline hat für diese Stiftung gearbeitet, oder? *No child abandoned*? Es ist wahrscheinlich nur eine Vision von ihrer Arbeit bei der Wohltätigkeitsorganisation. Ich habe mir ihre Website angesehen, dort steht, dass sie Kinder retten, die Opfer von Menschenhandel geworden sind. Es macht also absolut Sinn, dass Madeline Kontakt zu einem solchen Kind hatte."

„Ja, aber ich glaube nicht, dass Madeline am Tagesgeschäft der Wohltätigkeitsorganisation beteiligt war. Soweit ich gehört habe, hat sie Fundraising und PR für sie gemacht. Möglicherweise hatte sie keinerlei Kontakt zu den Kindern."

„Und wo hast du das gehört?"

Emily zuckte mit den Schultern. „Ich glaube, ihre Haushälterin hat so etwas erwähnt." Obwohl Emily sich dessen jetzt nicht mehr sicher war. „Vielleicht sollte ich mich direkt bei der Stiftung erkundigen."

Vicky schüttelte den Kopf. „Und was willst du sagen? Du kannst sie nicht einfach anrufen und sagen, dass du gerne wissen möchtest, was Madeline Bolton dort gemacht hat."

„Dann müssen wir eben unter einem Vorwand dort hingehen."

„Wir?"

„Ja, wir könnten hingehen und beiläufig fragen, was Maddies Aufgabe dort war."

„Beiläufig? Emily, die schmeißen uns raus."

„Uns?" Emily grinste. „Du kommst also mit?"

Vicky verdrehte die Augen. „Wenn ich dabei bin, kann ich dich zumindest rausschleusen, bevor du etwas Dummes anstellst."

„Du bist die Beste!"

„Das ist noch nicht bewiesen."

Fünfundvierzig Minuten später standen Emily und Vicky im Empfangsbereich des Büros der Wohltätigkeitsorganisation.

Emily lächelte die Empfangsdame an, die nicht älter als zwanzig sein konnte. Ihr Make-up war makellos, ihr Haar lang und glatt und ihre manikürten Nägel so lang, dass Emily sich wunderte, wie sie überhaupt tippen konnte, ohne x-beliebige Tasten zu drücken.

„Womit kann ich Ihnen behilflich sein?", fragte die Empfangsdame mit einem Lächeln.

„Äh, ja, meine Freundin und ich ...", begann Emily. „Wir würden uns gerne für einen guten Zweck engagieren. Also dachten wir, wir schauen vorbei und sehen, ob Sie Freiwillige brauchen."

„Ja, wir suchen immer nach Freiwilligen." Sie griff nach zwei Klemmbrettern und heftete an jedes ein Formular. „Füllen Sie bitte das Bewerbungsformular aus."

Emily griff nach den Klemmbrettern und gab Vicky eines.

Die Rezeptionistin deutete auf die bequemen Sessel im Empfangsbereich. „Setzen Sie sich und wenn Sie fertig sind, geben Sie mir einfach die Formulare zurück."

Emily und Vicky setzten sich auf die Stühle, die Klemmbretter auf dem Schoß.

„Tja, das war nicht hilfreich", flüsterte Vicky.

Emily rückte näher. „Sobald wir ihr unsere Formulare geben, stellen wir ein paar Fragen. Ich werde mir etwas einfallen lassen." Sie warf ihrer Freundin einen zuversichtlichen Blick zu, obwohl sie sich nicht sehr sicher fühlte. Sie musste sich etwas einfallen lassen, sonst würde dieser Besuch ein Reinfall sein.

Emilys Blick schweifte umher. Die Wand gegenüber der Sitzecke war mit Fotos geschmückt. Sie beugte sich näher zu Vicky. „Der Typ auf dem Foto kommt mir bekannt vor."

Vicky sah auf und folgte Emilys Blick. „Oh ja, das ist der Stabschef des Präsidenten. Du hast ihn bei der Beerdigung gesehen."

„Ja, stimmt. Warum, glaubst du, hängt sein Foto an der Wand?"

„Er war Geschäftsführer und Vorsitzender von *No child abondoned*, bevor er zum Stabschef ernannt wurde", flüsterte Vicky zurück.

Emily dachte an die Beerdigung zurück, wo sie gesehen hatte, wie Mike Faulkner der

Familie Bolton sein Beileid ausgesprochen hatte. Das brachte sie auf eine Idee.

„Bist du mit dem Formular fertig?", fragte Emily Vicky, die nickte. „Gut, dann los."

Sie nahm beide Klemmbretter und zusammen gingen sie zurück zur Rezeption und überreichten sie der jungen Frau.

„Bitte schön. Ich habe eine kurze Frage dazu, welche Art von Tätigkeiten Sie für Freiwillige haben", sagte Emily mit einem Lächeln.

„Das ist ganz unterschiedlich", sagte die junge Frau vage.

„Es ist nur so, dass ich neulich mit Rita gesprochen habe ... ich meine Mrs. Bolton ... kennen Sie Madelines Mutter?" Emily witterte eine Chance.

Das Mädchen setzte sich aufrechter hin. „Oh ja? Kennen Sie die Boltons?"

„Ja, deswegen sind wir eigentlich hier. Da Maddie jetzt nicht mehr da ist, dachten wir uns, dass es eine Lücke gibt, die wir füllen müssen. Wir waren so beeindruckt von dem, was Maddie hier geleistet hat, dass wir helfen und ihre Arbeit fortsetzen wollten, wissen

Sie? Sie sprach immer von den Kindern. Sie liebte es wirklich, sie zu treffen und ihnen zu helfen."

Die Stirn der Empfangsdame legte sich in Falten. „Aber Miss Bolton hatte nicht viel direkten Kontakt zu den Kindern. Jedenfalls nicht tagtäglich."

Emily stieß schnell ein Kichern aus. „Das weiß ich natürlich. Aber die Art und Weise, wie sie über die Kinder sprach, gab uns immer das Gefühl, dass sie viel Zeit mit ihnen verbrachte."

„Vielleicht sollten Sie direkt mit Mr. Faulkner sprechen", sagte die Empfangsdame und griff nach dem Telefon.

„Ach, ist es schon so spät?", rief Vicky plötzlich aus und packte Emily am Arm. „Wir müssen zum Empfang in der Botschaft. Es wäre unhöflich, zu spät zu kommen."

„Oh, das stimmt", erwiderte Emily und warf der Empfangsdame einen bedauernden Blick zu. „Wir sprechen dann an einem anderen Tag mit Mr. Faulkner."

Emily und Vicky stürmten durch die Glastüren hinaus. An den Aufzügen drückte

Vicky ungeduldig auf den Knopf, während Emily über ihre Schulter blickte. Durch die Glastüren sah sie einen Mann auf den Schreibtisch der Empfangsdame zugehen und ein paar Worte mit ihr wechseln. Gerade als Emily hörte, wie der Aufzug sich mit einem Ping ankündigte und die Türen sich öffneten, drehte sich der Mann um und sah in ihre Richtung.

Das war nicht Mike Faulkner. Es war ein jüngerer Mann. Auch er kam ihr bekannt vor. Sie hatte ihn bei der Beerdigung gesehen.

Emily eilte mit Vicky in den Aufzug und die Türen schlossen sich.

„Puh, das war knapp", sagte Emily erleichtert.

„Tatsächlich?"

Emily drehte sich um, um ihre Freundin anzusehen, aber stattdessen erregte eine Spiegelung im Inneren des Aufzugs, der mit rostfreiem Stahl überzogen war, ihre Aufmerksamkeit. Sie sah, wie jemand ein luxuriöses Badezimmer betrat. Der Spiegel reflektierte die Person und bestätigte, dass es Maddie war, die sich jetzt zum Schrank unter dem Waschbecken hinunterbeugte und die weißen Türen öffnete. Darin befanden sich ein paar Putzutensilien und Toilettenpapierrollen, die zwei Rollen breit und drei Rollen hoch ordentlich gestapelt waren. Maddie schob einen Umschlag zwischen die zweite und dritte Reihe Toilettenpapier. Dann schloss sie die Türen und stand auf. Ihr Gesicht zeigte sich im Spiegel über dem Waschbecken. Es war voller Sorge. Dann holte sie tief Luft, bevor sie sich abwandte.

Die Vision verschwamm und Emily spürte plötzlich, wie Vickys Hände auf ihren Schultern sie rüttelten.

„Du hast sie wieder gesehen, nicht wahr?"

Emily nickte. „Und ich glaube, ich weiß jetzt, was ich tun muss."

48

Nach der Arbeit ging Yang nicht direkt nach Hause. Stattdessen fuhr er zu dem Wohnhaus, in dem Emily Warner lebte. Die Tür zum Gebäude stand offen.

Er hatte seine Hausaufgaben gemacht und Emily Warner schnell überprüft. Ihre Behauptung, sie habe keinen Führerschein, war tatsächlich wahr. Während dies bei einer kleinen Anzahl von Menschen der Fall war, die in Großstädten mit guten öffentlichen Verkehrsmitteln lebten und nicht fahren mussten oder wollten, war Emily Warners

Grund unerwartet. Ihre Sozialversicherungsunterlagen wiesen sie als blind aus.

Er hatte nicht weiter nachforschen können, um zu sehen, wie Emily Warner mit Madeline Bolton verbunden war. Er hatte nicht nur keinen berechtigten rechtlichen Grund, in ihrem Leben herumzuschnüffeln; wenn Lieutenant Arnold davon Wind bekäme, dass er immer noch den Fall Bolton untersuchte, würde sie ihn maßregeln. Trotzdem konnte er sein Bauchgefühl nicht ignorieren.

Yang betrat das Gebäude und ging die Treppe hinauf und fand sofort Emilys Wohnung. Einen Moment lang stand er vor der Tür. Er könnte jetzt immer noch umkehren, und niemand würde je hiervon erfahren. Aber seine innere Stimme drängte ihn, seinem Bauchgefühl zu folgen. Er klopfte.

Als Antwort bellte ein Hund. Dann hörte er Schritte, die lauter wurden. Einen Augenblick später wurde die Tür geöffnet.

Emily Warner erstarrte in dem Moment, als sie ihn sah. Yang konnte nicht anders, als ihren misstrauischen Blick zu bemerken. Der schokoladenbraune Labrador neben ihr wirkte entspannt.

„Miss Warner, erinnern Sie sich an mich?"

Sie nickte und schluckte schwer. „Detective ... äh, Yang."

Sie begegnete seinem Blick, ein klares Zeichen dafür, dass sie ihn sehen konnte. Sie war nicht blind.

„Ja. Es tut mir leid, Sie zu stören, aber könnte ich auf ein kurzes Wort hineinkommen?" Er fügte seiner Frage ein Lächeln hinzu und versuchte, die Spannung zwischen ihnen zu lockern.

Ihre Schultern entspannten sich etwas und sie bedeutete ihm einzutreten. „Bitte kommen Sie herein."

Dann sprach sie ihren Hund an. „Coffee, geh zu Bett." Der Hund trabte zu einem bequem aussehenden Hundebett neben dem Sofa und legte sich hin.

Yang trat ein und schloss die Tür hinter sich. Er ließ seinen Blick umherschweifen und nahm Dinge auf, die ihm ein besseres Bild davon vermittelten, wer Emily Warner war. Ein Geschirr mit der Aufschrift „Blindenhund" und einem robusten Griff hing an einem Haken neben der Tür. Es war die Art von Geschirr, die Blindenhunde trugen. Es gab keine Bilder oder Gemälde, die das große Wohnzimmer mit der offenen Küche schmückten. An einer Wand stand ein Klavier. Nirgendwo auf oder in der Nähe des Klaviers sah er Notenblätter. Keine Zeitschriften oder Bücher auf dem Wohnzimmertisch. Er sah Lautsprecher mit einer Dockingstation für ein Smartphone.

„Worüber wollten Sie mit mir sprechen?", fragte Emily und unterbrach seine Beobachtungen.

Als er sie ansah, bemerkte er, dass sie den ersten Schock überwunden zu haben schien, einen Polizisten vor ihrer Wohnungstür zu sehen. Aber er bemerkte auch die Steifheit, mit der sie ihren Körper hielt. Es war die gleiche Art von Steifheit, die er bei Leuten bemerkt hatte, die bereits schlechte Nachrichten erhalten hatten und noch mehr davon erwarteten.

„Ich wollte mich nur nach der Botschaftsveranstaltung neulich bei Ihnen melden."

„Oh, natürlich. Ich kann die Kosten für den Uber erstatten." Sie machte Anstalten zur Küchentheke zu gehen, wo ihre Handtasche lag.

„Nein, nein, bitte, ich bin nicht hier, damit Sie mir die Kosten zurückerstatten. Ich wollte nur sicherstellen, dass es Ihnen gut geht. Sie schienen an jenem Abend verstört zu sein."

Sie zögerte, bevor sie antwortete: „Ich hätte nicht gedacht, dass ein Detective der Mordkommission Bürgerinnen der Stadt besucht, um zu überprüfen, ob es ihnen gut geht."

Er schenkte ihr ein entwaffnendes Lächeln. „Das tun sie normalerweise nicht. Aber sie arbeiten normalerweise auch nicht als private Sicherheitsbeamte bei einer Botschaftsparty." Er zuckte mit den Schultern. „Ich habe nur das Gefühl, dass Sie und ich uns aus irgendeinem Grund begegnen sollten."

„Sie meinen, weil wir uns jetzt zweimal

über den Weg gelaufen sind? D.C. ist eine kleine Stadt", sagte sie leichthin.

„Dreimal", korrigierte er sie. „Ich habe sie bei Madeline Boltons Beerdigung gesehen."

„Oh!" Ihre Überraschung war echt, ebenso wie ihr verlegener Gesichtsausdruck. „Ich habe Sie dort nicht gesehen."

„Ich habe mich am Rand gehalten ... wie Sie. Ich hatte keine Einladung. Und ich vermute, Sie und Ihre Freundin auch nicht." Er behielt einen lockeren Ton bei, denn er wollte nicht so klingen, als würde er sie wegen irgendetwas beschuldigen.

„Sind Sie gekommen, um mich zu verhaften, weil ich zu einer Beerdigung gegangen bin?"

„Nein. Ich bin nur neugierig. Sie behaupteten, eine Messerstecherei gesehen zu haben, die tatsächlich einen Monat zuvor passiert war. Sie haben an Madeline Boltons Beerdigung teilgenommen und Sie haben die Veranstaltung der Botschaft infiltriert und mit Madeline Boltons Ex-Verlobten gesprochen. Warum?"

„Ich habe Ihnen bereits gesagt, dass ich die Botschaftsparty nicht infiltriert habe. Ich wurde von Botschafter Pacheco eingeladen." Sie zeigte auf das Klavier. „Ich gebe seiner blinden Tochter Klavierunterricht."

Yang hob kapitulierend die Arme. „Okay, nehmen wir an, Sie hatten eine Einladung. Es ändert nichts an der Tatsache, dass alle drei Ereignisse auf Madeline Bolton zurückführen. Laut Sanjay Patel war Miss Bolton Zeugin der Messerstecherei, die Sie angeblich gesehen haben. Was fasziniert Sie an dieser Frau? Haben Sie sie gestalkt, als sie noch lebte?"

„Ich habe weder sie noch sonst jemanden gestalkt!", sagte Emily mit erhobener Stimme und klang dabei empört.

„Was dann? Warum können Sie sie nicht in Frieden ruhen lassen?"

„Weil ich ihre Hornhäute bekommen habe." Sie schrie ihn beinahe an.

Er erstarrte und versuchte, diese Neuigkeit zu verdauen. „Also stimmt es. Sie waren blind. Und jetzt können Sie dank Madeline Bolton wieder sehen."

Emily nickte. „Ja, dank ihr und einer experimentellen Stammzellenbehandlung. Ich bin dankbar für mein Augenlicht." Sie zögerte.

„Ich spüre ein *Aber* kommen ..."

„Sie haben einen guten Instinkt, Detective. Aber ich befürchte, Sie werden mir nicht glauben, wenn ich es Ihnen erzähle. Wenn Sie also nicht vorhaben, mich zu verhaften, weil ich zu einer Beerdigung ging, sollten Sie lieber gehen."

„Glauben Sie mir, ich habe schon eine Menge seltsamer Geschichten gehört. Was ist also das *Aber*?"

Sie sah ihn lange an und er wich ihrem Blick nicht aus, als wollten sie beide testen, wer zuerst wegschaute.

„Na gut, Detective. Mein Augenlicht hatte einen Preis. Ich sehe Ausschnitte aus Madelines Leben. Visionen von Dingen, die sie getan hat, Menschen, die sie getroffen hat. Ihre Hornhäute zeigen mir Dinge, die sie gesehen hat. Dinge, von denen ich glaube, dass sie mit ihrem Tod zusammenhängen."

„Das ist unmöglich." Die Worte schossen

aus seinem Mund, bevor er sich stoppen konnte.

Sie ließ einen höhnischen Atemzug heraus. „Wie ich schon sagte: Sie würden es mir nicht glauben.“

Und warum sollte er das auch? Psychische Visionen? Es gab keine Beweise dafür, dass sie existierten. Es musste eine andere Erklärung dafür geben. „Vielleicht haben Sie über diese Dinge nur gelesen und glauben jetzt, dass Sie diese Dinge sehen.“

„Ja, das denkt mein Chirurg auch. Aber ich weiß, was ich gesehen habe. Ich habe die Messerstecherei gesehen, die Maddie miterlebt hat. Ich sah, wie der Glastisch zerbrach, als sie darauf krachte.“

Yang holte tief Luft. Dieses Detail war der Öffentlichkeit nicht zugänglich gemacht worden. Nur die Polizei und das Rettungspersonal sowie Madelines unmittelbare Familie wussten davon.

„Und ich habe Maddie mit einem Kind gesehen“, fuhr Emily mit aufgeregter Stimme fort, „ein Mädchen, nicht älter als dreizehn, misshandelt, vor Angst bebend. Ich habe sie mit diesem Kind gesehen. Maddie rief jemanden an, vielleicht weil sie Hilfe brauchte. Ich weiß nicht, warum. Ich kann sie nicht hören, ich kann nur sehen, was sie gesehen hat. Die Nummer auf ihrem Handy gehörte einem russischen Diplomaten. Sergei Petrov. Ich weiß nicht, was er damit zu tun hat, ob er ein Freund ist oder ob er derjenige ist, der sie getötet hat."

Überrascht von Emilys Behauptung, stand Yang einfach mit offenem Mund da. Auch er vermutete, dass Madeline Boltons Tod kein Unfall war. Aber warum glaubte Emily, es sei Mord?

„Sie glauben mir nicht", sagte sie in die Stille hinein.

„Das ist es nicht –"

„Behandeln Sie mich nicht wie einen Schwachkopf", sagte sie und unterbrach ihn. „Ich weiß, was ich gesehen habe. Madeline versucht, mir etwas zu zeigen."

Yang rang mit sich selbst und versuchte, die Informationen mit seinen eigenen heimlichen Nachforschungen im Fall Bolton in Einklang zu bringen. Aber das konnte er

Emily nicht sagen. Das war Polizeisache. Und es war nicht klar, wie Emily diese Informationen erhalten hatte. Vielleicht hatte sie mitgehört, wie jemand über den Fall sprach. Oder vielleicht hatte jemand geplaudert. Aber eines wusste er mit Sicherheit: Madeline Bolton schickte keine Botschaften aus dem Grab.

„Es tut mir leid, Miss Warner. Lassen Sie mich Ihnen einen gut gemeinten Rat geben. Bitte vergessen Sie, was Sie gesehen haben. Sie wollen sich nicht in etwas einmischen, mit dem Sie nicht umgehen können. Wenn Miss Boltons Tod wirklich kein Unfall war, werden die Ermittlungen das aufdecken. Aber Sie können daran nicht beteiligt sein."

Sie presste ihre Lippen zusammen. „Natürlich."

In diesem Moment erinnerte sie ihn an seine baldige Ex-Frau. Er hatte von ihr gelernt – auf schmerzhafte Weise –, dass es alles andere als eine Zustimmung war, wenn eine Frau *natürlich* sagte. Aber er hatte kein Recht, Emily Warner etwas vorzuschreiben. Alles, was er tun konnte, war, ihr einen Rat zu geben, damit sie nicht in etwas hineingezogen wurde, das eine Nummer zu groß für sie war.

„Es tut mir leid, Sie gestört zu haben", sagte er und ging.

49

17. Juni

Yang starrte auf den Computerbildschirm in seiner Bürokabine und dachte an sein Gespräch mit Emily Warner am Vorabend zurück. Konnte an dem, was sie behauptete, in einer Vision gesehen zu haben, etwas Wahres dran sein?

In der Vision hatte sie Madeline Bolton mit einem misshandelten Kind gesehen, während sie einen russischen Diplomaten anrief. Hatte es etwas mit ihrem Job bei der Wohltätigkeitsorganisation zu tun? Immerhin rettete *No child abandoned* missbrauchte und verschleppte Kinder, von denen viele aus Russland kamen. Caleb Faulkner hatte es bestätigt. Vielleicht gab es eine einfache Erklärung dafür, warum sie Petrov angerufen hatte. Er bezweifelte, dass Madeline Russisch sprach. Vielleicht hatte sie Petrov angerufen, damit er für sie übersetzte, um mit dem Kind kommunizieren zu können.

Doch warum hatte sie Caleb Faulkner nicht gebeten, ihr zu helfen? Er sprach Russisch. Das wäre einfacher gewesen. Nein, es musste einen anderen Grund gegeben haben, warum Madeline mit Petrov sprechen musste. War es nur ein Zufall, dass das misshandelte Mädchen während dieses Telefongesprächs bei ihr war? Oder könnte es sein, dass Emily Warner ganz falsch lag? Hatte sie zwei unverbundene Visionen zu einer kombiniert? Nicht nur das, es gab keine Anhaltspunkte, die darauf hinwiesen, wann dieser Vorfall stattgefunden hatte. Es könnte Monate vor Madeline Boltons Tod passiert sein.

Yang fuhr sich mit der Hand durchs Haar. Warum zum Teufel verschwendete er überhaupt seine Zeit mit diesem Unsinn? Es gab keine Visionen. Emily Warner war entweder verrückt, wenn sie an diese Visionen glaubte, oder sie spann eine Geschichte aus Informationen, an die sie auf andere Weise hätte kommen können, um Aufmerksamkeit zu erregen. Es gab keinen Grund zu der Annahme, dass das, was sie ihm erzählt hatte, wahr war.

Aber zu vergessen, was sie gesagt hatte, war nicht so einfach. Es nervte ihn. Vielleicht war etwas dran. Aber wie konnte er herausfinden, was? Vielleicht sollte er noch einmal mit Emily sprechen, um zu sehen, ob er tiefer graben und herausfinden konnte, woher sie ihre Informationen wirklich bekommen hatte.

„Ich habe gerade die DNA-Ergebnisse von Fedorov zurückbekommen", sagte Jefferson über die Trennwand hinweg, die seine Kabine von Yangs trennte.

Yang sah von den Akten über die drei vermissten Mädchen, die er nach Ähnlichkeiten durchkämmt hatte, hoch. Er rollte seinen Stuhl zurück und rutschte näher zu seinem Partner. „Sag mir, dass er es ist."

Jefferson verzog das Gesicht. „Nein. Keine Übereinstimmung."

„Verdammt, ich mochte den Typen wirklich nicht."

„Ich auch nicht", sagte Jefferson und zuckte mit den Schultern.

„Wie sieht es mit den DNA-Ergebnissen von Annikas Pflegevater aus?"

„Emil Veselaks? Noch nicht zurück", sagte Jefferson mit einem bedauernden Blick. Er deutete auf die Akte in Yangs Händen. „Irgendetwas da drinnen?"

„Alle drei Mädchen wurden zuletzt bei ihren Sitzungen mit dem Psychiater, die mehrere Wochen auseinander lagen, gesehen, genau wie der Typ von der Stiftung erwähnte." Yang tippte auf die Akte. „Das erste Mädchen, das verschwand, war Annika am 30. März, dann Sasha am 15. April und dann Tatjana am 27. April. Zum Zeitpunkt ihres Verschwindens wurden die Pflegeeltern aller Mädchen befragt, ebenso wie die Lehrer an den

Schulen – sie gingen alle zu verschiedenen.“

„Keine Verdächtigen?“, fragte Jefferson.

„Sie haben Sokolov jedes Mal befragt. Ich habe mir die Zeugenaussagen durchgelesen, die er nach dem Verschwinden jedes Mädchens machte, und ich finde den Zufall, dass jedes Mädchen zuletzt bei einer seiner Sitzungen gesehen wurde, etwas zu verdächtig. Seine Mitarbeiter behaupten, dass er noch im Gebäude war, als die Mädchen verschwanden, und die Detectives, die in der Sache ermittelten, konnten nichts finden, was ihn mit den Entführungen in Verbindung bringen könnte.“

Jefferson nahm einen Schluck aus seiner Kaffeetasse. „Irgendwelche anderen Zeugen des Verschwindens?“

„Unsere Kollegen sahen sich einen Obdachlosen, der vor dem Büro des Seelenklempners herumlungerte, genauer an, aber es gab keine Beweise dafür, dass er darin verwickelt wäre. In Annikas Akte stand jedoch, dass der Obdachlose behauptete, irgendwann nach Annikas Sitzung einen gut gekleideten Typen in einem teuren Auto herumhängen gesehen zu haben, obwohl er keine genaue Zeit nennen konnte. Auch keine Beschreibung des Mannes oder des Autos. Er war high von irgendwelchen Drogen."

Jefferson zuckte mit den Schultern. „Er hätte einfach was erfinden können. Drogenabhängige geben beschissene Zeugen ab."

„Stimmt. Aber was, wenn er wirklich etwas gesehen hat? Sokolov hätte später zurückkommen können, um das Mädchen abzuholen. Er hätte ihr leicht sagen können, sie solle auf ihn warten. In der Zwischenzeit hätte er sicherstellen können, dass das Personal im Gebäude wusste, dass er noch da war, und sich so ein Alibi geschaffen. Ich denke, er ist unser stärkster Verdächtiger. Er ist die einzige Person, zu der alle drei Mädchen eine Verbindung hatten. Er sollte mittlerweile von seinem Europaurlaub zurück sein."

„Ja, worauf warten wir dann noch? Statten wir dem Seelenklempner einen kleinen

Besuch ab", schlug Jefferson vor und erhob sich.

Auf der Autofahrt zum Psychiater besprachen sie ihr Vorgehen. Da sie schon seit zwei Jahren zusammen arbeiteten, wurden sie sich schnell einig.

Bei der Ankunft im medizinischen Bürogebäude, in dem Dr. Yuri Sokolov ein Büro hatte, zeigte Yang dem Rezeptionisten seinen Ausweis.

„Detectives Yang und Jefferson. Wir sind hier, um mit Dr. Sokolov zu sprechen."

„Ich fürchte, er macht gerade eine Kaffeepause", sagte der junge Mann mit dem blassen Gesicht und den überlangen Wimpern.

„Perfektes Timing", sagte Jefferson, „dann ist er gerade nicht mit einem Patienten beschäftigt. Könnten Sie uns bitte sein Büro zeigen?"

Der Rezeptionist seufzte. „Er ist nicht in seinem Büro. Sonst wäre es ja keine Pause, oder?" Als Yang den Kopf zur Seite neigte und ihn anstarrte, fügte er hinzu: „Sie finden ihn unten bei Starbucks.

Höchstwahrscheinlich in dem Sessel in der hintersten Ecke.“

„Danke“, sagte Yang.

Der Psychiater saß tatsächlich in einem Sessel in der Ecke des großen Cafés im Erdgeschoss des Gebäudes. Es gab kaum andere Kunden. Sokolov nippte an seinem Kaffee und biss von einem Scone ab. Er war braun gebrannt, was darauf hindeutete, dass er kürzlich in großer Höhe gewandert war. Und er sah entspannt aus. Zeit, ihn nervös zu machen, dachte Yang.

Als Yang und Jefferson nähertraten und ein paar Meter vor ihm stehen blieben, blickte er auf.

Dieses Mal kümmerte sich Jefferson um das Vorstellen. „Dr. Sokolov?“

Der Arzt nickte.

„Detectives Yang und Jefferson, DC Police, Mordkommission.“

In Sokolovs Augen blitzte Angst auf, verschwand jedoch schnell wieder. Yang bemerkte, dass der Mann seine Gefühle fest im Griff hatte.

„Wie kann ich Ihnen helfen, Detectives?“,

fragte er höflich und lehnte sich in seinem Sessel zurück.

Yang und Jefferson zogen Stühle vom Nebentisch heran und setzten sich.

„Wir würden gerne mit Ihnen über drei russische Mädchen in Pflegefamilien sprechen, die verschwanden, nachdem sie an Therapiesitzungen mit Ihnen teilgenommen hatten", sagte Jefferson.

„Hmm", sagte Sokolov, „ich fürchte, ich habe keine neuen Informationen. Ich habe schon vor Wochen mit der Polizei über Annika, Sasha und Tatjana gesprochen."

„Sie erinnern sich also an ihre Namen?", fragte Yang.

Er hob trotzig sein Kinn. „Würden Sie das nicht? Es ist Teil meiner Arbeit. Ich sorge mich um meine Patienten, also weiß ich natürlich von den Mädchen, die verschwunden sind."

„Eine davon ist aufgetaucht." Yang machte eine absichtliche Pause. „Tot."

„Es tut mir leid, das zu hören."

„Das scheint Sie nicht allzu sehr zu überraschen", provozierte Yang.

„Tut es auch nicht. Ich kenne die Statistiken, wenn es um vermisste Kinder geht. Wenn sie nicht innerhalb der ersten achtundvierzig Stunden gefunden werden, sind die Chancen, sie lebend zu finden, praktisch Null. Aber ich bin mir sicher, Sie kennen sich mit Kriminalstatistiken aus. Also, wie kann ich Ihnen helfen?"

Yang und Jefferson tauschten einen Blick aus. Yang wusste genau, was sein Partner dachte. Sokolov hatte etwas zu verbergen und versuchte, diese Tatsache zu verschleiern, indem er so tat, als beträfen ihn die Fragen nicht persönlich.

„Das Mädchen, das wir gefunden haben, war Annika."

„Arme Annika, sie war so ein süßes Mädchen."

Der Arzt seufzte und für einen Moment sah es so aus, als würde ihm das Mädchen etwas bedeuten. Aber es hätte auch alles nur Schau sein können. Außerdem war er als Psychiater gut darin geschult, Empathie für seine Patienten zu zeigen, auch wenn er keine solchen Emotionen empfand.

„Wie starb sie?"

„Es steht uns nicht frei, die Details offenzulegen", sagte Jefferson. „Sagen wir einfach, die Art ihres Todes war im wahrsten Sinne des Wortes gewalttätig."

Sokolov nahm einen weiteren Bissen von seinem Scone.

„Wir sind die Liste aller Männer durchgegangen, die vor ihrem Verschwinden Kontakt mit ihr hatten, und versuchen, so viele wie möglich auszuschließen, damit wir unsere Ermittlungen eingrenzen können", sagte Yang.

„Tja, ich schlage vor, Sie sprechen mit dem Detective, der mich verhört hat, nachdem Annika verschwand. Ich bin sicher, er wird Ihnen sagen, dass ich für diese Zeit ein Alibi hatte."

„Das haben wir bereits getan", sagte Jefferson.

„Dann bin ich mir nicht sicher, was Sie sonst noch von mir wollen", sagte Sokolov.

„Um Sie als Täter auszuschließen, möchten wir, dass Sie uns eine DNA-Probe zur Verfügung stellen", sagte Jefferson.

Sokolov warf ihm einen Blick zu. „Ich gebe Ihnen gerne eine DNA-Probe." Er machte eine Pause. „Sobald ich die gerichtliche Befugnis sehe." Er streckte seine Hand aus.

Weder Yang noch Jefferson konnten eine gerichtliche Befugnis vorlegen. Kein Richter würde dieser zustimmen, da sie keine anderen Beweise hatten, um ihn mit Annika in Verbindung zu bringen.

„Ach, ich sehe. Sie haben keine Befugnis." Er lächelte wissend. „Dann kann ich Ihnen leider nicht helfen. Genießen Sie den Rest Ihres Nachmittags, Detectives." Er griff nach seinem iPad und begann zu lesen.

„Wir kommen wieder", versprach Yang.

Yang und Jefferson drehten sich um und verließen das Café durch dieselbe Tür, durch die sie es betreten hatten.

„Um die Ecke?", fragte Jefferson in dem Moment, als sie außer Hörweite waren.

„Ja. Es ist nur eine Frage der Zeit."

Sie gingen durch die Eingangshalle des Gebäudes und verließen es dann. Als sie draußen waren, eilten sie an die andere Seite des Gebäudes und umrundeten es dann, bevor sie die Ecke erreichten, die von dem Café eingenommen wurde. Sie standen nur wenige Meter von Sokolov entfernt. Sie hatten einen klaren Blick auf seinen Rücken, nur das Glas trennte sie. Sie standen im Schatten eines Baumes und beobachteten ihn.

In dem Moment, als Sokolov seine Kaffeetasse leerte und aufstand, sagte Yang: „Gib ihm eine Sekunde."

Yangs Herz raste, als er sah, wie Sokolov sich von dem Sessel entfernte.

„Jetzt!", sagte Jefferson.

Gerade als Sokolov durch die Tür, die das Café mit der Eingangshalle des Gebäudes verband, hinausging, stürmten Yang und Jefferson durch den Haupteingang von der Straße in das Starbucks hinein. Eine Barista ging bereits zu dem Tisch, an dem Sokolov seine Kaffeetasse und seinen halb aufgegessenen Scone stehen gelassen hatte. Sie wollte gerade die Tasse berühren, als Yang zwischen sie und den Tisch trat.

„DC Police, wir müssen das konfiszieren", sagte er zu der erschrockenen Frau.

Sie keuchte und ihre Augen weiteten sich, ein Protest lag ihr auf den Lippen.

Yang zeigte seine Marke und sie trat zurück.

„Wie Sie wollen, Officer", sagte sie und entfernte sich.

Jefferson reichte ihm bereits eine Beweismitteltüte und Handschuhe, und zusammen packten sie den Pappbecher, den Teller und den halb aufgegessenen Scone ein.

Jefferson grinste triumphierend. „Das wird ihm beibringen, das nächste Mal seinen Müll nicht auf dem Tisch liegen zu lassen."

Yang lachte leise. „Wenn wir Glück haben, wird es kein nächstes Mal für ihn geben."

50

Es gab Sachen, die er noch abschließen musste. Das ärgerte ihn gewaltig. Aber er konnte nichts dagegen tun. Irgendwie wussten zwei Menschen mehr, als sie wissen sollten. Auch wenn er nicht genau wusste, wie viele Informationen sie hatten und wie sie darangekommen waren, konnte er doch nicht riskieren, dass sie ihn bloßstellten oder ihre Nase in seine Angelegenheiten steckten und alle möglichen Dinge aufdeckten, die niemand erfahren durfte.

Emily Warner war nur eine Lehrerin, aber irgendwie war ihr klar geworden, dass

Madeline Boltons Tod kein Unfall war. Und er hatte die Szene so sorgfältig inszeniert. Er hatte es nicht nur so aussehen lassen, als wäre Madeline von einer Trittleiter gefallen und hätte sich tödliche Verletzungen zugezogen, er hatte ihr sogar eine Glühbirne in die Hand gedrückt, damit es aussah, als hätte sie versucht, diese auszuwechseln.

Er hatte das Glas entfernt, aus dem er zuvor mit Madeline Wein getrunken hatte, während er ihres gut sichtbar stehen gelassen hatte. Außerdem hatte er die ganze Flasche Wein in die Spüle geleert, sodass es aussah, als hätte sie zu viel getrunken. Und soweit hatte es funktioniert: Der Secret Service hatte keine Hinweise auf ein Fremdverschulden gefunden, und er hoffte, dass es so bleiben würde. Das bedeutete, er musste sicherstellen, dass Emily Warner niemals die Gelegenheit bekam, den Behörden ihren Verdacht zu melden. Schlimm genug, dass Madelines Eltern wussten, dass jemand vermutete, ihre Tochter wäre ermordet worden.

Es war an der Zeit, die lästige

Musiklehrerin loszuwerden. Er musste ihr nur folgen und sich um sie kümmern, am besten in einer dunklen Gasse. Er könnte es wie einen missglückten Überfall aussehen lassen und niemand würde einen Verdacht schöpfen.

Auf Nimmerwiedersehen, Emily Warner. Sie hätten sich aus meinen Angelegenheiten heraushalten sollen.

51

Es war nach Mitternacht, und die Straßen begannen sich zu leeren. Emily spürte einen Schauer ihr Rückgrat hinablaufen und warf unwillkürlich einen Blick über ihre Schulter. Obwohl das Wetter mild war, spürte sie eine kalte Brise im Nacken. Sie wusste, dass das Gefühl nicht vom Wetter herrührte, sondern von der Tatsache, dass sie nervös war. Trotzdem musste sie das tun. Sie musste in Maddies Reihenhaus einbrechen.

Sie sah niemanden in der ruhigen Seitenstraße in Georgetown. Die Restaurants waren geschlossen, und nur wenige Bars bedienten noch Kunden. Aber das Reihenhaus, auf das Emily zusteuerte, war weit genug von der Hauptstraße und den Bars entfernt.

Emily trug schwarze Jeans und einen dunkelgrünen Trenchcoat über ihrem schwarzen T-Shirt. Ihre Handtasche hing diagonal über ihrem Oberkörper. Zusätzlich zu ihrem üblichen Inhalt enthielt diese eine kleine Taschenlampe und ihre Dietriche.

Als sie die Tür erreichte, war Emily froh, dass der Eingang zu Maddies Haus von einem kleinen Vorbau eingerahmt war, der half, sie teilweise zu verbergen. Emily warf noch einen Blick über ihre Schulter und sah niemanden, obwohl sich die kleinen Härchen in ihrem Nacken aufstellten. Sie zog ein Paar Latexhandschuhe über und machte sich an die Arbeit. Ihre Finger zitterten leicht, als sie einen der Dietriche in das Schloss steckte und versuchte, den zweiten dazu zu bringen, ihm zu folgen.

Ihr Herz schlug ihr bis in den Hals und Schweiß begann sich auf ihrer Stirn zu bilden. Verdammt, sie war nicht für ein kriminelles Leben geschaffen. Sie war zu nervös, zu verängstigt, dass jemand sie sehen und die Polizei rufen könnte. Aber sie musste das tun, für Maddie und für ihre eigene geistige Gesundheit. Sie holte tief Luft.

„Komm schon", murmelte sie vor sich hin. „Du kannst das."

Emily schloss die Augen und stellte fest, dass es einfacher war, die Mechanismen des Schlosses zu spüren, wenn sie es nicht ansah. Stattdessen spürte sie die Rillen und Kerben und fühlte, wie sie die Dietriche bewegen musste, um das Schloss zu öffnen. Noch ein paar Sekunden, und sie wusste, dass sie auf dem richtigen Weg war. Ein leises Klicken und es war geschafft.

Emily drehte am Knauf und stieß die Tür auf. Sie glitt in das dunkle Innere und zog die Tür hinter sich zu. Sie stand im Flur und rührte sich nicht. Abgesehen von den sanften Bewegungen einer Pendeluhr war es im Haus still. Sie hatte halb damit gerechnet, halb befürchtet, das Piepen einer Alarmanlage zu hören, aber nichts dergleichen geschah. Sie hatte erwartet, dass Maddie eine

Alarmanlage im Haus hatte. Welche Frau, die allein in einem Haus lebte, hatte das nicht? Aber sie hatte gehofft, dass nach ihrem Tod niemand den Alarm setzen würde. Schließlich hatte ihre Familie mehr als drei Wochen nach ihrem Tod sicherlich damit begonnen, alle Wertgegenstände aus dem Haus zu entfernen.

Emily zog die Taschenlampe aus ihrer Tasche und schaltete sie ein, wobei sie darauf achtete, den Lichtstrahl auf den Boden und weit weg von allen Fenstern zu richten. Der erste Raum links war ein Wohnzimmer. Ein paar Schritte weiter führte eine Treppe in den ersten Stock. Emily überflog schnell das Erdgeschoss, aber außer einer kleinen Gästetoilette mit einem Waschbecken auf einem Sockel befand sich auf dieser Etage kein anderes Badezimmer, nur eine große Küche und ein Esszimmer.

Sie ging nach oben und hörte das Knarren der alten Holztreppe unter dem dicken Teppich, der diese bedeckte. Oben sah sie zwei Türen. Beide standen offen. Sie trat durch die erste Tür ein und bewegte den

Lichtstrahl durch den Raum. Das war Maddies Zimmer gewesen.

Ein Kingsize-Bett wurde von Nachttischen und einer Ottomane am Fuß eingerahmt. Vor dem Fenster stand ein antiker Schreibtisch, den Maddie anscheinend sowohl zum Auftragen von Make-up und Anlegen von Schmuck als auch zum Erledigen von Papierkram benutzt hatte. Emily wagte es nicht, ihre Lampe zu nahe darauf zu richten, da sie befürchtete, dass der Strahl durch das Fenster gesehen werden könnte. Stattdessen drehte sie sich um und ging durch den kurzen, von Schränken gesäumten Flur in das angrenzende Badezimmer.

Im Bad gab es kein Fenster. Emily bewegte den Strahl ihrer Taschenlampe, bis sie den Waschtisch fand. Er hatte zwei Waschbecken. Sie bückte sich schnell und öffnete die Türen unter dem ersten Waschbecken, aber es waren nur ein paar Flaschen Shampoo und Duschgel darin. Kein Toilettenpapier, kein Umschlag. Sie schloss die Türen wieder, ging dann zum zweiten

Waschbecken und öffnete den Schrank darunter.

Dort fand sie einen Pumpsauger und ein paar Reinigungsmittel. Kein Toilettenpapier.

Überrascht richtete sie sich auf, fand dann den Lichtschalter und legte ihn um. Es dauerte einen Moment, bis sich ihre Augen an das Licht gewöhnt hatten, aber dann erkannte sie ihren Fehler. Das Badezimmer, in dem sie stand, war nicht das Bad aus Maddies Erinnerungen. Die Farbpalette dieses Badezimmers war eine Mischung aus sanftem Creme und warmen Akzenten. Das Badezimmer aus der Vision hatte kräftigere, kältere Farben, Blau und Grau gehabt.

Maddie hatte den Umschlag nicht in ihrem eigenen Badezimmer versteckt.

Verdammt!

Ein Geräusch hinter ihr ließ sie herumwirbeln. Emily verlor fast das Gleichgewicht und fühlte sich einen Sekundenbruchteil lang schwindelig, bevor ihre Augen die Person wahrnahmen, die sich an sie herangeschlichen hatte. Ihr Herz blieb für einen Moment stehen, nur um einen

Augenblick später doppelt so schnell weiterzuschlagen. Sie wich zurück und stieß gegen den Waschtisch hinter ihr. Ihr Fluchtweg wurde ihr von dem Mann vor ihr abgeschnitten.

Er war gekommen, um sie zu töten.

52

„Ich bin nicht hier, um dir wehzutun."

Emilys Herz schlug wie ein Presslufthammer. Sie glaubte ihm nicht. Und warum auch? Er hatte schon einmal versucht, sie umzubringen.

Das Gefängnis hatte ihn altern lassen, und das nicht auf eine gute Art und Weise. Emily erkannte ihn trotzdem. Wie konnte sie jemals das Gesicht des Mannes vergessen, der ihr alles geraubt hatte, was sie je geliebt hatte?

„Was willst du? Hast du nicht genug Böses angerichtet, das für ein ganzes Leben reicht?" Sie brachte das Wort *Dad* nicht über die Lippen.

„Wir haben jetzt keine Zeit, darüber zu diskutieren. Wir müssen von hier verschwinden." Er griff nach ihrem Arm, aber sie schreckte vor seiner Berührung zurück.

„Ich gehe nirgendwo mit dir hin!" Trotz ihrer schroffen Worte zitterte sie vor Angst.

„Du hast im Moment keine andere Wahl", sagte er.

Sie entdeckte keine Bosheit in seinem Gesicht. Vielleicht hatte er im Gefängnis gelernt, seine Gefühle zu verbergen.

„Du hast beim Einbruch einen Alarm ausgelöst. Die Polizei wird in höchstens drei Minuten hier sein."

„Das hätte ich gehört", protestierte Emily. Ihr Gehör war ausgezeichnet, und hätte ein Alarmsystem angefangen zu piepen, hätte sie es nicht überhört.

„Es war ein stiller Alarm. Jetzt lass uns gehen, oder wir landen beide im Gefängnis. Und glaub mir, es würde dir dort nicht gefallen."

Sie war hin- und hergerissen. Sie

vertraute ihm nicht, aber er könnte die Wahrheit sagen. Maddie, eine alleinlebende Frau, die Wertgegenstände wie Schmuck im Haus hatte, hätte eine Alarmanlage gehabt. Emily hatte nur nicht erwartet, dass es ein stiller Alarm war.

„Gut", sagte sie schließlich. „Lass uns gehen."

Ihr Vater drehte sich um, und Emily schaltete das Licht im Badezimmer aus und benutzte ihre Taschenlampe, um sich den Weg zu weisen. Im Flur fiel ihr Blick auf die zweite Tür. Mist! Sie war noch nicht fertig. Sie musste nachsehen, ob es auf dieser Etage ein zweites Badezimmer gab.

Ihr Vater setzte bereits einen Fuß auf die erste Stufe, als Emily ins Gästezimmer ging.

„Was machst du, Emily? Wir müssen jetzt weg!"

Aber sie ignorierte ihn. Sie war nicht so weit gekommen, um mit leeren Händen wieder zu gehen. Schnell eilte sie in das Gästezimmer, wo sie eine zweite Tür fand, die in ein angrenzendes Badezimmer führte. Sie leuchtete mit ihrer Lampe hinein und fand den Waschtisch mit einem Waschbecken. Sie ging in die Hocke.

„Verdammt, Emily!", stöhnte ihr Vater. „Wir haben keine Zeit für was immer du auch machst."

„Ich muss das machen!" Sie öffnete den Schrank unter dem Waschbecken. Aber anstatt Toilettenpapier zu finden, fand sie nur eine Saugglocke. „Verdammt!"

Wo hatte Maddie den Umschlag versteckt, wenn nicht in ihrem eigenen Haus?

„Lass uns gehen", befahl ihr Vater und packte sie am Oberarm, zwang sie aufzustehen und mit ihm zu kommen.

„Ich kann alleine laufen!", zischte sie.

„Dann beweg dich!"

Er eilte zur Treppe und rannte hinunter, Emily auf seinen Fersen, jedoch etwas langsamer. Als sie die Diele erreichten, blieb ihr Vater plötzlich stehen.

„Scheiße! Sie sind schon hier", stieß er leise aus.

Einen Moment später sah Emily, was er sah. Durch die kleine Glasscheibe über der Eingangstür blitzten rote und blaue Lichter, obwohl die Polizei ihre Sirene nicht eingeschaltet hatte, damit sie die Eindringlinge überraschen konnten.

Oscar Warner hatte mit dem stillen Alarm recht gehabt. Das hätte sie nicht überraschen dürfen. Er hatte seine eigene Schlosserei gehabt, bevor er ins Gefängnis kam, und wusste genug über Schlösser und Alarmanlagen, um alle verräterischen Anzeichen in Maddies Reihenhaus entdecken zu können.

„Hier entlang", sagte ihr Vater und führte sie zur Rückseite des Hauses.

„Wohin gehst du?", fragte sie.

Er sah über seine Schulter. „Hinaus."

Sie folgte ihm durch die Küche, von der eine Tür in den winzigen, schmalen Hof führte, der selbst an einem sonnigen Tag wahrscheinlich keinen einzigen Sonnenstrahl abbekam. Ein Zaun sowie Gebüsch boten Schutz, aber Oscar Warner schien keine Schwierigkeiten zu haben, sich einen Weg hindurch zu bahnen. Er zwängte sich durch eine Lücke zwischen dem alten Zaun – dem ein Brett fehlte – und einem dichten Gebüsch und verschwand vor ihren Augen. Dann tauchte seine Hand dort auf, wo er verschwunden war, und trotz ihres Hasses auf ihn griff Emily danach und ließ sich von ihm hindurchziehen.

Sie fand sich im überwucherten Garten des Hauses hinter Maddies wieder. Ihr Vater deutete nach links und legte den Finger auf seine Lippen, um sie zum Schweigen zu bringen. Sie nickte und folgte ihm, bis sie ein wackeliges Tor erreichten. Oscar Warner, der fast dreißig Zentimeter größer war als seine Tochter, spähte darüber hinweg. Dann zog er das Holztor auf und trat hinaus.

„Die Luft ist rein", flüsterte er und bedeutete ihr, ihm zu folgen.

Emily gehorchte und trat auf den Bürgersteig hinaus. In der ruhigen Seitenstraße, die nur schmale Bürgersteige hatte, waren mehrere Autos geparkt.

„Hier entlang", sagte Emilys Vater und deutete den Hang hinauf zu der Straße, die parallel zu der Straße verlief, in der Maddie gewohnt hatte.

Gerade als sie sie erreichten und ihr Vater

nach rechts abbog, warf Emily einen Blick zurück. Sie konnte den Streifenwagen auf Maddies Straße nicht sehen, aber sie sah, wie sich dessen blinkende Lichter in verschiedenen Fenstern benachbarter Gebäude widerspiegelten.

Emily gesellte sich schnell zu ihrem Vater auf der Parallelstraße. Nach einem weiteren Block blieb er stehen und deutete auf die andere Straßenseite. Dort stand ein alter, verbeulter Toyota. „Steig ein. Ich fahre dich nach Hause."

Emily erstarrte. Als sie das letzte Mal mit ihm in ein Auto gestiegen war, hatte sie ihre Mutter und ihr Augenlicht verloren. „Nein." Sie schüttelte den Kopf. „Ich komme alleine nach Hause. Es ist nicht weit", log sie.

„Du kannst nicht bis Columbia Heights laufen, und die U-Bahn hat bereits aufgehört zu fahren."

Instinktiv trat sie einen Schritt zurück und vergrößerte den Abstand zwischen ihnen. „Woher weißt du, wo ich wohne?"

Er zögerte, dann fuhr er mit der Hand durch sein schütteres Haar. „So wie ich wusste, dass du in ein Haus eingebrochen bist. Ich bin dir gefolgt. Ich folge dir jetzt schon eine ganze Weile, ein paar Wochen." Er sah auf seine Schuhe hinab. „Ich hatte nicht den Mut, dich anzusprechen."

Ihr Vater gab zu, dass er nicht den Mut hatte, sich ihr zu nähern? Er klang nicht wie der Mann, der vor fünfzehn Jahren geplant hatte, seine ganze Familie umzubringen. Aber es könnte eine Lüge sein. Genauso wie er Emily und ihre Mutter damals ins Auto gelockt hatte, damit er seinen Plan ausführen konnte.

„Warum?", fragte sie in scharfem Ton.

„Weil ich mit dir reden wollte. Um ... dich zu fragen ..."

„Ob ich dir Geld gebe?" Sie spuckte die Worte förmlich aus.

Ein überraschter Ausdruck erschien auf seinem Gesicht. „Nein. Ich will kein Geld. Ich habe einen Job."

„Was willst du dann?"

„Vergebung."

Seine schlichte Ein-Wort-Antwort traf sie wie ein Güterzug, den sie nicht hatte kommen gesehen. Instinktiv schüttelte sie den Kopf. Es gab keine Vergebung in ihrem Herzen. Ihre Blindheit hätte sie ihm verzeihen können, aber der Tod ihrer Mutter?

„Mom ist wegen dir tot. Dafür gibt es keine Vergebung. Du hast vielleicht deine Zeit im Gefängnis abgesessen und vielleicht betrachtet die Gesellschaft deine Schulden als bezahlt, aber ich nicht. Ich habe sie geliebt. Ich brauchte sie, und du hast sie mir weggenommen!" Sie konnte die Tränen nicht aufhalten, die ihr über die Wangen liefen. „Du hättest nicht kommen sollen!"

Sie funkelte ihn an. Wie konnte er um Vergebung bitten und so die Vergangenheit ausgraben, die Vergangenheit, die mit so viel Schmerz, so viel Trauer und einem Verlust gefüllt war, über den sie nie hinwegkommen würde?

„Ich habe mich verändert", behauptete er. „Ich bin nicht mehr derselbe Mann. Ich war damals ein wütender Mann, der immer deiner Mutter die Schuld für alles gegeben hat, was schief lief, obwohl ich selbst daran schuld war. Was ich damals im Auto gesagt habe …

Ich war so wütend auf deine Mutter, weil sie mich verlassen wollte ... Ich hätte einfach in eine Bar gehen und mich betrinken sollen, anstatt ... anstatt ... zu tun, was ich tat. Ich habe es verdient, für das, was ich getan habe, ins Gefängnis zu gehen. Wenn ich die Zeit zurückdrehen könnte, um alles wiedergutzumachen, würde ich es tun.“

„Es gibt kein Zurück ...“

„Ich weiß das. Deshalb kann ich dich nur bitten, mir zu vergeben. Ich verstehe, dass du dazu noch nicht bereit bist.“ Er seufzte. „Als ich erfuhr, dass du wieder sehen kannst, war ich so glücklich.“

Waren das Tränen in seinen Augen? Das konnte nicht sein.

„Ich weiß, du wirst Zeit brauchen. Ich wollte dich nur wissen lassen, dass ich für dich da bin. Was immer ich für dich tun soll, ich werde es tun. Ich möchte wieder ein Teil deines Lebens sein.“

„Du musst gehen. Folge mir nicht mehr.“

„Gut, ich bleibe weg, um dir Raum zu geben, aber ich komme zurück. Ich werde nicht aufgeben. Ich werde es wieder gutmachen. Ich werde mir deine Vergebung verdienen."

„Ich kann nicht ..." Sie drehte sich um.

„Emily, bitte ..."

Aber Emily fing an zu laufen. Wie konnte er so grausam sein, sie daran zu erinnern, was sie verloren hatte?

An den Tod ihrer Mutter.

An die einsamen Tage und Nächte, die Emily als Teenager und junge Frau verbracht hatte, als sie unter Fremden aufwuchs.

Und daran, dass sie allein auf dieser Welt war.

Allein und voller Angst, dass sie ihr Augenlicht wieder verlieren könnte.

Als sie genug Abstand zwischen sich und ihren Vater gebracht hatte, zückte sie ihr Handy und rief Vicky an.

„Emily?", fragte Vicky und klang trotz der späten Stunde hellwach.

„Könntest du mich bitte abholen? Ich bin in Georgetown."

53

18. Juni

Yang war gerade von einer späten Mittagspause zurückgekommen, als Jefferson von seinem Schreibtisch aufstand und ihm bedeutete, näherzukommen.

„Simon, was ist los?", fragte er.

Jefferson legte den Hörer auf. „Das war Lupe. Das DNA-Ergebnis von Emil Veselak ist da."

„War es ein Treffer?"

„Nein. Es gab keine Übereinstimmung." Er zuckte mit den Schultern. „Nicht, dass ich gedacht hätte, dass wir eine bekommen würden. Er und seine Frau machten einen wirklich trauernden Eindruck."

„Ja, ich hatte das gleiche Gefühl. Hat Lupe gesagt, wann sie das DNA-Ergebnis des Seelenklempners zurückbekommen wird?"

„Alles, was sie gesagt hat, war, dass sie einen Eilauftrag gestellt hat, was auch immer das wert ist. Vielleicht in ein oder zwei Tagen?"

„Glaubst du, es würde sich lohnen, auch Zimmermans DNA zu bekommen?"

„Tatjanas Pflegevater? Wir haben nicht wirklich etwas, das ihn mit Annika in Verbindung bringt, außer dass die Mädchen alle durch dieselbe Stiftung kamen und denselben Psychiater besuchten."

„Wenn Zimmerman Tatjana nach den Gruppensitzungen vom Büro des Psychiaters abgeholt hat, könnte ihm Annika begegnet sein – und Sasha."

„Ich denke, es ist einen Versuch wert. Lass uns abends bei ihm vorbeischauen."

„So schnell bekommen wir keine gerichtliche Befugnis", meinte Yang.

„Bei den wenigen Beweisen, die wir haben

und die ihn mit Annika in Verbindung bringen, bezweifle ich, dass wir einen Richter dazu bringen werden, so eine zu unterzeichnen. Nutzen wir einfach unseren Charme und bringen ihn dazu, uns freiwillig eine Probe zu geben."

„Das ist mir recht." Yang sah auf die große Uhr an der Wand. Es war noch nicht einmal 15 Uhr. „Ich bezweifle, dass Zimmerman vor sechs Uhr zu Hause sein wird."

„Genug Zeit, einen Kaffee zu trinken und ein paar Sonnenstrahlen zu tanken", sagte Jefferson und griff nach der Jacke, die über seinem Stuhl hing.

„Yang, Jefferson, in mein Büro!", rief Lieutenant Arnold vom Eingang ihres Büros aus.

Jefferson tauschte einen Blick mit Yang aus. „Oder nicht."

„Ja, Lieutenant", antwortete Yang schnell und ging auf das Büro zu, Jefferson auf seinen Fersen.

„Ich frage mich, was wir jetzt wieder

vermasselt haben“, murmelte Jefferson leise, damit nur Yang es hören konnte.

Arnold war nicht allein. Als Yang und Jefferson eintraten, saß ein Mann in einem dunklen Anzug auf einem der Stühle vor Arnolds Schreibtisch.

„Schließen Sie die Tür“, befahl Arnold. Dann stellte sie den Mann im Anzug vor. „Detective Simon Jefferson und Adam Yang, das ist Nikolai Belsky. Er ist der Sicherheitchef der russischen Botschaft.“

Yang tauschte einen überraschten Blick mit Jefferson aus, bevor er den Russen begrüßte. „Sehr erfreut.“ Dann blickte er zu Arnold zurück, die auf die leeren Stühle deutete.

Yang und Jefferson setzten sich.

„Heute Morgen gab es einen Vorfall, und die russische Botschaft hat uns um unsere Unterstützung gebeten – und um unsere Diskretion“, sagte Arnold und nickte dann Belsky zu. „Mr. Belsky?“

„Lieutenant Arnold hat mir versichert, dass Sie ihr bestes Ermittlungsteam in Sachen Mord sind“, begann der Mann in akzentuiertem, aber perfektem Englisch und warf ihnen einen eindringlichen Blick zu.

Yang zeigte sich nicht überrascht über das Lob, mit dem Arnold ihn und seinen Partner überhäuft hatte. „Wie können wir Ihnen helfen?", fragte er stattdessen.

„Heute Morgen joggte einer unserer Diplomaten den Potomac südlich der Georgetown University entlang. Man hat zweimal aus nächster Nähe auf ihn geschossen. Er wäre verblutet, wenn nicht eine Frau mit ihrem Hund Gassi gegangen wäre, ihn gefunden und sofort einen Krankenwagen gerufen hätte. Er liegt derzeit auf der Intensivstation des George Washington University Hospital. Im Koma."

„Gibt es irgendwelche Anhaltspunkte für einen missglückten Raubüberfall?", fragte Jefferson.

Belsky schüttelte den Kopf. „Er hatte immer noch seine Uhr und seinen Ring sowie seine Schlüssel und sein Telefon bei sich. Laut seinen Freunden nahm er beim Joggen nie eine Brieftasche mit. Es wurde nichts gestohlen. Und wir glauben nicht, dass dies ein Zufall war."

Yang hob eine Augenbraue. „Gab es Drohungen?"

Der Russe zögerte, bevor er fortfuhr: „Das Botschaftspersonal erhält regelmäßig Drohungen aus allen möglichen Gründen."

Die Antwort fühlte sich ausweichend an. Yang formulierte seine Frage um. „Gab es konkrete Drohungen gegen diese Person?"

„Nicht, dass wir wüssten."

„Okay", sagte Yang, „was können Sie uns über den Vorfall und den Hintergrund des Opfers erzählen?"

Belsky griff nach einer dünnen Akte auf Arnolds Schreibtisch und reichte sie Yang. „Ich habe ein Dossier zusammengestellt. Darin finden Sie alles, was Sie wissen müssen. Die Kugeln, die ihm der Chirurg entnahm, sowie seine Kleidung wurden Ihrem Forensikteam zur Analyse übergeben. Wir verlassen uns auf Ihre Diskretion. Wir haben der Presse keine Einzelheiten über diesen Attentatsversuch mitgeteilt und die Zeugin, die ihn gefunden hat, gebeten, nicht mit der Presse zu sprechen. Wir wollen nicht, dass der Täter erfährt, dass der Kulturattaché überlebt hat. Sonst versucht er es vermutlich noch einmal."

„Wir verstehen", sagte Jefferson. „Wir können dem Opfer im Krankenhaus Polizeischutz gewähren."

„Das wird nicht nötig sein. Ich habe bereits zwei meiner besten Männer vor seinem Zimmer postiert."

„Sehr gut", sagte Jefferson. „Wir werden es gleich angehen."

„Danke, Detectives", sagte der Russe und erhob sich. „Lieutenant", fügte er mit einem Nicken zu Arnold hinzu. „Meine direkte Handynummer ist in der Akte. Bitte kommunizieren Sie direkt mit mir, niemand anderem."

Arnold nickte. „Seien Sie versichert, dass mein Team der Sache Priorität einräumen wird."

Mit einem weiteren Nicken verließ Belsky das Büro. Als sich die Tür hinter ihm schloss, lehnte sich Arnold in ihrem Stuhl zurück und entspannte sich etwas. Dann wies sie die beiden hinaus. „An die Arbeit. Dies hat Vorrang vor Ihren anderen Fällen."

Yang warf Jefferson einen Blick zu. „Vor dem Mordfall Annika? Dieser Russe lebt noch, Annika ist tot."

Arnold sah ihn mit zusammengekniffenen Augen an. „Das ist mir bewusst. Aber wir können uns nicht immer aussuchen, was wir tun wollen. Wegtreten."

Yang und Jefferson drehten sich um und verließen das Büro.

Draußen und außer Hörweite sagte Yang: „Druck von oben?"

Jefferson nickte. „Schaut so aus."

Als sie an ihren Kabinen ankamen, öffnete Yang die Akte und beide begannen zu lesen. Yang stutzte schon in der ersten Zeile. Dort stand der Name des russischen Attachés.

Yang erkannte ihn sofort. Der Mann, der beim Joggen zweimal angeschossen worden war, war derselbe Mann, den Emily Warner erwähnt hatte. Der Mann, den Madeline Bolton ihr zufolge angerufen hatte.

Und jetzt lag Sergei Petrov im Koma und konnte nicht verraten, ob er irgendetwas wusste, das Licht auf Madeline Boltons Tod werfen könnte.

Das konnte kein Zufall sein. Er musste Emily Warner befragen. Je früher, desto besser. Aber das konnte er seinem Partner nicht sagen, jedenfalls noch nicht, denn Jefferson hatte deutlich gemacht, dass er sich nicht in einen Fall einmischen wollte, von dem sie sich nach Lieutenant Arnolds Befehl eindeutig fernzuhalten hatten. Deshalb hatte er Jefferson nie erzählt, dass er Emily Warner zuhause besucht hatte.

54

Sergei Petrov war ein leichtes Ziel gewesen.

Der Killer hatte ziemlich schnell herausgefunden, dass der russische Kulturattaché gerne in den frühen Morgenstunden joggte, bevor er seinen Tag in der Botschaft begann. Als Diplomat von eher niedrigem Rang hatte er keinen persönlichen Bodyguard dabei, was es leicht gemacht hatte, ihn zu erledigen.

Er hatte sich wie ein Jogger gekleidet, mit Shorts und einem Sweatshirt mit Kapuze und einer Bauchtasche, in der er die Waffe versteckt hatte. Er hatte eine Weile im

Dickicht gewartet und sich vergewissert, dass keine anderen Jogger denselben Weg entlang liefen, die ihn sehen und später hätten beschreiben können. Zum Glück waren um halb sechs nur wenige Jogger unterwegs und der Weg war praktisch menschenleer. Und er würde auch nicht vermisst werden. Er konnte zu seiner üblichen Zeit bei der Arbeit erscheinen, und niemand würde ihn verdächtigen.

Als er sicher war, allein zu sein, verließ er sein Versteck und rannte Petrov hinterher. Er holte ihn sehr schnell ein und rannte dann an ihm vorbei. An der nächsten Biegung des Weges hielt er abrupt an, zog die Waffe aus seiner Tasche und wartete auf Petrov.

Der Russe sah die Waffe zu spät und hatte nicht einmal Zeit zu schreien. Er fiel wie ein toter Baum. Er wollte gerade Petrovs Puls prüfen, als er in der Ferne einen Hund bellen hörte. Da er kein Risiko eingehen wollte, rannte er stattdessen in die andere Richtung. Petrov war tot. Eine Kugel hatte ihn in die Brust getroffen, die andere in den Bauch. Er war kein besonders guter Schütze, aber auf eine Entfernung von nur wenigen Metern konnte nicht einmal er das Ziel verfehlen.

Ein Problem war gelöst. Was immer der Russe wusste, was immer Madeline ihm vor ihrem Tod erzählt hatte, starb mit ihm.

Eine Sache war erledigt, eine weitere stand ihm noch bevor.

Jetzt war Emily Warner an der Reihe. Sie hatte seine Bemühungen in der Nacht zuvor vereitelt, obwohl er bezweifelte, dass sie sich dessen bewusst war. Er war ihr gefolgt und hatte überrascht feststellen müssen, dass sie in Madeline Boltons Haus einbrach. Versteckt in einem Eingang zu einem Geschäft auf der anderen Straßenseite hatte er darüber nachgedacht, ob er sie im Haus töten sollte, doch er hatte gezögert. Wenn ihre Leiche in Maddies Haus gefunden würde, würde sich dieses Mal mit Sicherheit die DC Police einschalten und nach Verbindungen zwischen den beiden suchen. Das würde den Fall noch größer machen, was er sich nicht leisten konnte.

Also hatte er darauf gewartet, dass sie aus dem Haus kam, und geplant, sie weit von

Maddies Haus entfernt zu töten, damit ihr Tod nicht mit Maddie in Verbindung gebracht würde. Kurz nach Emily hatte jedoch ein Mann das Haus betreten, und weniger als zwei Minuten später war die Polizei mit Blaulicht eingetroffen. Er war in eine Gasse geflüchtet und hatte sich aus dem Staub gemacht, weil er nicht von der Polizei gesehen werden wollte. Das hatte ihn sehr verärgert.

Aber heute Abend hatte er Glück. Er war Emily in der U-Bahn gefolgt, ohne gesehen zu werden, was während der Hauptverkehrszeit nicht schwierig war. Vorsichtshalber hatte er einen falschen Bart und eine Brille aufgesetzt, damit ihn niemand erkennen würde.

Emily Warner hatte bei einem Friseursalon angehalten, wo sie eine Stunde damit verbracht hatte, sich die Haare schneiden zu lassen. Er hatte ungeduldig auf der anderen Straßenseite gewartet. Nachdem sie den Salon verlassen hatte, hielt sie an einem Supermarkt an, wo sie sich verdammt viel Zeit ließ. Er wurde ungeduldig, und die Waffe in der Tasche seiner Sportjacke fühlte sich an wie ein heißes Eisen. Seine Hand juckte es, weiterzumachen. Als Emily den Supermarkt verließ und in Richtung ihrer Wohnung ging, war die Sonne untergegangen. Zu seiner Freude nahm Emily Warner eine der vielen Seitenstraßen, anstatt auf der belebteren Hauptstraße zu bleiben.

Das war seine Chance. In dem Moment, als er in die Straße einbog, die Emily genommen hatte, machte er sich bereit. Verdeckt von Bäumen und anderem Gebüsch in den Vorgärten einiger Häuser zog er eine Sturmhaube aus seiner Jacke und streifte sie sich über den Kopf.

55

Es war dunkel und Emily spürte, wie ihr ein kalter Schauer über das Rückgrat bis zum Hals hochkroch. Sie hätte der Tatsache, dass ihr Haar jetzt kürzer war und ihren Nacken nicht vollständig bedeckte, Schuld geben können. Als sie blind war, war ihr nie bewusst gewesen, dass ihr herzförmiges Gesicht besser aussehen würde, wenn es von Haaren umrahmt wäre, die nur bis zu ihrem Kinn reichten. Sie war jetzt eine Frau, kein Teenager, und brauchte einen Haarschnitt für Erwachsene.

Aber ihr neuer Haarschnitt war nicht die

Ursache für die Kälte, die sie jetzt verspürte. Fünfzehn Jahre lang war sie darin geschult, sich auf ihren Gehörsinn zu verlassen, der ihr jetzt anzeigte, dass ihr jemand folgte. Einen Moment lang dachte sie, dass ihr Vater nicht aufgegeben hatte und sie immer noch beschattete, aber es fühlte sich anders an. Sie atmete die Luft um sich herum ein, roch aber nichts Besonderes.

Sie wünschte, Coffee wäre bei ihr, aber sie hatte ihn nach seinem Termin beim Tierarzt, wo Coffee seine jährliche Impfung erhalten hatte, zu Hause gelassen. Ihr vertrauter Blindenhund hatte müde ausgesehen, und da sie spürte, dass ihr Sehvermögen mit jedem Tag klarer und definierter wurde, hatte sie sich entschieden, Coffee zu Hause ausruhen zu lassen.

Coffee würde wissen, ob ihr wirklich jemand folgte oder ob sie nur paranoid war.

Ein weiteres Geräusch, diesmal das eines kleinen Kieselsteins, das unter einer Schuhsohle zerdrückt wurde, jagte einen Adrenalinstoß durch ihren Körper. Sie hielt den Atem an. Einen Moment lang schloss sie die Augen und konzentrierte sich. Sie hatte recht mit ihrem Verdacht. Jemand folgte ihr.

Sie ging schneller und die Einkaufstüte in ihrer rechten Hand fühlte sich plötzlich schwer an. An der nächsten Ecke bog sie schnell nach rechts ab. Dabei blickte sie über ihre Schulter zurück in die Straße, aus der sie gekommen war, und sah eine dunkle Gestalt. Für den Bruchteil einer Sekunde fiel das Licht einer Straßenlampe auf das Gesicht der Person. Aber sie konnte das Gesicht nicht sehen, weil es hinter einer schwarzen Skimaske verborgen war.

Emilys Herz blieb stehen. Die Person in der schwarzen Kleidung und Maske sah sie direkt an. Er wusste, dass sie ihn entdeckt hatte.

Panik erfasste sie. Sie rannte, so schnell sie konnte, die Straße hinunter. Als sie über ihre Schulter blickte, sah sie den Fremden um die Ecke kommen. Er rannte auch, aber er war schneller.

Um sich in Sicherheit zu bringen, stürmte sie um die nächste Ecke. In dem Moment, als sie außer Sichtweite ihres Angreifers war, warf sie ihre Einkaufstasche hinter sich. Sie hörte das Marmeladenglas auf dem Bürgersteig zerbrechen und stellte sich vor, dass die Äpfel und Bananen aus der Tüte auf den Asphalt rollten und eine Stolperfalle bildeten. Sie hielt nicht an, um nachzusehen, sondern rannte weiter.

Ein Fluch hinter ihr bedeutete ihr, dass der vermeidliche Angreifer gestolpert war, aber als sie schnell über ihre Schulter blickte, bemerkte sie, dass es ihn kaum ausgebremst hatte. Und jetzt sah sie etwas in seiner Hand, etwas, das im Strahl einer Straßenlaterne glitzerte: eine Waffe.

„Hilfe! Hilf mir jemand! Polizei", schrie sie aus voller Kehle, während sie weiter rannte.

Der Mann, der sie verfolgte, holte immer mehr auf. Ihre Lunge brannte vor Erschöpfung, und die Angst schnitt ihr die Luftzufuhr ab. Ihre Beine schmerzten von der Anstrengung.

Ein Schuss ertönte.

Emily schrie. Sie spürte nichts, hatte keine Schmerzen. War sie getroffen? Sie wusste es nicht. Sie rannte einfach weiter. An einer

Unebenheit auf dem Bürgersteig stolperte sie und fiel nach vorne. Sie fing den Sturz mit ihren Handflächen ab, unterdrückte den Schmerz und rappelte sich wieder auf. Ein Blick über ihre Schulter ließ ihr Blut in den Adern gefrieren. Der Angreifer war weniger als fünfzig Meter entfernt, die Waffe auf sie gezielt.

Sie war sich sicher, dass die Kugel auf diese Entfernung ihr Ziel finden würde.

Sie wirbelte herum und wollte flüchten, als ein zweiter Schuss ertönte. Sie stürzte, als sie einen Knall hörte, als hätte sich die Kugel irgendwo in der Nähe eingenistet. Dieses Mal war Emily nicht ausgerutscht oder gestolpert, sondern jemand hatte sie von der Seite angerempelt. Zusammen landeten sie in dem winzigen Vorgarten eines Wohnhauses. Gebüsch verdeckte die Sicht auf den Schützen. Die Person, die sie zu Boden gestoßen hatte, bedeckte sie mit seinem Körper.

„Bleiben Sie unten", befahl er und hob sich mit der Beweglichkeit eines Tänzers von ihr ab. Auch ohne sein Gesicht zu sehen, erkannte sie ihn.

Detective Yang zog eine Waffe aus seinem Halfter und spähte um die Büsche am Eingang des Vorgartens herum, seine Waffe in die Richtung des Angreifers gerichtet. Er rannte die Straße entlang, kam außer Sichtweite, aber Augenblicke später war er keuchend zurück.

„Er ist entkommen."

„Wenn Sie nicht da gewesen wären ..." Sie schauderte bei dem Gedanken. Sie wäre jetzt tot.

Er streckte die Hand aus, um ihr aufzuhelfen, und sie war froh über die Hilfe. Ihre Knie wackelten und sie atmete unregelmäßig.

„Das war pures Glück", sagte Yang. „Ich war auf dem Weg zu Ihnen."

„Auf dem Weg zu mir? Warum?"

Er nahm ihren Ellbogen und stützte sie. „Lassen Sie mich das melden. Dann reden wir."

56

Es war ein glücklicher Zufall gewesen, dass Yang beschlossen hatte, auf dem Heimweg bei Emily Warners Wohnung vorbeizuschauen. Wäre er nicht so misstrauisch darüber gewesen, woher sie von Sergei Petrov wusste, und hätte er nicht beschlossen, mit ihr darüber zu sprechen, ohne seinen Partner davon in Kenntnis zu setzen, wäre Emily jetzt tot. Die Absicht des Angreifers in schwarzer Kleidung und gleichfarbiger Skimaske war klar gewesen. Glücklicherweise hatte der erste Schuss, der Yang gerade rechtzeitig alarmiert hatte, um Emily zur Rettung zu kommen, sein Ziel verfehlt.

Yang meldete den Vorfall, damit die Gegend nach Kugeln oder anderen Beweisen abgesucht werden konnte, um den Beinahe-Mörder zu identifizieren. Aber da es in der Gegend weder Verkehrskameras gab noch irgendwelche Geschäfte, die möglicherweise Kameras auf den Bürgersteig gerichtet hatten, war die Chance, den Angreifer auf diese Weise zu finden, nicht groß. Emilys Zeugenaussage war auch keine Hilfe. Sie konnte den Täter nicht beschreiben. Aber als sie bemerkt hatte, dass ihr jemand folgte, hatte sie schnell gehandelt und ihre Einkaufstasche in den Weg des Angreifers geworfen, womit sie sich höchstwahrscheinlich ein paar entscheidende Sekunden verschafft hatte. Das bewunderte er. Es zeigte schnelles Denken und Einfallsreichtum.

Während ein paar uniformierte Polizisten die Gegend nach Kugeln und Patronenhülsen absuchten, brachte Yang Emily nach Hause.

Sie protestierte nicht. Sie wusste genauso gut wie er, dass sie gerade dem sicheren Tod entronnen war. Ihr Gesicht verriet es.

Als Emily die Tür zu ihrer Wohnung aufschloss und öffnete, wartete ihr brauner Labrador bereits mit wedelndem Schwanz auf sie.

„Guter Junge, Coffee", gurrte sie und streichelte den Hund.

Coffee leckte ihre Hände, bevor er an ihr vorbei zu Yang blickte.

„Hallo Coffee, erinnerst du dich an mich?" Yang ging in die Hocke und Coffee begrüßte ihn sofort mit einem freundlichen Stoß, bevor er Yangs Ohr leckte. Er sah zu Emily auf. „Ich schätze, er erinnert sich an mich."

„Er mag Sie. Er ist nicht zu jedem freundlich. Er ist darauf trainiert, mich zu beschützen." Emily bedeutete ihm einzutreten und schloss die Tür hinter ihm.

„Das ist gut", sagte Yang.

„Ich muss Ihnen danken. Ich glaube nicht, dass ich hier wäre, wenn Sie nicht –"

Er hob seine Hand und stoppte sie. „–

wenn ich Ihnen gegenüber nicht misstrauisch gewesen wäre."

„Was?" Ihre Kinnlade klappte auf. „Ich verstehe nicht."

Er seufzte. „Wegen unseres vorherigen Gesprächs, in dem Sie Madeline Boltons Hornhäute und das, was Sie gesehen haben, erwähnten."

Sie verschränkte ihre Arme vor der Brust, ihr Kiefer spannte sich an. „Natürlich haben Sie mir nicht geglaubt."

„Das ist es nicht", protestierte er, obwohl sie recht hatte. Er hatte den Geschichten über die Visionen, die sie behauptet hatte zu haben, nicht geglaubt. Aber jetzt, nach allem, was in der Zwischenzeit passiert war, war er bereit zu bedenken, dass sie vielleicht nicht log. Oder verrückt war.

„Natürlich nicht." Sarkasmus tropfte von ihr ab wie Wasser aus einem tropfenden Wasserhahn.

Yang fuhr sich mit der Hand durch sein dichtes Haar. „Hören Sie zu, ich sollte eigentlich gar nicht hier sein, aber irgendetwas deutet darauf hin, dass das, was Sie über Madeline Bolton zu wissen scheinen, möglicherweise mit einem anderen Fall in Verbindung steht, der heute auf meinem Schreibtisch gelandet ist."

„Noch ein Mord?", fragte sie mit einer Stimme, die wie ein Echo klang.

„Mordversuch, soweit ich das zusammenfassen kann." Dann sah er ihr direkt in die Augen, bevor er hinzufügte: „Sergei Petrov von der russischen Botschaft wurde heute Morgen angeschossen. Er liegt im Koma."

Emily schnappte nach Luft. Ihr Schock war echt. Daran bestand kein Zweifel. „Nein, nein!" Sie schüttelte den Kopf. Dann schienen sich ihre Augen auf etwas in der Ferne zu richten. Es dauerte ein paar Sekunden, bevor sie fortfuhr: „Das heißt, er hat Maddie nicht umgebracht. Aber er weiß etwas darüber. Und deshalb will ihn jemand umbringen. Dieselbe Person, die versucht hat, mich zu erschießen."

Yang schüttelte automatisch den Kopf.

„Das ist unmöglich." Doch in dem Moment, in dem ihm die Worte über die Lippen rollten, fragte er sich, ob es einen Zusammenhang zwischen diesen beiden Vorfällen geben könnte.

Emily begann auf und ab zu gehen. „Es muss so sein. Ich meine ... wir sind wegen Maddie verbunden. Er weiß etwas, das uns helfen kann, herauszufinden, wer Maddie getötet hat, und der Mörder dachte eindeutig, dass es Informationen waren, die ihn entlarven könnten, und deshalb hat er auf Petrov geschossen. Und –"

„Es gibt keine Beweise dafür, dass Madeline Bolton ermordet wurde."

„Doch!", protestierte Emily. „Die Stöckelschuhe!"

Verblüfft starrte Yang sie an. Er hatte die gleiche Beobachtung gemacht. Keine Frau, die bei klarem Verstand war, trug Stöckelschuhe, wenn sie auf eine Leiter stieg, um eine Glühbirne zu wechseln. „Woher wissen Sie von den Schuhen? Eine Ihrer sogenannten Visionen?"

„Ich werde so tun, als hätten Sie mich nicht gerade beleidigt. Es war keine Vision. Ich habe mit Maddies Haushälterin gesprochen. Sie hat mir erzählt, dass Maddie immer noch einen ihrer Stöckelschuhe trug, als sie angeblich von der Leiter fiel." Sie seufzte. „Das ‚angeblich' ist meine Interpretation, nicht die der Haushälterin."

„Wie haben Sie sie dazu gebracht, mit Ihnen zu sprechen?"

Emily zuckte mit den Schultern. „Ich habe vielleicht erwähnt, dass ich einen Podcast für Blinde mache ..."

Yang konnte nicht umhin, den Einfallsreichtum der Frau zu bewundern. Wenn sie jedoch mit ihrer Theorie recht hatte, dass Petrov etwas im Zusammenhang mit Madeline Boltons Tod wusste und deswegen angeschossen worden war, könnte auch Emily Warner in Gefahr sein. Zum Teufel, wenn der Schütze heute Abend derselbe war, hatte er bereits herausgefunden, dass Emily ihn vielleicht als Maddies Mörder entlarven könnte.

„Hören Sie, wenn Sie recht haben, wenn

die Person, die auf Petrov geschossen hat, dieselbe ist wie die, die heute Abend auf Sie gezielt hat, dann müssen Sie aufhören, Amateurdetektivin zu spielen. Oder es kostet Sie noch Ihr Leben."

„Sie verstehen nicht! Ich muss Maddies Mörder finden. Ich muss das für sie tun." Sie zögerte. „Und für mich. Oder ich verliere mein Augenlicht wieder."

Er runzelte die Stirn. „Was meinen Sie damit?"

„Sie werden es mir nicht glauben."

„Dann überzeugen Sie mich. Sagen Sie mir die Wahrheit."

Sie zögerte, dann sagte sie: „Kurz nachdem ich im Alter von fünfzehn Jahren mein Augenlicht verlor, bekam ich meine erste Hornhauttransplantation. Ich konnte wieder sehen, aber ich fing an, Dinge zu sehen, die nicht da waren. Die Ärzte dachten, dass ich an einer Posttraumatischen Belastungsstörung, kurz PTBS, litt und sie wiesen mich für ein paar Monate in eine ... psychiatrische Klinik ein. Aber die Visionen hörten nicht auf, bis ich eines Nachts dachte, ich würde verfolgt. Ich rannte und fiel eine Treppe hinunter. Als sie mich fanden, war ich wieder blind. Mein Körper hatte die Hornhäute abgestoßen."

„Das tut mir so leid", murmelte er.

„Ich habe damals keine weitere Transplantation bekommen, weil der Sturz meinen Sehnerv beschädigt hatte. Aber jetzt, fünfzehn Jahre später, ist die Medizin weit genug fortgeschritten. Ich bekam eine Stammzellenbehandlung, um meinen Sehnerv zu reparieren, und dann bekam ich Maddies Hornhäute." Sie begegnete seinem Blick. Ihr Gesichtsausdruck war schlicht und ehrlich. „Die Visionen begannen fast sofort. Ich weiß nicht, woher ich das weiß, aber ich habe das Gefühl, dass ich mein Augenlicht wieder verlieren werde, wenn ich Maddie nicht helfe, ihren Mörder zu entlarven."

Yang nickte. Er verstand jetzt so viel mehr. Und er empfand Mitgefühl für sie. Er hatte das überwältigende Bedürfnis, seine Arme um sie zu legen, um das fünfzehnjährige Mädchen zu trösten, das sich hinter der Fassade einer unabhängigen

Frau versteckte. Aber er gab dem nicht nach.

„Ich verstehe, warum Sie das machen. Aber ich kann es nicht gutheißen. Sie bringen sich in Gefahr." Er deutete auf die Tür. „Sie hätten heute Nacht da draußen getötet werden können. Das müssen Sie den Profis überlassen." Er bemerkte, dass er seine Stimme erhoben hatte.

Emily funkelte ihn an. „Nein! Das werde ich nicht! Die Zeitungen nennen Maddies Tod immer noch einen Unfall, obwohl ich weiß, dass es keiner war! Offensichtlich ahnt außer mir niemand, dass ihr Tod kein Unfall war!"

Überrascht von Emilys festem Ton und lauter Stimme versuchte er, sie zu beruhigen. „Bitte, das ist nicht Ihre Aufgabe! Das ist meine Arbeit."

„Dann machen Sie Ihre Arbeit!" Sie schrie ihn beinahe an. „Oder wer weiß, was mit dem Mädchen passiert, das ich mit Maddie gesehen habe, als sie Petrov anrief." Sie atmete aus. „Ich habe versucht herauszufinden, wie sie mit Maddie in Verbindung steht, und alles, was mir einfällt, ist, dass sie das Mädchen von der Stiftung kennt, für die sie arbeitet."

„Sie meinen *No child abandoned*?"

„Ja. Ich war dort, aber sie sagten mir, dass Maddie nicht viel Kontakt zu den Kindern hatte. Also –"

„Sie waren *was*?" Fassungslos brachte Yang die Worte kaum heraus.

„Tja, Vicky und ich haben so getan, als wollten wir uns dort freiwillig engagieren, damit wir Fragen stellen können", sagte Emily, während er schwieg.

„Sie können nicht dorthin zurückgehen."

„Das habe ich auch nicht vor", schnaubte Emily.

„Gut." Denn Herumschnüffeln würde sie nur in Schwierigkeiten bringen, und beim nächsten Mal wäre er vielleicht nicht da, um sie zu retten.

„Also, was werden Sie unternehmen wegen des Mordes an Maddie und wie dieser mit Petrov zusammenhängt?" Sie hob ihr Kinn.

„Ich ermittle in der Sache." Obwohl der Fall dem Secret Service gehörte. Aber offensichtlich waren Agent Mitchell und Agent Banning noch nicht sehr weit gekommen. Sie sahen nur einen Teil des Bildes, aber Yang hatte jetzt mehr Teile des Puzzles, und irgendwie gehörten Petrov und die Wohltätigkeitsorganisation dazu. „Miss Warner, Sie müssen mir etwas versprechen. Hören Sie auf, selbst zu ermitteln. Überlassen Sie es mir. Können Sie mir das versprechen?"

Ein plötzliches Geräusch an der Wohnungstür ließ ihn aufhorchen und sein Kopf wirbelte herum. Es klang, als würde jemand mit etwas Scharfem gegen das Schloss kratzen. Er warf einen kurzen Blick zurück zu Emily, die das Geräusch ebenfalls gehört hatte. War der Täter hier, um es noch einmal zu versuchen?

Yang zog die Waffe aus seinem Halfter und bedeutete Emily, in den Flur zu gehen. Emily winkte ihrem Hund, und die beiden eilten schweigend davon.

Das Kratzen ging weiter. Yang drückte sich mit schussbereiter Waffe an die Wand neben der Tür. Noch drei Sekunden und das Schloss klickte und die Tür wurde geöffnet.

Ein langes Küchenmesser war das Erste, was Yang sah, dann trat die Person ein.

Yang hielt den Lauf seiner Waffe an den Kopf des Eindringlings. „Lassen Sie das Messer fallen oder ich schieße."

Der Eindringling schrie auf, und das Messer fiel klirrend zu Boden.

„Nicht schießen!", schrie eine Frauenstimme.

„Vicky?", rief Emily aus dem Flur und kam angerannt. „Tun Sie meiner Freundin nichts!"

Yang fluchte: „Scheiße!" Er ließ die Waffe sinken und trat von Vicky weg. Als sie ihn ansah, erkannte er sie als die Frau, die Emily zu Maddie Boltons Beerdigung begleitet hatte. „Verdammt! Warum zum Teufel brechen Sie in Emilys Wohnung ein?"

„Ich breche nicht ein", stieß sie hervor und hielt einen Schlüssel hoch. „Ich hörte laute Stimmen und kam, um nach Emily zu sehen." Jetzt sah sie ihre Freundin an. „Bist du in Ordnung?"

Emily nickte. „Es geht mir gut."

Vicky zeigte auf Yang. „Und wer ist der Revolverheld?"

Yang zeigte seine Marke. „Detective Adam Yang, DC Police."

Vicky starrte auf das Abzeichen und dann auf Emily. „Du bist mit einem Detective zusammen? Wann ist das denn passiert?"

Emilys Wangen wurden rot. „Ist es nicht."

57

Nach Vickys peinlicher Frage verschwand Yang ziemlich hastig, aber nicht ohne Emily zu warnen, sich nicht länger in Gefahr zu begeben, und sie wissen zu lassen, dass er einen uniformierten Beamten schicken würde, um ihr Wohnhaus zu bewachen. Obwohl Emily seine Sorge um ihre Sicherheit und die versprochene bewaffnete Wache zu schätzen wusste, hatte sie nicht die Absicht, seiner Bitte nachzukommen. Sie musste weiter den Hinweisen folgen, die Maddie ihr schickte.

„Du gehst also nicht mit ihm aus, aber er ist mitten in der Nacht in deiner Wohnung", sagte Vicky und unterbrach damit Emilys Grübeln.

„Es ist nicht mitten in der Nacht. Es ist noch nicht einmal neun Uhr", protestierte Emily.

„Das erklärt nichts. Also was ist passiert? Warum war dieser gut aussehende Detective hier?"

Vicky lag nicht falsch: Detective Yang sah gut aus und schien ihr Bestes im Sinn zu haben, ganz zu schweigen von der Tatsache, dass er sein eigenes Leben riskiert hatte, um sie aus dem Weg einer Kugel zu stoßen.

„Er hat mir das Leben gerettet", begann Emily und erzählte Vicky, was passiert war, nachdem sie den Friseursalon verlassen hatte.

Vicky ließ sich auf die Couch fallen. „Das ist schlimm, wirklich schlimm."

Emily ließ sich neben sie fallen. „Ja, ich hatte gehofft, mit Sergei Petrov zu sprechen, weil ich glaube, dass er etwas über Maddie und das Mädchen weiß, das ich in meiner Vision gesehen habe. Aber der Detective hat mir gerade gesagt, dass Petrov heute Morgen angeschossen wurde und im Koma liegt."

Coffee quetschte sich zwischen sie und ließ sich von den Liebkosungen beider verwöhnen.

„Oh Scheiße", sagte Vicky. „Glaubst du, es war dieselbe Person, die versucht hat, dich zu töten?"

„Das glaubt der Detective." Sie seufzte. „Petrov weiß etwas, ich kann es fühlen. Was mache ich jetzt?"

„Ich sehe nicht, dass du irgendetwas tun kannst. Es liegt nicht in deiner Hand."

„Aber ich muss etwas tun."

„Du wirst also nicht auf den Detective hören, oder?", fragte Vicky und neigte ihren Kopf zur Seite.

Emily zuckte mit den Schultern. „Wenn die Polizei bis jetzt noch nicht herausgefunden hat, dass Maddie ermordet wurde, will sie es auch nicht herausfinden. Dann muss ich es tun."

„Aber du bringst dich selbst in Gefahr, wenn du dich da weiter einmischst. Ich meine, irgendein Arschloch hat heute Abend versucht, dich umzubringen. Erschreckt dich das nicht zu Tode?"

Das tat es. „Ich kann mich von dieser Angst nicht einschüchtern lassen und aufgeben. Sonst hat der Mörder gewonnen."

„Deine Sturheit wird dich noch umbringen."

„Ich hoffe, dass ich die Wahrheit herausfinde, bevor das passieren kann."

Einen Moment lang schwiegen beide. Dann sagte Vicky: „Also, was soll ich tun?"

Emily drehte sich auf der Couch zur Seite und zog ein Bein unter sich, um Vicky anzusehen. „Da du fragst: Kannst du mit jemandem im Krankenhaus sprechen, um zu erfahren, wie Petrovs Prognose ist?"

„Das dürfen sie mir nicht sagen. Außerdem weißt du nicht einmal, in welchem Krankenhaus Sergei Petrov liegt."

„Ich kann es mir aber denken. Eine Schusswunde? Und er ist Diplomat. Glaub mir, die haben ihn in das Krankenhaus gebracht, das das beste Traumazentrum hat.“

„George Washington University Hospital“, sagte Vicky.

„Genau. Wo du früher gearbeitet hast. Und du hast mir vor nicht allzu langer Zeit selbst gesagt, dass du dort noch Freunde hast. Bitte ...“

Vicky atmete tief durch. „Na gut. Ich werde morgen hingehen und sehen, wer bereit ist zu klatschen. Aber im Gegenzug musst du etwas für mich tun.“

„Was immer du willst“, sagte Emily automatisch.

„Du musst auf Merlin aufpassen und bei mir in der Wohnung bleiben, während ich weg bin. Er hasst es, allein zu sein.“

Vickys Katze würde wahrscheinlich ein paar Stunden Einsamkeit genießen, aber Emily widersprach ihrer Freundin nicht.

„Und ich erwarte einen Typen vom Kabelfernsehen. Du weißt bestimmt, was es bedeutet, wenn die sagen, dass sie zwischen acht und zwölf kommen.“

Emily verdrehte die Augen. „Das bedeutet,

dass sie kommen können, wann immer es ihnen gefällt."

„Richtig. Also, gib mir dein Handy."

„Wozu?"

„Ich werde dir alle Details und die Referenznummer einspeichern, falls du sie anrufen musst."

Emily stand auf und holte ihre Handtasche, dann entsperrte sie ihr Handy und reichte es Vicky.

Vicky nahm es entgegen. „Hey, hast du noch Eis in der Tiefkühltruhe?"

„Immer."

„Cool, ich nehme zwei Kugeln."

Emily ging in die Küche und öffnete den Gefrierschrank. Während sie eine kleine Schüssel für Vicky und sich vorbereitete, sagte sie: „Du findest also Detective Yang wirklich nett?"

Vicky kicherte. „Er ist ein toller Typ. Ich würde mit ihm ausgehen, aber er hat mich ja kaum bemerkt. Er ist total in dich verknallt."

„Nein, ist er nicht." Emily schüttelte den Kopf, obwohl der Gedanke, dass Detective Yang sich für sie interessierte, ihr ein seltsames Gefühl von Selbstvertrauen gab, das sie in Gegenwart von Männern noch nie empfunden hatte. „Er hält mich für verrückt."

„Gut verrückt oder schlecht verrückt?"

Emily ging zurück zur Couch.

„Im Moment denke ich, dass er zu *verdammt verrückt* neigt."

Vicky legte Emilys Handy auf den Couchtisch und nahm die Eisschale. „Vertrau mir. Die meisten Männer sehen leicht über das Verrückte hinweg, solange die Frau hübsch ist. Und du bist hübsch. Vor allem mit deinem neuen Haarschnitt. Steht dir super."

Emily lächelte. „Danke! Ich hätte das schon vor Jahren machen sollen, aber ich wusste einfach nicht, wie ich mit kürzeren Haaren aussehen würde."

Vicky zwinkerte ihr zu. „Besser spät als gar nicht." Sie aß einen Löffel Eis. „Dann lass uns mal besprechen, wie du eine Verabredung mit dem Detective landen kannst."

Emily verschluckte sich fast an ihrem Eis. Ihre beste Freundin hatte einen eingleisigen Verstand. Aber Emily würde mitspielen, weil sie vergessen musste, dass sie heute Nacht fast getötet worden wäre. Und was schadete es schon, über ein Date mit einem gut aussehenden Mann zu fantasieren? Ein Date, das es natürlich nie geben würde.

58

19. Juni

Es war Vormittag, als Mike Faulkner von seinem Schreibtisch aufsah. Eine seiner vielen Mitarbeiterinnen stand an der Tür. „Was ist los, Abby?"

Abby Kline, eine fast dreißigjährige Politologin, die vor etwa einem Jahr für ihn zu arbeiten begonnen hatte, machte einen Schritt ins Büro und zog die Tür hinter sich zu. „Ich wurde gerade von meiner Kontaktperson in der russischen Botschaft darüber informiert, dass einer ihrer Diplomaten, ein Attaché, gestern Morgen

Opfer eines Attentats wurde."

„Wie kommt es, dass ich das erst jetzt erfahre? Der Tod eines Diplomaten auf US-Boden muss mit äußerster Sorgfalt behandelt werden."

„Mir wurde gerade erst davon berichtet", verteidigte sich Abby.

„Na gut. Lassen Sie uns den russischen Botschafter ans Telefon holen, damit der Präsident sein Beileid aussprechen und ihm versichern kann, dass wir alles in unserer Macht Stehende tun werden, um sie bei der Ermittlung dieses unglücklichen Vorfalls zu unterstützen. Sie wissen ja, wie's läuft." Er machte eine wegwerfende Handbewegung.

„Aber, Sir, Mr. Faulkner, der Attaché, ein Sergei Petrov, ist nicht tot. Er liegt im Koma im George Washington University Hospital."

„Oh", sagte er nun fassungslos. „Wie ist seine Prognose?"

Abby schüttelte den Kopf. „Wissen wir noch nicht."

„Sorgen Sie dafür, dass Sie mich informieren, sobald er aus seinem Koma erwacht, *falls* er erwacht. Wir müssen auf dem Laufenden bleiben. Verstanden?"

Sie nickte. „Jawohl."

Faulkner starrte nachdenklich auf die Papiere auf seinem Schreibtisch. Was würde Petrov enthüllen können, wenn er aus seinem Koma erwachte? Hatte er den Schützen erkannt? Und würde er verraten, worüber er und Maddie vor ihrem Tod gesprochen hatten?

Als Faulkner nicht hörte, wie sich die Tür öffnete, blickte er wieder auf. Seine Mitarbeiterin stand immer noch dort.

„Noch etwas?"

„Ihr Sohn hat angerufen, um zu sagen, dass er Sie heute Abend nicht zum Abendessen treffen kann."

„Auch gut. Ich habe sowieso zu viel zu tun. Können Sie die Reservierung stornieren?"

„Sicherlich."

„Und, Abby, sagen Sie meinen 17-Uhr-Termin mit dem House Minority Leader ab. Ich muss früher gehen."

„Darüber wird er nicht erfreut sein. Es hat

fast eine Woche gedauert, bis er den Termin bei Ihnen bekommen hat."

„Tja, dann muss er eben noch länger warten. Ich habe Wichtigeres zu tun, als ihn jammern zu hören, wie schlecht er sich vom Präsidenten behandelt fühlt. Sagen Sie ihm einfach, ich hätte einen dringenden Zahnarzttermin oder so etwas. Denken Sie sich was aus."

Er machte eine scheuchende Bewegung und Abby verließ sein Büro. Als sie die Tür hinter sich schloss, atmete er tief aus.

59

Eric Bolton blickte vom Schreibtisch in seinem Arbeitszimmer auf und sah seine Frau ins Zimmer kommen, immer noch im Bademantel und mit einer Zeitung in der Hand.

„Ich dachte, du wolltest ausschlafen, Schatz", sagte er und stand auf, um ihr einen Kuss zu geben.

„Ich konnte nicht schlafen", sagte sie.

„Du solltest dir von Dr. Hinkelstein etwas geben lassen. Du hast nicht richtig geschlafen seit ..." Er musste seinen Satz nicht beenden. Sie wussten beide, dass keiner von ihnen seit Maddies Tod gut geschlafen hatte.

Rita hob die Zeitung hoch. „Hast du das gelesen?"

„Was?"

Sie breitete die Zeitung auf seinem Schreibtisch aus und deutete auf eine Spalte auf Seite fünf. Er musste sich vorbeugen, um die kleine Überschrift zu lesen.

Attentat auf russischen Diplomaten beim Joggen, las er.

Er hob die Augen, um Rita anzusehen, und zuckte mit den Schultern. „Ich bin mir nicht sicher, worauf du hinauswillst."

„Da steht, dass der Mann, auf den geschossen wurde, Sergei Petrov war."

Der Name kam ihm bekannt vor, aber Bolton konnte ihn nicht sofort zuordnen. Seit Maddies Tod hatte er Probleme, sich zu konzentrieren, und seine Gedanken wanderten ständig zu seinem verlorenen Mädchen. Er musste sich zwingen, den kurzen Artikel zu lesen, der nur aus zwei Absätzen bestand. Dem Artikel zufolge war in den frühen Morgenstunden des Vortages ein

Attentat auf Sergei Petrov verübt worden. Es war unklar, ob er das Attentat überlebt hatte oder nicht. Weder die Polizei noch die russische Botschaft äußerten sich dazu.

„Ist das jemand, den wir kürzlich bei einer Veranstaltung kennengelernt haben?", fragte er und rieb sich den Nacken.

„Wir haben ihn vor ein paar Monaten bei einer Wohltätigkeitsveranstaltung getroffen", sagte Rita. „Aber –"

„Es tut mir leid, aber ich erinnere mich kaum an ihn. Ich schätze, wir sollten eine Beileidskarte an die russische Botschaft schicken?", bot er an, obwohl er verblüfft war, warum Rita das kümmerte. Sie hatte genug Sorgen und trauerte um ihre Tochter.

„Das ist nicht der Grund, warum ich dir das erzähle. Es geht um diese Frau, die hier war. Diejenige, die Maddies Hornhäute bekam."

In Bolton kochte Wut hoch. Diese Frau hatte Rita mit ihrem Besuch verärgert. „Hat sie dich wieder belästigt? Ich schwöre, ich werde eine einstweilige Verfügung verhängen lassen –"

Rita unterbrach ihn, indem sie ihm eine Hand auf den Unterarm legte. „Nein, Eric, hör zu. Sie ist nicht zurückgekommen. Aber ich erinnere mich, was sie mir an jenem Tag erzählte."

„Alles Lügen! Denk nicht mehr darüber nach, Rita. Das wird dir nur noch mehr wehtun."

Aber Rita schüttelte den Kopf. „Eric, bitte. Diese Frau sagte, sie habe gesehen, wie Maddie Sergei Petrov anrief, bevor sie starb. Ich tat es ab, weil ich nicht glaubte, dass Maddie viel mit ihm zu tun hatte. Schließlich ist er schwul, also war er sicherlich keiner ihrer Verehrer. Aber jetzt wurde er erschossen. Es muss etwas bedeuten. Es könnte irgendwie mit Maddies Tod zusammenhängen."

„Aber das macht keinen Sinn. Wir wissen nicht einmal, ob sie sich kannten, geschweige denn, ob sie telefoniert haben."

„Bitte, Eric, ich muss es wissen. Ich muss wissen, was passiert ist. Mikes Leute haben noch nichts gefunden. Ich brauche einen Abschluss. Ich muss wissen, ob dieser

Sergei irgendetwas mit Maddie zu tun hatte."

Eric schloss die Augen und seufzte. Er wollte auch einen Abschluss, aber er wollte nicht, dass Rita wieder in Depressionen verfiel.

„Miss Warner sagte, Maddie habe Sergei angerufen, um ihn um Hilfe zu bitten. Ich muss wissen warum. Bitte, Eric, bitte rede mit der Polizei oder der russischen Botschaft. Finde heraus, ob Maddie Kontakt zu ihm hatte und warum."

Tränen stiegen in Ritas Augen auf. Er konnte es nicht ertragen, sie noch einmal weinen zu sehen. Es tat zu sehr weh.

Er nahm sie an den Schultern und drückte sie. „Ich werde mit der Polizei sprechen und herausfinden, wer an diesem Fall arbeitet."

„Danke, Eric, danke." Sie drückte sich an seine Brust.

„Aber du musst mir etwas versprechen."

„Alles", sagte sie und sah zu ihm hoch.

„Sprich mit Dr. Hinkelstein, damit du wieder schlafen kannst. Du musst dich ausruhen, sonst wirst du krank. Und ich brauche dich, damit du für mich da bist, so wie ich für dich da bin. Wir brauchen einander jetzt mehr denn je."

„Ich verspreche es, Eric."

„Ich liebe dich", sagte er.

„Ich liebe dich", sagte Rita, und die Worte, die sie seit Maddies Tod nicht mehr ausgesprochen hatte, wärmten sein Herz.

60

Nach den Enthüllungen der vorangegangenen Nacht war Yang früh zur Arbeit gekommen, um die Akten des Mordfalls Annika zu studieren und das dünne Dossier, das Belsky ihm über Sergei Petrov gegeben hatte, sowie die Notizen, die er sich über Madeline Bolton gemacht hatte, noch einmal durchzulesen. Irgendwie waren alle drei Fälle miteinander verbunden. Aber wie? Er brauchte einen Gedankenaustausch, hatte aber noch keine Gelegenheit gehabt, mit Jefferson zu sprechen. Sein Partner hatte angerufen, um ihm zu sagen, dass er wegen einer Notfall-Wurzelbehandlung zum Zahnarzt gehen und erst nach dem Mittagessen kommen würde.

Als sein Telefon eine Stunde vor der Mittagspause klingelte, sah Yang, dass es sich um einen internen Anruf handelte. Er nahm ab. „Yang hier."

„Detective, Sie haben Besuch. Ein Mr. Eric Bolton", sagte die Rezeptionistin.

Yang setzte sich sofort aufrechter hin. „Bitte lassen Sie ihn im Verhörraum zwei warten. Ich komme sofort."

Was wollte Madeline Boltons Vater von ihm? Hatte er irgendwie herausgefunden, dass Yang den Tod seiner Tochter hinter dem Rücken des Secret Service untersuchte? Wie gut, dass Lieutenant Arnold bei einem Führungstreffen am anderen Ende der Stadt war. Mit etwas Glück konnte Yang Boltons Besuch verschweigen.

Yang betrat den Verhörraum und schloss die Tür hinter sich. Eric Bolton, der gestanden und den Zwei-Wege-Spiegel betrachtet hatte, drehte sich zu ihm um.

„Mr. Bolton? Detective Yang." Er streckte seine Hand aus und Bolton schüttelte sie.

„Guten Morgen, Detective."

Yang deutete auf den Stuhl auf der anderen Seite des kleinen Tisches. „Bitte setzen Sie sich."

Nachdem sie beide Platz genommen hatten, fragte Yang: „Wie kann ich Ihnen helfen?"

„Es tut mir wirklich leid, dass ich Ihre Zeit beanspruche, Detective, ich bin sicher, Sie haben mehr als genug Arbeit." Bolton seufzte. „Aber soweit ich weiß, wurde Ihnen der Fall Petrov zugeteilt."

Yang hob eine Augenbraue. Niemand außer ein paar hochrangigen Polizisten wie Lieutenant Arnold und ihre Vorgesetzten wusste, dass die Division den versuchten Mordanschlag auf Sergei Petrov bearbeitete. „Ich fürchte, ich kann weder über den Fall sprechen noch kann ich leugnen oder bestätigen, dass es einen solchen Fall gibt."

Bolton nickte. „Ich verstehe. Aber sagen wir mal, ich weiß von einem Ihrer

Vorgesetzten, dass Sie den Fall bearbeiten und möchte Ihnen gerne Informationen überbringen. Wollen Sie diese Informationen nicht?"

Yang sah Bolton ins Gesicht und versuchte, die Absicht des älteren Mannes zu erkennen. „Tja, das hängt von den Informationen ab."

„Meine Frau hat mich gebeten zu kommen", begann Bolton. „Sie hat kürzlich mit jemandem gesprochen, der glaubt, dass meine Tochter Madeline vor ihrem Tod mit Sergei Petrov gesprochen hat."

Yang war plötzlich ganz Ohr.

„Aber ich habe auf ihr Handy geschaut und kann weder eine Aufzeichnung über den Anruf finden noch dass sie seine Telefonnummer überhaupt hatte. Maddie kannte ihn wahrscheinlich von der einen oder anderen Veranstaltung, aber ich weiß nicht, warum sie mit ihm telefoniert haben sollte." Er griff in seine Tasche und zog ein Handy mit einer Haftnotiz darauf heraus. Er schob es Yang zu. „Das ist ihr Handy, und das ist die

PIN. Der Secret Service hat es mir zurückgegeben."

„Was hat der Secret Service herausgefunden?"

Bolton zuckte mit den Schultern. „Nach dem, was sie mir sagten, gab es auf dem Handy nichts Nützliches. Aber vielleicht könnten Sie einen Blick darauf werfen?"

Yang nickte. Der Zugriff auf Madeline Boltons Telefon war ein unerwarteter Segen. „Mr. Bolton, ich weiß natürlich, was mit Ihrer Tochter passiert ist. Eigentlich sollten mein Partner und ich ihren Tod untersuchen, aber dann beanspruchte der Secret Service die Zuständigkeit. Anscheinend wurde dem Polizeichef gesagt, der Fall habe etwas mit nationaler Sicherheit zu tun."

Bolton wirkte verlegen. „Es tut mir leid. Ich war sehr verzweifelt, als ich den Anruf wegen Maddie erhielt. Ich war noch in der Notaufnahme, als ich mit Mike Faulkner sprach ... Sie wissen schon ... dem Stabschef, und ich musste herausfinden, was mit meinem kleinen Mädchen passiert war ..." Seine Stimme brach, aber dann fing er sich wieder und fuhr fort: „Als Mike also sagte, er würde den Secret Service ermitteln lassen, stimmte ich zu. Ich wollte keinen Streit zwischen der Polizei und –"

„Sie brauchen sich nicht zu entschuldigen, Mr. Bolton", unterbrach Yang. „Mein Beileid für Ihren Verlust." Er räusperte sich. „Sie meinen also, Madeline hätte vielleicht mit Sergei Petrov gesprochen?"

Bolton nickte. „Ja, und meine Frau fragte sich, ob Petrovs Tod und der Tod meiner Tochter irgendwie zusammenhängen."

Yang erkannte sofort, dass Bolton keine Ahnung hatte, dass Petrov den Anschlag überlebt hatte, und er hatte nicht die Absicht, ihn zu korrigieren. Je weniger Leute wussten, dass Petrov noch lebte, desto sicherer war der Diplomat.

„Es ist sicherlich etwas, dem ich nachgehen kann, aber in Anbetracht dessen, dass der Tod Ihrer Tochter vom Secret Service untersucht wird, der keine Informationen mit uns teilt, möchte ich Sie um Hilfe bitten."

Bolton nickte sofort. „Natürlich, was immer Sie brauchen."

Yang nahm den Stift und den Notizblock, der zwischen ihm und Bolton auf dem Tisch lag. Er wollte keine Zeit verschwenden und konzentrierte sich auf die Fragen, die ihm andere Quellen nicht beantwortet hatten. Dies war seine Chance, weitere Teile des Puzzles zu sammeln.

„Meines Wissens hat Ihre Tochter für eine Wohltätigkeitsorganisation gearbeitet. Können Sie mir mehr darüber erzählen?"

„Ja, ich habe mich so gefreut, als sie sich bei *No child abandoned* engagierte. Sie hatte ihre Probleme, wissen Sie, aber als sie endlich in der Lage war, ihre Energie auf etwas Gutes, etwas Wertvolles zu konzentrieren, blühte sie auf." Ein Lächeln erschien auf Boltons Gesicht. „Sie war gut in dem, was sie tat, Menschen davon zu überzeugen, für einen guten Zweck zu spenden. Sie wusste, wie man die Herzen potenzieller Spender gewann. Das Geld floss herein, und die Stiftung konnte so viel Gutes damit tun. Noch mehr als damals, als Mike sie leitete."

„Mike?", warf Yang ein.

„Ja, Mike Faulkner. Er leitete die Stiftung, musste dann aber zurücktreten, als er Stabschef des Präsidenten wurde. Sein Sohn Caleb übernahm für ihn. Caleb und Madeline waren so ein tolles Team."

„Hatten sie eine Liebesbeziehung?"

„Oh nein, das hatten wir gehofft, meine Frau und ich, aber nein, Caleb hat auf diese Weise nie Interesse an Maddie gezeigt. Tatsächlich trifft er sich selten mit Frauen. Er ist sehr engagiert in seiner Arbeit. Ich schätze, das lässt ihm nicht viel Zeit für eine Beziehung."

„Hmm. Hatte Ihre Tochter Kontakt zu den Kindern, die von der Wohltätigkeitsorganisation gerettet wurden?"

„Das glaube ich nicht. Sie war wirklich erfolgreicher, wenn es darum ging, Spender zu umschmeicheln. Ich meine, ja, gelegentlich gab es Veranstaltungen, bei denen die geretteten Kinder anwesend waren, damit die Spender sehen konnten, was ihr Geld ermöglicht hatte. Maddie hätte wie mein Schwiegersohn einen Sitz im Vorstand haben können, aber sie wollte ein bisschen mehr Beteiligung, als nur an Vorstandssitzungen teilzunehmen und Finanzdokumente und Rechnungsprüfungen zu unterzeichnen."

„Ihr Schwiegersohn ist im Vorstand von *No child abandoned*?"

„Ja, seit Mike Faulkner als Geschäftsführer und Chairman zurücktrat. Tatsächlich kannten sie sich schon, bevor Natalie Paul heiratete."

„Nur fürs Protokoll: Das ist Paul Sullivan, richtig?"

„Ja." Bolton zuckte mit den Schultern. „Er sitzt in vielen Vorständen."

„Also hatten er und Ihre Tochter Madeline viel Kontakt?"

„So wenig wie nötig", sagte Bolton kryptisch.

„Was meinen Sie damit?", fragte Yang interessiert.

„Sie sind oft aneinandergeraten."

„Um was ging es?"

Bolton zuckte mit den Schultern. „Ich habe mich nie eingemischt. Sie mochten sich einfach nicht und die Tatsache, dass sie an derselben Wohltätigkeitsorganisation beteiligt waren, verbesserte ihre Beziehung nicht. Sie waren sich oft nicht einig darüber, wie die Stiftung geführt werden sollte."

„Hmm." Yang machte eine Notiz, sich Paul Sullivan genauer anzusehen. Schließlich wurden die meisten Morde von Leuten begangen, die das Opfer kannten. „Was Sergei Petrov betrifft. Kennen Sie ihn persönlich?"

„Ich bin mir nicht sicher."

Yang hob eine Augenbraue.

„Wissen Sie, in meiner Branche treffe ich viele Leute und gehe zu vielen Veranstaltungen, die von der einen oder anderen Regierung veranstaltet werden. Ich bin mir sicher, dass sich unsere Wege in den letzten Jahren irgendwann gekreuzt haben, aber um ehrlich zu sein, würde ich ihn nicht aus einer Reihe von Menschen herauspicken können."

„Ich verstehe. Wieso glaubt Ihre Frau,

dass Ihre Tochter vor ihrem Tod mit ihm gesprochen hat?"

Bolton seufzte und Yang merkte sofort, dass es Bolton unangenehm war, die Frage zu beantworten. „Sie denken wahrscheinlich, dass es dumm ist, aber eine … mir fällt kein besseres Wort ein … Hellseherin kam zu ihr und sagte ihr Dinge, die meine Frau für glaubwürdig hielt."

Yang wusste genau, was Bolton zu sagen versuchte, aber er verriet nicht, dass er wusste, wer diese sogenannte Hellseherin war, obwohl er seinen Verdacht bestätigen lassen musste. „Hat diese Hellseherin einen Namen?"

„Emily Warner, obwohl ich nicht sicher bin, ob das überhaupt ihr richtiger Name ist."

Yang nickte. Sein Verdacht erwies sich als richtig. Emily hatte mit Mrs. Bolton gesprochen, und obwohl er nicht begeistert darüber war, dass sie sich in Polizeiarbeit einmischte, hatte ihre Tat dazu geführt, dass Eric Bolton zu einem Interview zu ihm gekommen war.

„Ich werde sie überprüfen", behauptete

Yang. „Fällt Ihnen sonst noch etwas ein, das uns helfen könnte, Ihre Tochter mit Sergei Petrov in Verbindung zu bringen?"

Mit einem bedauernden Blick schüttelte Bolton den Kopf. „Ich wünschte, ich könnte Ihnen noch etwas geben, aber das ist alles, was ich weiß. Ich weiß, es ist nicht viel, aber ..."

„Das ist eine Spur", versicherte ihm Yang. „Wenn es eine Verbindung zwischen dem Tod Ihrer Tochter und Mr. Petrov gibt, werde ich sie finden."

Beide standen auf und gaben sich die Hand.

„Danke, Detective."

Yang führte ihn hinaus und ging dann mit Madeline Boltons Mobiltelefon in der Hand zurück zu seiner Kabine. Er betrachtete es und dachte über seinen nächsten Schritt nach. Bolton hatte ihm genug Informationen gegeben, um zu vermuten, dass der russische Diplomat etwas im Zusammenhang mit Madelines Tod wusste.

Yang öffnete eine Akte, suchte nach einer Telefonnummer und wählte sie dann.

Der Anruf wurde nach dem ersten Klingeln angenommen. „Hinterlassen Sie eine Nachricht", sagte die Stimme mit russischem Akzent, gefolgt von einem Piepton.

„Detective Yang von der DC Police. Ich muss wissen, ob Sergei Petrov Madeline Bolton kannte und sie ihn vor ihrem Tod anrief. Es ist wichtig."

61

Emily goss sich eine zweite Tasse Tee ein, während Coffee und Merlin einander um den Wohnzimmertisch in Vickys Wohnung jagten. Vicky war vor über einer Stunde zu ihrer Erkundungsmission ins Krankenhaus aufgebrochen. Bis jetzt hatte Emily noch nichts von Vicky gehört. Zum fünften Mal überprüfte Emily, ob ihr Handy nicht auf lautlos gestellt war. Sie war besorgt. Gerade erst holte sie die Realität wieder ein. In der vergangenen Nacht war zu viel Adrenalin durch ihre Adern gepumpt, als dass sie den Ernst ihrer Lage erkennen konnte. Jemand versuchte sie zu töten, weil sie Maddies Hinweisen folgte.

War sie wirklich bereit, diesen Weg weiterzugehen, obwohl ihre Taten sie zur Zielscheibe machten? Was, wenn sie nicht herausfinden konnte, wer Maddie ermordet hatte?

Sie hielt inne, als ihr plötzlich etwas klar wurde. Die Tatsache, dass jemand versuchte, sie zu töten, musste bedeuten, dass sie auf der richtigen Spur war. Sie machte den Mörder nervös. Das bedeutete, dass sie kurz davor war herauszufinden, wer hinter all dem steckte. Warum sonst sollte Maddies Mörder es für nötig halten, sie zu eliminieren? Sie und Sergei. Vielleicht hieß das, dass sowohl Emily als auch Sergei Teile des Puzzles hatten, und wenn sie ihre Köpfe zusammensteckten, würden sie herausfinden, wer der Mörder war. Deshalb musste Sergei aus seinem Koma aufwachen.

Plötzlich klingelte es an der Tür, und zwar so laut, dass Emily unwillkürlich zusammenzuckte und etwas von ihrem Tee auf den Wohnzimmertisch verschüttete. Ihr

Herz schlug ihr bis zum Hals, und mit zitternden Händen stellte sie die Tasse ab.

Sie holte tief Luft und ging zur Tür. Ein Mörder würde nicht klingeln. Außerdem war sie in Vickys Wohnung. Emily drückte auf die Gegensprechanlage.

„Ja?"

„Victoria Hong? Ich bin vom Kabelfernsehen."

„Kommen Sie rauf." Sie drückte den Türöffner, um ihn hereinzulassen, und entspannte sich.

Sie spürte Coffee hinter sich und wandte sich um. Er starrte sie an, da er ihr Unbehagen deutlich gespürt hatte. Sie streichelte seinen Kopf. „Mir geht es gut, Coffee. Guter Junge."

Merlin drängte sich zwischen Emily und Coffee und sein weicher, buschiger Schwanz streifte Emilys Beine.

„Ja, du auch, Merlin. Jetzt geht spielen."

Aber Coffee bewegte sich nicht, selbst als Merlin sich davonmachte und auf die Couch sprang. Coffee war immer noch wachsam, denn er wusste, dass die

Türklingel bedeutete, dass jemand kommen würde.

Emily hörte ein Geräusch vor der Tür und schaute durch den Spion. Es fiel ihr schwer, den Blick auf den Mann draußen zu richten, obwohl ihre Sehkraft von Tag zu Tag besser wurde. Sie musste blinzeln.

Sie öffnete die Tür und musterte den Mann. Er trug ein T-Shirt mit dem Emblem des Kabelunternehmens und einen Werkzeugkasten.

„Victoria Hong?", fragte er mit einem Lächeln. „Ich bin Jamie."

Emily korrigierte ihn nicht. Er musste nicht wissen, dass sie nicht Vicky war. „Bitte kommen Sie herein." Sie zeigte auf den Wohnbereich. „Die Kabelbox ist dort drüben."

Er trat ein und ging an Emily vorbei, als Coffee ihm den Weg versperrte. Der Hund stieß ein leises Knurren aus.

Jamie blieb stehen. „Beißt er?"

„Nein, nein. Tut mir leid, er ist nur ein bisschen nervös", sagte Emily und nahm Coffee am Halsband. „Es ist alles gut, Coffee. Dieser Mann ist nur hier, um etwas zu reparieren, okay?" Sie sprach mit beruhigender Stimme und zeigte somit ihrem loyalen Blindenhund, dass alles in Ordnung war.

„Danke. Ich bin kein großer Hundemensch." Er zwang sich zu einem Lächeln. „Ich schätze, Hunde können das spüren, oder?"

„Tiere sind sehr intuitiv", sagte Emily. Und zu wissen, dass Coffee Jamie nicht mochte, machte Emily auch ein wenig unruhig, obwohl der Mann nichts tat, um ihr Unbehagen zu rechtfertigen.

Er ging zum Fernseher und stellte seinen Werkzeugkasten daneben ab. „Seit wann haben Sie das Problem mit der Verpixelung?"

„Äh ... seit ein paar Tagen ...", vermutete Emily. Hätte es schon länger gedauert, hätte Vicky sicher früher den Reparaturdienst angerufen.

„Na, dann schauen wir mal."

Während er mehrere Werkzeuge aus seiner Kiste holte und sich an der Kabelbox zu schaffen machte, beugte sich Emily zu Coffee und streichelte ihn. „Sei ein guter

Junge, Coffee." Der Hund lehnte sich, jetzt etwas entspannter, gegen ihre Beine. „Geh mit Merlin spielen."

„Ich glaube, da ist irgendwo eine lose Verbindung", sagte Jamie und blickte über seine Schulter. „Darf ich den Fernsehständer verschieben?"

„Natürlich, machen Sie nur, was auch immer Sie tun müssen."

Ihr Handy klingelte und Emily ging zur Küchentheke, wo sie ihr Telefon liegen gelassen hatte. Sie nahm es in die Hand und sah auf die Nummer. Spam Risk hieß es, also drückte sie den Knopf, um den Anruf abzulehnen, als ein lauter Knall hinter ihr ertönte und sie herumwirbeln ließ. Eine Metallschale mit dekorativen Holzfrüchten war scheppernd auf den Boden gefallen. Coffee bellte und Merlin sprang plötzlich von seinem Platz auf der Couch auf den Wohnzimmertisch und fauchte Jamie an.

„Scheiße, Entschuldigung!", sagte Jamie und hob kapitulierend die Hände, aber Merlin sprang auf ihn zu und kratzte ihn. Mehrere Zeitschriften fielen vom

Wohnzimmertisch und landeten auf dem Boden.

„Merlin, runter!", schrie Emily, aber die Katze hörte nicht auf, den Techniker anzufauchen.

„Es tut mir leid", sagte Jamie und deutete auf die Schüssel. „Ich bin mit meiner Schulter daran gestoßen, als ich den Fernsehständer verschoben habe."

Coffee bellte weiter und rannte zu Merlin, als ob er seinen Freund verteidigen wollte.

„Machen Sie sich keine Sorgen", sagte Emily. „Es ist nichts kaputt gegangen."

„Ich helfe Ihnen", sagte er und versuchte, nach einer dekorativen Banane zu greifen, aber Coffee und Merlin hörten nicht auf zu bellen und zu fauchen.

„Ich mache das schon", sagte Emily. „Tut mir leid wegen Coffee und Merlin. Sie sind einfach erschrocken."

Jamie zwang sich zu einem Lächeln. „Ich schätze, ich bin auch kein Katzenmensch."

„Coffee! Das reicht!" Ihr Hund wurde sofort still und sah sie an. Sie zeigte auf die Couch, und Coffee schlich dorthin und sprang hinauf. Als er sich setzte, wandte Merlin sich von Jamie ab, gesellte sich zu Coffee und kuschelte sich an ihn.

Emily seufzte, dann fing sie an, die Holzobststücke aufzuheben und in die Schüssel zurückzulegen, bevor sie die Zeitschriften vom Boden aufsammelte. Eine davon war aufgeblättert und Emily wollte sie gerade zuklappen, als ihr Blick auf das Hochglanzbild auf der rechten Seite fiel. Sie zog die Zeitschrift näher heran und richtete ihre Augen auf das Bild eines Badezimmers. Sie hatte dieses Badezimmer schon einmal gesehen – nicht im wirklichen Leben, sondern in einer Vision. Das war das Badezimmer, in dem Maddie einen Briefumschlag versteckt hatte.

Emily betrachtete die anderen Bilder in der Zeitschrift, die eine luxuriöse Eigentumswohnung zu zeigen schienen. Auf einem der Bilder stand ein gut aussehender Mann mit olivfarbenem Teint vor einem Kamin, auf einem anderen posierte derselbe Mann auf einer Chaiselongue sitzend.

Sie hatte diesen Mann schon einmal

gesehen. Sie brauchte ein paar Sekunden, bevor sie die Überschrift lesen konnte.

Zuhause bei Diego Sanchez. Ein Blick auf zeitgemäßes Wohnen in einem historischen Gebäude.

Emilys Herz raste. „Oh mein Gott." Maddie hatte den Umschlag in Diegos Wohnung versteckt. Das konnte nur bedeuten, dass sie Diego vertraute, mit den darin enthaltenen Informationen das Richtige zu tun.

62

Kurz nach dem Mittagessen saß Yang in seiner Kabine und legte den Hörer auf, verblüfft über die soeben erhaltene Information, als er aus dem Augenwinkel eine Bewegung wahrnahm. Er drehte den Kopf und sah Jefferson hereinspazieren.

Yang winkte ihm zu. „Endlich!"

Jefferson näherte sich und runzelte die Stirn. „Was?" Seine Stimme klang, als hätte er einen Knebel im Mund.

„Wir müssen gehen und Sokolov verhaften." Er rief dem Desk Sergeant zu: „Schicken Sie ein paar Uniformierte zu Dr.

Sokolovs Büro im Logan Ambulatory Care Building in der NW P Street, um sicherzustellen, dass er nicht verschwindet. Aber sie sollen nicht hochgehen. Sie sollen alle Ausgänge abdecken. Wir sind in ein paar Minuten dort."

„Wir haben ihn erwischt?", fragte Jefferson.

Als sie nach draußen eilten, sagte Yang: „Ich fahre. Du bist wahrscheinlich immer noch betäubt."

„Mir geht es gut", protestierte Jefferson.

Augenblicke später saßen sie im Auto und fuhren zu Sokolovs Bürogebäude. Schließlich konnte Yang seinem Partner erzählen, was er erfahren hatte. „Wir haben eine DNA-Übereinstimmung."

„Dieser verdammte Bastard hat Annika umgebracht? Kein Wunder, dass er uns seine DNA nicht geben wollte."

„Er hat Annika nicht getötet."

„Was?" Jefferson warf ihm einen verwirrten Blick zu.

„Seine DNA passte zu einem 22 Jahre zurückliegenden Vergewaltigungsfall in

Illinois. Deshalb wollte er seine DNA nicht freiwillig hergeben. Er muss vermutet haben, dass seine DNA ihn mit dieser Vergewaltigung in Verbindung bringen würde, sobald er im System war."

„Fick mich!", sagte Jefferson.

„Ja, das war ein Glücksfall. Nicht dass uns das bei Annikas Fall viel weiterbringt, aber immerhin entfernen wir ein Arschloch von der Straße."

„Wie zum Teufel hat er jemals eine medizinische Lizenz bekommen?", knurrte Jefferson.

„Ich schätze, er war in dem Illinois-Fall nie ein Verdächtiger. Wahrscheinlich ist er kurz nach der Tat aus dem Bundesstaat weggezogen", sagte Yang achselzuckend.

„Und die Forensik ist sich sicher, dass er nicht mit der DNA übereinstimmt, die auf Annikas Leiche gefunden wurde?", fragte Jefferson.

„Hundert Prozent."

Jefferson seufzte. „Scheiße."

„Ja."

Sie schwiegen während der restlichen

Fahrtdauer. Yang beschloss, Jefferson später darüber zu informieren, was er von Eric Bolton erfahren hatte. Jetzt gerade mussten sie einen Gewalttäter festnehmen.

Vor Sokolovs Bürogebäude parkte bereits ein Streifenwagen. Neugierige Büroangestellte verließen das Gebäude auf dem Weg zum Mittagessen, während ein uniformierter Polizist an der Eingangstür stand, um aufzupassen, dass Sokolov nicht verschwand.

Yang ging auf den uniformierten Polizisten zu und zeigte ihm seine Dienstmarke. „Detectives Yang und Jefferson. Ist Sokolov noch drinnen?"

„Er ist nicht herausgekommen, seit ich hier bin. Mein Kollege bewacht den Hinterausgang."

„Gut. Bleiben Sie hier. Wir gehen nach oben."

Seite an Seite betraten Yang und Jefferson das Foyer und gingen auf die Aufzüge zu, als sich einer der Aufzüge öffnete und Sokolov heraustrat. Ihre Blicke trafen sich. Yang griff nach seiner Waffe und

Sokolovs Augen weiteten sich. Er wusste, dass das Spiel aus war.

Sokolov wirbelte herum und rannte in die entgegengesetzte Richtung. Yang und Jefferson jagten hinter ihm her.

„Dr. Sokolov! Polizei! Bleiben Sie stehen!"

Der Idiot hörte nicht zu und Jefferson holte ihn einen Moment später ein und schleuderte ihn zu Boden, während Yang die Waffe auf Sokolovs Oberkörper richtete. „Eine falsche Bewegung, und Sie werden feststellen, wie sehr eine Schusswunde schmerzt."

Sokolov keuchte. Jefferson hielt ihn auf den Boden gepresst, während er die Handschellen aus der Tasche zog.

„Yuri Sokolov, Sie sind verhaftet wegen der Vergewaltigung von Sharon Engels in Cicero, Illinois am 10. Juni 1999", sagte Jefferson, während er Sokolovs Hände auf dem Rücken fesselte. „Sie haben das Recht zu schweigen. Sie haben das Recht auf einen Anwalt, und wenn Sie sich keinen Anwalt leisten können, wird Ihnen einer gestellt. Wenn Sie auf diese Rechte verzichten und mit uns sprechen, kann alles, was Sie sagen, vor Gericht gegen Sie verwendet werden."

Jefferson zog Sokolov hoch.

Trotzig funkelte Sokolov Yang an. „Sie haben nichts gegen mich in der Hand, nichts!"

Yang lächelte und deutete dann auf das Café im Foyer des Gebäudes. „Und Sie hätten Ihren Tisch aufräumen und keinen halb aufgegessenen Scone zurücklassen sollen."

Jefferson grinste. „Sie werden genug Zeit haben, das zu lernen, wenn Sie im Knast sitzen."

Sokolov grunzte, aber sein Gesichtsausdruck veränderte sich. Er wusste, dass er verloren hatte.

Yang fühlte, wie Zufriedenheit ihn durchflutete. In solchen Momenten liebte er es, Polizist zu sein. Er konnte sich nicht vorstellen, etwas anderes in seinem Leben zu tun.

63

Emily war im Begriff, ihre Wohnung zu verlassen, als ihr etwas klar wurde. Der uniformierte Polizist, den Detective Yang zu ihrem Schutz eingeteilt hatte, saß immer noch draußen vor dem Wohnhaus in seinem Streifenwagen. Sie konnte nicht riskieren, dass er ihr folgte. Yang würde nicht gutheißen, dass sie immer noch herumschnüffelte, um Maddies Mörder zu finden. Einen Moment lang überlegte Emily, ob es eine Möglichkeit gäbe, den Beamten abzulenken, damit sie sich unbemerkt hinausschleichen könnte, aber Vicky war nicht zu Hause, also musste sie sich etwas anderes einfallen lassen.

Sie ging ins Erdgeschoss hinunter, aber anstatt durch die Vordertür zu gehen, schlug sie die entgegengesetzte Richtung ein und bog dort, wo der Korridor endete, nach links ab. Ein paar Schritte weiter führte eine Tür nach draußen in den winzigen Hof, wo Oberman, der Hausmeister, die großen Müllcontainer für das Gebäude aufbewahrte. Sie sah sich um und entdeckte am anderen Ende des Hofes ein Tor. Es verband den Hinterhof des Gebäudes, in dem Emily wohnte, mit dem daneben, das laut Vicky demselben Vermieter gehörte.

Emily betrat den Hof des Nachbargebäudes, fand die Tür zur Lobby unverschlossen und ging hinein. Sie durchquerte die Lobby und spähte dann nach draußen. Mehrere Büsche versperrten die Sicht von der Eingangstür des Gebäudes auf den geparkten Streifenwagen. Emily ging nach draußen, und kurz bevor sie den Bürgersteig betrat, blickte sie in die Richtung des Streifenwagens. Er war so geparkt, dass der Fahrer sie nur sehen konnte, wenn er in seinen Rückspiegel schaute.

So schnell wie möglich, ohne zu rennen, hastete Emily den Bürgersteig entlang und bog in die nächste Seitenstraße ein. Erleichtert, dass der Polizist sie nicht entdeckt hatte, atmete sie tief durch.

Das Gebäude zu finden, in dem Diego Sanchez lebte, war überhaupt kein Problem. Der Artikel, der wenige Wochen vor Maddies Tod in der Zeitschrift erschienen war, hatte Emily genügend Informationen geliefert, um die Adresse herauszufinden. Schwieriger war es, all ihren Mut zusammenzunehmen, um an der Tür zu klingeln. Ob Sanchez zu Hause war oder nicht und ob er sie einladen würde, lag nicht in ihrer Hand.

„Ja?, sagte eine männliche Stimme durch die Gegensprechanlage.

„Mr. Sanchez? Ich bin eine Freundin von Maddie und wollte mit Ihnen über etwas sprechen, das sie mir vor ihrem Tod erzählt hat." Es war eine Lüge, obwohl das Wesentliche die Wahrheit war. Sie hatte ihm etwas darüber zu erzählen, was Maddie ihr nach ihrem Tod gezeigt hatte.

Stille trat ein und erstreckte sich über mehrere Sekunden.

Sanchez fiel nicht auf die List herein. Vielleicht hatten schon zu viele neugierige Reporter diesen Trick ausprobiert. Emily seufzte. Vielleicht würde sie in seine Wohnung einbrechen müssen, so wie sie in Maddies Haus eingebrochen war. Es würde jedoch schwieriger werden, weil sie nicht wusste, wann Sanchez nicht zu Hause sein würde.

„Oberster Stock", sagte plötzlich dieselbe Stimme. Gleichzeitig hörte Emily ein summendes Geräusch und drückte die Eingangstür auf.

Nervös stieg Emily in den Aufzug und fuhr in den dritten Stock. Sie hatte keine Angst vor Diego. Maddie hatte ihm genug vertraut, um Informationen in seiner Wohnung zu verstecken, also glaubte Emily nicht, dass er eine Gefahr für sie darstellen würde. Trotzdem kannte Sanchez sie nicht, und irgendwann würde er herausfinden, dass sie keine Freundin von Maddie war. Emily konnte nur hoffen, dass sie genug Zeit hatte, um nach dem Briefumschlag zu suchen, bevor Sanchez sie hinauswarf.

Als der Aufzug klingelte und die Türen aufglitten, trat Emily in den Flur. Eine Tür an einem Ende war bereits offen. Im Türrahmen stand Diego Sanchez. Er trug Jeans, die tief auf seinen Hüften saßen, und ein T-Shirt, das seinen muskulösen Körperbau zur Geltung brachte. Er sah so anders aus als damals, als sie ihn bei Maddies Beerdigung gesehen hatte. Es war leicht zu verstehen, warum Maddie sich in ihn verliebt hatte. Er strahlte Sexappeal aus. Gepaart mit seinen durchdringenden dunklen Augen und seinem durchtrainierten Körper war es nicht schwer vorstellbar, dass Frauen in Ohnmacht fielen, sobald er einen Raum betrat.

„Mr. Sanchez", begrüßte sie ihn und lächelte ihn in der Hoffnung an, dass ihr Lächeln sie als selbstbewusste Frau darstellen würde.

„Diego", sagte er und reichte ihr seine

Hand. „Ich fürchte, ich kenne Ihren Namen nicht."

„Emily Warner."

„Bitte kommen Sie rein."

Die Wohnung sah genauso aus wie auf den Bildern in der Zeitschrift, wenn auch etwas unordentlicher. Die Küchentheke war mit schmutzigem Geschirr übersät, und im Wohnzimmer lagen Bücher und Zeitungen verstreut herum.

Sanchez fing ihren Blick auf. „Entschuldigen Sie die Unordnung. Ich hatte keinen Besuch erwartet."

Emily drehte sich zu ihm um. „Es tut mir leid, dass ich stören muss." Ihre Hände fühlten sich plötzlich klamm an und sie wischte sie an ihrer Jeans ab.

Er schien ihre Nervosität zu bemerken, wenn sie den Blick, den er ihr zuwarf, richtig deutete. „Sie sagten, Sie waren mit Maddie befreundet. Ich fürchte, sie hat Ihren Namen nie erwähnt."

Bevor Emily antworten konnte, fuhr Sanchez fort: „Sie sind nicht die Art von Frau, mit der Maddie befreundet war. Tatsächlich hatte sie nicht viele Freundinnen.“

Seine Worte klangen wie eine Herausforderung.

„Das weiß ich. Maddie und ich hatten wirklich nichts gemeinsam. Und unter normalen Umständen hätten wir uns wahrscheinlich nie getroffen. Aber uns beiden liegt die Wahrheit am Herzen.“

Sanchez zog die Augenbrauen hoch. „Die Wahrheit worüber?“

Emily zögerte und räusperte sich. Konnte sie Sanchez die Wahrheit anvertrauen? Konnte sie sich ihm anvertrauen? Unfähig zu antworten, tat sie das Einzige, was sie konnte. Sie hielt ihn hin. „Entschuldigung, macht es Ihnen etwas aus, wenn ich Ihr Badezimmer benutze?“

Einen Moment lang dachte sie, er würde ihre Bitte ablehnen, aber dann deutete er auf den Gang und sagte: „Das Gästebad ist durch die zweite Tür links.“

Sie nickte. „Danke schön.“

„Soll ich Ihnen in der Zwischenzeit etwas zu trinken einschenken?“

Emily zwang sich zu einem Lächeln. „Das wäre sehr nett."

Während Sanchez zum Kühlschrank ging, ging Emily den Flur hinunter. Sie öffnete die Tür, auf die er gezeigt hatte, erkannte aber sofort, dass dies nicht das Badezimmer aus ihrer Vision war. Ohne ein Geräusch zu machen, zog sie die Tür wieder zu und schlich weiter den Korridor hinunter, froh darüber, dass der Plüschteppich das Geräusch ihrer Schritte schluckte.

Der Gang machte eine Biegung nach rechts und Emily folgte dieser. Die Tür, die sie begrüßte, war geschlossen. Sie drückte den Griff herunter und öffnete sie. Dies war das Hauptschlafzimmer. Ein riesiges Kingsize-Bett dominierte den Raum. Das Dekor war ausgesprochen maskulin mit kräftigen Farben und ohne Schnickschnack. Sie betrat das Zimmer und ging sofort zur offenen Tür zum angrenzenden Badezimmer. Sie betrachtete die Doppelwaschbecken und die große Dusche. Ja, das war das Badezimmer, das Maddie ihr in der Vision gezeigt hatte.

Emily verschwendete keine Zeit, ging in die Hocke und öffnete die Schranktüren unter dem ersten Waschbecken. Im Inneren war Toilettenpapier ordentlich zwei Reihen hoch gestapelt, nicht drei wie in der Vision. Sie verstand sofort, warum Madeline den Briefumschlag dort versteckt hatte. Im Laufe der Zeit würde Diego die Rollen verwenden, bis er den Umschlag gefunden hätte. Emilys Herz begann zu rasen. Sie entfernte die oberste Reihe der Rollen, und da war er: der Umschlag, den Maddie versteckt hatte. Emily griff danach, als ein plötzliches Geräusch hinter ihr sie herumfahren ließ.

Sanchez stand in der offenen Tür und funkelte sie wütend an. „Wer sind Sie wirklich und warum zum Teufel schnüffeln Sie hier herum?"

Emily schluckte schwer.

64

Nachdem er Sokolov eingebuchtet und den U.S. Marshall Service und das Cicero Police Department darüber informiert hatte, dass der Vergewaltigungsverdächtige in Gewahrsam sei und bereit, nach Illinois überstellt zu werden, nahm Yang seinen Partner beiseite und erzählte ihm von seinem Gespräch mit Eric Bolton.

Sie waren in einem der Verhörräume, damit niemand sie belauschen konnte.

„Du verarschst mich", sagte Jefferson und ihm fiel die Kinnlade herunter. „Du glaubst, dass Madeline Boltons Tod mit dem Attentat auf Petrov zusammenhängt?"

„Es ist möglich." Was Yang ausgelassen hatte, war, dass Emily Warner die Person war, die Mrs. Bolton diese Sache eingeredet hatte. Es war später noch Zeit, auf die Details einzugehen.

„Aber du hast gerade gesagt, dass es auf Madeline Boltons Handy keine Aufzeichnungen darüber gibt, dass der Anruf jemals stattfand."

Yang spürte, dass Jefferson ihm die Sache nicht abkaufte. „Ich warte darauf, dass Belsky von der russischen Botschaft bestätigt, dass es tatsächlich ein Telefonat zwischen den beiden gab."

„Ja, viel Glück damit. Belsky ist nicht gerade jemand, der seine Informationen gerne teilt. Seine Akte über Petrov war ziemlich dünn."

Obwohl Yang sich über dieselbe Sache Sorgen machte, äußerte er das seinem Partner gegenüber nicht. Stattdessen sagte er: „Wenn er will, dass wir herausfinden, wer auf Petrov geschossen hat, dann soll er lieber ein paar Informationen ausspucken. Ich mag es nicht, Ermittlungen mit gebundenen Händen durchzuführen."

„Hmm", brummte Jefferson. „Also, wie geht es Petrov überhaupt? Irgendwelche Neuigkeiten?"

„Immer noch im Koma, soweit ich weiß."

Es klopfte an der Tür. Dann wurde diese geöffnet und einer der uniformierten Beamten trat ein.

„Detective Yang, entschuldigen Sie die Störung."

„Was ist los, McBride?"

„Sie haben mich gebeten, Ihnen Bescheid zu geben, sobald der Ballistikbericht zurück ist. Er liegt jetzt auf Ihrem Schreibtisch."

„Von der Kugel, die sie Petrov entnommen haben?", warf Jefferson ein.

McBride starrte ihn an. „Nein, von der Kugel, die Emily Warner letzte Nacht verfehlt hat. Die Spurensicherung hat eine aus einem Zaunpfosten gegraben, konnte aber die zweite Kugel nicht finden."

Bevor Jefferson noch etwas fragen konnte, bedankte sich Yang schnell bei McBride und bedeutete ihm, zu gehen. Als sie wieder allein waren, begegnete Yang Jeffersons fragendem Blick.

„Willst du mir sagen, was ich sonst noch verpasst habe?", sagte Jefferson.

Yang verlagerte sein Gewicht von einem Bein auf das andere. „Ich wollte es dir sagen, aber dann musstest du zum Zahnarzt und ..."

Jefferson legte den Kopf schief. „Sicher wolltest du das." Seine Stimme triefte vor Sarkasmus. „Was zum Teufel ist passiert?"

„Miss Warner wurde letzte Nacht angegriffen. Sie wohnt in derselben Gegend wie ich, und ich bin ihr zufällig begegnet, gerade als jemand auf sie schoss. Ich habe es geschafft, sie in Sicherheit zu bringen, bevor sie verletzt werden konnte."

Jefferson fuhr sich mit der Hand durchs Haar und schüttelte den Kopf. „Du bist ihr zufällig begegnet? Wirklich? Verarsch mich nicht."

Yang knirschte mit den Zähnen. „Na gut.

Ich war auf dem Weg zu ihr. Ich wollte nur dem nachgehen, was sie mir zuvor gesagt hatte. Nur um zu sehen, ob sie wirklich verrückt ist."

„Was sie wahrscheinlich ist", unterbrach Jefferson.

„Das dachte ich auch – bevor jemand versuchte, sie zu töten. Es könnte alles miteinander verbunden sein."

„Wie verbunden? Du meinst die Schüsse auf Petrov und die auf diese Frau? Aber sie haben nichts gemeinsam."

„Doch – Madeline Bolton. Sie ist die Verbindung für alle drei Fälle."

„Aber –"

Yangs Handy klingelte und er schaute auf das Display. „Das ist Belsky."

Er nahm den Anruf entgegen und stellte den Lautsprecher an. „Yang."

Belsky hielt sich nicht mit einer Begrüßung auf. „Sie haben recht mit dem Anruf. Madeline Bolton hat Petrov einen Tag vor ihrem Tod angerufen, aber nur eine Nachricht hinterlassen."

„Woher wissen Sie, dass die beiden nicht miteinander gesprochen haben?"

„Petrov war zum Zeitpunkt des Anrufs außer Landes und kam erst einen Tag nach Miss Boltons Tod zurück."

„Könnte er sie von einer anderen Nummer zurückgerufen haben?"

„Nein."

Yang tauschte einen Blick mit Jefferson aus. Dieser zuckte mit den Schultern.

„Und was beinhaltete die Nachricht?"

„Das ist alles, was ich Ihnen sagen kann."

„Sie meinen, das ist alles, was Sie mir sagen wollen."

„Sie kapieren sehr schnell, Detective. Einen schönen Tag noch." Belsky beendete das Gespräch.

„Das ist die Bestätigung", sagte Yang.

„Okay. Aber warum gibt es dann keine Hinweise auf diesen Anruf auf dem Handy von Madeline Bolton?"

„Ich glaube, dass jemand alle Spuren davon gelöscht hat."

„Hast du einen Verdacht, wer das getan haben könnte?"

„Das Handy war im Besitz von Madeline, ihrem Vater und dem Secret Service. Ihr Vater bat mich, nachzusehen, ob ich Beweise für den Anruf finden könnte, und gab mir das Telefon. Er hätte es also sicher nicht gelöscht. Somit bleibt Madeline und der Secret Service."

Jefferson verzog das Gesicht. „Ich setze auf den Secret Service."

„Ich auch. Aus irgendeinem Grund wollen sie nicht, dass irgendjemand erfährt, dass sie mit einem russischen Diplomaten in Kontakt stand."

„Ja, aber warum? Glaubst du, sie hat für sie spioniert?"

„Das bezweifle ich", sagte Yang.

„Hast du eine bessere Theorie?"

„Ich bin mir nicht sicher, wie das alles zusammenpasst, aber hör dir das an: Madeline Bolton war Organspenderin. Emily Warner hat ihre Hornhäute bekommen."

Jeffersons Augenbrauen hoben sich.

„Ja, sie war die letzten fünfzehn Jahre blind. Und jetzt kann sie sehen. Sie behauptet, Visionen von Dingen zu haben, die ihre Organspenderin gesehen hat. Sie war diejenige, die die Boltons darauf aufmerksam machte, dass Madeline Petrov angerufen hatte. Und dann wird am selben Tag sowohl auf Petrov als auch auf Emily geschossen. Zufall? Glaube ich nicht."

„Aber –"

Yang hob seine Hand. „Das ist nicht alles. Wie du weißt, arbeitete Madeline Bolton für *No child abandoned*, dieselbe Stiftung, die die drei russischen Mädchen vermittelte, die später verschwanden. Wir haben Annikas Leiche gefunden. Aber vielleicht haben wir eine Chance, die anderen beiden zu retten: Sasha und Tatjana."

„Sie könnten auch tot sein. Ich meine, sie sind vor mehreren Wochen verschwunden."

„Ja, aber ich glaube, mindestens eine von ihnen lebt noch."

„Sagt dir das dein Bauchgefühl?"

„Mehr als das. In der Vision, in der Emily sah, wie Madeline Petrov anrief, sah sie auch ein Mädchen."

„Wir wissen beide, dass übersinnliche

Visionen nicht real sind", sagte Jefferson kopfschüttelnd.

„Normalerweise würde ich dir zustimmen. Aber Emily hatte recht mit dem Anruf. Ich denke, wir müssen dieser Spur folgen."

Langsam nickte Jefferson. „Dann lass sie uns aufs Revier bestellen."

65

Emily hielt den Briefumschlag immer noch in der Hand und sprang auf. Diego Sanchez sah nicht mehr so freundlich und charmant aus wie zuvor, als er sie in seine Wohnung eingeladen hatte. Im Moment sah er wütend aus, und sie verstand jetzt, was die Boulevardblätter meinten, wenn sie berichteten, dass er hin und wieder in eifersüchtige Wut geraten würde. Der Diego Sanchez, der sie mit in die Hüften gestemmten Händen anstarrte, war wütend und sah aus, als könnte er sie umbringen, falls ihr keine Antwort einfiele, die ihm gefiel.

„Ich habe Maddies Hornhäute bekommen. Sie ist der Grund, warum ich nicht mehr blind bin. Ich bin es ihr schuldig, herauszufinden, wer sie getötet hat", purzelte es aus Emily hervor, ohne Pause zwischen den Sätzen. „Ich sehe Einblicke in ihr Leben und ich habe gesehen, dass sie einen Brief in Ihrem Badezimmer versteckt hat. Ich denke, das wird es erklären ..." Sie verstummte, als sie bemerkte, dass sich Diegos Gesichtsausdruck veränderte und sein Blick auf den Umschlag in ihrer Hand fiel.

Er machte einen Schritt auf sie zu und griff nach dem Briefumschlag. Dabei bemerkte sie, dass auf der Außenseite ein Name geschrieben stand. Sie sah auf und begegnete seinem Blick. „Ich glaube, er ist an Sie adressiert."

„Das ist Maddies Handschrift. Woher wussten Sie das?" Er schüttelte den Kopf und versuchte eindeutig, sich über die ganze Situation klar zu werden.

„Ich glaube, wir sollten lesen, was sie geschrieben hat. Es könnte uns einen

Hinweis geben, wer sie getötet hat", sagte Emily.

„Sie glauben die Unfalltheorie auch nicht, oder?", fragte er mit ruhiger, fast distanzierter Stimme.

Emily schüttelte den Kopf.

Langsam nickte er. „Kommen Sie. Ich glaube, wir könnten beide jetzt einen Drink vertragen."

Im Wohnzimmer goss sich Diego ein Glas Whiskey ein, während Emily sich für Mineralwasser entschied. Als sie sich beide auf das große Sofa setzten, hielt Diego den ungeöffneten Brief noch lange in der Hand.

„Trotz all der Dinge, die Sie vielleicht über meine Beziehung zu Maddie gehört haben, habe ich sie geliebt." Er warf ihr einen Seitenblick zu. „Ja, wir haben gestritten, aber wir haben uns immer wieder versöhnt."

„Sie muss Ihnen vertraut haben, sonst hätte sie diesen Brief nicht in Ihrer Wohnung versteckt."

„Wissen Sie, was drin steht?"

„Nein. Aber ich vermute, dass es mich irgendwie zu ihrem Mörder führen wird."

„Können Sie ihn für mich öffnen?", fragte er. „Meine Hände zittern." Er nahm einen weiteren Schluck von seinem Drink. „Ich trinke zu viel, seit sie gestorben ist."

Diego stand auf und ging zurück zur Küchentheke, wo sie hörte, wie er die Flasche öffnete und sich noch ein Glas einschenkte.

Mit dem Rücken zu Diego riss Emily den Briefumschlag auf. Darin war ein Blatt Papier. Sie entfaltete es und las vor:

„Liebster Diego,

ich weiß nicht, wem ich außer dir vertrauen kann. Ein russisches Mädchen ist zu mir gekommen und hat mich um Hilfe gebeten. Ich erkannte sie als Sasha, ein Mädchen, das von der Stiftung gerettet, aber später als vermisst gemeldet wurde. Ich konnte aufgrund ihres gebrochenen Englisch und ihres traumatischen Zustandes nicht viel aus ihr herausbekommen, aber ich weiß, dass sie missbraucht und höchstwahrscheinlich viele Male vergewaltigt wurde. Ich versuche, sie zu beschützen, aber niemand darf wissen, dass ich sie verstecke, bis ich ihr helfen kann. Ich glaube, sie wird in der Lage sein, den Mann zu identifizieren, der sie missbraucht hat. Wenn du diesen Brief findest und ich verschwunden bin, dann sprich mit Sergei Petrov von der russischen Botschaft. Er wird wissen, was zu tun ist. Du kannst ihm mit deinem Leben vertrauen.

Ich liebe dich,

Maddie."

Emily sah gerade von dem Brief auf, als Diego mit seinem zweiten Glas Whiskey zurückkam, und ihre Blicke trafen sich. Jetzt machte alles Sinn.

„Oh Maddie", murmelte er und wandte sein Gesicht ab, vielleicht um die Tränen zu verbergen, die seine Augen umrandeten.

„Ich glaube, ich verstehe, was passiert ist", sagte Emily.

„Ich nicht. Sagen Sie mir, was Sie wissen." Er setzte sich neben sie.

„In meiner Vision war Maddie mit dem Mädchen Sasha zusammen, als sie versuchte, Sergei Petrov von der russischen Botschaft zu kontaktieren. Ich glaube, sie hat ihn angerufen, weil das Mädchen Russin war und nicht sehr gut Englisch sprach. Aber ich glaube, sie hat Petrov nur eine Nachricht hinterlassen. Gestern Morgen wurde ein Attentat auf ihn begangen."

Diego wirbelte den Kopf zu ihr. „Wollen Sie damit sagen, dass die Person, die ich laut Maddie kontaktieren soll, tot ist?"

„Nein. Er liegt im Koma, und bis er aufwacht, werden wir nicht wissen, was das alles bedeutet. Aber ich habe eine Theorie."

„Lassen Sie sie mich hören."

„Maddie muss versucht haben herauszufinden, wer dieses Mädchen verletzt hat, und vielleicht hat der Mann, der Sasha vergewaltigte, herausgefunden, dass Maddie herumschnüffelt, und er hat sie deshalb getötet."

„Indem er einen Unfall inszenierte?"

Emily nickte. „Ja, und dann muss er irgendwie erfahren haben, dass Petrov etwas wusste, also hat er auf ihn geschossen. Und am selben Tag, an dem Petrov angeschossen wurde, war er hinter mir her. Zum Glück hat mich ein Polizist gerettet."

„Stopp", sagte Diego. „Was ist passiert?"

In so wenigen Worten wie möglich

erklärte Emily, warum sie glaubte, dass Maddie ermordet wurde, und was sie getan hatte, um herauszufinden, warum.

Als sie fertig war, sagte Diego: „Hat dieser Detective Yang Ihnen geglaubt?"

„Ich weiß es nicht. Einige Dinge ja, aber andere, ich bin mir nicht sicher, ob er das alles glaubt."

„Das ist verständlich. Ehrlich gesagt", sagte Diego, „fällt es mir selbst schwer zu glauben, was Sie mir erzählt haben." Dann zeigte er auf den Brief. „Aber Maddie hat definitiv diesen Brief geschrieben. Und Sie wussten, wo sie ihn versteckte."

„Ich glaube, es war ihre Versicherungspolice."

„Das denke ich auch." Er nahm den letzten Schluck aus seinem Glas. „Glauben Sie, dass dieses Mädchen, Sasha, noch am Leben ist?"

„Ja. Vielleicht ist sie weggelaufen, als dieser Mann Maddie tötete."

„Wir müssen sie finden. Sie könnte die einzige Augenzeugin dessen sein, was Maddie widerfahren ist."

„Dem stimme ich zu", sagte Emily, als plötzlich ihr Handy klingelte.

Sie zog es aus ihrer Tasche und sah auf das Display. „Das ist Detective Yang. Ich sollte ihm sagen, was wir gefunden haben."

Diego legte ihr die Hand auf den Arm. „Erwähnen Sie den Brief nicht."

„Warum nicht?"

„Wenn der Mörder Petrov und Sie erwischen konnte, ist es am besten, wenn niemand etwas über das Mädchen weiß."

„Aber Detective Yang weiß bereits von dem Mädchen in meiner Vision. Der Brief ist nur die Bestätigung, dass ich recht hatte."

Diego seufzte. „Seien Sie vorsichtig, wem Sie diese Informationen anvertrauen."

Sie nickte bei Diegos merkwürdigem Kommentar, antwortete aber nicht. Sie vertraute Yang. Er hatte ihr das Leben gerettet. Sie holte tief Luft und ging ans Handy. „Detective?"

„Miss Warner, Sie müssen zum Revier kommen."

Überrascht fragte sie: „Äh, wofür?"

„Der Ballistikbericht ist eingegangen."

„Und?", fragte sie neugierig.

„Lassen Sie uns darüber reden, wenn Sie hier sind. Lassen Sie sich von dem uniformierten Polizisten, der vor Ihrem Wohnhaus stationiert ist, zum Revier fahren."

„Okay, geben Sie mir eine halbe Stunde. Ich bin gerade aus der Dusche gekommen und muss meine Haare trocknen", sagte sie, um sich etwas Zeit für die Rückkehr zu ihrer Wohnung zu verschaffen. Sie beendete das Gespräch und erhob sich von der Couch.

Auf dem Weg nach draußen gab Diego ihr eine Karte. „Das ist meine Handynummer. Rufen Sie mich später an. Wir müssen uns überlegen, wie wir Sasha finden können."

Emily steckte seine Karte in ihre Handtasche. „Ich rufe Sie an."

Zum ersten Mal, seit die Visionen begonnen hatten, war sie zuversichtlich, dass sie Gerechtigkeit für Maddie finden würde und dass sie nicht das gleiche Schicksal erleiden würde wie nach ihrer ersten Hornhauttransplantation.

66

Yang wartete ungeduldig darauf, dass Emily Warner im Revier eintraf. Sogar Jefferson stimmte jetzt mit Yangs Theorie überein, dass Madeline Bolton im Mittelpunkt von drei Fällen stand: dem versuchten Attentat auf Sergei Petrov, dem Angriff auf Emily Warner und dem Mord an Annika.

Als Emily auf dem Revier ankam, war es später Nachmittag. Ein Polizist begleitete sie zu einem der Verhörräume. Yang und Jefferson traten direkt nach ihr ein.

„Miss Warner, das ist mein Partner, Simon Jefferson", stellte Yang sie einander vor.

Nach einer kurzen Begrüßung bat Yang sie, Platz zu nehmen. Er und Jefferson setzten sich ihr gegenüber hin und Yang legte die Akten, die er mitgebracht hatte, zwischen ihnen auf den Tisch.

„Worüber wollten Sie mit mir sprechen?", fragte Emily und warf Yang einen fragenden Blick zu.

„Die Ergebnisse aus der Ballistik sind da. Wir haben eine der Kugeln gefunden, die für Sie bestimmt war, und sie passt zu der, die Sergei Petrov entnommen wurde. Sie wurden aus derselben Waffe abgefeuert."

Emily schluckte schwer und er konnte sehen, dass sie versuchte, gefasst zu bleiben. Sie nickte. „Was jetzt?"

Jefferson räusperte sich. „Mein Partner hat mir davon berichtet, was Sie ihm über Ihre Verbindung zu Madeline Bolton erzählt und was Sie angeblich gesehen haben."

„Angeblich?" Sie schnaubte und sah dann Yang an. „Sie glauben mir immer noch nicht?"

„Doch, das tue ich", antwortete Yang und tauschte einen Blick mit Jefferson aus. „Vor allem, weil sich alles, was Sie mir erzählt haben, als wahr herausgestellt hat. Ich konnte bestätigen, dass Madeline Bolton tatsächlich Sergei Petrov angerufen hat. Aber bekommen hat er die Nachricht erst nach ihrem Tod, weil er außer Landes war."

„Dann müssen Sie auch wissen, warum Madeline ihn angerufen hat. Ich meine, wissen Sie, worum es in der Nachricht ging?", fragte Emily mit einem Hoffnungsschimmer in ihren braunen Augen.

„Die russische Botschaft gibt nicht preis, worum es in der Nachricht ging", sagte Yang mit Bedauern.

„Aber wieso? Sie können solche Informationen nicht einfach zurückhalten."

Jefferson sah Yang an. „Jetzt verstehe ich, was du meinst. Sie ist stur."

Emily schnaubte. „Ich sitze hier, Detective Jefferson. Und ich schätze es nicht, wie ein Trottel behandelt zu werden."

Jefferson sah sie an. „Ich behandle Sie nicht wie einen Trottel. Ich bewundere Ihre Hartnäckigkeit."

Emily stieß ein undamenhaftes Grunzen

aus. Dann sah sie Yang an. „Ich bin mir nicht sicher, warum Sie wollten, dass ich ins Revier komme, wenn Sie mir am Telefon hätten sagen können, dass die Ballistik übereinstimmt."

„Die Ballistik bestätigt nur, was Sie bereits vermuteten. Der wahre Grund, warum Sie hier sind, ist, weil Sie mir erzählt haben, dass Sie ein Mädchen mit Madeline Bolton gesehen haben. Ich möchte, dass Sie sie identifizieren."

Er öffnete die Akte des Mordfalles Annika, zog ein Foto von Annika heraus und schob es zu Emily über den Tisch. „Ist das das Mädchen, das Sie gesehen haben?"

Emily schüttelte sofort den Kopf. „Sie sieht ähnlich aus, aber nein. Das ist sie nicht."

Das wollte er hören. Sie hatte seinen Test bestanden. Er wusste, dass Annika nicht das Mädchen bei Madeline gewesen sein konnte, denn Annika war mindestens schon einen Monat tot gewesen, als Madeline bei Petrov anrief. Er tauschte einen Blick mit Jefferson aus, der nickte.

Jefferson griff nach der Akte unter Annikas und entfernte ein Foto daraus, dann schob er es Emily zu. „Wie wäre es mit ihr?"

Wieder schüttelte Emily den Kopf. „Nein."

„Okay", sagte Jefferson. „Noch ein Foto." Er fischte ein Foto aus der letzten Akte.

In dem Moment, als Emily das Foto sah, sagte sie. „Das ist sie."

Yang beugte sich näher. „Sind Sie sicher?"

Sie nickte aufgeregt. „Das ist sie! Das ist Sasha."

Yang sah sie erstaunt an. „Ich habe den Namen des Mädchens Ihnen gegenüber nie erwähnt. Woher wissen Sie ihn?"

Emilys Augen weiteten sich und ein verlegener Ausdruck breitete sich auf ihrem Gesicht aus. Er merkte, dass sie überlegte, ob sie ihm die Wahrheit sagen oder ihn anlügen sollte.

„Miss Warner, wenn Sie etwas wissen, das uns helfen könnte, müssen Sie es uns sagen", sagte Yang.

Emily zögerte, dann seufzte sie. „Sie müssen mir versprechen, dass Sie es niemandem außerhalb dieses Raumes erzählen."

Yang hob eine Augenbraue.

„Miss Warner", beschwor Jefferson sie mit strenger Stimme. „Sagen Sie uns die Wahrheit."

Schließlich gab Emily nach. „Ich glaube, Sasha ist in Gefahr. Ich habe einen Brief gefunden, den Maddie vor ihrem Tod versteckt hat. Darin schrieb sie, dass dieses Mädchen, Sasha, sie um Hilfe bat. Sie schrieb, dass das Mädchen mehr als nur einmal missbraucht und vergewaltigt worden sei. Und wenn Maddie etwas passieren sollte, sollten wir zu Sergei Petrov gehen, weil er wüsste, was zu tun ist."

Yang fiel die Kinnlade herunter. „Wo ist der Brief?"

Emily rutschte nervös auf ihrem Sitz herum.

„Miss Warner", drängte Yang sie. „Wo ist der Brief?"

„Diego Sanchez hat ihn. Ich habe ihn in seiner Wohnung gefunden."

„Wie zum Teufel –", fluchte Jefferson, aber Yang unterbrach ihn.

„Fahren Sie fort. Woher kennen Sie Sanchez?"

„Ich kenne ihn nicht, nicht wirklich. Aber ich musste zu ihm, um nach dem Brief zu suchen."

„Lassen Sie mich raten", sagte Yang. „Sie hatten eine Vision."

Emily nickte. „Und als mir klar wurde, dass Maddie den Brief in Diegos Wohnung versteckt hatte, suchte ich ihn auf, um mit ihm zu sprechen." Sie senkte für einen Moment die Lider. „Ich fand den Brief, doch dann hat Diego mich beim Herumschnüffeln erwischt. Der Brief war an ihn adressiert und wir haben ihn zusammen gelesen."

Yang atmete tief aus und tauschte einen Blick mit seinem Partner aus.

Jefferson sah Emily an. „Die drei Mädchen, deren Fotos Sie gerade gesehen haben, sind alle in den letzten Monaten verschwunden. Sie sind alle Russinnen und wurden alle in Pflegefamilien untergebracht, nachdem sie von der Wohltätigkeitsorganisation, für die Madeline Bolton arbeitete, gerettet wurden."

„*No child abandoned*", sagte Emily.

Jefferson und Yang nickten.

„Das ist die Verbindung, nicht wahr?", fragte Emily und Yang konnte sehen, wie sich die Räder in ihrem Kopf drehten. „Sasha war wahrscheinlich in Maddies Haus, als Maddie ermordet wurde. Sie könnte den Mörder gesehen haben."

Yang holte Luft. „Ja, sie könnte eine Augenzeugin sein."

„Deshalb ist sie in Gefahr", sagte Emily. „Bitte sagen Sie niemandem, dass Sasha dort gewesen sein könnte. Wenn der Mörder herausfindet, dass Maddie Petrov anrief und dass ich die Umstände ihres Todes herauszufinden versuche, wird er auch etwas über Sasha erfahren. Das dürfen wir nicht zulassen. Wir müssen sie finden, bevor er es tut."

„Ich stimme Ihnen zu, Miss Warner, bis auf eine Sache", sagte Yang. „Sie sind kein Teil von *Wir*. Mein Partner und ich werden

Nachforschungen anstellen. Sie sind bereits in viel zu großer Gefahr."

„Aber –"

Yang hob die Hand, um sie verstummen zu lassen. „Nur über meine Leiche."

67

Der Mörder konnte nicht glauben, dass Sergei Petrov überlebt hatte. Er hätte auf Nummer sicher gehen und ihm eine Kugel in den Kopf jagen sollen, aber als er in der Ferne Geräusche gehört hatte, war im bewusst geworden, dass er schnell fliehen musste.

Emily Warner hatte unverschämtes Glück gehabt. Wie sie ihn gehört hatte, wenn er nicht einmal seine eigenen Schritte gehört hatte, war ihm ein Rätsel. Nachdem sie gestolpert war, hätte die zweite Kugel sie getroffen, wenn nicht ein Mann, dessen

Gesicht er nicht gesehen hatte, am Tatort aufgetaucht wäre und sie aus der Schusslinie gestoßen hätte.

Aber so schnell würde er nicht aufgeben. Er musste es noch einmal versuchen. Und Petrov war als Erster dran.

Bekleidet mit einem weißen Arztkittel über einer grünen Krankenhausuniform ging er durch die Korridore der Klinik. Neben einer weißen Kappe, die seine Haare verbarg, trug er auch eine OP-Maske. Niemand würde ihn erkennen oder ihn auch nur schief ansehen. Im Vorbeigehen schnappte er sich an einer unbemannten Schwesternstation ein Klemmbrett mit leeren Formularen und bog am nächsten Gang nach rechts ab.

Er begegnete zwei Pflegern, die nicht einmal aufblickten. Zufrieden mit seiner Verkleidung hatte er kein Problem damit, sich durch die vielen Korridore des Krankenhauses zu bewegen und den Weg zur Intensivstation zu finden. Vor einem der Zimmer standen zwei Männer in dunklen Anzügen, die dem Typ nach nur Russen sein konnten. Sie waren hier, um Sergei Petrov zu beschützen. Halb hatte er so etwas erwartet, aber gehofft, er würde nur am medizinischen Personal vorbeikommen müssen. Jetzt musste er sich einen Plan B einfallen lassen.Lange bevor er Petrovs Zimmer erreichte, wandte er sich um und ging genauso selbstbewusst wie zuvor weiter, als hätte er die beiden Sicherheitsleute nicht einmal bemerkt. Ein paar Meter weiter fand er eine offene Tür, die zu einem Vorratsraum führte. Er spähte hinein, fand den Raum leer vor und huschte schnell, bevor ihn jemand sehen konnte, hinein. Auf den Regalen war ordentlich gefaltete Wäsche gestapelt. Er schaute sich um und entdeckte den Rauchmelder an der Decke.

Das brachte ihn auf eine Idee.

Er verließ den Raum und ging zum Ende des Korridors. Dort fand er den Feuermelder. Mit einem Blick über seine Schulter vergewisserte er sich, dass ihn niemand sah. Die Luft war rein. Er löste den Feueralarm aus und einen Augenblick später ertönte dröhnender Lärm.

Menschen rannten plötzlich in

verschiedene Richtungen. Er selbst eilte dorthin zurück, von wo aus er die Tür zu Petrovs Zimmer sehen konnte.

Angespannt beobachteten die beiden Russen, wie das medizinische Personal umherschwirrte. Er sah, wie sie ein paar Worte wechselten, bevor einer von ihnen seinen Posten verließ und zum Schwesternzimmer marschierte, vermutlich um sich zu erkundigen, was los sei.

Das war seine Chance.

Er umklammerte die Spritze in der Tasche seines weißen Kittels und trat näher, vorbei an Krankenhauspersonal und einigen Besuchern. Er marschierte auf den Russen vor Petrovs Zimmer zu.

„Das Beatmungsgerät des Patienten hat einen Alarm ausgelöst", sagte er zu ihm. „Schnell, helfen Sie mir, wir müssen ihn manuell beatmen."

Der Russe öffnete die Tür und eilte ins Zimmer. Der Mörder folgte ihm und trat die Tür mit dem Fuß hinter sich zu. Bevor der Sicherheitsangestellte bemerkte, dass Petrovs Beatmungsgerät einwandfrei funktionierte, stieß er die Spritze in den Hals des Russen. Der Russe taumelte zurück, aber die Substanz in der Spritze wirkte schnell und er brach zusammen.

Leider war nun die für Petrov bestimmte Spritze leer. Aber er war nicht so weit gekommen, um jetzt aufzugeben. Er zog die Spritze zurück, füllte sie mit Luft, packte dann Petrovs Arm und drückte die Luft in den Infusionsanschluss. Er entfernte die Spritze und eilte bereits zur Tür, ohne auf den gleichmäßigen Ton des Herzmonitors zu warten, der bestätigte, dass Petrov tot war. Er musste weg, bevor jemandem auffiel, dass er hier nichts zu suchen hatte.

68

Es war noch hell, als Vicky ihr Auto einen halben Block von Maddies Reihenhaus in Georgetown entfernt parkte. Emily hatte ihr Wohnhaus wieder über das angrenzende Gebäude verlassen und sich dann zwei Blocks entfernt zu Vicky gesellt, die dort mit dem Auto wartete. So vermied sie, von dem Polizisten gesehen zu werden, der in seinem Streifenwagen vor dem Gebäude saß. Normalerweise hätte es Emily nichts ausgemacht, wenn er sie beobachtete, schließlich hatte er auch vor der Schule, wo sie unterrichtete, gewartet, aber das hier war etwas anderes. Außerdem war sie mit Vicky zusammen und Diego würde sie beim Haus treffen, also war sie heute wohl kaum in Gefahr, getötet zu werden.

„Danke, dass du das machst", sagte Emily.

„Ich kann dich das wirklich nicht alleine machen lassen. Du kennst diesen Typen nicht. Und nach dem, was ich in den Boulevardzeitungen gelesen habe, hat er ein ziemliches Temperament."

Emily neigte ihren Kopf zur Seite und grinste. „Oder denkst du vielleicht, dass er gut aussieht?"

„Gut aussieht? Er ist nicht gut aussehend." Vicky grinste. „Er ist Sex am Stiel."

Emily verdrehte die Augen. „Typisch."

Sie stiegen aus dem Auto und gingen zum Reihenhaus. Während sie die drei Stufen zur Eingangstür hinaufgingen, griff Emily in ihre Handtasche und zog ihre Dietriche heraus.

„Pass auf, dass mich niemand sieht", sagte sie zu Vicky.

Bevor sie den Dietrich ins Schloss stecken konnte, öffnete sich die Tür nach innen. Emily erstarrte und schnappte nach Luft.

„Haben Sie versucht einzubrechen?", fragte Diego und öffnete die Tür weiter.

„Ähm, ja, ich meine, wie hätten wir sonst reinkommen sollen?", sagte Emily.

„Natürlich mit einem Schlüssel", sagte er und bedeutete ihr und Vicky einzutreten.

„Sie haben einen Schlüssel zu Maddies Haus?", fragte Emily.

„Natürlich, genauso wie sie einen Schlüssel zu meiner Wohnung hatte."

Für einen Moment ließ Emily die Neuigkeit auf sich wirken. Diego hätte leicht Maddies Reihenhaus betreten und darauf warten können, dass sie nach Hause kam, um sie dann zu töten. Wurden nicht die meisten Morde vom Partner des Opfers begangen? Aber Maddie hatte ihm vertraut. Sie hätte den Briefumschlag nicht bei ihm versteckt, wenn sie geglaubt hätte, dass er ihr etwas antun würde. Hatte Maddie einen fatalen Fehler gemacht?

„Und der Alarm?", fragte Emily.

„Ich kenne den Code. Aber der Alarm war nicht angestellt", sagte Diego.

Dann sah er Vicky an, und Emily wurde bewusst, dass sie die beiden noch nicht vorgestellt hatte. „Vicky, das ist Diego Sanchez. Diego, das ist Vicky Hong."

„Schön, Sie kennenzulernen, Vicky." Er schüttelte Vicky die Hand. „Bitte nennen Sie mich Diego."

„Freut mich." Vicky sah ihn länger an, als Emily es für höflich hielt. Dann schnurrte sie wie ihre Katze: „Diego."

„Okay", sagte Diego, „wo sollen wir anfangen?"

„Wir suchen nach Hinweisen, dass Sasha hier war und wo sie sich jetzt verstecken könnte", erklärte Emily. Sie machte eine Handbewegung zu Sanchez. „Sie kennen das Haus besser als Vicky und ich. Gibt es irgendwelche Verstecke?"

Er deutete zur Treppe. „Es gibt einen kleinen Dachboden, den man nur durch den Schrank im Gästezimmer erreichen kann."

Emily nickte und sie stiegen zu dritt die Treppe hinauf. Emily sah das Haus jetzt bei

Tageslicht, und es wirkte sogar noch luxuriöser als in der Nacht, als sie eingebrochen war. Sie hatte beschlossen, Diego gegenüber nichts von dem Einbruch zu erzählen.

Das Bett im Gästezimmer war abgezogen worden. Diego zeigte darauf. „Maddies Haushälterin war sehr aufmerksam. Für spontane Besucher war das Bett immer frisch bezogen."

„Vielleicht hat das Mädchen in der Nacht vor Maddies Tod hier geschlafen", überlegte Emily.

„Ich wünschte, wir könnten das bestätigen, aber da die Laken weg sind, wer weiß?", fügte Vicky hinzu.

Diego öffnete den Schrank und trat hinein. Er war groß genug, um den Zugang zum Dachboden aufzustoßen. „Könnten Sie mir einen Stuhl bringen, damit ich da oben nachsehen kann?"

Emily hatte seine Bitte bereits vorausgesehen und nahm den Stuhl, der vor dem kleinen Schreibtisch stand, und reichte ihn Diego. Er stellte ihn in Position und stieg darauf. Sein Kopf und seine Schultern verschwanden im Dachboden.

„Es ist dunkel", sagte er.

„Benutzen Sie Ihr Handy", schlug Vicky vor.

„Gute Idee." Er zog sein Handy aus der Tasche und beleuchtete damit den Dachboden.

„Irgendetwas?", fragte Emily.

„Nein. Da oben ist viel Staub, aber nichts scheint bewegt worden zu sein." Augenblicke später stieg er herunter und zog die Zugangsklappe wieder an ihren Platz. Er klopfte sich den Schmutz von den Schultern.

Gemeinsam durchsuchten die drei die Schlafzimmer des Reihenhauses, aber es gab keine Anzeichen dafür, dass jemand außer Madeline dort gewesen war: keine Kleidung, die eine Zwölf- oder Dreizehnjährige getragen hätte, keine Schuhe, die nicht Maddies Größe entsprachen. Auch die Küche verriet nichts. Der Kühlschrank war entleert worden, höchstwahrscheinlich von der Haushälterin, und der Müll war weg.

Als es an der Zeit war, das Wohnzimmer

zu durchsuchen, sagte Diego: „Ich kann da nicht reingehen."

Emily sah ihn an.

„Dort ist es passiert", sagte Diego.

Emilys Herz begann zu rasen. Die Presse hatte nie Informationen darüber veröffentlicht, wie und wo genau Maddie gefunden worden war, und von ihrem Standort im Flur aus konnte Diego den roten Fleck auf dem Teppich nicht sehen.

„Woher wissen Sie das?", fragte sie.

Er drehte seinen Kopf, um Emily anzusehen. „Als ihr Vater nicht auf meine Anrufe reagierte, habe ich mit Lucia gesprochen, Maddies Haushälterin."

Emily nickte. Sie selbst wusste, wie gesprächig Lucia ihr, einer Fremden, gegenüber gewesen war. Zu Diego wäre sie noch freundlicher gewesen.

„Außerdem kann man den Blutfleck vom Treppenabsatz im ersten Stock aus sehen. Dort ist ein guter Platz, um zu beobachten, was im Wohnzimmer vor sich geht", fügte Diego hinzu.

Emily hatte das auch bemerkt. „Vicky und ich werden uns in diesem Raum umsehen."

Aber auch das Wohnzimmer gab keine Hinweise preis. Außerdem hatte die Spurensicherung diesen Raum höchstwahrscheinlich gründlich nach Beweisen durchsucht. Emily musste zugeben, dass die Durchsuchung von Maddies Reihenhaus von Anfang an aussichtslos gewesen war.

„Ich habe etwas entdeckt", rief Diego vom Flur aus.

Aufgeregt gesellten sich Emily und Vicky zu ihm vor die Garderobe.

„Was?", fragte Emily.

„Ich habe alle Jacken und Mäntel von Maddie überprüft und nirgends war Geld in der Tasche", verriet Diego.

Vicky runzelte die Stirn. „Und?"

„Maddie trug immer Bargeld in ihren Taschen, um es Obdachlosen zu geben", sagte Diego. „Sie ließ sich von jeder rührseligen Geschichte einnehmen. Ich habe ihr oft gesagt, dass das Geld, das sie den Leuten gibt, nur für Alkohol und Drogen verwendet wird, aber sie hat nie auf mich gehört."

„Sie glauben also, jemand hat ihre Taschen geleert?", fragte Emily.

Diego nickte. „Sasha. Sie muss alles Bargeld genommen haben, das sie finden konnte."

„Sie glauben doch nicht, dass Sasha Maddie ausgeraubt und verletzt hat?", sagte Vicky und schüttelte den Kopf.

„Nein", protestierte Diego. „Aber falls sie gesehen hat, was passiert ist, hat sie sicher Angst bekommen ..."

„... und alles Geld genommen, das sie finden konnte", sagte Emily. „Für ihre Flucht."

Diego nickte eifrig. „Sie hätte Geld gebraucht, um sich irgendwo zu verstecken."

„Warum nicht zur Polizei gehen?", fragte Vicky.

„Sie ist Russin. Viele Russen vertrauen den Behörden nicht", erklärte Diego. „Vielleicht konnte sie der Polizei nicht vertrauen und dachte, sie würden ihr sowieso nicht glauben."

„Wohin wäre sie dann gegangen?", fragte Vicky. „Wem würde sie vertrauen?"

Emily dachte einen Moment darüber nach. „Vielleicht einer Kirche? Hier in Washington D.C. gibt es eine russisch-orthodoxe Kirche. Vielleicht hat sie dort Zuflucht gesucht."

„Das könnte sein. Sie würde irgendwohin gehen, wo man ihre Sprache spricht", fügte Diego hinzu.

„Lasst uns diese Kirche überprüfen. Und wenn sie nicht da ist, können wir alle anderen kontaktieren", schlug Emily vor. „Es könnte auch irgendwo ein russisches Kulturzentrum geben. Dann sollten wir uns auch dort erkundigen. Und bei der russischen Botschaft."

„Was, wenn sie verletzt ist?", fügte Vicky hinzu. „Ein Mädchen in ihrem Alter auf der Straße, verängstigt und in Panik, hätte leicht angegriffen werden können."

„Wir sollten uns aufteilen, um so vieles wie möglich überprüfen zu können", schlug Diego vor. „Vicky, können Sie die Krankenhäuser anrufen, ob sie eine Patientin haben, die auf Sashas Beschreibung passt?"

Vicky nickte. „Sicher.“

„Diego“, unterbrach Emily, „wie viel Geld hatte Maddie normalerweise in der Tasche?“

Er blickte zurück auf die Jacken und Mäntel. „Vielleicht insgesamt hundert bis hundertfünfzig Dollar? Warum?“

„Das ist nicht viel Geld. Maddie starb vor fast vier Wochen. Wenn alles, was Sasha hatte, das Geld war, das sie in Maddies Taschen fand, wäre es ihr ziemlich schnell ausgegangen“, überlegte Emily. „Und wie überlebt so ein Mädchen, wenn sie kein Geld mehr hat?“

Diego zuckte mit den Schultern. „Ich weiß es nicht.“ Er seufzte. „Ich spreche mit meinem Kontakt bei der russischen Botschaft und erkundige mich dann bei der russisch-orthodoxen Kirche. Können Sie anfangen, sich bei den anderen Kirchen in der Stadt umzuhören, Emily?“

„Ja. Aber es gibt so viele.“

„Konzentrieren Sie sich auf die, die hier in der Nähe sind, und arbeiten Sie sich dann nach außen vor. Sasha wäre auf öffentliche Verkehrsmittel angewiesen gewesen, um wegzukommen", fügte Diego hinzu.

„Es wird bald dunkel. Wir sollten gehen", sagte Vicky. „Können wir Sie irgendwo absetzen, Diego?"

„Nein, danke. Ich habe um die Ecke geparkt. Wir sprechen uns später." Er griff in seine Tasche und gab Vicky seine Karte. „Das ist meine Nummer. Wie ist Ihre?"

Vicky diktierte ihm ihre Nummer und er speicherte sie in sein Handy ein, bevor Vicky und Emily das Haus verließen.

69

Es war fast 21 Uhr, als Yang einen Block von seinem Wohnhaus entfernt einen Parkplatz fand. Nachdem Emily Warner das Revier verlassen hatte, hatten er und Jefferson über den Akten des Petrov-Attentates und des Mordfalls Annika sowie den Akten der beiden vermissten Mädchen Sasha und Tatjana gebrütet. Sie entwickelten Theorien darüber, wie alles mit Madeline Bolton zusammenhing, aber am Ende mussten sie sich eingestehen, dass immer noch zu viele Teile fehlten.

Morgen würden sie alles noch einmal mit frischen Augen betrachten.

Yang war müde. Er stieg aus dem Auto und schloss es ab. Er überquerte die Straße und ging den Bürgersteig entlang, bis er zu seinem Wohnhaus kam. Das Licht über der Eingangstür brannte nicht. Vielleicht war die Birne ausgebrannt, aber Yang war zu müde, um jetzt noch den Hausmeister zu benachrichtigen.

Als er die Stufen zur Eingangstür hinaufging, spürte er, dass er nicht mehr allein war. Langsam, ohne hastige Bewegungen zu machen, griff er nach der Waffe in seinem Halfter und zog sie heraus. Einen Augenblick später wirbelte er herum und richtete seine Waffe auf die Person, die sich an ihn herangeschlichen hatte.

Sofort hob die junge Frau ihre Hände. „Nicht schießen, Detective Yang."

Er hielt seine Waffe auf sie gerichtet. „Wer sind Sie?"

„Ich arbeite mit Sergei Petrov in der russischen Botschaft zusammen. Ich warte schon seit mehreren Stunden auf Sie."

Er betrachtete sie genauer. Sie trug einen schwarzen Rock und eine dunkle Strickjacke über einer weißen Bluse. Ihr dunkelblondes Haar war zu einem Knoten zusammengebunden, was sie wie eine strenge Schulleiterin aussehen ließ, obwohl sie nicht älter als dreißig sein konnte. Er konnte keine Waffe an ihr sehen, nichts wölbte sich unter ihrer Kleidung. Natürlich war es möglich, dass sie ein Messer oder eine Pistole an der Innenseite ihres Oberschenkels befestigt hatte, aber selbst wenn das der Fall wäre, würde sie zu lange brauchen, um ihre Waffe zu ziehen, als dass sie eine Gefahr für ihn darstellte.

„Woher wissen Sie, wer ich bin und wo ich wohne?"

„Sie glauben doch nicht wirklich, dass alle russischen Diplomaten, die in Washington D.C. stationiert sind, Visa für Amerikaner ausstellen, um Russland zu besuchen, oder?"

Nein, so naiv war er nicht. Langsam senkte er seine Waffe. „Was wollen Sie?"

Sie bewegte ihre Hand, und erst jetzt sah er, dass sie einen braunen Umschlag darin hielt.

„Sie können Ihre Hände senken."

„Danke, Detective."

Er steckte seine Waffe weg. „Was ist das?"

„Vielleicht hilft es Ihnen dabei herauszufinden, wer auf Sergei geschossen hat. Daran hat Sergei in den letzten Monaten gearbeitet. Ich habe es für Sie zusammengefasst und ins Englische übersetzt. Ich glaube, was in diesem Dossier steht, ist der Grund, warum jemand versuchte, Sergei zu erschießen." Sie reichte ihm den Umschlag. „Niemand darf wissen, dass ich Ihnen das gegeben habe."

„Nicht einmal Belsky?"

„Es ist streng geheim. Wenn er herausfindet, dass ich Ihnen das gegeben habe, schickt er mich zurück nach Russland und ich werde wegen Hochverrats angeklagt. Sibirien ist mir zu kalt."

Es überraschte Yang nicht, dass Belsky ihm etwas vorenthalten hatte. Die Akte über Petrov war etwas zu dünn gewesen, um vollständig zu sein. „Warum gehen Sie dann dieses Risiko ein?"

„Weil ich nicht will, dass der Schuldige

davonkommt. Er muss für das bezahlen, was er getan hat. Sergei ist ein guter Mann. Und ich glaube, Sie sind auch ein guter Mann. Sie werden das Richtige tun."

Ihr Vertrauen in ihn überraschte ihn. Hatte sie ihn überprüft, bevor sie hier aufgetaucht war? „Wenn ich Fragen zum Inhalt dieses Umschlags habe, wie kann ich Sie kontaktieren?"

„Das können Sie nicht." Sie wirbelte herum, rannte um die Ecke und verschwand in der Dunkelheit.

Es hatte keinen Sinn, ihr zu folgen. Die meisten russischen Diplomaten waren wahrscheinlich ausgebildete Spione und wussten, wie man schnell verschwand, ohne Spuren zu hinterlassen. Yang schloss die Haustür auf und betrat das Gebäude. Als er seine Wohnung erreichte, entriegelte er leise die Tür und schob sie auf. Er lauschte auf Geräusche, bevor er das Licht anknipste und eintrat. Er schloss die Tür hinter sich und legte den Riegel vor. Er war alleine.

In dem Umschlag befanden sich nur drei

säuberlich bedruckte Blätter Papier. Yang begann zu lesen.

Dem Dossier zufolge war Sergei Petrov damit beauftragt, das Verschwinden zahlreicher russischer Mädchen zu untersuchen, die verschleppt worden waren und in Pflegefamilien in Washington D.C. landeten. In der Zusammenfassung wurde dargelegt, dass Petrov vermutete, die Wohltätigkeitsorganisation *No child abandoned* könnte als Tarnung für einen Kindersexring dienen, obwohl er noch keine Beweise dafür finden konnte.

Yang blätterte zur nächsten Seite, wo Petrov über einen Insiderkontakt bei der Organisation berichtete, der versuchte, Petrov Zugang zu internen Dateien zu verschaffen. Obwohl Petrov seinen Kontakt nicht nannte, musste Yang davon ausgehen, dass Madeline Bolton die Person war, die Petrov geholfen hatte. Das ergab Sinn, da Madeline in ihrem Brief gesagt hatte, Diego solle Petrov kontaktieren, falls ihr etwas zustoßen sollte. Und obwohl Yang den Brief selbst nicht gesehen hatte, glaubte er Emily. Morgen würde er zu Diego Sanchez Kontakt aufnehmen und darum bitten, den Brief in seinem Besitz zu sehen. Auf Seite drei des Dossiers hatte Sergeis Assistentin einen Fall zusammengefasst, der die Familie eines in Moskau lebenden vierzehnjährigen Mädchens betraf. Das Mädchen war brutal vergewaltigt und fast zu Tode gewürgt worden. Aber der Fall hatte es nie bis vors Gericht geschafft. Der Grund wurde im nächsten Absatz deutlich: Die Familie hatte eine große Geldsumme erhalten, um über den sexuellen Angriff zu schweigen.

Zuerst verstand Yang nicht, was dieser Fall mit Petrovs Untersuchung der Wohltätigkeitsorganisation zu tun hatte, aber dann las er weiter. Mit jedem Satz bekam er mehr Klarheit. Ihm fiel die Kinnlade herunter angesichts der Enthüllungen, die Petrovs Assistentin ihm vermittelte. Als er das Ende der Seite erreicht hatte, saß er fassungslos und schockiert da.

Er verstand jetzt, warum Belsky diese Informationen nicht mit der DC Police geteilt hatte. Sie würden eine internationale Krise auslösen.

Yang zog sein Handy aus der Tasche und rief Jefferson an. Es klingelte einmal, bevor sein Partner abnahm.

„Haben wir heute noch nicht genug Zeit miteinander verbracht?", fragte Jefferson.

„Ich hatte einen kleinen Besuch von jemandem von der russischen Botschaft."

„Belsky?"

„Nein. Petrovs Assistentin. Sie erzählte mir, dass Petrov das Verschwinden russischer Mädchen untersuchte, die von *No child abandoned* gerettet wurden."

„Du verscheißerst mich."

„Das ist nur der Gipfel des Eisbergs. Ich habe hier Details über einen Fall vor einigen Jahren, in dem ein amerikanischer Staatsbürger eine hohe Summe an die Eltern eines vierzehnjährigen Mädchens zahlte, das in Moskau brutal vergewaltigt und fast zu Tode gewürgt worden war. Der fragliche Mann war der amerikanische Botschafter in Russland. Mike Faulkner."

„Was? Nicht der –"

„Der Stabschef des Präsidenten."

„Der Stabschef ist ein verdammter Pädophiler?"

„Ja. Und ich glaube, er hat Annika vergewaltigt und dann erdrosselt."

70

20. Juni

Am nächsten Morgen holte Jefferson Yang von seiner Wohnung ab, damit sie sich während der Fahrt zum Revier unterhalten konnten, ohne von irgendjemandem belauscht zu werden. Yang hatte Jefferson den Inhalt des Umschlags gezeigt, den die russische Agentin ihm gegeben hatte.

„Ich habe Mike Faulkner überprüft. Die Daten seines Aufenthalts in Moskau stimmen mit den Daten des Angriffs, den die russische Familie meldete, überein."

„Ich wünschte, wir hätten

Finanzunterlagen, um die Zahlung zu bestätigen", sagte Jefferson.

„Kein Richter wird das absegnen, nicht wenn wir nichts anderes haben, das ihn mit den vermissten Mädchen in Verbindung bringt. Deshalb habe ich gestern Abend tiefer gegraben. Und stell dir vor, Mike Faulkner war nicht nur der Geschäftsführer und Vorsitzende von *No child abandoned*, bevor er wegen seiner Berufung zum Stabschef zurücktreten musste, er gründete die Wohltätigkeitsorganisation sogar. Und jetzt rate mal, wann."

Jefferson zog die Augenbrauen hoch.

„Sofort nach seiner Rückkehr aus Russland."

Jefferson warf ihm einen fassungslosen Blick zu. „Glaubst du, er hat das getan, um Zugang zu gefährdeten Kindern zu bekommen?"

„Wir müssen davon ausgehen. Es ist seltsam, wenn jemand eine Stiftung gründet, kurz nachdem er eine Familie durch Zahlung einer hohen Geldsumme davon abbringt, ihn vor Gericht zu zerren. Könntest du dir den

Skandal vorstellen? Ein amerikanischer Botschafter, der vor ein russisches Gericht gezerrt wird?"

„Er hätte als Diplomat Immunität genossen", warf Jefferson ein.

„Stimmt, aber es hätte trotzdem einen Skandal gegeben. Die Zeitungen hätten darüber berichtet, und die USA wäre vor der ganzen Welt blamiert worden."

„Glaubst du, jemand im Außenministerium wusste davon?", fragte Jefferson.

„Ich weiß es nicht. Es ist möglich. Obwohl ich das Gefühl habe, dass alles vertuscht wurde. Sicherlich wurde Mike Faulkner überprüft, bevor er Stabschef wurde. Und wenn das Außenministerium an der Vertuschung beteiligt war, wäre es damals an die Öffentlichkeit gekommen."

„Also müssen wir davon ausgehen, dass niemand außer Faulkner selbst und den Russen davon weiß." Jefferson nickte vor sich hin. „Wie sollen wir ihn mit Annikas Mord und dem Verschwinden der anderen beiden Mädchen in Verbindung bringen? Alles, was wir bisher wissen, ist, dass er eine russischen Familie nach der Vergewaltigung eines vierzehnjährigen Mädchens bestochen hat und dass er die Stiftung gegründet hat – wodurch er natürlich Zugang zu den Unterlagen der Wohltätigkeitsorganisation hat und weiß, wo die Kinder untergebracht sind. Aber das wird uns keine gerichtliche Befugnis einbringen, um seine Finanzunterlagen einzusehen oder seine DNA zu bekommen.“

„Vergiss nicht: Er war derjenige, der Bolton überredete, den Secret Service einzuschalten, um im Todesfall von Madeline Bolton zu ermitteln. Darum glaube ich, dass Madeline ihm auf der Spur war und sie deshalb sterben musste. Und da sie sich gut kannten, hätte Madeline ihn in ihr Haus gelassen. Deshalb gab es keine Hinweise auf einen Einbruch. Und Faulkner hat den Secret Service in der Tasche. Wenn es irgendwelche Beweise gab, die ihn mit Madeline Boltons Tod in Verbindung brachten, hat er sie wahrscheinlich inzwischen unter den Teppich gekehrt.“

„Macht Sinn", stimmte Jefferson zu, „aber das verschafft uns immer noch keine gerichtliche Befugnis, seine DNA zu bekommen, damit wir sie mit der DNA vergleichen können, die Lupe unter Annikas Fingernägeln gefunden hat. Verdammt, als Stabschef kann er wahrscheinlich den Präsidenten dazu bringen, sich auf das Privileg der Exekutive zu berufen und unsere Ermittlungen komplett einzustellen."

„Das ergibt keinen Sinn", protestierte Yang. „Sicher, sie könnten behaupten, es sei eine politische Hexenjagd, aber das Privileg der Exekutive? Auf keinen Fall. Und die Metropolitan Police fällt nicht in den Zuständigkeitsbereich des Präsidenten."

„Der Präsident kann den Bürgermeister beeinflussen, der dann den Polizeichef unter Druck setzt, und dann werden sie uns das Leben schwer machen."

„Hmm." Yang wusste, dass sein Partner recht hatte. „Aber wir brauchen Faulkners DNA. Ich kann spüren, dass er hinter dem Verschwinden dieser Mädchen steckt. Einmal Pädophiler, immer Pädophiler."

„Ich stimme zu, aber es muss einen anderen Weg geben, um zu beweisen, dass er es war. Und ehrlich gesagt haben wir ohne die DNA nur Indizien, Gerüchte und Aussagen der Russen, die sich als völlig erfunden herausstellen könnten."

Yang seufzte. „Verdammt! Es muss einen Weg geben. Ich meine, wir haben Sokolovs DNA bekommen. obwohl er dem nicht zugestimmt hat."

„Du schlägst vor, irgendwie heimlich an Faulkners DNA ranzukommen?" Jefferson schüttelte den Kopf. „Wir können nicht einfach ins Weiße Haus spazieren und uns seine Kaffeetasse schnappen. Er ist zu gut geschützt. Es handelt sich ja nicht um einen normalen Bürger, der in Cafés und Restaurants geht. Oder jemand, der seine DNA auf einer dieser Genealogie-Webseiten testen lässt, um herauszufinden, woher seine Familie stammt."

„Was?"

„Ja, du kennst doch diese Testkits von 23andme oder ancestry.com."

„Das ist es!", rief Yang aus.

„Was? Du willst ihm unter einem Vorwand ein Testkit schicken? Ja, viel Glück damit.“

„Nein. Das brauchen wir nicht.“ Yang holte sein Handy hervor, wählte eine Nummer und stellte den Lautsprecher an. Der Anruf wurde nach dem zweiten Klingeln angenommen.

„Morgen, Lupe“, sagte Yang.

„Was ist los?“, fragte Lupe.

„Nur eine Frage. Wenn ich keine DNA-Probe eines Verdächtigen bekommen kann, aber ich könnte eine von einem Verwandten des Verdächtigen bekommen, würde das helfen zu bestätigen, dass der Verdächtige der Täter ist?“

„Nicht bestätigen, nein, aber es würde es sehr wahrscheinlich machen, dass Sie Ihren Mann haben, wenn es eine teilweise DNA-Übereinstimmung gibt. Schon mal vom Golden State Killer gehört?“

„Klingt irgendwie bekannt.“

„Er hieß Joseph James DeAngelo Jr. Er hat in den 1970er- und 80er-Jahren in ganz Kalifornien Morde und Vergewaltigungen begangen. Er wurde schließlich im Jahr 2018 festgenommen. Tja, der Grund, warum sie ihn erwischten, war, dass einer seiner Verwandten einen DNA-Test für eine Ahnenforschung durchführte. Die DNA dieser Person stimmte teilweise mit der DNA überein, die den Vergewaltigungsopfern entnommen worden war. Also musste die Polizei nur nach den männlichen Verwandten dieser Person suchen und schon war der Golden State Killer gefasst."

Jefferson fuhr den Wagen auf den Polizeiparkplatz und stellte den Motor ab.

„Danke Lupe! Das ist alles, was ich wissen wollte."

„Jederzeit."

Yang beendete das Gespräch und tauschte einen Blick mit Jefferson aus.

„Und das nenne ich innovativ denken", sagte Yang grinsend.

Jefferson öffnete die Autotür. „Du wirst mich den ganzen Tag nerven, weil du die Lösung gefunden hast, stimmt's?"

Yang stieg aus dem Auto. „Das würdest du auch tun, wenn du auf die Idee gekommen wärst."

Im Revier angekommen hatten sie keine

Gelegenheit, sich an ihre Schreibtische zu setzen, weil Lieutenant Arnold sie in ihr Büro rief.

Sie hatte einen säuerlichen Ausdruck auf ihrem Gesicht und Yang fragte sich, ob sie irgendwie von Boltons Besuch am Vortag erfahren hatte.

„Schließen Sie die Tür", befahl sie.

Nachdem Jefferson ihre Anweisung befolgt hatte, atmete Arnold tief durch. „Sergei Petrov ist tot."

„Scheiße!", fluchte Yang.

„Hat er es doch nicht geschafft, wie?", sagte Jefferson.

„Er hätte es geschafft, wenn nicht jemand Luft in seinen Infusionsanschluss gespritzt hätte."

„Was?", entkam es Yang.

„Jemand hat gestern am frühen Abend den Feueralarm im Krankenhaus ausgelöst und somit einen der russischen Sicherheitsangestellten von Petrovs Zimmer weggelotst, dann hat er die andere Wache angegriffen und ihm etwas injiziert, das ihn sofort ausschaltete."

„Ist der Sicherheitsangestellte tot?"

Arnold schüttelte den Kopf. „Wäre es woanders passiert und nicht im Krankenhaus, wäre er es gewesen, aber das Personal der Intensivstation konnte ihn wiederbeleben. Er ist immer noch im Krankenhaus. Ich möchte, dass Sie dorthin gehen und ihn befragen und die Überwachungsaufnahmen auf Hinweise überprüfen, wer das getan haben könnte."

„Wir kümmern uns darum", sagte Jefferson.

„Sie können sich auf uns verlassen", fügte Yang hinzu.

„Und, Detectives, Belsky sitzt mir im Nacken. Ich hoffe, Sie finden schnell eine Spur."

Nickend verließen Yang und Jefferson das Büro.

Jetzt, da ihr Hauptzeuge tot war, war es noch wichtiger, Faulkners DNA zu bekommen. Und Emily zu schützen, bevor der Mörder es erneut versuchte.

71

Als Yang und Jefferson im Krankenhaus ankamen, war der russische Wachmann Ivan Lipovsky bei Bewusstsein. Er sah blass aus, konnte sich jedoch aufsetzen. Yang und Jefferson zeigten dem Sicherheitsbeamten, der am Fußende des Krankenhausbettes stand, ihre Ausweise.

„Belsky hat uns mitgeteilt, dass Sie kommen würden", sagte der Mann. „Kommen Sie herein."

„Mr. Lipovsky", begann Yang. „Können Sie ein paar Fragen beantworten?"

Lipovsky antwortete mit heiserer Stimme:

„Ja.“

„Was können Sie uns über die Person sagen, die Sie angegriffen und Sergei Petrov getötet hat?“, fragte Yang.

„Nicht viel“, sagte er in Englisch mit starkem Akzent. „Es war ein Mann. Ein Amerikaner. Er sagte, dass Petrovs Beatmungsgerät nicht funktioniere. Er sagte, ich müsse ihm helfen, Petrov zu beatmen.“ Er warf einen Blick auf seinen Kollegen.

Der Wachmann, der am Fußende des Bettes stand, sagte: „Der Alarm ging los, und die Leute rannten umher, wissen Sie, und versuchten zu evakuieren ...“

„Und Sie heißen?“, fragte Jefferson.

„Alexander Gurin.“

„Mr. Gurin, haben Sie den Mann gesehen, der Ihren Kollegen angegriffen hat?“, fragte Jefferson.

„Nein. Ich war auf dem Weg zum Stationszimmer.“ Er deutete auf die Tür. „Ich wollte wissen, was los ist.“ Er warf Lipovsky einen Blick zu. „Ich hätte meinen Posten nicht verlassen sollen. Es ist meine Schuld.“

„Mr. Lipovsky, können Sie uns sagen, wie

der Mann aussah?", fragte Yang und wandte sich an den Patienten.

Lipovsky zuckte mit den Schultern. „Nicht wirklich. Er trug eine grüne Krankenhausuniform, wissen Sie, und einen weißen Kittel wie ein Arzt."

„Wie steht es mit seinem Gesicht? War er jung, alt, welche Haarfarbe hatte er?", fragte Yang.

„Ich weiß es nicht. Er trug eine Maske. Eine chirurgische Maske. Und etwas auf seinem Kopf." Er sah zu seinem Kollegen.

„Eine Haube, wie im Operationssaal", half Gurin.

„Richtig", stimmte Lipovsky zu. „Ich konnte seine Haare nicht sehen. Die Haube bedeckte sie vollständig. Er war groß und schlank."

Yang sah Jefferson an. „Das ist nicht viel."

Jefferson wandte sich wieder Lipovsky zu. „Als der Mann Sie bat, ihm mit Petrov zu helfen, weil das Beatmungsgerät nicht funktionierte, was haben Sie getan?"

„Ich öffnete die Tür und ging hinein. Er kam hinter mir herein und schloss die Tür.

Dann spürte ich Schmerzen in meinem Nacken. Hier." Er zeigte auf die rechte Seite seines Halses. „Er hat mir eine Spritze hineingestochen. Ich habe versucht, sie herauszuziehen, aber dann wurde alles schwarz um mich herum."

Jefferson sah Yang an. „Rechtshänder?"

Yang nickte. „Höchstwahrscheinlich." Dann wandte er sich an Lipovsky: „Wissen Sie, was Ihnen injiziert wurde?"

„Nein. Die Ärzte haben mir Blut abgenommen, nachdem sie mich wiederbelebt hatten. Sie testen es gerade."

„Können Sie uns benachrichtigen, wenn die Ergebnisse vorliegen?", fragte Yang.

Gurin antwortete an Lipovskys Stelle: „Ich schicke Ihnen das Ergebnis, sobald wir es haben."

„Danke", sagte Yang. „Wenn sich einer von Ihnen noch an etwas anderes erinnert, rufen Sie uns bitte sofort an."

Die beiden Russen nickten, und Yang und Jefferson verließen den Raum und gingen zum Sicherheitsbüro des Krankenhauses. Ihr Besuch war bereits mit dem Sicherheitschef des Krankenhauses abgesprochen worden und eine Technikerin wartete in einem dunklen Raum mit einer Wand aus einem Dutzend Monitoren auf sie.

„Ich habe die Bänder für Sie in die Warteschlange gestellt, Detectives", sagte die schrullige junge Frau mit den lila Haaren. „Dies ist der Blick auf die Türen, die in die Intensivstation führen."

Yang nahm neben der Technikerin Platz, während Jefferson hinter ihnen stand. „Okay, dann schauen wir mal."

Während die Technikerin das Band abspielte, beschrieb sie, was sie sahen. „Genau zu diesem Zeitpunkt ging der Alarm los. Hier sieht man, wie die Leute plötzlich herumrennen." Die Türen öffneten sich und mehrere medizinische Mitarbeiter verließen die Intensivstation. Einen Moment später trat ein großer Mann mit einem Klemmbrett und gekleidet wie ein Chirurg ein, doch die Kamera verlor ihn.

„Das könnte Ihr Mann sein", sagte die Frau.

„Warum glauben Sie das?", fragte Yang.

„Weil ich die meisten Ärzte und Krankenschwestern auf dieser Etage kenne und ihn noch nie zuvor gesehen habe.“

„Sind Sie sich sicher? Ich meine, Sie können sein Gesicht nicht sehen“, warf Jefferson ein.

Sie wandte ihm den Kopf zu. „Stimmt, aber jeder hat eine bestimmte Gangart. Ich kenne niemanden mit dieser speziellen Gangart.“

Yang war beeindruckt. „Sie haben eine gute Beobachtungsgabe.“

„Deshalb verdiene ich hier auch die große Kohle“, scherzte sie.

„Gibt es eine Kamera auf der Intensivstation?“, fragte Jefferson.

„Nein. Wegen der Privatsphäre der Patienten, tut mir leid.“

„Okay“, sagte Yang, „wie wäre es mit irgendwelchen Kameras in dem Korridor, von wo diese Person kam?“

„Ja. Einen Augenblick bitte.“

Sie fand den richtigen Kamerawinkel und ließ das Band rückwärts laufen. Yang und Jefferson sahen, wie sich der Verdächtige im

Krankenhaus bis zu der Stelle bewegte, an der er den Feueralarm ausgelöst hatte. Die nächste Kamera zeigte ihn beim Betreten einer Treppe, wo ihn die Kamera verlor, nur um ihn in einem niedrigeren Stockwerk wieder einzufangen. Aber egal, welche Kamera ihn erfasste, seine Maske verhinderte eine Identifizierung, und er hob seinen Kopf nie so hoch, dass die Kamera einen guten Blick auf seine Augen hätte erhaschen können.

Die letzte Kamera, die ihn erwischte, kurz bevor er das Krankenhaus über einen Mitarbeiterausgang verließ, zeichnete ihn auf, wie er seine Maske und seine Haube abnahm und in einen Mülleimer warf. Aber alles, was die Kamera eingefangen hatte, war sein Hinterkopf.

„Ist das braunes Haar oder ist es heller?", fragte Yang.

„Schwer zu sagen", sagte die Technikerin. „Dieser Ausgang ist nicht sehr gut beleuchtet."

„Aber er hat einen Fehler gemacht", sagte Jefferson und zeigte auf den Mülleimer. „Er hat seine Maske und seine Haube dort hineingeworfen. Vielleicht können wir DNA darauf finden."

„Gute Idee", sagte Yang.

„Ähm", sagte die Technikerin, „tut mir leid, aber die Mülleimer werden jede Nacht geleert. Unsere Hausmeister sind ziemlich zuverlässig."

Yang seufzte. „Wir überprüfen es trotzdem." Er erhob sich. „Danke für Ihre Hilfe. Wären Sie so freundlich, uns die Ausschnitte zu schicken, die den Verdächtigen zeigen?"

Sie nickte. „Sicher."

„Schicken Sie sie mir einfach per E-Mail." Yang gab ihr seine Karte und verschwand mit seinem Partner.

72

Emily beendete das Gespräch.

„Das war Diego", sagte sie zu Vicky, die mit dem Laptop auf dem Schoß auf Emilys Couch saß. „Sasha ist nicht zur russischen Botschaft gegangen, um Hilfe zu holen. Und die russisch-orthodoxe Kirche hat auch nichts von ihr gehört."

„Das ist beschissen", sagte Vicky. „Ich habe alle Krankenhäuser in der Gegend angerufen und niemand, der auf ihre Beschreibung passt, wurde eingeliefert."

„Wie hast du sie überhaupt dazu gebracht, dir diese Informationen zu geben?

Ich meine, was ist mit dem Schutz von Patientendaten und so ...“

„Ich habe ihnen gesagt, dass meine Tochter weggelaufen ist und ich vor Sorge ganz krank bin.“ Sie verzog das Gesicht. „Manche Leute fallen auf jede rührselige Geschichte herein.“

„Vielleicht wurde sie nicht aufgenommen, sondern ging nur in die Notaufnahme oder ein Notfallzentrum, wo sie nach der Behandlung entlassen wurde?“, fragte Emily.

„Das habe ich auch überprüft. Trotzdem keine Spur von Sasha.“ Vicky seufzte. „Mit wie vielen Kirchen hast du gesprochen?“

„Mit mehr, als ich zählen kann.“

Emily fühlte sich entmutigt. Sie hatte die Kirchen in unmittelbarer Nähe von Maddies Reihenhaus aufgesucht, aber als ihr klar geworden war, wie viel Zeit sie verschwendete, erkundigte sie sich bei den weiter entfernten telefonisch. Trotzdem hatte sie Sasha nirgendwo gefunden.

„Ich weiß nicht, wo sie sonst sein könnte“, sagte Emily und ließ sich neben Vicky auf das Sofa fallen.

Coffee stand sofort von seinem Platz auf dem Boden auf und schmiegte seinen Kopf in ihren Schoß. Es war erstaunlich, wie gut er auf ihre Stimmungen eingespielt war. Sie streichelte seinen Kopf und kraulte ihn hinter den Ohren. „Du bist ein guter Junge, Coffee. Ich wünschte, du könntest mir helfen, das Mädchen zu finden, aber du bist kein Spürhund."

Vicky stellte ihren Laptop auf den Wohnzimmertisch. „Nicht einmal ein Spürhund könnte uns helfen. Was macht eigentlich dein Detective, um das Mädchen zu finden? Ich meine, du hast Sasha für ihn identifiziert, richtig?"

„Er ist nicht mein Detective."

„Das könnte er aber sein", überlegte Vicky. „Aber im Ernst, was tut er, um sie zu finden?"

„Ich weiß es nicht. Er meinte ..." – sie veränderte ihre Stimme, um Yangs nachzuahmen – „mein Partner und ich werden Nachforschungen anstellen. Sie sind bereits in zu großer Gefahr. Und nur über meine Leiche." Dann sprach sie wieder normal weiter. „Du weißt ja, wie Männer sind."

Vicky kicherte. „Er versucht nur, dich zu beschützen. Es ist irgendwie lieb."

„Ich brauche keinen lieben Mann, ich muss Sasha finden." Obwohl Vicky möglicherweise recht hatte. Vielleicht wollte Detective Yang sie wirklich nur beschützen. „Sasha ist jetzt diejenige, die in Gefahr ist. Was, wenn der Mörder herausfindet, dass sie Zeugin dessen sein könnte, was er Maddie angetan hat? Was, wenn sie während der Tat im Haus war?"

„Tja, wir wissen nicht, ob sie dort war", sagte Vicky. „Es gab keine Beweise dafür, dass das Mädchen bei ihr wohnte. Außerdem hat die Polizei schon das Haus durchsucht und die Haushälterin hat wahrscheinlich alles geputzt, die Laken abgezogen und so weiter. Also gibt es für uns nichts zu finden." Vicky zuckte mit den Schultern.

„Die Laken! Verdammt! Natürlich."

Vicky starrte sie an. „Was ist mit den Laken?"

„Lucia hätte die Laken nur abgezogen,

wenn sie gesehen hätte, dass sie benutzt worden waren. Das heißt, jemand hat dort vor Maddies Tod geschlafen. Ich könnte mit ihr sprechen und mir bestätigen lassen, dass ...“

„Nein!“, unterbrach Vicky. „Das wirst du nicht tun. Inzwischen weiß diese Frau wahrscheinlich, dass du keine Reporterin für einen Podcast für Blinde bist.“

„Na gut, aber wie wär's mit Diego? Sie kennt ihn. Er könnte sie fragen.“

Vicky sah aus, als wollte sie protestieren, überlegte es sich dann aber anders. „Das ist eigentlich keine schlechte Idee. Ich rufe ihn an.“ Vicky wählte bereits seine Nummer und ihre Wangen färbten sich schön rosa.

„Oh mein Gott, du bist scharf auf ihn“, sagte Emily.

„Ne, bin – oh hi, Diego, hier ist Vicky.“ Sie stieß ein mädchenhaftes Lachen aus. „Ja, mir geht es gut. Hören Sie, Emily und ich haben uns unterhalten und wir denken, dass Sasha bei Maddie übernachtet hat.“ Sie hörte zu und sprach dann weiter. „Ja, ich weiß, aber im Gästezimmer wurden die Laken abgezogen. Könnten Sie ihre Haushälterin anrufen und herausfinden, ob das Bett benutzt worden war?" Sie hielt einen Moment inne. „Das ist großartig. Danke. Bis gleich."

Sie beendete das Gespräch. „Er tut's. Er ruft mich zurück, sobald er mit ihr gesprochen hat."

Nur fünf Minuten vergingen und Vickys Handy klingelte. „Hi, Diego", antwortete sie, hörte dann zu und sagte: „Vielen Dank. Wir sprechen uns später."

Emily warf Vicky einen erwartungsvollen Blick zu, als sie das Gespräch beendete. „Und?"

„Lucia hat gesagt, dass das Bett benutzt worden war, aber dass Maddie ihr gegenüber nie erwähnte, dass sie einen Übernachtungsgast erwartete."

„Das heißt, Sasha hat dort geschlafen."

Vickys Gesichtsausdruck wurde plötzlich ernst. „Ich sage das nur ungern, aber was, wenn sie tot ist?"

„Tot? Nein. Sie darf nicht tot sein. Wir brauchen sie, um den Mörder zu identifizieren."

„Das weiß ich, aber was, wenn sie alles

beobachtet hat und der Mörder sie entdeckt hat, bevor sie fliehen konnte? Was, wenn er Sasha auch getötet hat und die Leiche verschwinden ließ?", fragte Vicky.

Emily dachte über die Worte ihrer Freundin nach. „Du meinst, damit Maddies Tod immer noch wie ein Unfall aussah? Denn wenn sowohl Maddie als auch Sasha tot im Haus aufgefunden worden wären, wäre man von Mord ausgegangen, egal wie gut die Szene inszeniert war."

„Genau", stimmte Vicky zu. „Jetzt ist die Frage: Wie können wir herausfinden, ob Sasha in Maddies Haus ermordet wurde? Ich meine, es ist nicht so, als gäbe es einen großen Blutfleck, außer dort, wo Maddie starb."

„Ich habe eine Idee. Ich muss mich bei meinem Amazon-Konto anmelden."

„Okay? Was brauchst du?"

„Luminol."

73

Im Zuge der Ermittlung von Sergei Petrovs Tod und dem Angriff auf den russischen Sicherheitsangestellten hatten Yang und Jefferson den ganzen Tag alle Hände voll damit zu tun, Krankenhauspersonal zu befragen, das den Überwachungsbändern zufolge dem Mörder begegnet war. Leider waren alle so sehr mit ihrer eigenen Arbeit beschäftigt gewesen sowie mit dem Feueralarm, dass sie den Mann kaum bemerkt hatten. Niemand konnte eine Beschreibung des Verdächtigen abgeben.

Der Mülleimer, in den der Mörder seine

Maske und Haube geworfen hatte, enthielt mehrere Gegenstände, darunter einige OP-Masken, aber keine Haube, was bestätigte, dass der Mülleimer vom Reinigungspersonal geleert worden war, bevor Yang und Jefferson ihn durchsuchen konnten.

Als klar war, dass sie im Krankenhaus keine weiteren Erkenntnisse gewinnen konnten, wussten sie, dass sie zum Revier zurückkehren sollten. Aber sie wussten auch, dass sie Caleb Faulkner schnappen und irgendwie an seine DNA kommen mussten, damit sie beweisen konnten, dass sein Vater, Mike Faulkner, Annika vergewaltigt und getötet hatte.

Jefferson parkte einen halben Block von den Büros von *No child abandoned* entfernt, von wo aus sie einen guten Blick auf die Eingangstüren hatten.

„Ich kann nicht riskieren, dass er mich sieht. Er würde mich erkennen", sagte Yang zu seinem Partner.

Jefferson trommelte mit den Fingern auf das Lenkrad. „Wir könnten ewig hier sitzen.

Wir wissen nicht einmal, ob er noch im Büro ist.“

„Deshalb rufst du ihn an und sagst der Rezeptionistin, dass der Fahrdienst für Caleb Faulkner hier ist, und schaust, was sie sagt.“

„Das ist doof.“

„Hast du eine bessere Idee?“

Jefferson verzog das Gesicht und zückte sein Handy. Er wählte die Nummer der Wohltätigkeitsorganisation und stellte den Anruf auf Lautsprecher.

„No child abandoned, wie kann ich Ihren Anruf weiterleiten?“, antwortete eine fröhliche junge Frau.

„Ja, hallo, Ma'am. Ich bin von Executive Limos. Bitte lassen Sie Mr. Faulkner wissen, dass ich unten warte, um ihn zum Flughafen zu bringen.“

Yang warf seinem Partner einen verdutzten Blick zu, aber Jefferson zuckte nur mit den Schultern.

„Zum Flughafen? Aber er muss nicht zum Flughafen.“

„Sind Sie sicher, Ma'am? Können Sie

seinen Terminkalender überprüfen? Ich bekam diese Buchung nämlich vor ein paar Tagen, und die Angestellten in meinem Büro sind sehr zuverlässig, wenn es um Buchungen geht."

„Ich sage Ihnen doch ..." Das Klappern einer Tastatur war durch die Leitung zu hören. „Da, ich habe recht, er muss nicht zum Flughafen. Er hat für heute Abend um 19 Uhr eine Reservierung zum Essen im *Brick and Mortar*. Also, ich fürchte, Ihr Büro hat sich geirrt."

„Danke, Ma'am, ich werde mit denen sprechen. Tut mir leid, dass ich Sie belästigt habe."

Jefferson beendete den Anruf. Er grinste. „Und so macht man das."

Yang schmunzelte. „Ich glaube, du solltest heute Abend ein Date zum Abendessen im *Brick and Mortar* ausführen."

„Das glaube ich auch. Mal sehen, ob die Mieze von der Verkehrsabteilung heute Abend Zeit hat." Er scrollte bereits durch die Kontakte in seinem Handy. „Was wirst du machen, während ich mein Date ausführe?"

„Ich glaube, ich werde mir einen Job als Küchenhelfer suchen."

Zwei Stunden später war alles organisiert. Yang war vor der Öffnung des Restaurants aufgetaucht, hatte seinen Ausweis gezeigt und um ein Gespräch mit dem Manager gebeten. Er sagte ihm, dass er Zugang zu benutztem Geschirr, Besteck und Gläsern eines bestimmten Gastes benötigte, ohne Angaben darüber zu machen, aus welchem Grund oder wer der Gast war.

Anfangs war der Manager alles andere als kooperativ gewesen.

„Wenn bekannt wird, dass ich der Polizei erlaube, meine Gäste auszuspionieren, wird hier niemand mehr essen wollen. Meine Umsätze werden einbrechen", sagte der stämmige Mann mit dem Spitzbart.

„Wollen Sie nicht helfen, einen Verbrecher hinter Gitter zu bringen?"

„Ich wünschte, ich könnte Ihnen helfen, Detective, aber wenn Sie nicht mit einem Haftbefehl zurückkommen, kann ich nichts für Sie tun."

Yang stand in der Nähe des Eingangs zur

Küche, als sich die Tür öffnete und mehrere Stimmen zu ihm drangen. Er erkannte zwei verschiedene Fremdsprachen.

Aus einer Ahnung heraus sagte er mit freundlicher Stimme: „Ich verstehe, ich verstehe vollkommen, das tue ich. Ich schätze, es wäre anders, wenn ich für die Einwanderungsbehörde arbeiten würde, oder? Die scheinen keinen Durchsuchungsbefehl zu brauchen."

Das Gesicht des Managers erstarrte, und Yang erkannte, dass er einen Nerv getroffen hatte. Er schätzte, dass die Hälfte des Küchenpersonals kein Visum hatte, um in den USA zu arbeiten.

Der Manager zwang sich zu einem Lächeln. „Ich bin sicher, wir können uns arrangieren, Detective. Jeder weiß, dass ich unsere schwer arbeitende Polizei gerne unterstütze."

„Das ist großartig", sagte Yang. „Und keine Sorge, Ihre Gäste werden mich nicht einmal zu Gesicht bekommen. Jetzt müssen Sie mir nur noch eine Küchenhelferuniform und eine Schürze zur Verfügung stellen. Ich brauche die Tischnummer des Verdächtigen. Die Essensbestellung für diesen Tisch geht über mich, und wenn das Geschirr zurückkommt, wird es nur von mir gehandhabt."

„Ist das wirklich notwendig? Ich kann die Kellnerin einfach das Geschirr dieser Person trennen lassen."

„Ich möchte nicht, dass Ihr Fronthouse-Personal erfährt, was los ist. Sie könnten sich anders benehmen und der Verdächtige könnte Verdacht schöpfen."

„Aber woher wollen Sie dann wissen, von welchem Teller Ihr Verdächtiger gegessen hat?"

„Keine Sorge, das habe ich schon arrangiert."

„Was immer Sie wollen, Detective." Er zeigte auf die Tür, die in die Küche führte. „Lassen Sie mich Ihnen zeigen, wo Sie sich umziehen können."

Als das Restaurant öffnete und sich mit Gästen füllte, hatte Yang Jefferson angerufen und ihm mitgeteilt, welchen Tisch Caleb Faulkner einnehmen würde. Jefferson und sein Date trafen ein, kurz nachdem Caleb Faulkner und ein männlicher Gast an Tisch sieben Platz genommen hatten. Jefferson bestach den hochnäsigen Kellner, um einen Tisch zu bekommen, von dem aus er Caleb beobachten konnte.

Ich bin an Ort und Stelle, teilte Jefferson Yang per SMS mit.

Gut, schrieb Yang zurück.

Es dauerte nicht lange, bis die Essensbestellung für Calebs Tisch in der Küche eintraf. Yang prägte sich die Sachen ein, erfreut darüber, dass Caleb und sein Gast nur Hauptgerichte bestellten, keine Vorspeisen.

Als die Küche die beiden Hauptspeisen auf den Tellern arrangierte, griff Yang in seine Tasche und zog zwei Blätter mit farbigen Aufklebern in Form kleiner Punkte heraus. Er hob den Teller mit der Ente hoch und klebte einen roten Punkt auf den Boden des Tellers, dann klebte er einen blauen Aufkleber auf den Boden des Tellers mit dem Steak. Danach stellte er die Teller auf den Tresen, damit die Kellnerin sie nehmen konnte.

Unmittelbar nachdem die Kellnerin das Geschirr genommen hatte, um ihre Kunden zu bedienen, schickte Yang eine SMS an Jefferson.

Essen ist unterwegs.

Er hat die Ente, schrieb Jefferson ein paar Sekunden später zurück. *Und ein Glas Rotwein. Der andere Typ trinkt ein Bier.*

Das war eine gute Nachricht. Die beiden Gläser waren leicht zu unterscheiden.

Es schien ewig zu dauern, bis Caleb und sein Begleiter mit ihren Hauptgerichten fertig waren.

Jefferson alarmierte Yang per SMS in dem Moment, als die Kellnerin das Geschirr abräumte. Yang schnappte es sich, nachdem sie das schmutzige Geschirr auf die Theke in der Küche gestellt hatte, und hob die Teller hoch. Die Punkte waren noch an Ort und Stelle, und Yang, jetzt mit Plastikhandschuhen bekleidet, gab den Teller mit dem roten Punkt zusammen mit dem Besteck in eine große Plastiktüte für Beweismittel.

Sie bestellen ein Dessert, schrieb Jefferson.

Dies bedeutete zwar, dass sie länger im Restaurant bleiben mussten, verbesserte aber auch die Chancen, dass die Forensik brauchbare DNA fand. Yang und Jefferson wiederholten ihre Prozedur für den Dessertgang. Yang platzierte die Punkte auf dem Boden der Teller und Jefferson schrieb, welches Dessert Caleb bekam.

Als die beiden endlich fertig waren und ihre Rechnung bezahlten, konnte Yang Calebs Dessertteller und Löffel sowie sein Weinglas einpacken.

Hab alles, schrieb Yang an Jefferson. *Genieß den Rest deines Abends.*

Oh, das werde ich, schrieb Jefferson zurück.

Zehn Minuten später war Yang wieder in seiner Straßenkleidung und in seinem Auto. Von dort aus rief er Lupes Handy an.

„Yang? Was wollen Sie? Es ist spät."

„Tut mir leid, aber es ist sehr dringend. Können Sie DNA von benutztem Geschirr sichern?"

„Ja, kann ich. Aber das muss bis morgen warten.“

„Kann ich es bei Ihnen vorbeibringen, damit Sie es gleich frühmorgens erledigen können?“

Lupe seufzte. „Na gut. Und was soll ich damit machen, wenn ich das Ergebnis habe?“

„Vergleichen Sie es mit der DNA, die Sie unter Annikas Fingernägeln gefunden haben.“

„Nächstes Mal fangen Sie am besten damit an, okay?“ Plötzlich klang Lupe viel aufmerksamer. „Ich schicke Ihnen meine Adresse per SMS. Ich gehe morgen früher zur Arbeit. Ich werde es als Eilverfahren eingeben. Lassen Sie uns diesen Bastard schnappen.“

Das war auch Yangs Meinung. Bald würde Mike Faulkner sein Büro im Weißen Haus gegen eine winzige Zelle eintauschen.

74

21. Juni

Es war später Nachmittag, und Faulkner saß hinter seinem Schreibtisch im West Wing und brütete über langweiligen Akten, als seine Assistentin Abby nach kurzem Klopfen eintrat.

„Secret Service Agent Mitchell ist hier, um Sie zu sehen."

„Führen Sie ihn herein", sagte er eifrig.

Augenblicke später trat Mitchell mit einer Akte in der Hand ein und schloss die Tür hinter sich. „Sir."

„Mitchell, was gibt es Neues?"

Er kannte Mitchell gut genug, um zu wissen, dass der Mann niemandens Zeit verschwendete. Wenn er keine Neuigkeiten hätte, wäre er weder persönlich aufgetaucht noch hätte er die Tür geschlossen, um sicherzustellen, dass ihr Gespräch privat blieb.

Er legte die Akte vor Faulkner auf den Schreibtisch. „Der toxikologische Bericht für Madeline Bolton. Wie wir vermutet hatten, hatte sie Alkohol im Blut und noch etwas anderes."

„Etwas anderes?" Faulkner öffnete den Aktenordner.

„Ein Medikament namens Midazolam. Es ist ein Benzodiazepin, das bei chirurgischen Eingriffen verwendet wird. Es hat eine lähmende Wirkung."

Verdammt!

Faulkner starrte weiter auf das Blatt vor ihm, um Mitchells Blick nicht erwidern zu müssen. „Das würde die Theorie unterstützen, dass dies ein Unfall war. Vielleicht hat sie Alkohol und diese Droge gemischt, um besser schlafen zu können. Und als sie auf die Leiter stieg, wurde sie schläfrig und verlor das Gleichgewicht. Meinen Sie nicht?"

Nachdem er seine Fassung wiedererlangt hatte, sah er den Agenten an.

„Das ist sicherlich möglich, Sir, obwohl es nicht gerade ein Medikament ist, das Sie in einem Geschäft kaufen können."

„Ecstasy ist das auch nicht, aber Maddie hat es in die Finger bekommen, als sie jünger war." Er zuckte mit den Schultern. „Wer weiß von diesem Bericht?"

„Abgesehen von dem Labor, das den Tox-Screen durchgeführt hat? Nur Sie und ich, Sir."

„Und Ihr Partner, Agent Banning?"

„Er ist im Außendienst und hat den Bericht noch nicht gesehen."

„Belassen wir es dabei. Ich muss mich erst um etwas kümmern."

„Kann ich Ihnen behilflich sein, Sir?"

„Nein. Das ist etwas, das ich selbst tun muss. Danke", sagte Faulkner und entließ Mitchell.

Als sich die Tür hinter dem Secret Service Agent schloss, starrte Faulkner auf den toxikologischen Bericht, ohne ein einziges Wort darin zu lesen.

Er war gescheitert. Er wusste, was er jetzt tun musste, und es graute ihm davor. Aber es musste getan werden. Das war jetzt seine Pflicht.

75

Das Päckchen mit dem Luminol war in Emilys Wohnung eingetroffen, kurz nachdem sie von der Schule zurückgekehrt war. Es war bereits früher Abend, als Emily den kleinen Behälter mit Luminol-Pulver auspackte, in eine größere Sprühflasche füllte und dann destilliertes Wasser hinzufügte, bevor sie den Deckel wieder auf die Flasche schraubte und diese in ihrer Tasche verstaute.

Ursprünglich hatte Vicky geplant, Emily zu Maddies Haus zu begleiten, aber Vicky hatte weggemusst, weil einer ihrer Kunden ein großes Serverproblem hatte und Vicky das

Problem vor Ort beheben musste. Vicky hatte sie gebeten, bis zum nächsten Tag zu warten, aber Emily wollte nicht warten. Sie musste wissen, ob Sasha tot war oder ob es noch eine Chance gab, sie zu retten.

Wieder schlich sie sich über den Hinterausgang aus dem Haus, um nicht von dem Polizisten vor der Tür gesehen zu werden. Er war ein netter Kerl und hatte sie zur Schule gefahren und wieder nach Hause gebracht. Es tat ihr leid, ihn zu hintergehen, weil er wahrscheinlich Ärger bekommen würde, wenn Yang herausfand, dass sie ihn schon wieder ausgetrickst hatte. Aber wenn alles gut ging, würde er es nie erfahren müssen.

Zumindest musste sich Emily dieses Mal keine Sorgen machen, dass die Polizei bei Maddie auftauchte, denn der Alarm war nicht eingeschaltet gewesen, als sie mit Diego und Vicky bei Maddie im Haus gewesen war. Sie hätte Diego bitten können, ihr seinen Schlüssel zu leihen, aber aus irgendeinem Grund kam ihr das seltsam vor. Sie konnte es nicht genau sagen, aber sie zog es vor, ihre

Dietriche zu benutzen, um in Maddies Haus einzudringen. Und dieses Mal war es einfacher als beim ersten Mal. Übung machte wirklich den Meister.

Emily verwendete das Luminol nicht im Wohnbereich, da sie bereits wusste, dass dort Blut war, weil Maddie dort gestorben war. Stattdessen fing sie mit der Gästetoilette an. Sie besprühte den Boden und einen Teil der Wände und schloss dann die Tür hinter sich, ohne das Licht anzuschalten. Wenn es Blutspuren gäbe, würde das Luminol den Bereich im Dunkeln blau erleuchten. Aber in der Gästetoilette gab es kein blaues Leuchten.

Dasselbe tat sie in der Küche und im Wäscheraum, obwohl es dort etwas schwieriger war, weil sie die Jalousien in der Küche herunterziehen musste und das Zimmer nicht ganz so dunkel wurde, wie sie gehofft hatte. Abgesehen von einem kleinen Bereich um das Messerset, das in einem Holzblock steckte, gab es jedoch nirgendwo sonst in der Küche ein blaues Leuchten. Das blaue Leuchten um die Messer herum war nicht ungewöhnlich. Jeder schnitt sich beim Vorbereiten von Lebensmitteln hin und wieder.

Oben arbeitete sich Emily durch die beiden Badezimmer und die beiden Schlafzimmer. Aber sie konnte kein Blut finden. Nichts auf den Teppichen oder an den Wänden, nichts auf den Matratzen oder irgendwelchen Möbeln. Sie hatte sogar die Schränke besprüht, aber es war nirgendwo eine Spur von Blut zu finden. Sie war erleichtert, denn es gab ihr die Hoffnung, dass Sasha noch am Leben war. Aber wohin war dieses Mädchen gelaufen? Wo hatte sie sich versteckt?

Emily zog die Jalousien in Maddies Schlafzimmer wieder hoch, bevor sie ins Gästezimmer zurückkehrte. Als sie die Vorhänge zurückzog, fiel ihr Blick zu den Häusern auf der anderen Straßenseite. Es war dunkler geworden, seit Emily im Haus angekommen war. Da Maddies Haus auf einem sanften Hügel stand, konnte Emily über die Dächer der Nachbarschaft blicken. Nur ein paar Blocks entfernt erhob sich ein

Gebäude zwei Stockwerke höher als die meisten Häuser in diesem Viertel. Aber das Gebäude sah verlassen aus, vielleicht kurz vor dem Abriss. Viele seiner Fenster waren mit Brettern vernagelt.

Emily konzentrierte ihre Augen auf die wenigen Fenster, die nicht mit Brettern vernagelt waren, und glaubte, ein Licht zu sehen. Hatten sich dort Leute eingenistet? Vielleicht suchten dort Obdachlose Zuflucht. Niemand würde sie dort stören und sie wären vor den Elementen geschützt.

Hatte Sasha aus diesem Fenster hinausgeschaut, als sie hier geschlafen hatte? Hatte sie das verlassene Gebäude gesehen? Emily versuchte sich vorzustellen, was Sasha in der Nacht, in der Maddie starb, durch den Kopf ging. Hatte sie den Mörder gesehen und ihn als den Mann erkannt, der ihr wehgetan hatte? Wenn sie ihn erkannt hätte, hätte sie Angst bekommen. Und ein Opfer von Menschenhandel zu sein, bedeutete wahrscheinlich, dass sie keinem Erwachsenen traute.

Emily verstand, warum Sasha nicht zur

Polizei gerannt wäre. In ihren Augen waren sie hier wahrscheinlich genauso korrupt wie in ihrem eigenen Land. Sie hätte die Hilfe von Menschen gesucht, die so wie sie waren: misshandelt, missbraucht und obdachlos. Das waren die Menschen, denen sie vertrauen konnte.

76

Er war gekommen, um sie zu töten. Zweimal hatte sie ihm die Tat vereitelt, aber dieses Mal würde er Erfolg haben. Sie hatte es verdient. Emily Warner war eine nervige Wichtigtuerin, die ihre Nase in Dinge steckte, die sie nichts angingen. Sie musste verschwinden, bevor sie herausfand, wie er Maddie getötet hatte und, was noch wichtiger war, warum.

Und dieses Mal machte sie es ihm leicht. Emily war in Maddies Haus, und sie war allein. Dieses Mal würde niemand kommen, um sie zu retten. Und wenn sie erst einmal tot war, würde er leichter schlafen und zu seinem Leben zurückkehren können, ohne Angst davor zu haben, erwischt zu werden.

Obwohl ihm die Idee, sie in Maddies Haus zu töten, nicht gefiel, blieb ihm keine andere Wahl. Aber er hatte einen Plan. Er würde Emilys Leiche nicht hier lassen. Er würde sie an einen anderen Ort bringen, wo die Polizei ihren Tod nicht mit Maddies in Verbindung bringen konnte. Er hatte sein Auto in einer Seitengasse geparkt, und sobald die Straßen leer waren, würde er die Leiche in den Kofferraum seines Autos legen und entsorgen.

Von seinem Versteck in der Garderobe im Erdgeschoss hörte der Mörder zu, wie Emily in den Schlafzimmern herumging und Jalousien öffnete und schloss. Es bereitete ihm keine Sorgen, dass sie in Maddies Haus herumschnüffelte. Sie konnte nichts finden, was sie ihm anhängen konnte. Alles, was er tun musste, war zu warten. Er hatte immer noch die Waffe, mit der er auf Petrov geschossen hatte. Dieses Mal würde er dafür sorgen, dass sein Opfer auf der Stelle starb.

Die Sache im Krankenhaus beenden zu müssen, war riskant gewesen. Das wollte er nicht wiederholen müssen.

Plötzlich hörte er Emilys Stimme vom oberen Treppenabsatz. Es schien, als telefonierte sie mit jemandem. Er hielt den Atem an und lauschte.

„Vicky, verdammt, warum nimmst du nicht ab? Es gab kein Blut außer dort, wo Maddie starb. Wie auch immer", sagte sie. „Ich habe herausgefunden, wo Sasha ist, und gehe jetzt dorthin. Es ist nicht weit von Maddies Haus entfernt. Und sobald ich sie habe, rufe ich dich an, und dann können wir sie zusammen zu Detective Yang in Sicherheit bringen."

Er steckte seine Waffe wieder in die Tasche. Wenn er die Sache nochmal überdachte, gab es keine Eile, Emily Warner zu töten. Sie könnte ihn zu Sasha führen, und alle seine Probleme wären gelöst. Die kleine Schlampe war ihm entkommen und es war ihm nicht gelungen, sie zu finden. Am Tag nach ihrer Flucht hatte er befürchtet, dass die Polizei jeden Moment vor seiner Haustür auftauchen würde, aber mit jedem Tag, der verging, war ihm klarer geworden, dass Sasha nicht zur Polizei gegangen war. Sie traute keiner Autoritätsperson und damit lag sie nicht falsch. In Washington D.C. konnte man nur wenigen Männern vertrauen.

Er hatte es fast aufgegeben, Sasha zu finden. Dies war eine glückliche Wendung der Ereignisse. Er würde zwei Fliegen mit einer Klappe schlagen. Emily Warner würde er schnell töten, aber Sasha ... Sie würde leiden müssen. Sie würde dafür büßen, dass sie geflohen war und ihn durch eine emotionale Achterbahnfahrt gejagt hatte.

Er lächelte vor sich hin. Emily würde ihn direkt zu Sasha führen.

Tonight's gonna be a good night.

Die Melodie begann plötzlich in seinem Kopf zu spielen, und sie gab ihm das Gefühl, dass jetzt nichts mehr schiefgehen konnte.

77

Emily steckte ihr Handy wieder in die Tasche, als sie plötzlich ein Geräusch von der Treppe hörte. Sie drehte sich um und sah Diego heraufkommen. Sie erstarrte, überrascht, ihn zu sehen.

„Ach, Diego.“

„Hey Emily, ich dachte, ich komme vorbei, um Ihnen zu helfen“, sagte er mit einem leichten Lächeln.

„Ach ja?“

„Ja, ich habe vorhin mit Vicky gesprochen, und sie sagte, Sie kommen mit“ – er deutete auf die Sprühflasche in ihrer Hand – „Luminol, um nachzusehen, ob Blut da ist, das von Sasha stammen könnte. Haben Sie welches gefunden?"

Sie schüttelte den Kopf, denn ihre Stimme versagte. Mit Diego allein zu sein, verschaffte ihr plötzlich ein ungutes Gefühl. Waren die Kriminalstatistiken nicht ziemlich eindeutig darüber, dass die meisten Mordopfer von jemandem getötet wurden, den sie kannten und dem sie vertrauten? Maddie hatte Diego vertraut. Und er hatte einen Schlüssel zu ihrer Wohnung. Außerdem kannte er ihre Gewohnheiten.

„Ja, nirgendwo Blut", presste sie hervor.

„Ist alles okay?", fragte er und warf ihr einen besorgten Blick zu.

„Ja, mir geht's gut. Nur ein wenig müde." Er schien ihr nicht zu glauben. Hatte er sie belauscht, als sie die Nachricht für Vicky hinterlassen hatte?

„Hatten Sie Erfolg bei der Suche nach Sasha?"

„Nein, nein. Ganz und gar nicht. Sie ist

wie vom Erdboden verschluckt." Emily deutete auf die Tür. „Ich glaube, ich bin hier fertig."

Er ließ sie vorbeigehen und folgte ihr dann die Treppe hinunter. „Vielleicht sollten wir einfach die Nachbarschaft absuchen und nachfragen, ob jemand das Mädchen gesehen hat", schlug Diego vor, als sie das Erdgeschoss erreichten.

Sie war froh, dass sie ihm den Rücken zukehrte, sodass er ihren alarmierten Gesichtsausdruck nicht sehen konnte. Sie war sich jetzt sicher, dass Diego jedes einzelne Wort ihrer Nachricht an Vicky gehört hatte. Er würde ihr folgen, damit sie ihn zu Sasha führen konnte. Irgendwie musste Emily ihn loswerden und Sasha in Sicherheit bringen, bevor Diego ihnen beiden etwas antun konnte.

Aber wie?

„Ach, wissen Sie, ich glaube, ich habe etwas in der Küche gesehen, das ich seltsam fand", sagte sie und drehte sich zu ihm um. „Vielleicht können Sie es erklären. Ich meine, Sie haben wahrscheinlich viel Zeit in diesem

Haus verbracht, also wissen Sie vielleicht, ob es fehl am Platz ist oder nicht."

„Sicher, was ist es?"

Sie bedeutete ihm, in die Küche zu gehen, und er wandte sich um und ging ihr voraus.

„Unter der Spüle", erklärte sie und folgte ihm, bis sie ein dickes Glasgefäß für Kekse ergreifen konnte, das auf der Küchentheke stand.

„Hier unten?", fragte er und öffnete den Schrank unter der Spüle.

Gerade als er einen schnellen Blick über seine Schulter warf, holte sie aus und schlug ihm das Glasgefäß über den Kopf.

Diego stieß einen schmerzerfüllten Laut aus und hob die Hände, um seinen Kopf zu schützen, aber sie schlug erneut zu und er ging zu Boden.

Emily ließ das Glasgefäß fallen, das überraschenderweise immer noch in einem Stück war, und rannte, so schnell sie konnte. Sie schlug die Tür hinter sich zu und sprintete über die Straße, froh darüber, dass es wenig Verkehr gab.

Ihr Herz hämmerte und ihre Lunge

brannte vor Erschöpfung. Aber sie konnte nicht anhalten und riskieren, dass Diego ihr folgte. Sie musste Sasha finden und in Sicherheit bringen.

78

Yang rieb sich den Nasenrücken, müde davon, in den Monitor zu starren. Zum x-ten Mal sah er sich das Band der Überwachungskameras des Krankenhauses an, auf dem Petrovs Mörder gefilmt worden war. Aber egal wie lange und wie oft er den Mann betrachtete, er konnte ihn nicht identifizieren. Er stellte sogar ein Foto von Mike Faulkner auf den geteilten Bildschirm, um zu sehen, ob seine Augen und seine Stirn übereinstimmten, aber das Video war zu grobkörnig und der Mörder schaute nie direkt in die Kamera und war zu weit entfernt, um eine eindeutige Identifizierung zu ermöglichen.

Yang minimierte das Video und öffnete stattdessen die Liste, die die Sicherheitstechnikerin im Krankenhaus für ihn zusammengestellt hatte. Sie bestand aus den Namen aller Krankenhausmitarbeiter, die dem Mörder begegnet waren. Die Technikerin war sehr gründlich gewesen und hatte sogar den Zeitstempel notiert, wo und wann die Wege des Krankenhauspersonals sich mit dem des Verdächtigen gekreuzt hatten.

In der Kabine neben ihm sprach Jefferson mit einer der Personen auf der Liste.

„Danke für Ihre Hilfe. Wenn Sie sich an sonst noch etwas erinnern, haben Sie meine Nummer."

Yang schob seinen Stuhl zurück und steckte seinen Kopf an der Kabinentrennwand vorbei. „Irgendwas Brauchbares?"

Jefferson erwiderte seinen Blick. „Gar nichts. Alle sind sehr freundlich und wollen helfen, aber niemand hat den Kerl wirklich bemerkt. Er hat nicht nur den Feueralarm ausgelöst, es passierte um den Schichtwechsel herum, wo sowieso alle hektisch unterwegs waren."

„Wahrscheinlich hat er es so geplant, weil er wusste, dass ihn in dem Trubel niemand bemerken würde."

Jefferson nickte. „Ja, das ist auch meine Vermutung."

„Wie weit bist du auf der Liste?", fragte Yang.

„Die ersten sieben von ganz oben habe ich schon angerufen."

„Okay, dann fange ich von unten an. Das wird eine lange Nacht."

„Ich muss mir die Beine vertreten." Jefferson erhob sich. „Willst du Kaffee?"

„Nicht das ekelhafte Gesöff aus dem Pausenraum."

„Ich spreche von echtem Kaffee. Ich gehe raus zum Café."

„Dann nehme ich einen Latte, danke."

Jefferson ging und Yang wählte die Handynummer einer Krankenschwester, die als letzte Person auf der Liste derer, die dem Mörder begegnet waren, stand. Er erreichte nur ihre Mailbox. Es war möglich, dass sie schlief oder sich in einem Teil des Krankenhauses befand, in dem ihr Handy ausgeschaltet sein musste. Yang hinterließ schnell eine Voicemail und rief dann die nächste Person an.

Diesmal hob der Mitarbeiter, ein Hausmeister, ab. Aber während sich der Hausmeister an den Mann erinnerte, weil er es seltsam fand, dass dieser ein Klemmbrett mit leerem Papier mit sich herumtrug, konnte er keine gute Beschreibung geben. Er erinnerte sich jedoch daran, dass der Mann mindestens einen Meter achtzig groß war.

Zumindest bestätigte dieses Detail, dass Mike Faulkner ihr Mann sein könnte, auch wenn er nur knapp über eins achtzig groß war und das auch für viele andere Leute galt.

Die nächste Person auf der Liste war eine Krankenhausverwaltungsangestellte. Sie hatte den Mann nicht einmal bemerkt, zu besorgt wegen des Feueralarms und ihrer Pflicht als Brandschutzbeauftragte ihrer Abteilung.

Yang wollte gerade die nächste Person auf der Liste anrufen, als eine E-Mail-

Benachrichtigung auf seinem Monitor erschien. Sie war von Lupe und als dringend gekennzeichnet.

„Endlich", murmelte er leise.

Er öffnete die E-Mail und las sie. Im selben Moment kam Jefferson mit zwei Pappbechern aus dem schicken Café auf der anderen Straßenseite zurück.

„Hier ist dein Kaffee."

Aber Yang griff nicht nach seinem Becher. Er starrte weiter auf den Bildschirm. „Das wirst du nicht glauben."

„Was?"

„Das DNA-Ergebnis ist da. Wir haben eine Übereinstimmung."

Jefferson beugte sich vor, um die E-Mail zu lesen. „Ja verdammt noch mal!"

„Zeit für einen Haftbefehl", sagte Yang.

„Ich schreibe ihn", bot Jefferson an und stellte die Pappbecher auf den Schreibtisch.

„Ich rufe den Richter an."

„Ich kann es kaum erwarten, ihm die Handschellen anzulegen", sagte Jefferson.

„Ich auch nicht."

79

Als Emily das verlassene Gebäude erreichte, war es bereits dunkel. Sie war den größten Teil des Weges gerannt, um so viel Abstand wie möglich zwischen sich und Diego zu bringen. Sie konnte nicht glauben, dass sie ihm vertraut hatte. Und schlimmer noch, dass Maddie ihm vertraut hatte. Und dafür mit ihrem Leben bezahlt hatte.

„Ich werde dir Gerechtigkeit verschaffen, Maddie", murmelte sie vor sich hin.

Ein Maschendrahtzaun umgab das Grundstück und überall waren Verbotsschilder angebracht. Emily brauchte ein paar Minuten, um eine Stelle zu finden, an der der Zaun zurückgezogen worden war, damit eine Person hindurchschlüpfen konnte.

Überwuchertes Unkraut bedeckte den schmalen Streifen nackten Bodens, der das Gebäude umgab und den größten Teil des massiven Eckgrundstücks einnahm. Wie es aussah, war es ein Bürogebäude oder eine andere Art von Gewerbebetrieb gewesen. Manche Fenster waren mit Brettern vernagelt, andere hatten noch intakte oder zerschmetterte Glasscheiben. Es sah so aus, als hätte das Gebäude in den vergangenen Jahren irgendwann einen Brandschaden erlitten.

Mehrere Eingänge führten in das Gebäude, doch der zertrampelte Boden, der zu einer behelfsmäßigen Tür aus nicht zusammenpassendem Sperrholz und ohne Schloss führte, deutete darauf hin, dass mehr als nur eine Handvoll von Leuten diesen Weg ins Innere genommen hatte. Wahrscheinlich wimmelte es hier von Obdachlosen. Einen Moment lang wünschte sie sich, sie hätte Coffee mitgebracht. Mit ihrem Hund an ihrer

Seite hätte sie sich sicherer gefühlt, aber sie hatte keine Zeit, nach Hause zu gehen und ihn zu holen. Sasha war in echter Gefahr und Emily musste sie finden, bevor Diego es tat.

Als Emily das dunkle Gebäude betrat, nahm sie unzählige Gerüche wahr. Staub lag in der Luft, der schwache Geruch eines Holzfeuers und der ekelige Geruch von verfaultem Essen, Urin und Exkrementen. Sie schreckte vor dem Geruch zurück, dann wappnete sie sich. Wenn es Sasha gelungen war, sich seit Maddies Tod hier zu verstecken, war das Mindeste, was Emily tun konnte, sich mit der kleinen Unannehmlichkeit ekelhafter Gerüche auseinanderzusetzen.

Sie hörte Geräusche aus einem der oberen Stockwerke. Es klirrte und scharrte und sie vernahm gedämpfte Stimmen. Emily zückte ihr Handy und nutzte das Licht des Displays, um den Weg zur Treppe zu finden. Trümmer waren auf der Treppe verstreut: leere Flaschen, Glasscherben und anderer Müll. Als sie eine Injektionsnadel entdeckte, wusste sie, dass sie vorsichtig sein musste. Drogenabhängige konnten nicht nur unberechenbar sein, es bestand auch die echte Gefahr, dass sie sich versehentlich an einer Nadel stach, die Heroinreste enthielt.

Sie setzte einen Fuß vor den anderen und ging in den ersten Stock hoch, wobei sie darauf achtete, alle Gefahrenquellen zu meiden. Auf dem Treppenabsatz orientierte sie sich und lauschte auf Geräusche. Sie kamen von links. Sie folgte dem kurzen Korridor und benutzte immer noch ihr Handy, um sich weiter in das Innere des Gebäudes vorzuarbeiten. Als sie an die erste Öffnung gelangte, wo irgendwann einmal eine Tür gewesen war, spähte sie in den Raum. Er war offenbar einst als Großraumbüro genutzt worden. Einige der Kabinen existierten noch, aber es war offensichtlich, dass ein Großteil des Sperrholzes der alten Büromöbel als Brennholz verwendet worden war, wenn man dem verkohlten Boden Glauben schenkte.

In der Nähe des Eingangs entdeckte Emily jemanden, der mit einer Decke bedeckt auf dem Boden lag. Sie näherte sich, da rollte sich die Person plötzlich zu Emily herum und sprang auf. Bevor Emily wusste, was ihr geschah, hatte die Person auch schon ein Messer gezogen.

„Dieb!", knurrte der Teenager mit dem schmutzigen Gesicht. „Fass meinen Vorrat nicht an!"

Er konnte nicht älter als sechzehn sein, aber die strengen Linien in seinem Gesicht zeugten von dem harten Leben, das er führte.

Emily hob die Arme. „Ich bin nicht hier, um dich zu bestehlen."

Er musterte sie von oben bis unten. Dann spottete er. „Eine Sozialarbeiterin? Ja, mach dir keine Mühe. Ich gehe nicht zurück." Er spuckte und traf ihre Strickjacke. „Ich kann auf mich selbst aufpassen."

„Ich bin keine Sozialarbeiterin", sagte sie und versuchte ruhig zu bleiben, obwohl ihr das Herz bis zum Hals schlug. „Ich versuche, ein Mädchen zu finden. Sie ist in Gefahr."

Der Junge warf ihr einen misstrauischen Blick zu und hielt das Messer immer noch auf sie gerichtet.

„Sie ist Russin. Ihr Name ist Sasha. Sie ist zwölf oder dreizehn, lange dunkle Haare, blaue Augen. Ist sie hier?"

Der Junge zuckte mit den Schultern. „Ich verpetze niemanden."

„Natürlich nicht", sagte sie schnell. „Aber ein böser Mann ist hinter ihr her, und ich bin gekommen, um ihr bei der Flucht zu helfen, bevor er sie findet."

Wieder zuckte er mit den Schultern. „Die Welt ist voller böser Männer."

In seiner Stimme lag ein flacher Ton, der nach Resignation klang, nach jemandem, der die Hoffnung verloren hatte.

„Das stimmt. Deshalb weiß ich, dass Sasha hergekommen ist, um sich zu verstecken. Es gab keinen Erwachsenen, zu dem sie Vertrauen hatte. Aber ich bin jetzt hier und kann mich um sie kümmern. Bitte sag mir, wo sie ist. Der Mann, der hinter ihr her ist, ist in der Nähe. Ich muss sie schnell finden, bevor er es tut. Bitte." Sie warf ihm einen flehenden Blick zu.

„Hast du Geld?"

Sie nickte und deutete auf die kleine Handtasche, die sie quer über ihren Oberkörper geschlungen hatte. „In meiner

Handtasche." Sie senkte langsam ihre Hände. „Ich nehme es heraus."

Sie zog ihre Geldbörse heraus und entnahm ihr alle Banknoten, die sie hatte. Es belief sich auf etwas mehr als achtzig Dollar. Sie streckte ihre Hand mit dem Geld aus. „Es ist nicht viel. Aber ich hoffe, es hilft dir."

Er nahm es und steckte es schnell in seine Hosentasche. Dann sah er an Emily vorbei, und Emily schaute über ihre Schulter. Noch zwei Teenager, jünger als der Junge, kamen näher. Keiner von ihnen war Sasha.

„Haut ab!", befahl der Junge und die beiden Jugendlichen blieben stehen.

„Das letzte Mal, als ich sie gesehen habe, war sie eine Etage höher, in der hintersten Ecke", sagte der Junge jetzt und deutete auf eine Stelle hinter Emily. „Sie bleibt immer alleine und redet nicht viel. Aber sie sieht aus wie das Mädchen, das du beschrieben hast."

„Danke schön."

Emily drehte sich um und verließ schnell den großen Raum, während sie die Blicke der anderen beiden obdachlosen Kinder auf ihrem Rücken spürte. Würden sie ihr folgen, weil sie vermuteten, dass sie noch mehr Geld oder andere Wertgegenstände bei sich hatte? Die winzigen Härchen an ihrem Nacken stellten sich auf, aber zu ihrer Überraschung hörte sie keine Schritte, die ihr folgten, als sie in den zweiten Stock hinaufstieg.

Dort oben war der Grundriss dem ersten Stock sehr ähnlich. Sie betrat das ehemalige Großraumbüro und bemerkte, dass es an einem Ende mit anderen kleineren Büros verbunden war. Ein flackerndes Licht, entweder von einer Kerze oder einem kleinen Feuer, zog sie zu der Ecke des Gebäudes, zu der der Junge gedeutet hatte.

Als sie näherkam und an den wenigen noch intakten Kabinen vorbeiging, vernahm sie eine Bewegung. Sie wandte ihren Kopf nach links und sah eine Person unter einem Schreibtisch kauern. Emily machte einen Schritt auf die dunkle Gestalt zu.

„Sasha?", murmelte sie.

„Hau ab!", knurrte jemand. Der Akzent war eindeutig amerikanisch und die Stimme die einer Frau. Sie klang älter, vielleicht um die vierzig oder fünfzig.

„Tut mir leid, Ma'am", sagte Emily schnell und zog sich zurück, bevor noch jemand ein Messer auf sie richtete.

Sie ging weiter zu der Stelle, wo sie das flackernde Licht gesehen hatte, aber dort war es jetzt dunkel. Als Emily näherkam, holte sie tief Luft. Sie erkannte den Geruch als den einer gerade erloschenen Kerze.

Langsam näherte sie sich und mithilfe des Handylichts erreichte Emily den Eingang zu einem anderen Büro, das Platz für vier oder fünf Schreibtische bot, in dem sie jetzt aber nur zwei sehen konnte. Beide lagen auf der Seite und bildeten eine Trennwand.

„Sasha?"

Sie hörte jemanden atmen.

„Sasha", sagte Emily noch einmal mit sanfter Stimme. „Ich bin hier, um dir zu helfen."

Sie ging um die Trennwand herum. Dort drückte sich ein dunkelhaariges Mädchen mit blauen Augen an die Wand, als könnte sie darin verschmelzen und verschwinden. In der

Hand hielt sie eine zerbrochene Glasflasche, eine Waffe, die sie ihrem entschlossenen Gesichtsausdruck nach zu urteilen bereit war, zur Verteidigung zu benutzen.

Emily trat nicht näher. Sie hob beide Hände in einer Geste der Kapitulation. *„Drug"*, sagte sie und hoffte, dass sie das russische Wort für Freund richtig aussprach. *„Podruga."* Das bedeutete auch Freund, aber einer ihrer Musikschüler hatte gesagt, damit sei die weibliche Form gemeint. *„Podruga Maddie. Maddie Podruga."*

Emily hoffte, dass Sasha verstand, dass sie versuchte, ihr zu sagen, dass sie Maddies Freundin war.

„Maddie?" Tränen schossen in die Augen des Mädchens, aber sie schniefte und ließ sie nicht fließen.

„Da. Maddie." Emily zeigte auf sich. *„Emily. Podruga Maddie. Da."*

Langsam machte Sasha einen Schritt auf Emily zu. Emily behielt die Glasflasche in ihrer Hand im Auge. Sasha folgte ihrem Blick und zögerte. Ein paar Sekunden lang herrschte Stille zwischen ihnen, und keiner von ihnen bewegte sich. Dann ließ Sasha die behelfsmäßige Waffe auf die Decken am Boden fallen.

„Podruga", sagte Sasha.

Plötzlich hörte Emily ein lautes Geräusch aus dem Treppenhaus. Schwere Schritte. Sasha starrte Emily an, Enttäuschung blitzte in ihren Augen auf. Sie bückte sich, um die zerbrochene Glasflasche aufzuheben, aber Emily war schneller und zog Sasha zurück, dann drückte sie ihre Finger auf Sashas Lippen, um sie zum Schweigen zu bewegen.

Ein überraschter Ausdruck erschien in Sashas Augen. Sie verstand, dass wer auch immer kommen würde, nicht Emilys Komplize war. Sasha nickte und Emily nahm ihre Finger von ihren Lippen.

Sasha deutete auf eine zweite Tür, die aus dem Zimmer führte. Emily nickte und nahm die Hand des Mädchens.

Plötzlich klingelte Emilys Handy. Emily ließ die Hand des Mädchens los und versuchte, ihr Telefon auf lautlos zu schalten, aber es war zu spät.

„Da bist du ja!", hörte sie ihn aus der Ferne grunzen.

Emily warf ihr Handy auf den Boden. Sasha ergriff ihre Hand, und zusammen rannten sie durch die zweite Tür in die Dunkelheit. Emily betete, dass Sasha dieses Gebäude inzwischen wie ihre Westentasche kannte und dass die vertraute Dunkelheit, in der Emily fünfzehn Jahre lang gelebt hatte, ihr zum Vorteil gereichen würde.

80

Yang und Jefferson waren bereits im Auto, den Haftbefehl in der Hand, bereit, Annikas Mörder zu verhaften, als Yangs Handy klingelte. Er erkannte die Nummer nicht.

„Detective Yang", antwortete er.

„Detective, hier ist Vicky Hong", sagte die Frau. „Ich glaube, Emily schwebt in Lebensgefahr."

Sofort alarmiert stellte Yang den Anruf auf Lautsprecher. „Was ist passiert? Wo ist sie?"

„Sie hat mich von Maddies Haus aus angerufen, aber ich habe ihren Anruf verpasst. Ich glaube, Maddies Mörder ist hinter ihr her."

Yang befahl Jefferson: „Fahr nach Georgetown, zu Madeline Boltons Reihenhaus."

Jefferson schaltete die Sirenen und Lichter ein und machte eine Kehrtwende.

„Beruhigen Sie sich, Miss Hong, erzählen Sie mir genau, was passiert ist."

„Emily war in Maddies Haus, um mithilfe von Luminol herauszufinden, ob Sasha im Haus getötet worden war und der Mörder vielleicht die Spuren beseitigt hatte."

„Was zum Teufel?!", fluchte Yang. „Wo ist der Polizist, den ich vor ihrem Haus stationiert hatte?"

„Wahrscheinlich ist er noch dort", sagte Vicky verlegen.

„Was zum –"

„Sie muss die Hintertür benutzt haben, wo die Mülleimer stehen."

„Ich habe ihr gesagt, sie soll sich zu ihrem eigenen Besten da raushalten! Verdammt noch mal! Diese Frau macht mich noch wahnsinnig!"

Jefferson grinste plötzlich. „Wow, sie geht dir total unter die Haut."

Yang hob die Hand, um seinen Partner am Sprechen zu hindern. „Wie ist sie überhaupt ins Haus gelangt?"

„Das sollte ich Ihnen nicht sagen, ich meine, Sie sind ja Polizist."

Er seufzte. „Na gut. Was ist dann passiert, Miss Hong?"

„Sie hat mich angerufen, aber ich habe wie gesagt ihren Anruf verpasst, aber in ihrer Voicemail sagte sie, dass es nirgendwo anders Blut gab als im Wohnzimmer, wo Maddie starb. Und dann sagte sie, sie wisse jetzt, wo Sasha sich verstecken könnte. Und sie wollte dorthin gehen."

„Hat sie gesagt, wo?"

„Nein, aber es ist in der Nähe von Maddies Haus. Ich habe vor ein paar Tagen die Funktion *Freunde finden* auf ihrem Handy aktiviert, weil ich mir Sorgen gemacht habe."

„Das ist schlau", lobte Yang. „Schicken Sie mir die Koordinaten."

„Ja, mache ich gleich. Es gibt noch etwas. Wir wollten zusammen zu Maddies Haus, aber der Server eines meiner Kunden ist abgestürzt und Emily wollte nicht auf mich warten. Also habe ich Diego gebeten, dorthin zu gehen, damit sie nicht allein ist."

„Diego Sanchez?"

„Ja, Maddies Freund. Er tauchte also dort auf, aber dann benahm sich Emily ganz komisch, und als er ihr den Rücken zuwandte, schlug sie ihm mit etwas über den Kopf. Zweimal! Diego sagte, Emily habe ihn nicht bewusstlos geschlagen, obwohl es höllisch wehtat, aber er sagte, er habe die Tür zuschlagen gehört, nachdem sie aus dem Haus gerannt war. Und als er es schaffte, sich vom Küchenboden aufzurappeln, sah er, dass ein Mann ein paar Sekunden nach Emily aus dem Haus rannte. Aber er sah nur den Rücken des Mannes, und bis Diego es zur Tür schaffte, war der Typ verschwunden. Ich habe gerade versucht, Emily anzurufen, aber sie geht nicht ans Handy."

„Scheiße!", fluchte Yang erneut. „Wir müssen sie erreichen, bevor er es tut." Er warf Jefferson einen Blick zu. „Tritt drauf, Simon."

„Detective, hat Diego Maddie ermordet?",
fragte Vicky.

„Nein, hat er nicht. Sie können ihm
vertrauen. Rufen Sie ihn an und geben Sie
ihm Emilys Aufenthaltsort. Er ist näher dran
als wir. Sagen Sie ihm, er soll nach Caleb
Faulkner Ausschau halten. Er ist der Mörder."

Das DNA-Ergebnis, das sie erhalten
hatten, war keine fünfzigprozentige
Übereinstimmung gewesen, wie sie erwartet
hatten und was auf eine Vater-Sohn-
Beziehung hingewiesen hätte, sondern eine
hundertprozentige Übereinstimmung, was
bedeutete, dass nicht Mike Faulkner, sondern
Caleb Faulkner Annika getötet hatte. Und
Yang würde sein nächstes Gehalt darauf
verwetten, dass er auch Maddie und Petrov
ermordet hatte.

81

Sasha zerrte Emily regelrecht durch ein Labyrinth aus Korridoren und bestätigte somit, dass sie dieses Gebäude tatsächlich wie ihre Westentasche kannte.

„Ausgang", flüsterte Emily Sasha auf Englisch zu und hoffte, sie würde es verstehen.

Sasha wandte ihr das Gesicht zu, und das schwache Licht, das durch ein zerbrochenes Fenster fiel, beleuchtete es genug, dass Emily erkennen konnte, dass Sasha, selbst wenn sie das Wort nicht verstanden hatte, wusste, was sie tun mussten: aus diesem Gebäude verschwinden.

„Emily!"

Diegos Stimme schnitt durch sie wie ein Messer. Sie kam aus der Richtung, in die sie eilten, nicht aus der, aus der sie kamen. Wie hatte er ihnen den Fluchtweg abgeschnitten?

„Emily! Ich bin hier, um dir und Sasha zu helfen."

Emily hörte das Klingeln eines Handys. Der Richtung nach zu urteilen, aus der es kam, musste es Diegos sein. Sie hörte nicht, wie er darauf reagierte. Stattdessen rief er noch einmal: „Emily! Verdammt!"

Emily antwortete nicht, da sie wusste, dass er sie herauslocken wollte, damit er sie beide töten konnte. Emily bedeutete Sasha kehrtzumachen. In diesem großen Gebäude mussten mehrere Treppenhäuser vorhanden sein. Die Bauordnung verlangte es. Irgendwie mussten sie eine dieser Treppen finden, um zu entkommen. Sobald sie auf der Straße waren, könnten sie ein Auto anhalten und den Fahrer bitten, Detective Yang anzurufen.

„Verdammt Emily! Ich bin nicht dein

Feind. Der Mörder ist dir gefolgt. Bitte, lass mich dir helfen!"

Für wie dumm hielt Diego sie eigentlich? Sie wollte ihm sagen, was sie von ihm hielt, aber sie biss sich auf die Zunge, weil sie wusste, dass jegliche Äußerung ihren und Sashas Aufenthaltsort verraten würde.

In der Zwischenzeit führte Sasha sie durch verschiedene Räume und Korridore von Diego weg. Es gab jetzt wenig bis gar kein Licht, da sie sich von den Außenfenstern entfernten. Sasha stolperte plötzlich über etwas und schnappte nach Luft. Aber Emily verhinderte, dass sie fiel. Sie blieb einen Moment stehen, um zu lauschen, und hörte Schritte. Diego versuchte nicht einmal, sich an sie heranzuschleichen. Er war wie ein Elefant im Porzellanladen. Emily hoffte, dass er wegen seiner eigenen lauten Schritte nicht gehört hatte, wie Sasha beinahe gestürzt wäre und nach Luft geschnappt hatte.

„Emily!", rief er wieder. „Verdammt nochmal, ich bin hier, um dich zu retten!"

Emily konnte es sich nicht leisten, dass sie oder Sasha nochmals stolperten. Als sie blind gewesen war, war sie selten gestolpert, weil sie die richtigen Geräte als Unterstützung hatte.

Na sicher! Das war die Lösung! Sie öffnete ihre Handtasche und durchwühlte sie. Ihr zusammenklappbarer Gehstock war noch darin. Sie seufzte erleichtert, als sie ihn aus ihrer Tasche zog und aufklappte.

Mit dem Stock in der einen Hand und Sashas Hand in der anderen führte Emily sie vorwärts, weg von Diego. Darauf achtend, dass ihr Stock kein Geräusch machte, ließ sie ihn vor sich über den Boden gleiten, anstatt auf den Boden zu klopfen, was zu viel Lärm gemacht hätte. Es funktionierte. Sie hatte den Stock so viele Jahre benutzt, dass sie in ihrer Hand spüren konnte, auf welche Art von Materialien und Hindernissen dessen Spitze stieß, ohne sich auf laute Geräusche als Feedback verlassen zu müssen.

Emily und Sasha eilten durch einen breiten Korridor mit vielen Türen auf beiden Seiten. Einige davon waren offen, und durch diese drang etwas Licht in den Flur. Emily drängte weiter, wohl wissend, dass der Flur irgendwo zu einer Treppe führen musste. Sie hatte recht. Als der Korridor eine Biegung machte und sie nach links schaute, sah sie eine Treppe.

Sie deutete darauf und Sasha nickte. Hand in Hand näherten sie sich ihr, dann gingen sie so schnell wie möglich ins Erdgeschoss hinab. Endlich blühte Hoffnung in Emily auf. Sie würden es schaffen. Sie würden das Gebäude in weniger als einer Minute verlassen und auf der Straße sein, wo sie Hilfe holen konnten.

Das Treppenhaus, das vom ersten Stock ins Erdgeschoss führte, wurde durch ein Fenster ohne Glasscheibe erhellt, das ein wenig Licht von den Straßenlaternen hereinließ. An der Wende der Treppe blieb Sasha abrupt stehen. Emily war einen Schritt hinter ihr. Sie spürte die Anwesenheit des Mannes, bevor sie ihn sah.

„Ubiytsa", stieß Sasha mit entsetzter Stimme hervor.

Emily kannte das russische Wort nicht, aber als sie den Mann sah, der am Fuße der Treppe stand und eine Waffe auf sie gerichtet hatte, wusste sie, was es bedeutete: Mörder.

Emily und Sasha wirbelten im selben Moment herum und stürmten die Treppe hinauf. Emily hatte das Gesicht des Mannes nur eine Sekunde lang gesehen, aber es war nicht Diego. Trotzdem erkannte sie ihn. Sie hatte ihn bei Maddies Beerdigung gesehen.

Es war Caleb Faulkner. Er war der Mann, der Maddie getötet und Sasha missbraucht hatte.

Die Erkenntnis traf sie wie ein Schlag in die Magengrube. Sie war vor Diego, der nur helfen wollte, geflohen und hatte sich und Sasha direkt in die Arme des Mörders gesteuert.

„Ja, rennt, aber das wird euch nichts bringen", spottete Caleb, als er ihnen die Treppe hinauf folgte.

Emily verschwendete nicht ihren Atem, um ihm zu antworten. Stattdessen zog sie Sasha in den dunkelsten Teil des Gebäudes, wo Emily einen Vorteil gegenüber einer sehenden Person hatte. Für einen Moment dachte Emily an die drei Teenager, die einen großen Raum auf dieser Etage einnahmen, aber als Straßenkinder wussten sie wahrscheinlich, auf sich selbst aufzupassen und sich von Caleb fernzuhalten.

„Ich werde euch verdammte Schlampen kriegen", verkündete Caleb viel zu dicht hinter ihnen. „Niemand entkommt mir."

Emily spürte, wie Sasha zitterte, und verstand, was das Mädchen durchmachte. Ihr Peiniger, der Mann, der sie unzählige Male vergewaltigt und unter vermutlich schrecklichen Bedingungen eingesperrt hatte, versuchte, sie erneut zu fangen. Die Angst, die von Sasha ausströmte, drang bis in Emilys Eingeweide. Aber Emily würde alles in ihrer Macht Stehende tun, damit Caleb weder Sasha noch irgendein anderes Mädchen je wieder in die Hände bekommen könnte.

„Komm", flüsterte sie dem Mädchen leise zu.

Während ihr Gehstock Trümmer auf dem Boden ausspähte und sie ihnen auswich, arbeiteten sie sich tiefer in das Innere des Gebäudes vor, zurück zu der Stelle, wo Diego zuvor gewesen war, als er nach ihr gerufen und beteuert hatte, ihr helfen zu wollen. Sie wusste jetzt, dass er die Wahrheit gesagt hatte. Sie hoffte, dass er bereits die Polizei gerufen hatte, um Verstärkung zu bekommen. Wenn sich Emily und Sasha nur lange genug verstecken könnten, bis diese kam, hätten sie eine Chance zu überleben.

Emily warf einen Blick über ihre Schulter und nahm einen dünnen Lichtstrahl wahr, der sich schnell im Korridor hin und her bewegte. Caleb hatte entweder eine Taschenlampe mitgebracht oder benutzte sein Handy, um den Gang zu beleuchten, um sie zu finden.

„Kommt raus, kommt raus, wo immer ihr seid", sagte er mit einer singenden Stimme, als ob er ein Spiel spielte. Und vielleicht war das für ihn ein Spiel. Ein tödliches, denn der Verlierer würde sterben.

„Du weißt, ich werde dich erwischen. Denkst du, ich weiß nicht, was du getan hast, Emily? Du hast deine Nase in Dinge gesteckt, die dich nichts angehen. Als ich hörte, dass du die Boltons belästigt hast, wusste ich, dass du nur Ärger machst. Das hättest du nicht tun sollen."

Caleb redete weiter und übertönte damit die Laute von Sashas und Emilys Schritten, die sich währenddessen leise weiter den Flur entlang bewegten. Plötzlich stieß der Stock auf Widerstand. Emily bewegte ihn von einer Seite zur anderen, dann weiter nach oben und stellte fest, dass der Korridor sein Ende erreicht hatte. Sie berührte die Wand und suchte nach einer Tür, aber wo sie annahm, dass einmal eine Tür gewesen sein musste, die vielleicht zu einem Treppenhaus führte, hatte jemand eine Sperrholz-Barrikade errichtet. Vermutlich, weil das Treppenhaus dahinter unsicher war.

Scheiße, fluchte sie lautlos.

Sie mussten umkehren, und das brachte sie wieder näher zu Caleb. Emily konnte jetzt sehen, dass der Lichtstrahl nicht stark genug war, um von einer Taschenlampe zu kommen, sondern dass das Licht höchstwahrscheinlich von Calebs Handy kam. Bisher war es nicht bis zu ihrem Standort durchgedrungen. Aber sie konnten hier nicht bleiben. Sie mussten in einen der Räume links oder rechts vom Korridor gelangen.

Emily prüfte die erste Tür, die zu ihrer Rechten lag, aber die Tür rührte sich nicht. Schnell ging sie zur entsprechenden Tür auf der linken Seite und diese ließ sich öffnen. Allerdings knarrten die Scharniere. Emily erstarrte.

„Versucht ihr abzuhauen?", rief Caleb. Er hatte das Knarren gehört. Dann sagte er etwas auf Russisch, etwas, das eindeutig an Sasha gerichtet war.

Ein Schauder durchfuhr Sasha, und Emily konnte diesen körperlich spüren. Schnell, bevor Calebs Worte das Mädchen lähmen konnten, schob Emily sie in den Raum und schloss die Tür hinter ihnen. Aus dem Wenigen, das Emily sehen konnte, schloss sie auf ein Großraumbüro. Die meisten Fenster waren mit Brettern vernagelt, nur zwei waren noch intakt und ließen ein wenig Licht von draußen herein. Am anderen Ende entdeckte Emily mehrere Türen. Sie hoffte, sie führten an einen sicheren Ort.

Emily und Sasha gingen auf die Tür zu, wobei sie darauf achteten, keine Geräusche zu machen, als sie jemanden in der Ferne ihren Namen rufen hörte. Diego! Sie bedeutete Sasha, stehenzubleiben, damit Emily sich auf Diegos Stimme konzentrieren konnte.

„Emily? Ich versuche zu helfen!"

Emily wusste das jetzt. Sie wusste, dass Diego nicht der Bösewicht war. Aber konnte sie es riskieren, ihm zuzurufen, damit er sie finden konnte? Sekunden vergingen. Alle möglichen Szenarien spielten sich in ihrem Kopf ab. Wenn Caleb sie und Sasha vor Diego erreichte, würde er sie beide töten und sein Geheimnis würde mit ihnen sterben. Aber wenn Diego wüsste, wer Maddies Mörder war, würde Caleb vielleicht erkennen, dass er sie nicht alle töten konnte. Vielleicht würde er aufgeben, wissend, dass er verloren hatte. Aber es bestand die Gefahr, dass sie durch die Übermittlung dieser Informationen an Diego ihr und Sashas Versteck preisgab. Trotzdem musste sie dieses Risiko eingehen.

„Diego!", rief Emily. „Es ist Caleb. Er ist hier. Caleb hat Maddie ermordet und Sasha vergewaltigt."

Emily wartete nicht auf Diegos Antwort

und zog Sasha mit sich, als sie auf eine der Türen zustürmte. Sie öffnete sie und erkannte zu spät, dass es eine Besenkammer war. Sie wirbelte herum und ging bereits auf die Tür daneben zu, als sie ein Geräusch hörte.

„Großer Fehler!", knurrte Caleb aus weniger als fünf Metern Entfernung. „Du hast gerade Diegos Todesurteil unterzeichnet." Er richtete die Waffe direkt auf Emily. „Und nimm das mit ins Grab: Sasha gehört mir, und ich werde sie dafür büßen lassen, dass sie mir davongelaufen ist. Jeden Tag ein bisschen. Wir werden Spaß haben, nicht wahr, Sasha?"

„Net! Net! Net!", schrie Sasha.

Caleb lächelte, als genieße er Sashas Angst. „Auf Nimmerwiedersehen, Miss Warner."

Bei einem Geräusch, das von einer der anderen Türen kam, riss sie ihren Kopf in deren Richtung. Sie erwartete, Diego hereinstürmen zu sehen.

„Diego, die Waffe!", schrie Emily, aber es war nicht Diego, der in den Raum hechtete und vor sie sprang, gerade als Caleb abdrückte.

Das Geräusch des Schusses durchbohrte fast Emilys Trommelfell. Inmitten von Sashas Schreien ertönte ein zweiter Schuss, und der Mann, der vor sie gesprungen war, brach zusammen und brachte sie aus dem Gleichgewicht, sodass sie gegen die Wand krachte.

„Dad! Nein!"

Ihr Vater fiel zu Boden. Emily konnte nicht sehen, wie schwer er verletzt war oder wo die Kugeln ihn getroffen hatten oder ob er tot war. Aber sie sah, dass Caleb erneut mit seiner Waffe zielte. dieses Mal auf sie.

Emily nutzte die Wand hinter ihrem Rücken, um sich abzustoßen, und stürzte sich auf Caleb. Sie wusste, dass sie so gut wie keine Chance hatte, ihn zu besiegen, aber wenn sie es nicht versuchte, wäre sie sowieso tot.

Zusammen stürzten sie zu Boden. Caleb landete auf dem Rücken und absorbierte so die Wucht des Aufpralls. Es schien ihm für eine Sekunde den Atem zu rauben, während

Emily versuchte, ihm die Waffe aus der Hand zu reißen. Aber er hielt sie mit eisernem Griff fest.

Caleb war stark. Emily lag immer noch auf ihm und versuchte jetzt mit beiden Händen, ihm die Waffe aus der Hand zu reißen. Sie spürte, wie sich seine Finger ein wenig lockerten, während er mit seiner freien Hand ihre Hände wegzuzerren versuchte. Aber sie hielt ihm stand. Sie konnte nicht aufgeben. Sie kämpfte um ihr Leben und um das von Sasha.

„Miststück!", knirschte er mit zusammengepressten Zähnen.

Emily versuchte, die Waffe aus seinem Griff zu rütteln, bemerkte aber, dass sie gleich stark waren. Als sie spürte, wie er seinen Griff ein wenig lockerte, schaffte sie es, die Waffe weiter zur Seite zu drehen, und glaubte, dass er diese gleich loslassen würde. Caleb machte eine schnelle Bewegung und plötzlich legte sich seine linke Hand um ihren Hals und würgte sie.

Nach Luft schnappend lockerte Emily ihren Griff um die Waffe und ihr Blick begegnete Calebs. Ein Funkeln in seinen Augen verriet ihr, dass er wusste, dass er jetzt die Oberhand hatte. Sie konnte ihre zweite Hand nicht von der Waffe nehmen, um zu versuchen, seine linke Hand von ihrem Hals zu lösen, da sie wusste, dass er sie auf ihren Kopf richten und sie erschießen würde.

Schon jetzt war ihr vom Sauerstoffmangel schwindelig. Nein, sie durfte ihn nicht gewinnen lassen, sie durfte nicht scheitern, wo sie doch schon so weit gekommen war.

Alles, was sie tun konnte, war, zu versuchen, ihren Körper zu verlagern und sich nach hinten zu bewegen, als ihr rechtes Bein plötzlich zwischen Calebs Schenkel fiel. Mit ihrem letzten Atemzug stieß sie ihr Knie nach oben direkt in seinen Schritt.

Caleb heulte vor Schmerz auf und ließ sofort ihre Kehle los. Emily atmete schnell ein und nutzte ihre neugewonnene Energie, um nach der Waffe zu greifen und sie ihm zu entringen.

Die Waffe ging los. Caleb stieß noch einen Schmerzensschrei aus und Emily erkannte, dass die Kugel ihn in die Schulter getroffen hatte.

Endlich konnte sie die Waffe vollständig ergreifen. Sie schleuderte sie am Boden entlang in Sashas Richtung, als sich schnelle Schritte näherten.

„Emily?"

„Diego! Hier! Ich habe Caleb. Er ist angeschossen."

Mit seinem gesunden Arm versuchte Caleb erneut, nach ihrer Kehle zu greifen, aber er hatte keine Chance. Emily boxte ihm mit ihrer Faust in seine Schulterwunde, was ihn zum Aufheulen brachte, gerade als Diego sich neben sie kauerte.

„Ich kümmere mich um ihn", sagte Diego, und Emily erhob sich schnell.

Diego nagelte Caleb nun mit seinen Knien auf dessen Armen und Oberkörper fest, und Emily sah mit Genugtuung, dass Diego anfing, ihn zu verprügeln, als wäre er ein Boxsack.

Sie wandte sich von der Szene ab und eilte zu ihrem Vater und Sasha, während sie die Taschenlampe, die sie in ihrer

Handtasche trug, hervorholte, anschaltete und Sasha gab. Sasha verstand und richtete sie auf Emilys Vater, damit sie seinen Zustand einschätzen konnte.

Blut strömte aus seinen Bauch- und Brustwunden. Emily presste ihre Hände auf die Wunden und versuchte, den Blutverlust zu stoppen.

„Emily.“

Das Gurgeln kam von ihrem Vater. Er war am Leben.

„Dad, warum hast du das getan? Warum?“ Tränen stiegen in Emilys Augen. „Du hättest nicht ...“

„Ich musste, Schatz. Ich habe versucht, mich fernzuhalten, das habe ich ein paar Tage lang getan ... Aber ich habe mir Sorgen um dich gemacht ...“ Er atmete schwer. „Ich bin dir wieder gefolgt ...“

Sie spürte, wie viel Kraft es ihn kostete, mit ihr zu sprechen, während er um Luft rang. „Sprich nicht. Wir bringen dich ins Krankenhaus.“

„Ich werde es nicht schaffen ... Bitte vergib mir, was ich dir ... angetan habe ...“

Seine Worte wurden von angestrengten Atemzügen unterbrochen. „... deiner Mutter ... Wenn ich die Zeit zurückdrehen könnte ..." Er sah sie direkt an. „Es tut mir so leid, Schatz ... Ich hätte ein besserer Vater sein sollen ... ein besserer Ehemann. Ich habe dich enttäuscht ... dich und deine Mutter. Es tut mir leid ..."

Tränen rannen ihr über die Wangen. „Ich verzeihe dir, Dad ... Bitte halte durch ... du schaffst es ...Wir können neu anfangen ..."

„Ich liebe dich, Schatz ..." Sein Kopf rollte zur Seite.

„Nein! Dad! Nein!"

82

Yang hörte einen dritten Schuss, gerade als er und Jefferson den Treppenabsatz im ersten Stock erreichten. Mit gezogenen Waffen und Taschenlampen stürmten sie auf das Geräusch des Schusses zu. Yangs Herz raste. Seine Arterien füllten sich mit Adrenalin. Er hoffte, dass er nicht zu spät kam, um Emily vor Caleb Faulkner zu retten.

Kampfgeräusche, schweres Grunzen und schließlich ein Schmerzensschrei führten sie an den richtigen Ort an einem Ende eines großen, offenen Raumes. Dort schlug Diego Sanchez einem auf dem Rücken liegenden

Caleb Faulkner ins Gesicht. Caleb blutete stark aus einer Schulterwunde.

„Ich werde dich töten, für das, was du Maddie und Sasha angetan hast", knurrte Sanchez und legte noch mehr Kraft in seinen nächsten Schlag. Caleb hatte keinen Kampf mehr in sich. Er lag da wie eine Stoffpuppe und konnte sich nicht wehren.

Yang ließ seine Taschenlampe umherschweifen, bis er Emily sah, die auf dem Boden an einer Wand kauerte und einen stark blutenden Mann wiegte. Das Mädchen, das er als Sasha erkannte, klammerte sich an sie.

Yang atmete erleichtert auf. Emily lebte. Und Sasha ebenfalls.

Jefferson machte einen Schritt an Yang vorbei, um Sanchez zu stoppen, aber Yang streckte seinen Arm aus, um ihn daran zu hindern, während er seine Taschenlampe auf die beiden kämpfenden Männer richtete.

„Gib ihm noch ein paar Sekunden", sagte Yang, obwohl es allem widersprach, was er in seiner Ausbildung gelernt hatte. Er wollte, dass Caleb Schmerzen erlitt.

Sanchez' Kopf wirbelte herum. „Wurde auch Zeit", sagte er und boxte Caleb dann in die blutende Schulterwunde.

Caleb heulte vor Schmerz auf, während das Geräusch von Sirenen Yangs Ohren erreichte. Die Verstärkung war eingetroffen.

„Jetzt?", fragte Jefferson.

Yang nickte.

„Wir übernehmen ab hier, Mr. Sanchez", sagte Jefferson und ging auf Caleb zu.

Sanchez richtete sich auf. Nicht sehr sanft rollte Jefferson Caleb auf den Bauch, zog dessen Arme zurück und legte ihm Handschellen an, wobei er die Tatsache ignorierte, dass Calebs Schulterwunde ihm in dieser Position noch mehr Schmerzen verursachte.

Yang trat näher. „Caleb Faulkner, Sie sind verhaftet wegen Mordes, Entführung und Vergewaltigung der russischen Staatsbürgerin Annika, des Mordes an dem russischen Kulturattaché Sergei Petrov, des versuchten Mordes an dem Sicherheitsangestellten der russischen Botschaft, Ivan Lipovsky, der Entführung und

Vergewaltigung der russischen Staatsbürgerinnen Sasha und Tatjana, des versuchten Mordes an Emily Warner und, wenn ich schon dabei bin, des Mordes an Madeline Bolton." Er deutete mit dem Kinn auf Jefferson. „Informiere ihn über seine Rechte."

Dann wandte Yang sich ab und ging zu Emily, wobei er mit seiner Taschenlampe die Umgebung ausleuchtete. Emily sah zu ihm hoch, und er ging neben ihr in die Hocke. Während er bei dem Mann auf ihrem Schoß nach einem Puls suchte und keinen fand, fragte er: „Sind Sie und Sasha verletzt?"

Sie schüttelte den Kopf, und er bemerkte, wie ihr die Tränen übers Gesicht liefen.

„Wer ist dieser Mann?"

„Mein Vater", stieß Emily hervor. „Er hat mich ... uns ... gerettet ..." Sie drückte einen Kuss auf Sashas Kopf und drückte sie fest an ihre Brust. „Die Kugeln waren für mich bestimmt."

„Es tut mir so leid ... Er ist tot", sagte Yang und seine Brust verkrampfte sich vor Mitgefühl für die Frau, die sich in Gefahr gebracht hatte, um ein Mädchen zu retten, das sie nicht einmal kannte, und eine Frau zu rächen, der sie nie begegnet war.

„Sasha?", fragte er sanft und schließlich hob das Mädchen ihren Kopf von Emilys Brust und sah ihn an. „Du bist jetzt in Sicherheit. Caleb Faulkner wird dir nie wieder wehtun."

Sasha schaute an ihm vorbei zu der Stelle, wo sich Jefferson und Caleb befanden. Yang folgte ihrem Blick und bemerkte, dass Diego Jefferson assistierte, indem er dessen Taschenlampe hielt. Dann sah Yang zu Emily und Sasha zurück. Sasha zeigte auf Yang und fragte Emily: *„Drug?"*

Emily nickte. *„Drug.* Freund."

„Sie sprechen Russisch?", fragte Yang überrascht.

„Nur wenige Wörter."

Yang hörte Schritte mehrerer Personen, die sich dem Raum näherten. „Wir brauchen hier Sanitäter und die Spurensicherung. Und Licht!", rief er. „Die Sanitäter sollten Sie und Sasha untersuchen."

Mehrere Beamte traten ein und nutzten

ihre Taschenlampen, um sich einen Überblick über die Szene zu verschaffen. Yang half Emily und Sasha auf, als Sasha plötzlich auf Caleb zeigte, der nun mit Jeffersons Hilfe dastand. Sie begann auf Russisch zu sprechen. Yang schüttelte den Kopf, weil er kein einziges Wort dieser Sprache kannte. Sie würden schnell einen Übersetzer besorgen müssen.

„Tut mir leid, ich verstehe nicht", sagte er zu ihr.

Sie schüttelte den Kopf, zeigte wieder auf Caleb und redete weiter. Dieses Mal verstand er ein Wort.

Tatjana. Das dritte vermisste Mädchen.

„Tatjana?", fragte er und sie nickte.

„War sie bei dir?"

Sasha sprach wieder, dieses Mal fügte sie ein paar englische Wörter hinzu. „Tatjana, Freund. Hilfe."

Yang tauschte einen Blick mit Emily aus.

„Sie muss meinen, dass Tatjana noch lebt und irgendwo eingesperrt ist", vermutete Emily.

Yang dachte dasselbe. Er wandte sich an

einen der uniformierten Beamten. „Rufen Sie einen russischen Dolmetscher an. Es ist dringend."

„Ja, Detective."

„Entschuldigen Sie, Miss Warner." Yang drehte sich um und ging zu Jefferson, der mit einem gefesselten, blutenden und zuckenden Caleb Faulkner wartete.

Yang wandte sich direkt an Caleb. „Wo ist das andere Mädchen? Wo ist Tatjana?"

Blut lief aus Calebs Nase, sein Gesicht war verletzt, seine Lippe aufgeplatzt, aber er zwang sich zu einem Lächeln. „Ich werde es Ihnen sagen, wenn ich einen Plädoyer-Deal bekomme. Keine Gefängnisstrafe."

„Träumen Sie weiter", spottete Yang. „Bisher zähle ich vier Morde, darunter Miss Warners Vater. Sie werden mindestens vier lebenslange Haftstrafen absitzen. Und ich werde dafür sorgen, dass Ihre Zellengenossen wissen, dass Sie Kinder vergewaltigt und missbraucht haben. Wissen Sie, was die mit Männern wie Ihnen im Gefängnis machen werden? Außerdem sind Sie viel zu hübsch fürs Gefängnis. Ich bin mir sicher, jemand wird Sie dort zu seiner Braut machen."

Caleb spuckte ihn an, aber Yang war nicht nah genug, um getroffen zu werden. „Mein Vater wird das alles regeln."

„Sie meinen, wie er es geregelt hat, dass Sie in Moskau nicht ins Gefängnis mussten, nachdem Sie eine vierzehnjährige Russin vergewaltigt hatten? Wie hieß sie noch?"

Caleb erbleichte.

„Caleb", sagte jemand vom Eingang des Raumes. Yang warf dem Neuankömmling einen Blick zu: Mike Faulkner.

Zu sagen, dass Yang überrascht war, den Stabschef zu sehen, war die Untertreibung des Jahrzehnts. Er war platt.

„Dad, Gott sei Dank bist du da!", rief Caleb seinem Vater zu. „Sie versuchen, mir etwas anzuhängen, was ich nicht getan habe. Du musst mir helfen."

Faulkner begegnete dem Blick seines Sohnes. „Ich helfe dir. Du bekommst die besten Ärzte, die man mit Geld bezahlen kann."

„Ärzte?", wiederholte Yang. „Das wird also

seine Verteidigung sein? Dass er verrückt ist? Er hat vier Menschen getötet, möglicherweise fünf, und er hat drei Mädchen entführt und vergewaltigt und wahrscheinlich noch viele mehr!" Yang war wütend.

„Er ist krank. Er braucht Hilfe", sagte Faulkner. „Ich dachte, es würde ihm besser gehen, aber ich habe mich geirrt. Ich hatte etwas vermutet, als –"

„Sag ihnen nichts, Dad!", schrie Caleb.

„Halt die Klappe", knurrte Jefferson und zog an den Handschellen, was Calebs Schulterwunde verschlimmerte und Caleb einen Schmerzensschrei entlockte.

„Es tut mir leid, Sohn, ich hätte damals etwas tun sollen. Ich hätte dich schon vor langer Zeit behandeln lassen sollen. Ich bin als Vater gescheitert."

Yang wandte sich an Caleb. „Wie haben Sie es angestellt? Wie haben Sie Madelines Unfall inszeniert? Es gab keine Anzeichen eines Kampfes, keine Abwehrverletzungen."

Caleb grunzte. „Ich habe nichts getan."

Yang tauschte einen Blick mit Jefferson aus und lenkte ihn dann wieder zurück zu

Caleb. „Sie müssen Madeline Bolton betäubt haben. Wir werden es mit Sicherheit wissen, wenn wir Madelines Tox-Screen bekommen."

Als Yang Mike Faulkners zurückhaltenden Gesichtsausdruck bemerkte, fügte er hinzu: „Ich gehe davon aus, dass Sie den Bericht bereits gesehen haben, Mr. Faulkner."

Als Faulkner nichts sagte, fuhr Yang fort: „Schon gut. Der Secret Service muss ihn uns jetzt übergeben, da wir eine Augenzeugin für den Mord an Madeline Bolton haben."

„Welche Augenzeugin?", fragte Faulkner sichtlich fassungslos.

Yang zeigte auf Sasha, die zusammen mit Emily von zwei Sanitätern weggeführt wurde. „Das Mädchen hat in der Nacht von Madelines Mord bei ihr Zuflucht gesucht. Sie hat alles gesehen." Obwohl Yang noch keine Bestätigung von Sasha erhalten hatte, vermutete er, dass sie den Mord beobachtet hatte.

Faulkner starrte Caleb an, als würde er ihn nicht einmal kennen.

„Dad, sie haben keine Beweise, die mich mit Maddies Tod in Verbindung bringen! Auch nicht mit Petrovs oder Annikas", behauptete Caleb. „Du musst mir helfen!"

Noch mehr Polizisten traten ein. Jefferson übergab ihnen Caleb. „Sperrt ihn ein."

„Was ist mit der Verletzung?", fragte einer der uniformierten Beamten.

Jefferson zuckte mit den Schultern, obwohl er – genauso wie Yang – wusste, dass sie den Täter trotz der schrecklichen Verbrechen, die er begangen hatte, medizinisch versorgen mussten. „Tut, was ihr tun müsst. Aber trefft alle Vorsichtsmaßnahmen. Es besteht Fluchtgefahr."

Als Caleb flankiert von zwei bewaffneten Polizisten aus dem Raum geführt wurde, sah Faulkner niedergeschlagen aus. Yang fühlte, wie Zufriedenheit ihn erfüllte. Faulkners Sohn war immer noch trotzig, aber Faulkner war schlauer, er wusste, dass er verloren hatte.

„Wir haben Calebs DNA unter Annikas Fingernägeln gefunden", sagte Yang. „Dafür wird er eingebuchtet. Sie können nichts dagegen tun. Jetzt wäre es gut für Sie, mit uns zu kooperieren. Beginnen wir damit, warum Sie hier sind. Und erzählen Sie mir nicht, Sie hätten den Polizeifunk abgehört."

„Ich konnte Caleb nicht erreichen. Ich musste mit ihm sprechen, ihn konfrontieren ... Ich verfolgte sein Auto zu Maddies Haus, und als ich Polizeiautos vor diesem Gebäude anhalten sah, vermutete ich, dass Caleb hier ist."

„Sie haben Ihren Sohn verdächtigt, Madeline Bolton getötet zu haben?"

Faulkner seufzte und fuhr sich zögernd mit einer zitternden Hand durchs Haar.

„Ich muss wissen, warum", sagte Yang. „Welche Beweise haben Sie uns verheimlicht? Wir können das auf dem Revier mit einem Anwalt erledigen, aber wenn Sie eine mildere Strafe wollen, dann sagen Sie uns jetzt sofort, was Sie wissen."

Faulkners Schultern senkten sich. „Irgendwann um Madelines Tod herum verschwand eine Flasche Midazolam von meinem Gestüt. Wir verwenden es, um Tiere während medizinischer Eingriffe zu betäuben. Ich konnte nicht mit Sicherheit wissen, ob Caleb es genommen hatte und warum, aber als Maddies Tox-Screen zurückkam, sah ich, dass sie Spuren von Alkohol und Midazolam gefunden hatten. In Kombination mit Alkohol wirkt Midazolam innerhalb von Minuten, um die Person bewegungsunfähig zu machen. Sie hätte sich nicht wehren können."

Faulkner senkte den Kopf und schüttelte ihn, dann sah er wieder zu Yang. „Sie waren befreundet, Maddie und Caleb. Sie arbeiteten zusammen. Sie vertrauten einander."

Yang nickte. „Also ließ sie ihn in ihr Haus und trank etwas mit ihm. Er muss Grund zu der Annahme gehabt haben, dass Madeline das Verschwinden der Mädchen untersuchte, die von der Wohltätigkeitsorganisation vermittelt wurden."

„Ich wusste nichts von irgendwelchen Mädchen." Faulkners Stimme war jetzt frei von jeglichen Emotionen. „Aber heute, als ich Maddies Tox-Screen erhielt, wurde mir klar, dass er Maddie getötet hat, um ein Geheimnis zu wahren. Ich wusste nur nicht, was es war."

Yang glaubte das nicht ganz. „Sie wussten, was er in Moskau getan hat. Sie haben es vertuscht und jetzt behaupten Sie, dass Sie nichts von den Mädchen wussten?"

Faulkner atmete zitternd aus. „Das habe ich nicht, nicht mit Gewissheit … Aber ich war besorgt …"

„Also, wo hat Caleb die Mädchen festgehalten?"

Faulkner schüttelte den Kopf. „Ich weiß es nicht. Nicht auf dem Anwesen in Virginia. Da geht er kaum hin. Und auch nicht in meinem Stadthaus. Ich hätte etwas gesehen oder gehört."

„Hat er eine eigene Wohnung?"

„Ja, eine Eigentumswohnung in Georgetown, aber das ist nur eine Drei-Zimmer-Wohnung ohne Abstellraum oder Einzelgarage. Kein Keller. Er könnte dort unmöglich jemanden verstecken. Das würden die Nachbarn hören."

Yang winkte einem der Beamten, sich zu nähern. „Nehmen Sie zwei Männer und fahren Sie zu Caleb Faulkners Wohnung." Er sah Faulkner an. „Wie ist die Adresse?"

Faulkner nannte sie ihnen und der Beamte verschwand.

„Hat er sonst noch Immobilien in der Stadt?"

Faulkner zuckte mit den Schultern. „Nicht, dass ich wüsste."

Yang sah Faulkner in die Augen. Er sah nicht so aus, als würde er lügen, aber schließlich war Faulkner Politiker, und alle Politiker logen. „Sind Sie sicher? Das Leben eines Mädchens steht auf dem Spiel. Tatjana, das dritte Mädchen, das er entführt hat, wird immer noch vermisst."

„Das ist alles, was ich weiß, ich schwöre es. Ich weiß nicht, wo er sie versteckt hält."

„Na gut. Wenn sich herausstellt, dass Sie von dem Ort wussten, an dem er die Mädchen gefangen hielt, werden wir dies zu Ihrer Anklage wegen Behinderung der Justiz hinzufügen." Dann wandte er sich an einen Polizisten: „Bringen Sie Mr. Faulkner für eine formelle Befragung zum Revier."

83

Draußen vor dem verlassenen Gebäude blockierten mehrere Polizeiautos und Krankenwagen die Straße. Eine Polizistin blieb an Emilys Seite, während ein Sanitäter sie auf Verletzungen untersuchte. Sasha wurde von einem anderen Sanitäter im selben Krankenwagen untersucht. Sasha hatte darauf bestanden, in der Nähe von Emily zu bleiben, immer noch misstrauisch gegenüber allen anderen, besonders Männern. Emily konnte es ihr nicht verübeln.

Abgesehen von ein paar Prellungen hatten weder Emily noch Sasha irgendwelche

Verletzungen davongetragen. Emily drückte Sashas Hand und erhielt ein Lächeln als Antwort. Das war das erste Mal, dass das Mädchen lächelte. Sie war eine Überlebenskünstlerin, das spürte Emily. Sasha würde das überstehen, obwohl die Heilung des psychischen Traumas, das sie erlitten hatte, lange dauern würde.

Aus dem Augenwinkel sah Emily zwei Männer mit einer Trage aus dem Gebäude kommen. Darauf lag ein schwarzer Leichensack. Sie wusste, wer sich darin befand. Emily entschuldigte sich und stieg aus dem Krankenwagen.

„Sie sollten hier bleiben, Miss Warner", sagte die Polizistin.

„Ich muss ihn noch einmal sehen", sagte Emily und ging zum Fahrzeug des Gerichtsmediziners, wo jetzt die beiden Männer mit der Trage standen. Die Polizistin hielt sie nicht auf.

Als Emily die Trage erreichte, sahen die beiden Männer sie an.

„Das ist mein Vater", sagte sie, bevor sie ihre Hand auf den Reißverschluss legte.

Die beiden Männer nickten und ließen sie gewähren, als sie den Reißverschluss weit genug hinunterzog, um das Gesicht ihres Vaters freizulegen. Seine Augen waren geschlossen und sein Gesicht wirkte entspannt, wenn auch blass. Sie strich mit dem Handrücken über seine Wange. Die Haut war noch nicht ganz kalt. Es war noch etwas Restwärme vorhanden, aber das Leben war aus ihm gewichen.

„Ich hoffe, Mom kann dir auch vergeben. Sag ihr, dass ich sie vermisse ... Es vergeht kein Tag, an dem ich nicht an sie denke. Ich liebe dich, Dad."

Tränen liefen ihr über die Wangen. Sie wandte sich von der Trage ab und sah Diego ein paar Meter entfernt stehen. Er überbrückte die Distanz zwischen ihnen, legte eine Hand auf ihre Schulter und drückte sie.

„Es tut mir so leid, dass du deinen Vater verloren hast", sagte er und duzte sie dabei, als hätte er das schon immer getan. „Ich wünschte, ich wäre früher da gewesen."

Sie schniefte. „Es ist Ironie, dass der

Mann, der mir heute Abend das Leben gerettet hat, der war, den ich so lange für böse gehalten habe." Sie schüttelte den Kopf und begegnete dann Diegos Blick. „Es tut mir leid, Diego. Es tut mir leid, dass ich dich verdächtigte."

„Und auch, dass du mich auf den Kopf geschlagen hast, nehme ich an?", sagte er in einem leichten Ton.

„Ja, das auch. Zweimal. Es tut mir leid."

„Ich habe einen harten Kopf. Es ist in Ordnung. Hätte ich dich verdächtigt, Maddie umgebracht zu haben, hätte ich viel Schlimmeres getan", gab er zu. „Ich habe sie geliebt, und ich hätte ihr niemals wehgetan."

„Das weiß ich jetzt."

„Sie hätte dich gemocht. Du hast ein gutes Herz. Genau wie sie." Ein feuchter Glanz bedeckte Diegos Augen und zeugte von seinem Verlust.

Emily konnte nicht antworten, weil sie nicht wieder in Tränen ausbrechen wollte. Stattdessen wechselte sie das Thema. „Kann ich mir dein Handy ausleihen? Meins ist irgendwo im Gebäude. Ich muss Vicky anrufen, um ihr zu sagen, dass es mir gut geht."

„Ich glaube nicht, dass das nötig sein wird", sagte Diego und deutete an Emily vorbei.

Weiter die Straße hinunter, wo die Polizei den Bereich abgesperrt hatte, wo die Krankenwagen geparkt waren, stritt Vicky mit einem Polizisten.

„Vicky!", rief Emily und ging begleitet von Diego näher.

„Schau'n Sie mal, das ist meine Freundin. Sie braucht mich", beharrte Vicky.

Der Polizist sah Emily und Diego an.

„Bitte lassen Sie sie durch", sagte Emily und der Polizist gehorchte.

Vicky eilte zu ihr, legte ihre Arme um sie und drückte sie fest. „Oh Gott, ich bin so froh, dass dir nichts passiert ist." Sie ließ sie los und warf Diego einen Blick zu. „Danke, dass du mich vorhin angerufen hast."

„Du hast Vicky angerufen?", fragte Emily.

Vicky antwortete an seiner Stelle: „Worüber ich froh war. Sonst hätte ich nicht gewusst, dass der Mörder hinter dir her war.

Diego hat gesehen, wie er dir nachlief. Also habe ich Detective Yang angerufen und ihm gesagt, in welche Richtung du unterwegs warst."

„Aber wie konntest du das wissen?", fragte Emily verwirrt.

„Schon mal von der *Find-my-Friend*-Funktion auf deinem Handy gehört?" Vicky lächelte. „Ich habe sie neulich aktiviert, damit dein Handy deinen Standort mit meinem teilt."

Fassungslos schlang Emily ihre Arme um Vicky. „Du bist die Beste."

„Tja, jemand musste dich ja im Auge behalten, da du nicht auf die Vernunft hören wolltest – oder auf Detective Yang."

Emily löste sich aus der Umarmung, als Vicky an ihr vorbei auf den Wagen des Gerichtsmediziners zeigte. „Sag mir, dass das nicht Sasha ist."

Emily schüttelte den Kopf und deutete auf den Krankenwagen, aus dem gerade in diesem Moment Sasha herauskam und ihre Augen schweifen ließ, bis sie Emily entdeckte.

„Also ist es der Mörder", sagte Vicky.

„Nein", antwortete Emily. „Er lebt, aber sie haben ihn. Mein Vater ist tot. Er hat eine Kugel für mich abgefangen." Eine weitere Welle von Tränen drohte sie zu überwältigen.

„Oh Schatz, es tut mir so leid."

Emily schniefte. „Wir hatten eine Minute, bevor er starb. Er sagte mir, er bedauere, was er meiner Mutter und mir angetan hat. Ich habe ihm verziehen."

Vicky nickte verständnisvoll. „Er wird jetzt in Frieden ruhen. Und du hast endlich einen Abschluss."

Begleitet von der Polizistin gesellte sich Sasha zu ihnen und Emily legte einen Arm um sie.

Aber Sasha sah weder sie noch Diego noch Vicky an. Stattdessen starrte sie zu dem anderen Krankenwagen. Auf einer Trage davor saß Caleb aufgestützt, eine Hand mit Handschellen an das Geländer der Bahre gefesselt, die andere in einer Schlinge. Er starrte Sasha und Emily direkt an.

„*Ubiytsa*", sagte Sasha mit Verachtung in der Stimme, die viel kräftiger klang als zuvor.

„Ja, Sasha, er ist ein Mörder, aber er wird nie wieder jemandem etwas antun. Ich verspreche es dir", sagte Emily.

Sasha sah zu ihr auf und es schien, als hätte sie verstanden. *„Da."*

Als die Sanitäter Caleb in den Krankenwagen schoben und ein uniformierter Polizist mit ihm einstieg, erschienen Yang und Jefferson mit Mike Faulkner, dem Stabschef des Präsidenten.

„Was macht der hier?", fragte Vicky.

Diego stieß ein Grunzen aus. „Er wusste, wozu sein Sohn fähig ist. Und er hat es verschwiegen."

Als Jefferson Faulkner zu einem Polizeiauto führte, näherte sich Yang.

„Detective", sagte Diego, „sagen Sie mir, dass Mike Faulkner für seinen Anteil an diesem Verbrechen bezahlen wird."

Yang nickte. „Ich bin nicht der Staatsanwalt, aber glauben Sie mir, wir haben genug Beweise, um ihn wegen Behinderung der Justiz anzuklagen."

„Ich bin froh, dass Sie rechtzeitig gekommen sind", sagte Emily.

„Dank des Einfallsreichtums von Miss Hong", antwortete Yang.

„Detective Yang!", sagte ein Mann in einem dunklen Anzug, der sich ihnen näherte.

„Ah, Mr. Belsky, ich habe mich gefragt, wann Sie auftauchen würden", sagte Yang mit hochgezogener Augenbraue. „Ich dachte, Ihre Leute würden meinen Partner und mich im Auge behalten."

Emily fand seine Bemerkung merkwürdig. Wer war dieser Mann?

„Ich wusste, dass Sie alles unter Kontrolle haben", sagte Belsky mit starkem russischem Akzent. „Ich wollte nicht eingreifen, bis meine Hilfe gebraucht wird." Er neigte den Kopf zu Sasha und sagte dann etwas auf Russisch.

Sasha antwortete mit nur wenigen Worten.

„Können Sie für uns übersetzen, was Sasha weiß? Wir glauben, dass ein anderes Mädchen, Tatjana, immer noch dort eingesperrt ist, wo Caleb Faulkner Sasha festhielt."

„Sicher", sagte Belsky.

„Lassen Sie uns das auf dem Revier machen", schlug Yang vor.

Belsky sprach das Mädchen erneut auf Russisch an und Sasha antwortete, schüttelte jedoch den Kopf, wobei sie sich an Emily festhielt.

„Stimmt etwas nicht?", fragte Yang.

„Es scheint, dass das Mädchen uns nicht vertraut. Sie möchte, dass Miss Warner mitkommt."

Emily war überrascht, dass der Mann wusste, wer sie war. „Ich glaube nicht, dass wir einander schon vorgestellt wurden."

„Ach, Entschuldigung, Nikolai Belsky, Sicherheitschef der russischen Botschaft."

Emily nickte. „Sie haben mit Sergei Petrov zusammengearbeitet. Mein herzliches Beileid."

Zu ihrer Überraschung lächelte der Russe. „Ihr Beileid ist berührend, aber nicht notwendig. Sergei Petrov ist am Leben."

„Was?", platzte Yang heraus. „Ich habe seinen Sicherheitsdienst selbst befragt."

Belsky wandte sich an Yang. „Wir mussten dafür sorgen, dass alle dachten, Petrov hätte den zweiten Anschlag nicht überlebt. Wir konnten niemandem vertrauen, nicht einmal der Polizei oder irgendjemandem in Ihrer Regierung."

„Aber wie hat er überlebt?", fragte Yang.

„Laut des medizinischen Personals, das Petrov das Leben rettete, wurde ihm Luft injiziert, die, wenn sie in eine Halsschlagader injiziert worden wäre, eine Embolie im Gehirn verursachen und ihn sehr schnell töten hätte können. Aber der Mörder hat eindeutig improvisiert und verfügte nicht über ausreichende medizinische Kenntnisse, um zu verstehen, dass eine kleine Menge Luft, die in einen Infusionsanschluss anstatt in die Halsschlagader injiziert wird, nicht unbedingt sofort tötet."

„Das verstehe ich nicht. Caleb Faulkner wäre vorbereitet gekommen."

Belsky nickte. „Ist er auch. Die Spritze, die er bei dem Sicherheitsangestellten benutzt hatte, wurde im Krankenzimmer gefunden. Sie enthielt Spuren von Midazolam, ebenso wie Lipovskys Blut. Caleb Faulkner verwendete bei Lipovsky eine massive Dosis

Midazolam. Im Allgemeinen dauert es ein paar Minuten, bis die Droge jemanden bewusstlos macht, aber die Dosis war so hoch, dass sie ihn innerhalb von Sekunden niederstreckte. Wäre das nicht auf einer Intensivstation passiert, wäre Lipovsky mit Sicherheit gestorben. Und da Caleb die ganze Spritze für Lipovsky verbrauchte, hatte er keine mehr für Petrov."

Verblüfft sagte Emily: „Dann wird Petrov aussagen können, wenn er aufwacht."

Belsky nickte. „Er ist vor einer Stunde aufgewacht. Ich war auf dem Weg zu ihm, als ich erfuhr, dass Detective Yang und Detective Jefferson auf dem Weg waren, den Mörder festzunehmen."

„Sie erfuhren es?", fragte Yang und neigte seinen Kopf zur Seite.

„Wir alle haben unsere Quellen. Belassen wir es dabei, ja?", sagte der Russe mit einem Grinsen.

84

Angesichts Sashas fragilen Zustandes beschloss Yang, sie nicht in einem kalten und kahlen Verhörraum auf dem Revier zu befragen, sondern entschied sich für eines der Privatbüros, das über eine Couch und ein paar bequeme Stühle verfügte.

Eine russische Dolmetscherin war auf der Polizeistation eingetroffen, und Yang lud sie ein, sich ihnen anzuschließen. Obwohl Belsky Sashas Antworten übersetzen würde, wollte er, dass jemand Neutraler dafür sorgte, dass der Sicherheitschef der russischen Botschaft nichts Entscheidendes ausließ.

Emily saß mit Sasha auf der Couch und hielt ihre Hand, während Belsky einen Stuhl näher zu Sashas Seite gezogen hatte. Die Dolmetscherin saß weiter entfernt auf einem Stuhl, einen Notizblock auf dem Schoß, während Jefferson hinter dem Computer saß, um Notizen zu machen.

Yang saß in einem Sessel gegenüber der Couch und sah Belsky an. „Wir brauchen nur eine schnelle Bestätigung von Sasha, dass sie gesehen hat, wie Caleb Madeline Bolton tötete, bevor wir darüber reden, wo sie eingesperrt war, damit wir Tatjana finden können. Über weitere Details können wir später sprechen."

Belsky nickte. Mit seiner Hilfe erzählte Sasha ihnen, was in Madelines Reihenhaus passiert war.

Laut Sasha war es Abend gewesen, als es an der Tür klingelte und Maddie Sasha aufforderte, sich im Gästezimmer zu verstecken. Sie tat es, aber da sie die Tür zum Gästezimmer angelehnt gelassen hatte, konnte sie hören, dass Maddie einen Mann ins Haus ließ. Sie hörte die beiden reden und erkannte die Stimme als die ihres Entführers und Vergewaltigers. Er war derselbe Mann, der Annika getötet hatte.

Als Sasha eine kurze Pause machte, brach ein Schluchzen aus ihrer Brust und Emily streichelte sanft ihren Unterarm. „Du machst das großartig, Sasha."

Belsky übersetzte weiter für das Mädchen und enthüllte, dass Sasha das Gästezimmer verlassen hatte, um zu sehen, was die beiden taten. Im Flur im Obergeschoss gab es eine Stelle, von der aus sie ins Wohnzimmer hinuntersehen konnte, während sie hinter dem Geländer versteckt war. Sie konnte jedoch nicht verstehen, worüber Maddie und Caleb sprachen.

Yang erinnerte sich an den Grundriss von Madeline Boltons Haus, obwohl er nur einmal und nur für kurze Zeit dort gewesen war. Die Treppe, die nach oben führte, machte eine Kehrtwende, bevor sie den oberen Flur erreichte. Von dort aus konnte man ins Wohnzimmer hinuntersehen. Eine ein Meter hohe Trennwand versperrte die Sicht von unten etwas, sodass sich jemand dahinter verstecken und einen Blick auf das Treiben im Wohnzimmer darunter erhaschen konnte.

„Was haben sie gemacht?", fragte Yang und Belsky übersetzte die Frage.

Sasha sah, wie sie ein Glas Wein tranken, aber dann anfingen sich zu streiten, und es sah so aus, als wollte Maddie, dass er ging. In diesem Moment fiel ihr das Weinglas aus der Hand und sie versuchte, vom Sofa aufzustehen, konnte es aber nicht. Sie fiel zurück auf das Sofa. Daraufhin stand Sashas Vergewaltiger auf. Seine Stimme veränderte sich, genau wie jedes Mal, wenn er Sasha und den anderen Mädchen wehtat. Sasha wurde klar, dass er Maddie etwas antun würde, und sie wollte ihr helfen, konnte es aber nicht.

Während sie sprach, liefen Tränen über Sashas Gesicht.

Alle saßen still da, bis Sasha bereit war fortzufahren.

Sasha sah, wie Caleb den Raum verließ, und duckte sich hinter die Trennwand, damit er sie nicht sehen konnte. Sie konnte nicht genau sagen, was er tat, aber er brachte eine Trittleiter ins Wohnzimmer. Und dann packte er Maddie. Ihre Augen waren offen, aber sie wehrte sich nicht. Sasha beschrieb sie als *schlaff wie eine Stoffpuppe.*

Yang schluckte schwer. Maddie hatte gewusst, was kommen würde. Er spürte, wie ihm ein Schauer über den Rücken lief, aber er musste den Rest hören.

Laut Sashas tränenüberströmter Erinnerung hatte Caleb Maddie hochgehoben und sie dann auf den Couchtisch aus Glas fallen lassen, der beim Aufprall zersplitterte. Nachdem er die Szene so inszeniert hatte, dass es aussah, als wäre Maddie von der Trittleiter gefallen, und er das Haus verlassen hatte, nahm Sasha alles Geld, das sie finden konnte, und rannte davon.

Als Yang fragte, warum sie nicht zur Polizei gegangen sei, sagte Sasha, sie habe zu viel Angst gehabt, weil Caleb ein mächtiger Mann sei.

„Mächtig? Inwiefern?", fragte Yang.

Belsky hörte Sasha zu, sah dann Yang und Jefferson an und seufzte. „Anscheinend hat Caleb Faulkner den Mädchen gesagt, dass er mit dem Präsidenten befreundet sei und dass *sie* bestraft würden, nicht Caleb. Niemand würde ihnen glauben."

Yang nickte verstehend. „Fragen Sie sie, ob sie zu dem Ort zurückfindet, an dem Caleb sie eingesperrt hatte."

Belsky übersetzte Yangs Frage.

„Sie weiß es nicht. Es war mitten in der Nacht und sie rannte einfach, bis sie bei einer Kirche anlangte."

„Einer Kirche? Welcher?", fragte Yang.

„Sie kennt den Namen nicht, aber die Wohltätigkeitsorganisation hatte dort vor ein paar Monaten eine Veranstaltung. Viele Kinder waren da, Maddie und Caleb auch."

Yang deutete zu Jefferson.

„Schon dran", sagte Jefferson, bevor Yang seine Bitte überhaupt äußern konnte. Einen Augenblick später drehte Jefferson seinen Laptop so, dass Sasha ihn sehen konnte. „Hier sind alle Kirchen in der Nähe von Madelines Haus." Langsam scrollte er sie durch.

Sasha zeigte auf den Computer. „Diese."

„Holy Trinity Catholic Church," sagte Jefferson.

„Das ist ein Anfang“, sagte Yang, bevor er sich wieder Sasha zuwandte und ihr über Belsky die nächsten Fragen stellte. „Wie lange bist du gelaufen, bis du die Kirche erreicht hast?“

„Nicht lange, vielleicht zehn oder zwanzig Minuten.“

„Bist du oft abgebogen oder geradeaus gerannt?“

„Ich bin ein paar Mal abgebogen, aber ich glaube, ich bin im Kreis gelaufen. Alles sah gleich aus.“

„Hast du eine Brücke überquert oder bist du durch einen Park gelaufen?“

Sascha schüttelte den Kopf. „Nein. Es waren ganz normale Straßen. Kleine Gassen.“

„Keine großen Straßen mit viel Verkehr?“

Sie schüttelte den Kopf.

Yang wandte sich an Jefferson. „Wenn sie keine Brücken oder Hauptstraßen überquert hat, muss sie irgendwo in Georgetown eingesperrt gewesen sein.“

„Ich brauche mehr“, sagte Jefferson und blickte auf die Karte, die er auf dem Laptop geöffnet hatte. „Sasha, wie sieht es mit

Restaurants aus? Kneipen? Irgendwelche Läden, an denen du vorbeigekommen bist?"

Belsky sagte: „Sie weiß es nicht. Sie hat sich nicht umgesehen. Sie wollte nur weg."

Yang seufzte. „Fragen Sie sie nach dem Ort, an dem sie eingesperrt war. War es in einem Haus, einem Lagerhaus, einer Garage?"

„Es war unten. Ein Keller. Es war immer dunkel und die Luft roch schlecht ..."

„Schlecht? Du meinst muffig?"

Sie schüttelte den Kopf. „Nein, nach Essen. Curry. Es roch immer nach Curry."

Yang und Jefferson sahen sich an. "Ein indisches Restaurant."

Augenblicke später sagte Jefferson: „Es gibt nur zwei indische Restaurants in der Nähe."

„Zeig sie uns auf Google Street View", sagte Yang.

Jefferson zoomte auf das erste Restaurant, während Sasha auf den Bildschirm starrte. Sie schüttelte den Kopf. „Nein, das kommt mir nicht bekannt vor."

„Wie wäre es mit diesem?"

Sasha starrte auf den Bildschirm, während Jefferson mithilfe einer 360-Grad-Drehung auf Google Street View zeigte, welche anderen Gebäude sich in derselben Straße befanden.

Sasha deutete mit der Hand auf das Bild und Belsky übersetzte: „Da! Sie hat das gesehen. Sie hat diese Gebäude gesehen, als sie geflohen ist. Das ist die Straße!"

85

Der Geruch von Curry hing in der Luft, obwohl das Restaurant, aus dem er stammte, bereits geschlossen hatte. Emily betrachtete das Gebäude in der malerischen Einbahnstraße, die auf der einen Seite von hübschen zweistöckigen Reihenhäusern und auf der anderen von größeren Gebäuden gesäumt war. In einem solchen Gebäude befand sich das indische Restaurant.

Als Sasha aus Detective Yangs Auto stieg, blieb sie dicht bei Emily und ergriff erneut ihre Hand. Auch Belsky war mitgekommen, während Jefferson und die Dolmetscherin ein separates Auto genommen hatten. Ein Streifenwagen mit zwei uniformierten Polizisten wartete bereits auf sie.

„Schau dich um, Sasha", wies Yang das Mädchen mithilfe von Belskys Übersetzung an. „Als du aus dem Keller gerannt bist, in dem Caleb dich festgehalten hat, was hast du gesehen?"

Langsam drehte sich Sasha um und schaute die Straße auf und ab. Als sie an Emilys Hand zog, ging Emily mit ihr die leicht ansteigende Straße hinauf. Sasha begann plötzlich zu zittern, und ihre Augen fixierten ein Metalltor zwischen zwei Häusern. Sie zeigte darauf.

Emily blickte über ihre Schulter und nickte Yang zu. Er näherte sich, ebenso wie Belsky und die anderen Polizisten.

Das Metalltor war nicht verschlossen. Es führte zu einem Bereich, in dem die Mülltonnen standen, aber es gab nirgendwo eine Tür.

„Hier ist nichts", sagte Yang.

Emily hörte die Enttäuschung in der Stimme des Detectives.

„Vielleicht erinnerst du dich falsch?", sagte Yang zu Sasha.

Aber Sasha schüttelte den Kopf und deutete auf die übergroßen Mülltonnen. Auf ihr Drängen hin nahm Yang den Griff einer der Tonnen und rollte sie nach vorne, dann tat er dasselbe mit der zweiten. Emily konnte nicht sehen, was er sah, aber als sie bemerkte, wie sich Yangs Gesichtsausdruck veränderte, wusste sie, dass er etwas gefunden hatte.

„Ich brauche einen Bolzenschneider", rief Yang.

Augenblicke später übergab ihm einer der Polizisten das angeforderte Werkzeug. Emily blickte über Yangs Schulter, um ihm zuzusehen, wie er eine schwere Kette durchtrennte, die eine unscheinbare Stahltür verschlossen hatte. Nachdem er sie geöffnet hatte, wurden dahinter Stufen sichtbar, die in einen Keller hinunterführten.

Ein schwaches Licht an der Wand sorgte für etwas Beleuchtung. Yang leuchtete mit seiner Taschenlampe in die Dunkelheit. Emily bemerkte jetzt, dass an der Innenseite der

Tür eine Polsterung angebracht war, um den Raum schalldicht zu machen.

„Tatjana!", rief Sasha in Richtung Keller. „Tatjana!" Dann sagte sie etwas auf Russisch.

„Sasha! Sasha!" Die aufgeregten Worte kamen von einem Mädchen. Begleitet wurden sie vom Klirren von Metall.

Yang stieg die Treppe hinunter und Sasha eilte hinter ihm her. Emily hatte keine andere Wahl, als ihr zu folgen, da sie die Hand des Mädchens nicht loslassen wollte. Der Raum, den sie am Fuß der Treppe betraten, war groß, hatte aber eine niedrige Decke und einen Lehmboden. In einer Ecke lag eine Matratze auf einer etwa einen halben Meter hohen Holzplattform. In der anderen befand sich ein grob gefertigter, vom Boden bis zur Decke reichender Metallzaun mit einem verschlossenen Tor. Es sah aus wie eine Gefängniszelle aus einem alten Western. Darin befanden sich eine alte Toilette und ein Waschbecken sowie mehrere Feldbetten.

Emily sah, wie ein junges Mädchen in schmutziger Kleidung die Gitterstäbe umklammerte. Sie hatte dunkles Haar und die gleichen blauen Augen wie Sasha. Caleb war definitiv auf einen Typ festgelegt.

Als Tatjana Sasha erblickte, die nun Emilys Hand losließ und auf sie zustürmte, liefen ihr Tränen übers Gesicht. Sasha griff durch das Metalltor und nahm Tatjanas Hände in ihre. Sasha sprach schnell, nur unterbrochen von Tränen.

Emily drehte sich zu Belsky um, der hinter ihr eingetreten war.

„Sasha entschuldigt sich bei Tatjana, dass sie nicht früher zurückgekommen ist, um sie zu befreien. Sie hatte einfach zu viel Angst, dass Caleb sie wieder einsperren würde", erklärte Belsky.

„Wir müssen dieses Tor öffnen", sagte Yang.

„Ich mache das", sagte Emily.

Yang starrte sie fassungslos an, während Emily ihre Dietriche aus ihrer Handtasche zog.

„Wow, damit hatte ich nicht gerechnet", sagte Yang, trat aber zur Seite.

Emily brauchte nur eine Minute, um das Tor aufzuschließen. In dem Moment, als es offen war, umarmten sich die beiden Mädchen und lagen sich weinend in den Armen. Auch in Emilys Augen standen Tränen. Sie drückte sie weg. Tatjana war in Sicherheit.

Emily drehte sich um und verließ den bedrückenden bunkerähnlichen Raum. Als sie die Straße erreichte, atmete sie tief durch. Ein Schluchzen entrang sich ihrer Kehle und sie ließ die Tränen fließen. Sie konnte sich nicht vorstellen, wie die Mädchen es überlebt hatten, an einem Ort ohne natürliches Licht eingesperrt und regelmäßig brutal misshandelt und vergewaltigt worden zu sein.

Die Polizistin, die beim Streifenwagen stand, legte ihr eine Hand auf den Arm. „Haben sie sie lebend gefunden?"

Emily nickte. „Ja. Es ist jetzt vorbei. Es ist alles vorüber."

Ihre Worte öffneten die Schleusen noch weiter. Die Polizistin bot ihr eine Schulter, an der sie sich ausweinen konnte, und Emily ließ sich gehen, bis sie keine Tränen mehr hatte.

„Danke", sagte Emily und schniefte.

Die Polizistin lächelte sie an, bevor sie ihrem Kollegen zu Hilfe kam.

Emily fasste sich wieder und drehte sich um, um ihr Spiegelbild im Fenster des Streifenwagens zu betrachten und ihre Tränen mit einem Taschentuch zu trocknen.

Aber sie sah nicht ihr eigenes Gesicht in der Glasscheibe. Sie sah Maddie, wie diese sie anlächelte.

„Maddie", murmelte Emily und streckte ihre Hand aus, um Maddies Gesicht zu berühren.

Maddie formte etwas mit den Lippen, und obwohl Emily im Lippenlesen nicht geübt war, wusste sie, was Maddie sagte. *Danke.*

Als Emily blinzelte, verschwand das Bild. Instinktiv wusste sie, dass dies das letzte Mal war, dass sie Maddie sehen würde, obwohl sie immer noch eine Verbindung zu ihr spüren konnte, immer noch Maddies Mitgefühl und Dankbarkeit fühlte.

86

In den nächsten zwei Tagen waren Yang und Jefferson damit beschäftigt, jeden zu befragen, der auch nur im Entferntesten mit dem Fall, der Caleb Faulkner im Mittelpunkt hatte, zu tun hatte. Jeder der Befragten konnte ein anderes Teil des Puzzles beitragen. Zusammen mit dem Autopsie- und Toxikologiebericht für Madeline Bolton, den der Secret Service sofort bereitstellte, nachdem ihnen Mike Faulkners Beteiligung an dem Fall bekannt wurde, hatten Yang und Jefferson alles, was sie für eine wasserdichte Anklage gegen Caleb Faulkner brauchten.

Nur eines blieb noch zu tun. Yang hatte sich freiwillig dafür gemeldet, weil er einer trauernden Familie zu einem Abschluss verhelfen wollte.

Ein Assistent führte Yang in Eric Boltons Büro in der Innenstadt. Bolton stand da und blickte durch das große Fenster hinaus, das einen Blick auf das Capitol bot.

Der Assistent schloss die Tür hinter Yang, und Bolton wandte sich langsam zu ihm um.

„Danke, dass Sie hierhergekommen sind anstatt zu mir nach Hause", sagte Bolton. „Es ist nicht nötig, dass Rita alle Einzelheiten von Calebs Verderbtheit hört. Es reicht, dass sie weiß, dass er für das, was er getan hat, bestraft wird."

„Das verspreche ich Ihnen", sagte Yang und nahm den angebotenen Platz auf einem bequemen Sessel ein.

Bolton setzte sich ihm gegenüber. „Erzählen Sie mir alles, egal wie schrecklich es ist."

„Als Mike Faulkner Botschafter in Moskau war, war Caleb ein Teenager. Ich muss nicht auf alle Details eingehen, warum er ein vierzehnjähriges russisches Mädchen vergewaltigte und sie fast zu Tode erdrosselte, aber es genügt zu sagen, dass Sergei Petrov bestätigt hat, dass es einen sexuellen Übergriff gab. Petrov hatte nur Bruchstücke von Informationen und glaubte, dass es Mike Faulkner war, der die Vergewaltigung begangen hatte, ohne Caleb zu verdächtigen. Immerhin war es Mike Faulkner, der die Familie bezahlte, damit sie nicht zur Polizei oder an die Presse ging. Alles wurde unter den Teppich gekehrt und Mike und Caleb Faulkner kehrten in die Staaten zurück.“

Bolton nickte. „Ich habe mich immer gewundert, dass er nur zwei Jahre dort blieb. Als ich ihn einmal danach fragte, sagte er, es sei kein gutes Umfeld für Caleb gewesen. Ich machte ihm sogar Komplimente dafür, dass er seine Familie über seine Karriere stellte.“

Yang atmete langsam aus. „Ich kann nicht gutheißen, was Faulkner für seinen Sohn tat, obwohl ich verstehe, dass niemand will, dass das eigene Kind in einem ausländischen Gefängnis verrottet. Aber zurück in den

Staaten hätte er ihm helfen können. Ein Psychiater, Medikamente, Therapie, irgendetwas."

„Caleb ist ein Psychopath und keiner von uns hat es gesehen." Bolton schüttelte den Kopf. „Ich mochte ihn. Ich dachte sogar, dass er einen wunderbaren Schwiegersohn abgeben würde. Wie falsch ich doch lag."

„Er hat alle getäuscht und so getan, als wäre er freundlich und fürsorglich, obwohl er alles andere als das war. Wir werden vermutlich nie erfahren, wie viele junge Mädchen er vergewaltigt und getötet hat, aber wir wissen von dreien, die er in seiner Gewalt hatte. Zwei leben noch und haben bestätigt, dass sie nach einer Sitzung mit ihrem Psychiater in Calebs Auto gelockt wurden. Die Mädchen hatten ihn bei einer Wohltätigkeitsveranstaltung gesehen und dachten, er wäre ein guter Mensch. Sie vertrauten ihm. Es gibt einen Zeugen, einen Obdachlosen, der der Polizei nach Annikas Verschwinden erzählte, er habe in der Gasse hinter dem Gebäude des Therapeuten ein schickes Auto warten gesehen. Er wurde damals nicht ernst genommen, weil er im Drogenrausch war und weder das Auto noch den Mann beschreiben konnte."

„Annika ist das tote Mädchen?"

„Ja, laut Tatjana und Sasha, den beiden überlebenden russischen Mädchen, hat sich Annika gewehrt, als Caleb sie eines Nachts besonders brutal vergewaltigte. Sie mussten zusehen, wie er sie erdrosselte. Nur ein besonders herzloser Mensch kann jemanden mit bloßen Händen erwürgen. Sie kämpfte so lange, wie sie konnte. So gelangte seine DNA unter ihre Fingernägel. Er dachte, durch die Entsorgung der Leiche in einem flachen Grab im Fort Dupont Park würde ihr Körper schnell verwesen und niemand würde sie jemals finden. Tja, jemand hat sie gefunden."

Bolton schien zu schaudern. „Die beiden Überlebenden, sie müssen traumatisiert sein."

„Sie werden eine lange Therapie brauchen."

„Wie ist Maddie in all das verwickelt worden?"

„Es begann mit Sergei Petrov.

Kennengelernt haben sie sich bei einer Gesellschaftsveranstaltung. Er hat sie ins Visier genommen, weil sie für *No child abandoned* arbeitete. Petrov wusste, dass Mike Faulkner die Stiftung nach seiner Rückkehr aus Russland gegründet hatte, und glaubte, dass er sie als Fassade benutzte, um an minderjährige Mädchen heranzukommen. Und da mehrere Mädchen, die von der Wohltätigkeitsorganisation gerettet wurden, in den letzten Jahren verschwanden, vermutete Petrov, dass Mike Faulkner dahintersteckte. Er überzeugte Maddie, ihren Zugang zu nutzen, um nach Beweisen zu suchen."

Bolton seufzte. „Sie hat es nicht getan, um zu beweisen, dass Mike diesen Mädchen etwas angetan hat."

„Was meinen Sie damit?"

„Sie wollte beweisen, dass er es *nicht* getan hat. Sie liebte Mike. Er war ihr Pate. Sie muss Petrovs Bitte akzeptiert haben, um seinen Namen reinzuwaschen. Das ist die Art von Mensch, die sie war."

„Da könnten Sie recht haben. Aber indem

sie in den Aufzeichnungen der Wohltätigkeitsorganisation herumstöberte, lenkte sie Calebs Aufmerksamkeit auf sich. Wir haben die Mitarbeiter der Stiftung befragt und herausgefunden, dass Ihre Tochter in den Wochen vor ihrem Tod auf verschiedene Dateien einer Reihe von Mädchen zugegriffen hatte, obwohl dies nicht wirklich zu ihrem Tätigkeitsbereich gehörte."

„So hat Caleb herausgefunden, dass sie das Verschwinden der Mädchen untersuchte?"

„Davon müssen wir ausgehen. Leider redet Caleb nicht." Yang zuckte mit den Schultern. „Auch egal. Wir haben genug andere Zeugen."

„Sie meinen die zwei Mädchen, die überlebt haben?"

Yang nickte.

„Wie konnte dieses Mädchen, Sasha, überhaupt entkommen?", fragte Bolton.

„Caleb war gekommen und hat sich Tatjana ausgesucht, um sie zu der Matratze zu bringen, wo er regelmäßig die Mädchen missbrauchte. Normalerweise wäre Sasha in der Zelle eingesperrt gewesen, während er mit Tatjana beschäftigt war, aber als Caleb Tatjana aus der Zelle holte, gelang es Sasha, ein Stück Stoff in das Schloss zu klemmen, damit es nicht einrastete. Caleb schien so begierig auf Tatjana zu sein, dass er es nicht bemerkte. Vielleicht hatte er mehr getrunken als sonst. Wir wissen es nicht."

„Also ist sie weggelaufen?"

„Als Caleb ihr den Rücken zukehrte, schlich sie sich aus dem Käfig und rannte aus dem Keller auf die Straße. Tatjana sagte, Caleb sei gestolpert, als er versuchte, mit heruntergezogener Hose hinter Sasha herzulaufen. Aber als Tatjana versuchte, an ihm vorbeizulaufen, um wie Sasha zu fliehen, packte er sie am Knöchel. Sie stürzte und schlug so heftig mit dem Kopf auf, dass sie ohnmächtig wurde."

„Oh mein Gott!"

„Sasha rannte und rannte, bis sie sich vor der Holy Trinity Catholic Church wiederfand. *No child abandoned* hatte dort eine Veranstaltung abgehalten, an der viele der geretteten Kinder teilgenommen hatten.

So hatte Sasha Maddie kennengelernt. Anscheinend tauschten sie mithilfe eines Dolmetschers ein paar Worte aus, und Sasha hatte das Gefühl, Ihrer Tochter vertrauen zu können. Nach Ende der Veranstaltung brachte ein Bus alle zurück zu ihren jeweiligen Häusern, und der Fahrer setzte Madeline nur wenige Blocks von der Veranstaltung entfernt an ihrem Haus ab. Sasha erinnerte sich an das Haus, weil sie sich gefragt hatte, ob sie eines Tages auch in so einem schönen Haus wohnen würde. Sie irrte eine Weile umher, aber schließlich fand sie das Haus und bat Maddie um Hilfe."

Bolton schniefte und Yang sah ihn an und bemerkte, dass Boltons Gefühle ihn überwältigten. „Wollen Sie, dass ich aufhöre?"

„Nein. Bitte fahren Sie fort."

„Ihre Tochter nahm Sasha auf, aber sie konnte nicht viel aus ihr herausbekommen, nur dass ein Mann ihr wehgetan hatte. Und dass sie Angst hatte. An diesem Punkt muss Maddie Sergei Petrov um Hilfe gerufen haben. Aber er war außer Landes und bekam die Nachricht erst nach Maddies Tod.“

„Also hat sie ihn tatsächlich angerufen, wie Miss Warner sagte?“

„Ja und laut Secret Service haben sie die Aufzeichnung des Anrufs auf dem Telefon Ihrer Tochter gefunden, aber als Sie es zurückbekamen, war der Anruf gelöscht.“

„Von Mike?“

„Das glauben wir. Er war die einzige andere Person, die Zugang zum Handy hatte, bevor er es Ihnen zurückgab. Ich glaube, er wollte sicherstellen, dass niemand eine Verbindung von Maddie zu Petrov herstellte, die letztendlich dazu geführt haben könnte, dass ihr Tod mit den vermissten russischen Mädchen in Verbindung gebracht worden wäre.“

„Er muss erkannt haben, dass es zu Caleb führen würde.“

„Gut möglich. Er hatte vielleicht schon früher etwas vermutet, denn Robert Wolff, Mike Faulkners Angestellter auf seinem Pferdegut, bestätigte, dass er Faulkner eine Woche nach Madelines Tod anrief, weil er die

Flasche Midazolam, die er für einen verletzten Hund brauchte, nicht finden konnte. Mike behauptete ihm gegenüber, dass er die Flasche versehentlich zerbrochen hätte, aber das war offensichtlich eine Lüge. Caleb hatte die Droge gestohlen und mit Wein gemischt, um Madeline zu betäuben und den Haushaltsunfall zu inszenieren."

Bolton lief eine Träne über die Wange und er wischte sie weg. „Zumindest wusste sie nicht, was mit ihr geschah."

Yang korrigierte ihn nicht. Die Dosis Midazolam, die Maddie mit dem Wein abbekommen hatte, hatte wahrscheinlich nicht ausgereicht, um sie völlig auszuschalten. Schließlich konnte Caleb nicht riskieren, dass ihre Atmung und ihr Herz stehen blieben, bevor er ihr die Kopfverletzung zufügen konnte. Allerdings hatte die Droge ihre Muskeln so weit entspannt, dass sie keine Kontrolle mehr über sie hatte. Und obwohl sie wusste, was kommen würde, war sie nicht mehr in der Lage gewesen, sich gegen Caleb zu wehren.

„Wenn man bedenkt, dass ich Caleb

schon sein ganzes Leben lang gekannt habe …", sagte Bolton. „Als wäre sie ihm völlig egal gewesen. Oder wir."

„Das ist die Definition eines Psychopathen. Sie scheren sich um niemanden außer sich selbst", antwortete Yang.

Bolton nickte und holte tief Luft. „Aber warum hat Caleb auf Petrov und Miss Warner geschossen? Hat Mike ihm ihre Namen gegeben?"

„Nicht absichtlich, nein. Ich glaube vielmehr, Sie waren es, der Caleb darauf aufmerksam machte, dass Petrov und Miss Warner Informationen hatten, die die Polizei zum Mörder führen könnten."

„Ich? Ich hätte niemals …"

Yang hob seine Hand. „Ich weiß das. Ihr Beitrag zu dieser Situation war vollkommen unbeabsichtigt. Sie erzählten mir gestern bei der Befragung, dass Sie Mike Faulkner angerufen hätten und er in seinem Reihenhaus in D.C. war, wo er sich gerade für ein Abendessen im Weißen Haus anzog. Sie sagten, er hätte das Gespräch auf

Lautsprecher gestellt, damit er sich nebenbei fertigmachen konnte, während Sie ihm erzählten, dass Ihre Frau Besuch von Miss Warner hatte, die behauptete, Maddie habe mit Petrov gesprochen. Ich glaube, dass Caleb im Haus war und das Gespräch belauschte, obwohl weder Caleb noch sein Vater uns irgendwelche Informationen geben wollen. Es spielt keine Rolle. Wir haben viele Beweise, um Caleb zu verurteilen. Wir können sogar beweisen, dass Caleb sich als Arzt verkleidete, um einen zweiten Mordversuch auf Petrov zu unternehmen. Obwohl er eine OP-Maske und eine Haube trug, konnten wir die Sicherheitsaufnahmen aus dem Krankenhaus mit Sicherheitsaufnahmen von Caleb im Foyer der Stiftung überlagern. Wussten Sie, dass jeder Mensch einen individuellen Gang hat?"

„Nein."

„Caleb und die Person, die Petrov und sein Sicherheitspersonal auf der Intensivstation angriff, hatten dieselbe Gangart. Sie waren identisch."

Bolton atmete tief durch. „So viel

Schmerz, so viele Tote, so viele verletzte Menschen ... Alles, damit Caleb verbergen konnte, was für ein Monster er ist. Und Mike wusste es. Er wusste die ganze Zeit, wozu Caleb fähig war, und trotzdem ließ er es geschehen."

„Es war nicht nur das. In gewisser Weise ermöglichte er es."

„Auf welche Weise?"

„Nach Faulkners Rückkehr aus Russland muss er sich für das, was sein Sohn getan hat, schuldig gefühlt haben. Ich glaube, er wollte das Verbrechen seines Sohnes wiedergutmachen, also gründete er die Stiftung, um missbrauchten Kindern zu helfen. Seine Motive waren zu diesem Zeitpunkt höchstwahrscheinlich rein, auch wenn seine Schuldgefühle der Antrieb waren. Jahre vergingen, und vielleicht glaubte Faulkner, dass sein Sohn seinen ... wie soll ich sagen ... sexuellen Appetit auf junge Mädchen überwunden hatte. Jedenfalls hätte Faulkner mehr Gutes getan, wenn er seinem Sohn Hilfe in Form von Therapie und Medikamenten verschafft hätte."

Yang schüttelte den Kopf und fuhr dann fort: „Als Faulkner Stabschef wurde und von der Wohltätigkeitsorganisation zurücktreten musste, setzte er Caleb an die Spitze. Das war so, als hätte man dem Wolf die Verantwortung für die Schafherde übertragen. Es gab Caleb die volle Herrschaft über alle Mädchen, die durch die Stiftung kamen. Er hatte die Wahl. Und einen bestimmten Typ: dunkles Haar, blaue Augen. Wir sind noch dabei, die Akten der Wohltätigkeitsorganisation durchzugehen, um herauszufinden, ob es vor Annika, Sasha und Tatjana andere Mädchen gab, die er möglicherweise missbrauchte oder tötete.“

„Ich kann Mike nicht verstehen. Wie konnte er Caleb nur die Stelle als Geschäftsführer geben?“, fragte Bolton.

„Das werden wir nie erfahren. Vielleicht dachte er wirklich, Caleb hätte sich gebessert und Buße getan.“ Yang zuckte mit den Schultern. „Aber nach Madelines Tod ignorierte er alle Anzeichen dafür, dass Caleb in etwas Schlimmes verwickelt war. Stattdessen manipulierte er Beweise, wie das

Löschen von Madelines Anruf bei Sergei, und tat alles, um zu vertuschen, was er im Inneren bereits wusste: dass Caleb Madeline getötet hatte."

„Das werde ich ihm nie verzeihen", sagte Bolton.

„Wenigstens ist es jetzt vorbei", sagte Yang. „Caleb wird im Gefängnis sterben. Und Faulkner angesichts seines Alters auch."

Bolton nickte und sah Yang direkt an. „Das ist Ironie, oder? Eine Frau, die ihr halbes Leben lang blind war, hat uns allen geholfen, das Monster hinter der Fassade zu sehen."

„Ja, das hat sie. Und sie hat uns zu der einzigen Augenzeugin geführt, die gesehen hat, wie Caleb Madeline tötete. Es gibt nicht viele Frauen wie Miss Warner."

„Nein, Detective. Eine Frau wie sie ist eine Seltenheit. Sie sollten diese Gelegenheit nutzen."

Unwillkürlich lächelte Yang. Vielleicht würde er Boltons Rat befolgen.

87

Eine Woche nach Sashas Rettung war Emily wieder auf demselben Friedhof, auf dem Madeline Bolton beigesetzt worden war, um sich von ihrem Vater zu verabschieden. Es war eine ruhige und kleine Angelegenheit.

Auf dem eleganten Sarg waren weiße Lilien drapiert und ein Priester rezitierte Psalm 23.

„Der Herr ist mein Hirte ...“

Emily hörte das Gebet kaum, ihr Herz war erfüllt von Trauer und Bedauern, aber auch von Dankbarkeit. Ihr Vater hatte seine Schuld Emily gegenüber mit seinem eigenen Leben bezahlt. Ob ihm sein Opfer den Eintritt in den Himmel verschaffen würde, wusste sie nicht. Aber sie empfand keinen Groll mehr gegen ihn. Heute trauerte sie um den Vater, den sie vor fünfzehn Jahren verloren hatte, und weinte ehrliche Tränen um ihn. Vielleicht konnte ihre Mutter ihm jetzt auch verzeihen.

Emily stand da und betrachtete den Sarg, flankiert von ihrem vertrauten Blindenhund Coffee und ihrer besten Freundin Vicky. Beide hatten ihr in der vergangenen Woche Kraft gegeben.

Als der Priester sein Gebet beendet hatte und beiseite trat, blieben die wenigen Trauernden und drückten ihr Beileid aus. Botschafter Pacheco war mit Catalina gekommen.

Catalina schlang ihre Arme um Emilys Taille und drückte ihren Kopf an ihre Brust. „Es tut mir leid, dass Sie Ihren Vater verloren haben. Ich weiß nicht, was ich tun würde, wenn ich meinen verlieren würde." Catalina schniefte und versuchte ihre Tränen zu verbergen.

„Es ist okay zu weinen", sagte Emily und

Tränen rollten ihr über die Wangen. „Es tut mir auch leid, dass ich ihn verloren habe. Versprich mir etwas, Catalina.“

Das Mädchen hob den Kopf. „Alles.“

„Sorg dafür, dass du deinem Vater jeden Tag sagst, dass du ihn liebst.“ Emily begegnete Botschafter Pachecos Blick und hielt ihm stand. „Denn so verlierst du ihn nie.“

„Das werde ich tun, Miss Warner“, versprach Catalina.

Botschafter Pachecos Augen waren feucht. Emily spürte, dass er an seine Frau dachte. Sie lächelte durch ihre Tränen. Pacheco griff nach Catalina und bot dann Emily seine Hand an. Als sie sie schüttelte, umfasste er sie plötzlich mit beiden Händen. „Wenn Sie jemals etwas brauchen, sind Catalina und ich für Sie da.“

„Danke“, sagte sie, wohl wissend, dass sein Angebot ehrlich gemeint war.

Der Botschafter nahm seine Tochter bei der Hand und ging zu seinem Sicherheitspersonal.

Diego Sanchez, der auf Vickys anderer

Seite gestanden hatte, wandte sich zu ihr um. „Mein herzlichstes Beileid, Emily."

Sie nahm seine Hand und drückte sie. „Ich wollte dir für alles danken, was du getan hast …"

„Das ist nicht nötig", unterbrach er. „Soweit ich sehen konnte, hattest du alles im Griff, bevor ich es schaffte, einzugreifen. Ich wünschte nur, die Polizei wäre nicht so schnell gekommen und hätte mich nicht dabei unterbrochen, Caleb bis zur Bewusstlosigkeit zu verprügeln." Er seufzte. „Aber es ist, wie es ist. Ich bin derjenige, der dir danken muss. Ohne dich hätte Maddie niemals die Gerechtigkeit erlangt, die sie verdiente. Und Caleb hätte noch mehr unschuldigen Mädchen wehgetan." Dann sagte er zu Vicky: „Ich warte beim Auto."

Als er außer Hörweite war, sah Emily Vicky an. „Du gehst mit ihm aus?"

Vicky wurde rot. „Er hat mich zum Kaffee eingeladen. Das ist nicht wirklich ein Date, weißt du."

„Natürlich nicht", sagte Emily und lächelte.

„Aber ich bin sicher, du kannst es in eins verwandeln."

Vicky beugte sich näher. „Das hoffe ich sehr." Sie kicherte.

„Du bist unverbesserlich."

„Ich weiß. Ist das nicht toll?"

„Lass mich dich nicht aufhalten. Trink Kaffee mit Diego. Ich glaube, er mag dich. Denk nur daran, dass er immer noch trauert. Er liebte sie."

„Ich weiß."

Emily deutete auf eine Stelle am anderen Ende des Friedhofs. „Ich muss mich von Maddie verabschieden."

Vicky umarmte sie. „Ich liebe dich."

„Ich liebe dich auch."

Als Vicky dorthin ging, wo Diego sein Auto geparkt hatte, nahm Emily eine weiße Lilie von dem Blumenarrangement auf dem Sarg ihres Vaters.

„Es macht dir nichts aus, Dad, oder?"

Dann sah sie Coffee an und sagte: „Komm, Coffee."

Gemeinsam gingen sie über den Friedhof. Als sie sich Maddies Grab näherten, konnte sie bereits die beiden Menschen sehen, die auf sie warteten: Maddies Eltern.

Als Emily das Grab erreichte, wo ein weißer Grabstein errichtet worden war, legte Rita Bolton ihre Arme um sie und drückte sie fest.

„Ihr Verlust tut mir so leid, meine Liebe", sagte Rita Bolton unter Tränen, bevor sie Emily aus ihrer Umarmung entließ.

Emily spürte, wie eine neue Tränenwelle sie überkam, versuchte sie aber zu unterdrücken. „Ich bin Ihnen so dankbar." Sie sah jetzt Eric Bolton an. „Ohne Ihre Großzügigkeit hätte ich meinem Vater niemals eine so schöne Ruhestätte bieten können."

Bolton nahm ihre Hand und hielt sie für einen Moment. „Es ist nur passend, dass wir dafür bezahlt haben. Was Sie getan haben, um unserem kleinen Mädchen, unserer Maddie, Gerechtigkeit zu verschaffen, kann niemals vergolten werden."

Rita schniefte. „Wir hatten keine Ahnung, wie verkommen und grausam Caleb war. Du denkst, du kennst jemanden …" Sie schüttelte den Kopf.

„Wir haben alle Verbindungen zu den Faulkners abgebrochen. Ich könnte nie wieder mit Mike befreundet sein. Er hat versucht, Calebs Verbrechen zu vertuschen …" Bolton bewegte seinen Kopf hin und her. „Der Präsident hat ihn in dem Moment zum Rücktritt gezwungen, als er die Nachricht hörte. Mike wird als Mittäter und wegen Behinderung der Justiz angeklagt", sagte Bolton.

Emily hatte in den Nachrichten von dem Rücktritt erfahren. „Ich wünschte, ich könnte sagen, dass es mir leidtut, das zu hören, aber das tut es nicht. Caleb ist ein Monster. Und sein Vater wusste es und tat nichts, um ihn aufzuhalten."

Aber sie wollte nicht verbittert sein. Sie legte die Lilie auf Maddies Grab, bevor sie die Boltons anlächelte. „Ich wünschte, ich hätte Maddie gekannt, als sie noch lebte. Ich weiß, dass wir nichts gemeinsam haben, aber …"

Rita legte ihre Hand auf Emilys Unterarm.

„Sie haben etwas gemeinsam. Sie haben beide ein großes Herz."

Emily lächelte. „Ich weiß, dass sie jetzt ihren Frieden gefunden hat."

Rita nickte. „Dank Ihnen." Dann sah sie an Emily vorbei. „Ich glaube, jemand ist hier, um Sie abzuholen."

Emily blickte über ihre Schulter und war überrascht, Detective Yang näherkommen zu sehen.

„Auf Wiedersehen", sagte sie zu den Boltons, dann drehte sie sich um und ging dorthin, wo Yang stehen geblieben war.

Coffee ging mit ihr und wedelte mit dem Schwanz, als Yang in die Hocke ging und ihn streichelte.

„Ich dachte nicht, dass Sie kommen würden, Detective", sagte sie.

„Ich wollte nicht bei der Beerdigung stören", sagte er. „Aber Vicky rief mich an, um mich wissen zu lassen, dass Sie vielleicht jemanden brauchen, der Sie nach Hause fährt."

„Ich hätte einen Uber rufen können."

„Natürlich, aber ich dachte mir, Sie wollten vielleicht mit mir zu Abend essen?"

Überrascht starrte sie ihn an. „Sie wollen mit mir zu Abend essen?"

„Ja. Es sei denn, Sie haben bereits Pläne." Er deutete auf die Hauptstraße, die sich durch den Friedhof schlängelte. „Vielleicht hat der argentinische Botschafter Sie um ein Date gebeten?"

„Sie glauben mir also endlich, dass ich den argentinischen Botschafter kenne, Detective?"

Er zuckte mit den Schultern. „Manchmal muss man etwas sehen, um es zu glauben. Manchmal glaubt man etwas, auch wenn man es nicht sehen kann."

Sie kicherte leise.

„Ist das ein *Ja* oder ein *Nein*?"

„Kann ich Coffee mitbringen?" Sie warf ihrem Hund einen kurzen Blick zu.

„Die Einladung zum Abendessen ist für Coffee. Habe ich das nicht deutlich gemacht? Sie können uns zwei Junggesellen begleiten, wenn Sie wollen, aber nur, wenn Sie aufhören, mich Detective zu nennen."

„Wie soll ich Sie dann nennen?"

„Adam."

Zum ersten Mal seit fünfzehn Jahren fühlte sich Emily sorglos und wusste, dass ihre Zukunft eine glückliche sein würde, egal was von jetzt an passieren würde, weil Maddie vom Himmel aus über sie wachte.

Über die Autorin

T.R. Folsom ist das Pseudonym der Autorin Tina Folsom.

Tina Folsom ist gebürtige Deutsche und lebt schon seit 1991 im englischsprachigen Ausland, seit 2001 in Kalifornien, wo sie mit einem Amerikaner verheiratet ist.

Mittlerweile hat sie 50 Liebesromane in Englisch sowie Dutzende in anderen Sprachen (Französisch, Spanisch und Deutsch) herausgegeben.

Die Augenzeugin ist ihr erster Krimi.

https://www.tinawritesromance.com
tina@tinawritesromance.com

9 781961 208018